TODO MUNDO DA MINHA FAMÍLIA JÁ MATOU ALGUÉM

TODO MUNDO DA MINHA FAMÍLIA JÁ MATOU ALGUÉM

BENJAMIN STEVENSON

Tradução de Jaime Biaggio

intrínseca

Publicado originalmente por Michael Joseph Australia. Tradução publicada mediante acordo com a Penguin Random House Australia Pty Ltd.
O direito moral de Benjamin Stevenson de ser identificado como autor desta obra foi assegurado.

TÍTULO ORIGINAL
Everyone in My Family Has Killed Someone

COPIDESQUE
Angélica Andrade

REVISÃO
Suzana Patrocinio
Theo Araújo
Ulisses Teixeira

DIAGRAMAÇÃO
Henrique Diniz

DESIGN DE CAPA
Penguin Random House UK (adaptada do design original da Penguin Random House Australia)

IMAGEM DE CAPA
© Shutterstock

ADAPTAÇÃO DE CAPA
Antonio Rhoden

CIP-BRASIL. CATALOGAÇÃO NA PUBLICAÇÃO
SINDICATO NACIONAL DOS EDITORES DE LIVROS, RJ

S868t

Stevenson, Benjamin
Todo mundo da minha família já matou alguém / Benjamin Stevenson ; tradução Jaime Biaggio. - 1. ed. - Rio de Janeiro : Intrínseca, 2023.
21 cm.

Tradução de: Everyone in my family has killed someone
ISBN 978-65-5560-687-4

1. Ficção australiana. I. Biaggio, Jaime. II. Título.

CDD: 828.99343
23-83151 CDU: 82-3(94)

Meri Gleice Rodrigues de Souza - Bibliotecária - CRB-7/6439

24/03/2023 28/03/2023

[2023]

EDITORA INTRÍNSECA LTDA.
Rua Marquês de São Vicente, 99, 6º andar
22451-041 — Gávea
Rio de Janeiro — RJ
Tel./Fax: (21) 3206-7400
www.intrinseca.com.br

Aleesha Paz.
Até que enfim, um para você.
Embora todos sempre tenham sido e sempre serão.

"Vocês prometem que seus detetives farão por bem elucidar os crimes a eles apresentados por meio de sábio juízo, atribuído ao bel-prazer de vocês, e não a depender ou lançar mão da Revelação Divina, da Intuição Feminina, da Prestidigitação, da Ardileza, da Coincidência ou da Ação de Deus?"

Juramento de adesão ao Clube da Detecção, 1930, uma sociedade secreta de autores de mistério da qual faziam parte Agatha Christie, G. K. Chesterton, Ronald Knox e Dorothy L. Sayers.

Marque
esta página

1. O criminoso deve ser alguém mencionado no começo da história, mas não um personagem a cujos pensamentos o leitor tenha acesso.
2. Todo desenvolvimento pautado em eventos sobrenaturais e preternaturais estão proibidos.
3. Não se permite mais do que um aposento ou passagem secreta.
4. Está vedado o uso de venenos desconhecidos ou de qualquer recurso que necessite de uma longa explicação científica ao final.
5. *Nota do autor: texto histórico culturalmente antiquado suprimido.*
6. O detetive não pode contar com qualquer ajuda do acaso nem com uma intuição inexplicável que se prove correta.
7. O detetive não pode ser ele mesmo o autor do crime.
8. O detetive não pode se deparar com quaisquer pistas que não sejam expostas de imediato à inspeção do leitor.
9. O amigo idiota do detetive, o Watson, não pode guardar para si pensamentos que lhe ocorram; sua inteligência precisa estar ligeiramente abaixo da do leitor médio, mas bem de leve.
10. Irmãos gêmeos ou duplos de qualquer espécie não podem constar da história a menos que o leitor tenha sido devidamente preparado para sua presença.

"Os dez mandamentos da ficção policial",
por Ronald Knox, 1929.

PRÓLOGO

Todo mundo da minha família já matou alguém. Alguns, os de grandes conquistas, mais de uma pessoa.

Juro que não estou falando para aparecer, é só a verdade. Quando tive que encarar a ideia de escrever sobre o assunto, por mais difícil que seja com uma mão só, me dei conta de que falar a verdade era o único caminho. Isso é óbvio, mas os livros de mistério modernos às vezes se esquecem disso. Começaram a ficar mais centrados nas artimanhas que o autor pode usar, nas cartas que tem na manga, em vez de nas que tem na mão. O grande diferencial dos livros de mistério da "Era de Ouro", os de Christie ou Chesterton, é a honestidade. Sei disso porque escrevo livros que ensinam a escrever livros. A questão é que existem regras. Um cara chamado Ronald Knox fazia parte da sociedade e, certa vez, delimitou algumas delas, embora as tenha chamado de "Mandamentos". Estão na primeira parte deste livro, na epígrafe que todo mundo pula, mas, vai por mim, vale a pena dar uma olhada. Aliás, você deveria é marcar a página. Não vou encher a paciência de ninguém com detalhes, mas em resumo é o seguinte: a Regra de Ouro da Era de Ouro é *jogar limpo*.

Evidentemente, este livro não é um romance. Tudo isso aconteceu comigo de verdade. No fim das contas, acabei tendo mesmo um assassinato para resolver. Vários, aliás. Mas estou me adiantando.

O fato é que leio muitos romances criminais. Sei que hoje em dia a maioria desses livros tem o que se chama de "narrador não confiável", uma pessoa que nos conta a história, mas está mentindo quase o tempo todo. Sei também que, ao rememorar estes acontecimentos, corro o risco de ser encaixado na mesma categoria.

Então vou me esforçar para fazer o contrário. Podem me chamar de narrador *confiável*. Vou falar apenas a verdade ou, pelo menos, o que considerava a verdade na época em que achava que sabia a verdade. Podem me cobrar.

Assim, vou seguir os mandamentos 8 e 9 de Knox, porque sou, ao mesmo tempo, Watson *e* o Detetive. Por fazer os papéis de autor e de investigador, sou obrigado tanto a expor as pistas quanto a não esconder os meus pensamentos. Para resumir: sou obrigado a jogar limpo.

Aliás, vou provar. Para quem só quer ver o sangue escorrer, as mortes acontecem ou são reveladas nas páginas 25, 57, 76, 86 (onde acontecem duas) e 93 (mais três). Depois há uma espécie de intervalo, mas a coisa volta a pegar fogo nas páginas 186, 221 (mais ou menos), 232, 240, 261, entre a 255 e a 262 (não dá para saber direito), na 274 e na 368. Juro que é verdade, a não ser que a diagramação bagunce tudo. A trama só tem um furo, que é daqueles que dá para passar com um caminhão no meio. Sou propenso a revelar as surpresas antes da hora. E não há cenas de sexo.

O que mais?

Acho que dizer o meu nome ajudaria. Me chamo Ernest Cunningham. Como soa meio velho, as pessoas me chamam de "Ern" ou "Ernie". Devia ter começado com essa informação, mas prometi ser confiável, não competente.

Considerando o que falei, é complicado saber por onde começar. Acho importante sublinhar que quando disse *todo mundo*, me referia ao meu ramo da árvore genealógica. Se bem que, uma vez, minha prima Amy levou um sanduíche de manteiga de amendoim proibido a um piquenique da empresa, o que acabou fazendo com que a chefe do RH de lá quase tivesse um troço, mas não vou incluí-la na jogada.

Olha, não é como se fôssemos uma família de psicopatas. Alguns de nós são gente boa, outros são maus e alguns só deram azar. Qual é o meu caso? Ainda não sei direito. É óbvio que há a pequena questão do *serial killer* conhecido como "Língua Negra", que tem a ver com a história toda, além de 267 mil dólares em dinheiro vivo. Mas vamos com calma. Sei que a esta altura você deve estar se perguntando outra coisa. Afinal, falei *todo mundo*. E prometi que não haveria truques.

Se eu matei alguém? Sim. Matei.

Quem?

Vamos começar.

MEU IRMÃO

CAPÍTULO 1

Um único feixe de luz se movimentando através da cortina me informava que meu irmão havia acabado de parar o carro na entrada. Quando saí, a primeira coisa em que reparei foi no farol esquerdo de Michael, apagado. A segunda foi no sangue.

A lua já desaparecera, e o sol ainda estava escondido, mas, mesmo na penumbra, soube na hora o que eram as manchas escuras no farol estilhaçado e em toda a extensão bastante amassada do arco da roda.

Não sou de ficar acordado até tarde, mas Michael havia me ligado meia hora antes. Tinha sido um daqueles telefonemas em que você checa que horas são, quase sem conseguir abrir os olhos, e já sabe que não dá para esperar uma notícia do tipo "você ganhou na loteria!". Tenho alguns amigos que até ligam às vezes quando estão voltando para casa, do Uber, para me contar todos os detalhes saborosos de uma noitada. Mas não é o caso de Michael.

Ok, isso é mentira. Eu não seria amigo de gente que telefona depois da meia-noite.

— Preciso ver você. Agora.

Ele estava ofegante. Falava de um telefone público, não havia identificação de chamada. Ou de algum bar. Passei a meia hora seguinte tremendo de frio, mesmo vestindo um casaco grosso, e esfregando a janela para me livrar da condensação do ar e ficar de olho lá fora, atento à sua chegada. Havia desistido de montar guarda e voltado para o sofá, quando a luz vermelha do farol alcançou as minhas pálpebras.

Ouvi o carro parando e o motor sendo desligado, mas ele manteve a chave na ignição. Abri os olhos e encarei o teto por um momento, como se soubesse que a minha vida mudaria assim que me levantasse. Depois fui para lá.

Michael estava sentado no carro, com a cabeça apoiada no volante. Passei pelo feixe que sobrara da luz do farol e dei uma batidinha na janela do motorista. Michael saiu do carro, o rosto cinzento.

— Deu sorte — comentei, apontando para o farol todo arrebentado. — Esses cangurus são osso.

— Eu atropelei uma pessoa.

— Aham. — Eu ainda estava meio dormindo, mal registrei que ele tinha dito *pessoa*, e não *coisa*. Não sabia o que falar nessas situações, então achei que concordar devia ser uma boa ideia.

— Um cara. Atropelei um cara. Ele tá ali atrás.

Aí eu acordei. *Ali atrás?*

— Como assim *ali atrás*?

— Morto.

— No banco de trás ou no porta-malas?

— Que diferença faz?

— Você bebeu?

— Não muito. — Ele hesitou. — Talvez. Um pouco.

— No banco de trás? — Dei um passo e fiz menção de abrir a porta, mas Michael pôs o braço na minha frente. Parei. — A gente precisa levar o cara para o hospital.

— Ele tá morto.

— Não acredito que a gente tá discutindo isso. — Passei a mão no cabelo. — Michael, na boa. Você tem certeza?

— Esquece o hospital. O pescoço dele dobrou igual a um cano. Metade do crânio tá pra fora.

— Eu preferiria ouvir isso de um médico. Vamos ligar para a Sof...

— A Lucy vai descobrir — disse Michael.

A menção ao nome dela, num tom desesperado, evidenciava a mensagem subliminar: *A Lucy vai me largar*.

— Vai ficar tudo bem.

— Eu bebi.

— Só um pouquinho — falei.

— É. — A pausa foi longa. — Só um pouquinho.

— A polícia com certeza vai enten... — comecei, mas nós dois sabíamos que o nome Cunningham dito em voz alta numa delegacia quase fazia as paredes tremerem com a força dos espíritos que conjurava.

A última vez em que um de nós tinha estado numa sala cheia de policiais havia sido no funeral, em meio a um mar de uniformes azuis. Eu era alto o bastante para conseguir me enrolar no antebraço da minha mãe e novo o bastante para ficar grudado nela o dia inteiro. Por um segundo, imaginei o que a Audrey pensaria da gente naquele momento, encolhidos, numa manhã congelante, discutindo por causa da vida de alguém. Afastei depressa o pensamento.

— Ele não morreu no atropelamento. Alguém atirou nele, eu só atropelei *depois*.

— Aham.

Tentei fingir que acreditava na história, mas existe um motivo para a minha carreira no teatro se resumir basicamente a papéis sem falas nas peças da escola: animais de fazenda, vítimas de assassinato e arbustos. Tentei alcançar a maçaneta do carro outra vez, mas Michael não deixou de novo.

— Eu peguei ele. Achei... sei lá, que era melhor do que deixar largado na rua. Depois não consegui pensar no próximo passo e acabei vindo pra cá.

Não falei nada, só assenti. Família é coisa séria.

Michael esfregava as mãos na boca e falava por entre elas. O volante havia deixado uma pequena marca vermelha na sua testa.

— Não vai fazer diferença pra onde a gente levar ele — disse o meu irmão, finalmente.

— Ok.

— A gente precisa enterrar o corpo.

— Ok.

— Para de dizer "ok".

— Tá bom.

— Quis dizer pra parar de concordar comigo.

— Então vamos levá-lo para o hospital.

— Você tá do meu lado ou não? — Michael olhou de relance para o banco traseiro, voltou para o carro e ligou o motor. — Vou dar um jeito. Entra.

Eu já sabia que entraria no carro. Não entendo muito o motivo. Parte de mim achava que, no carro, talvez pudesse convencê-lo a ter um pouco de juízo. Mas a minha única certeza era de que ele estava na minha frente, dizendo que tudo daria certo, e não importa que idade se tenha, cinco ou trinta e cinco anos, quando o seu irmão mais velho diz que vai dar um jeito, você acredita. Coisa séria.

Ah, rapidinho: na verdade, nesse ponto da história, eu tinha trinta e oito anos — e agora já são quarenta e um —, mas imaginei que aparar um pouco da idade talvez ajudasse o pessoal que vai promover o livro a arranjar algum ator famoso para o papel.

Entrei no carro. Havia uma bolsa aberta da Nike em frente ao banco do carona, cheia de dinheiro. Não como nos filmes — bem-organizado, em maços impecáveis, presos com elásticos ou pedaços de papel —, mas tudo zoneado, espalhado pelo chão. Só de pisar ali, já era bastante estranho. Não apenas porque havia muito dinheiro, mas também porque — provavelmente — tinha sido ele a causa da morte do homem no banco de trás. Não olhei pelo retrovisor. Tá, olhei um pouco. Mas só vi a protuberância de uma sombra que mais parecia um buraco no mundo do que um corpo de verdade. Sempre que a minha visão ameaçava entrar em foco, eu amarelava.

Michael deu ré. Um copo de licor ou algo do tipo atravessou o painel, chocalhando, caiu no chão e rolou para baixo do assento. No ar, havia notas de uísque. Pela primeira vez na vida, agradeci pelo hábito do meu irmão de fumar em ambientes fechados, porque os resquícios da fumaça da maconha no estofado disfarçavam o cheiro de morte. Ao descer o meio-fio, o carro sacolejou e o porta-malas fez barulho, sinalizando o trinco quebrado.

Tive um pensamento horrível. Farol estilhaçado *e* porta-malas quebrado: pelo jeito, ele havia atropelado alguma coisa duas vezes.

— Pra onde a gente está indo? — perguntei.

— Ha?

— Você sabe pra onde está indo?

— Ah. Pro parque nacional. Floresta. — Michael olhou para mim, mas não conseguiu sustentar o contato visual. Depois lançou um olhar furtivo para o banco de trás. Aparentemente se arrependeu e se resignou a encarar a estrada. Tinha começado a tremer. — Não sei bem. Nunca enterrei um corpo.

Havíamos dirigido por mais de duas horas quando Michael decidiu que já estava bom de estradas de terra e parou o carro — que mais parecia um ciclope barulhento — numa clareira. Alguns quilômetros antes, tínhamos saído de uma trilha usada para controle de incêndios e dali em diante seguido pelo terreno irregular. O sol já ameaçava querer nascer. O solo estava coberto de neve fofa e ofuscante.

— Aqui já tá bom. Tudo bem por você? — perguntou Michael.

Assenti. Ou pelo menos achei que sim. Pelo visto não havia movido um músculo sequer, porque Michael estalou os dedos em frente ao meu rosto, me forçando a focar. Retribuí com o mais débil movimento de cabeça da história da Humanidade, como se as minhas vértebras não passassem de correntes enferrujadas. Foi o suficiente para ele.

— Não sai daí — ordenou.

Continuei olhando fixo para a frente. Ouvi Michael abrir a porta traseira direita e mexer ali, arrastando o homem — um buraco no mundo — para fora do carro. O cérebro gritava para eu fazer alguma coisa, mas meu corpo era um traidor. Eu não conseguia me mover.

Após alguns minutos, Michael voltou, suado, a testa suja, e se inclinou sobre o volante.

— Vem me ajudar a cavar.

A ordem destravou os meus membros. Esperava sentir o chão gelado, o ruído quebradiço da geada matinal sob os sapatos, mas meu pé afundou até o tornozelo naquela camada branca. Olhei para baixo, atento. O que estava cobrindo o chão não era neve, e, sim, teias de aranha em meio à grama alta e espessa, talvez a mais de trinta centímetros do chão, entrelaçadas de tal forma, grossas e de um branco tão intenso, que pareciam sólidas. O que eu havia identificado como gelo ofuscante era, na verdade, a luz cintilando sobre os filamentos delicados. O rastro dos passos de Michael eram como buracos escuros em meio ao pó. As teias cobriam toda a clareira. Um cenário majestoso, sereno. Tentei ignorar a forma sobre as teias no ponto onde terminavam as pegadas de Michael. Eu o seguia. Era como vadear em meio a uma névoa densa. Ele me levou para longe do corpo, acho que para evitar que eu tivesse um colapso nervoso.

Michael havia trazido uma pequena espátula de pedreiro, mas me fez usar as mãos. Não sei por que concordei em cavar. Tinha passado o caminho todo achando que o medo dele, aquela dose fugaz de tremeliques que o acometera quando saímos, continuaria. Em algum momento, a ficha da enrascada em que ele estava se metendo deveria ter caído, obrigando-o a dar meia-volta. Mas Michael fez o oposto. Saiu da cidade, madrugada adentro, cada vez mais calmo e estoico.

Ele tinha coberto a maior parte do corpo com uma toalha velha, mas ainda dava para enxergar um cotovelo branco, chamando a atenção como um galho caído em meio às teias.

— Não olha — dizia Michael sempre que eu tentava fazer isso.

Continuamos em silêncio por mais quinze minutos, até que parei.

— Continua cavando — pediu Michael.

— Ele tá se mexendo.

— O quê?

— *Ele tá se mexendo!* Olha. Espera.

De fato, a superfície coberta de teias estava tendo espasmos. Mais significativos do que qualquer coisa provocada pelo vento que cortava a clareira. Em vez de uma camada grossa de neve, começamos a ter a impressão de que estávamos encarando um oceano alvo e ondulante. Quase dava para sentir as vibrações em meio aos filamentos, como se eu fosse a aranha que os havia tecido, seu sistema nervoso central.

Michael parou de cavar e ergueu o olhar.

— Volta pro carro.

— Não.

Ele se aproximou do corpo e o descobriu. Fui atrás e só então o vi em toda a sua glória. Uma mancha escura brilhava acima de um dos quadris. *Alguém atirou nele, eu só atropelei depois*, havia falado Michael. Eu não tinha tanta certeza; só vira ferimentos provocados por bala nos filmes. O pescoço do homem estava com um caroço que mais parecia o de alguém que engoliu uma bola de golfe. Ele usava uma balaclava preta, cuja forma não era exatamente a esperada. O tecido estava inchado em pontos estranhos. Quando eu era criança, um valentão da minha escola costumava enfiar duas bolas de críquete numa meia e jogar na minha direção. A balaclava parecia aquilo. Tive a sensação de que a única coisa mantendo a cabeça do homem no lugar era aquele tecido. Havia três buracos, dois para os olhos, que estavam fechados, e um para a boca. Pequenas bolhas vermelhas e pulsantes se acumulavam nos seus lábios. A espuma aumentava e escorria pelo queixo. Não dava para ver as suas feições, mas, pelos braços cheios de manchas e castigados pelo sol, e pelas veias inchadas nas costas das mãos, dava para notar que tinha pelo menos vinte anos a mais do que Michael.

Fiquei de joelhos, entrelacei as mãos e fiz algumas compressões rudimentares. O tórax do homem cedeu de uma forma que eu sabia que não deveria, logo abaixo do esterno. Por um momento, só conseguia pensar que o seu tórax estava igual à bolsa de dinheiro, com o zíper aberto até a metade.

— Você tá machucando ele — disse Michael, pondo a mão debaixo do meu braço.

Ele me puxou para cima e me afastou do homem.

— A gente precisa levar esse cara pro hospital — retruquei, numa última e suplicante tentativa.

— Ele não aguenta até lá.

— Talvez aguente.

— Não aguenta.

— A gente precisa tentar.

— Não posso ir pro hospital.

— A Lucy vai entender.

— Não.

— Você já deve estar sóbrio agora.

— Talvez.

— Não foi você quem matou; você disse que atiraram nele. O dinheiro é dele?

Michael grunhiu.

— Ele obviamente roubou isso — falei. — Faz sentido. Vai dar tudo certo.

— São 260 mil.

Leitor, você e eu já sabemos que na verdade são 267 mil, mas ainda assim fiquei intrigado pelo fato de ele não ter tido tempo de chamar uma ambulância, mas teve para contar por alto o dinheiro. Caso contrário, se fosse um chute, teria dito 250, um número redondo. O jeito de falar também me soou como um apelo. Pelo tom de voz, não deu para saber se Michael estava me oferecendo uma parte ou só expondo um fato que pesava na sua decisão.

— Ern, escuta só, o dinheiro é nosso... — disse ele, começando a implorar. Então ele estava *mesmo* me oferecendo uma parte.

— A gente não pode deixar ele aqui assim, desse jeito. — Então acrescentei, com mais firmeza do que já usara com o meu irmão na vida toda: — Não vou fazer isso.

Michael pensou por um minuto e assentiu.

— Vou ver como ele está — falou.

Ele se aproximou do corpo e se agachou. Ficou assim por alguns minutos. Eu me senti aliviado por ter vindo junto; continuo achando que foi bom. Um irmão mais velho não escuta o mais novo tão fácil, mas Michael precisava de mim ali. E eu tinha conseguido ajudar. O homem estava vivo o tempo inteiro, e a gente iria levá-lo para o hospital. Michael é alto, então tapava um pouco do meu campo de visão, mas dava para enxergar suas costas arqueadas e seus braços estendidos em direção à cabeça do homem. Ele sabia que era importante sustentar o pescoço em caso de lesão vertebral. Os ombros magros de Michael subiam e desciam. Estava realizando uma reanimação cardiorrespiratória, tentando fazê-lo pegar no tranco, igual a um cortador de grama. Eu via as pernas do homem. Reparei que faltava um dos sapatos. Michael já estava naquilo fazia um tempo. Algo estava errado. Já chegamos à página 25.

Michael se levantou e voltou para onde eu estava.

— Agora a gente pode enterrá-lo.

Não era isso que ele deveria dizer. Não. Não. Estava tudo errado. Perdi o equilíbrio e caí de bunda. As teias grudentas se prendiam aos meus braços.

— O que aconteceu?

— Ele parou de respirar.

— Parou de respirar?

— É, parou.

— Morreu?

— Morreu.

— Tem certeza?

— Tenho.

— Como?

— Ele parou de respirar, só isso. Vai esperar no carro.

MINHA IRMÃ POSTIÇA

CAPÍTULO 2

Já, já vamos chegar à minha história. Preciso falar de algumas outras pessoas antes, mas quisera *eu* ter matado quem inventou de fazer nossa reunião de família numa estação de esqui.

Normalmente recuso completamente qualquer convite que venha com uma planilha do Excel em anexo. Mas minha tia Katherine é especialista em se preparar demais para as coisas, e o convite para a Reunião da Família Cunningham/Garcia, que recebi por e-mail e que contava até com flocos de neve em animação pixelada, dizia que a presença era obrigatória. Minha habilidade exemplar de arrumar desculpas — seja um animal doente, um carro rebocado ou um manuscrito urgente — é bastante conhecida no círculo familiar... não que a minha ausência tenha sido tão sentida assim nos últimos três anos.

Dessa vez, Katherine não queria correr o risco. O convite prometia um fim de semana divertido num local isolado onde todos nós poderíamos aproveitar para botar a conversa em dia. **Todos nós** estava em negrito, bem como **presença obrigatória.** Por mais que me esquive, nem eu ouso discutir com negrito. E se **todos nós** não era um recado específico para mim, sei bem para quem era, o que significava que eu teria que ir. Além do mais, ao preencher a planilha com informações sobre as minhas alergias, quanto calçava, qual o ponto da carne preferia e a placa do carro, me permiti fantasiar sobre um vilarejo coberto de neve e um fim de semana em frente a lareiras crepitantes em chalés de madeira.

A realidade foi bem diferente: joelhos congelados e uma hora de atraso para o almoço.

Não tinha me tocado que a estrada estaria coberta de neve. O dia estava claro, e o sol fraco derretia a camada de gelo apenas o suficiente para que os pneus do meu Honda Civic deslizassem no asfalto. Assim, tive que voltar, alugar correntes por um preço exorbitante ao pé da montanha e me ajoelhar em meio ao lodo para afixá-las enquanto o meu nariz escorria a ponto de formar estalactites de meleca. Estaria lá até agora se não fosse uma mulher com equipamento de mergulho que surgiu num Land Rover, parando no acostamento, me oferecendo ajuda e julgando de leve a situação. De volta à estrada, via o relógio avançar a passos lentos enquanto alternava entre aquecer o carro e usar o ar-condicionado para desembaçar as janelas. Mas, com as correntes, não podia dirigir a mais de quarenta por hora. Sabia muito bem que estava bastante atrasado — graças à planilha de Excel que Katherine havia nos enviado por e-mail.

Finalmente avistei a entrada, uma pirâmide de rochas desalinhadas com uma placa escrito *Retiro Sky Lodge!* e apontando para a direita. Ao lê-la, enxerguei uma vírgula e um pronome inexistentes, como se dissesse *Me Retiro, Sky Lodge!* — o que me pareceu uma afirmação válida no contexto de uma reunião da família Cunningham. Não havia ninguém no carro comigo para rir da piada, mas era o tipo de coisa que Erin teria achado engraçada um dia. Portanto, ela riu na minha mente e fiquei com o crédito. Tenho consciência de que o fato de os nossos nomes, Ernie e Erin, serem praticamente anagramas é fofo. Sempre que as pessoas nos perguntavam como havíamos nos conhecido, a gente respondia: "Alfabeticamente." Piada horrível, eu sei.

A verdade é bem mais banal. Nós nos aproximamos porque compartilhávamos a experiência de termos sido criados por uma pessoa só. Quando nos conhecemos, Erin me disse que a mãe dela havia morrido de câncer quando era muito nova e que o pai a criara. Mais tarde falo do meu pai. Mas ela já tinha ouvido falar dele; no Google, a infâmia vai longe.

Na saída da estrada principal, havia um prédio baixo que — pelo letreiro, anunciando apenas *CERVEJA!*, escrito com tinta de parede — parecia ser um pub. Havia pilhas de esquis encostadas num canto, e era o tipo de ambiente em que devia dar para sentir o gosto de álcool só de entrar e o assistente de cozinha era um forno de micro-ondas. Fiz uma anotação mental, registrando-o como um potencial refúgio. Estava a caminho de uma reunião de família, afinal, então já imaginava um cronograma composto de refeições em grupo e retiradas estratégicas para o quarto. Seria bom ter mais opções.

Ah, sim. Erin não morreu. Sei que, ao fazer uma referência oblíqua a um amor antigo, fica parecendo que depois vou revelar que ela estava morta desde o início da história, porque é assim que costuma acontecer *neste* tipo de livro. Mas não é o caso. Ela chegaria no dia seguinte. Tecnicamente, ainda éramos até casados. Fora que o número da página não estaria correto.

Pouco depois da curva, me dei conta de que não estava mais subindo, e, sim, descendo. Em seguida, o carro deixou a sombra das árvores e dei de cara com a crista de um vale espetacular. O Sky Lodge ficava na base dele, tratando-se, segundo o anúncio, da hospedagem mais alta acessível por carro da Austrália — o que, sendo bem sincero, equivale a se gabar de ser o jóquei mais alto do mundo. Tinha um campo de golfe de nove buracos esculpido na encosta da montanha; um lago recheado de trutas, ideal para pescar ou remar; fosse lá o que significasse *conforto e rejuvenescimento ao pé da lareira*; acesso à estação de esqui mais próxima (tarifa do teleférico não incluída na estadia, óbvio) e até um heliporto privado. É o que diz o folheto, só estou repetindo. Afinal, havia tido uma nevasca muito forte durante a noite e tudo — da estrada à minha frente ao campo de golfe que exigiria umas quatrocentas tacadas para completar o percurso naquele momento, passando pela tundra achatada (que eu presumia ser o lago) uns duzentos metros abaixo do prédio principal do resort — estava coberto de uma grande camada de neve fofa. O vale parecia ao mesmo tempo plano, íngreme, pequeno e infinito.

Desci a colina com calma. O branco total mexe com a nossa percepção de profundidade. Sem usar o pequeno agrupamento de edificações semienterradas ao fundo como referência, talvez não tivesse nem notado quão íngreme a descida era até os freios não servirem para nada e eu ter que me resignar a uma rápida derrapagem até o fim do vale. Teria chegado mais do que morto e mais do que a tempo para o almoço.

O centro do retiro tinha vários andares e era de um amarelo intenso, para se destacar da montanha, com pilares na entrada. Cuspia fumaça por uma chaminé de tijolos grudada a uma parede lateral, e a neve salpicada no telhado fazia parecer que o lugar tinha saído de um anúncio publicitário dos sonhos. Dentre cinco fileiras de janelas, várias reluziam num tom amarelo suave, como em um calendário do Advento. Antes de chegar à construção principal, era necessário passar por uma sequência de doze chalés, organizados em duas fileiras de seis, com tetos de chapas de ferro ondulado que tocavam o solo — em consonância com a inclinação da montanha — e janelões do chão ao teto na frente, possibilitando uma vista ampla da crista rochosa. Eu ficaria hospedado num desses dentes de tubarão, mas não sabia ao certo qual era o número seis, que Katherine tinha designado para mim, então segui para onde havia vários carros estacionados, ao lado da construção principal do resort.

Alguns eu reconhecia: a Mercedes SUV do meu padrasto, com um adesivo desonesto que dizia *BEBÊ A BORDO* no vidro traseiro que, segundo ele, ajudava a evitar ser parado pela polícia com tanta frequência; a perua Volvo da tia Katherine, já coberta de neve, uma vez que ela havia chegado na véspera; e o [MODELO DE CARRO EXCLUÍDO] de Lucy camuflado no branco, o carro tão famoso no Instagram e festejado como sua "recompensa profissional". O Land Rover da minha salvadora também estava lá, óbvio; num livro como este, a placa poderia muito bem ter sido "Q3-F0F0". Reconheci-o de cara por causa do grande snorkel de plástico.

Antes de eu sair do carro, Katherine já se aproximava, furiosa e mancando um pouco (resquício de um acidente de carro quando tinha vinte e tantos anos). Era a irmã mais nova do meu pai, a diferença de idade tão grande que, quando minha mãe pariu a gente, os meninos Cunningham, lá pelos trinta e poucos anos, a idade da Katherine era mais próxima da minha do que da idade de mamãe. Nas minhas lembranças de infância, Katherine era uma pessoa jovial, divertida e cheia de energia. Trazia presentes para nós e nos contava histórias fantásticas. Eu também a achava popular, considerando que era o assunto principal dos churrascos de família quando não estava presente. Mas a idade enriquece a nossa perspectiva, e hoje sei a diferença entre ser popular e ser falada. A intervenção veio na forma de uma pista molhada e um ponto de ônibus. O acidente a deixou com vários ossos quebrados e uma perna esmigalhada, mas também deu um jeito nela. Hoje em dia, tudo que você precisa saber a respeito de Katherine é que as suas duas frases favoritas são "Sabe que horas são?!" e "Dá uma olhada no meu e-mail anterior".

Ela estava usando uma roupa térmica azul-clara sob um colete felpudo da North Face, uma espécie de calça impermeável que fazia barulho e botas de trilha que aparentavam ser tão duras quanto pão velho. Tudo novo em folha, da coleção mais recente. A sensação era de que ela havia entrado numa loja de equipamentos para atividades ao ar livre, apontado para o manequim e dito "quero aquilo ali". Seu marido, Andrew Millot (mas que todo mundo chamava de "Andy"), seguia atrás dela à certa distância, paramentado da forma mais constrangedoramente inapropriada, de jeans e jaqueta de couro, como se tivesse ido com ela à loja e ficado o tempo todo olhando o relógio. Não peguei as malas nem o casaco — achei que seria melhor ser lacerado pelo vento frio do que pela língua de Katherine — e corri ao seu encontro.

— A gente já comeu. — Foi tudo o que ela disse, acho que tanto em tom de crítica quanto de repreensão.

— Katherine, desculpa. Eu me embananei na subida da montanha depois de Jindabyne. Por causa da neve fresca. — Apontei para as correntes nos pneus. — Felizmente alguém me ajudou a colocar isso nas rodas.

— Você não checou a previsão do tempo antes de sair? — Ela parecia incrédula com a possibilidade de que alguém fosse capaz de ser tão infiel à pontualidade a ponto de não levar a meteorologia em consideração.

Admiti que não.

— Deveria ter levado isso em conta.

Admiti que sim.

Ela contraiu o queixo. Conhecia Katherine bem o suficiente para saber que ela só queria ter a palavra final. Assim, me mantive em silêncio.

— Tudo bem, então — disse ela, enfim, e se aproximou, me dando um beijo gelado na bochecha.

Nunca soube como retribuir cumprimentos do tipo, mas decidi seguir o conselho dela e considerar o fator meteorológico — seu comportamento tempestuoso —, me resignando com um beijinho no ar ao lado do seu rosto. Ela pôs um molho de chaves na minha mão.

— Ontem o nosso quarto não estava pronto, então você está no número quatro agora — anunciou. — Está todo mundo no salão de jantar. Bom te ver.

Antes que eu tivesse tempo de puxar papo, Katherine já voltava ao prédio principal. Andy esperou para me acompanhar e, em vez de tirar as mãos dos bolsos e apertar a minha, me ofereceu um meneio casual de ombro. Fazia muito frio, mas eu estava decidido a socializar, então meu casaco teria que continuar largado no carro. O vento era cruel; entrava por cada brecha na minha roupa, me invadia e me revistava, como se eu lhe devesse dinheiro.

— Desculpa por essa — disse Andy. — Pega leve com ela.

Andy era assim: um cara que tentava manter o clima tranquilo entre os amigos homens ao mesmo tempo que defendia a esposa. O tipo de sujeito que diz "claro, meu bem" durante um jantar e, logo em seguida, quando ela vai ao banheiro, balança a cabeça e solta um "aiaiai... mulher, sabe como é". Seu nariz estava vermelho, mas era difícil dizer se por causa do álcool ou da temperatura, e os óculos, ligeiramente embaçados. O cavanhaque pequeno e preto intenso adornava o seu rosto como se tivesse sido roubado de um homem mais jovem. Ele já tinha cinquenta e poucos anos.

— Não é como se eu tivesse feito a dança da chuva ontem à noite só pra irritá-la — respondi.

— Eu sei, cara. É um fim de semana complicado pra todo mundo. Então, sabe, não precisa fazer piada só porque ela está tentando facilitar as coisas. — Ele fez uma pausa. — Mas também tudo bem, não vamos deixar que isso estrague os nossos planos de tomar umas e outras durante a viagem.

— Eu não fiz piada, só me atrasei.

Vi a minha irmã postiça, Sofia, fumando na varanda. Ela ergueu as sobrancelhas como quem diz *Pior é ficar lá dentro*.

Andy deu mais alguns passos em silêncio e então — ainda que eu estivesse implorando mentalmente para que não fizesse isso — respirou fundo e disse:

— É, mas — o que me levou a pensar que não existe nada mais patético do que um homem tentando defender uma mulher que sabe se defender sozinha — ela deu um duro danado naqueles convites, não precisava fazer piada das planilhas dela.

— Eu não falei nada.

— Não agora. Quando você respondeu ao e-mail. Na pergunta sobre as alergias, você escreveu "planilhas".

— Ah...

Sofia ouviu de longe e riu de leve, disparando um jato de fumaça pelo nariz. Erin, a que não morreu, também teria rido daquilo. Andy nem precisava dizer em voz alta o que eu tinha escrito no item "parentes próximos" para eu me sentir um escroto — *é uma reunião de família, então todo mundo que consta nesta lista, a não ser que haja uma avalanche.*

— Vou pegar leve.

Andy sorriu, satisfeito pelas suas virtudes de marido serem pelo menos eficientes, ainda que não afetuosas.

Ele entrou no recinto, indicando que iria pegar um drinque para ele e outro para mim, para reforçar o nosso vínculo masculino.

Enquanto isso, parei para falar com Sofia. Ela era equatoriana, da tórrida Guayaquil, então odiava o frio, e notei ao menos três golas ao redor do seu pescoço, fora o casaco que vestia por cima. Sua cabeça estava mais para um botão de flor se insinuando em meio a um anel de pétalas em formato de gola. Mesmo encapotada, abraçava a si própria com um dos braços para se aquecer. Eu sabia que estava mais acostumado ao frio do que ela, uma vez que havia me submetido a vários banhos de gelo ao longo dos anos (curiosidade do dia: aparentemente, temperaturas baixas aumentam a fertilidade masculina), mas não queria que a conversa se alongasse, já que o frio adentrava todos os meus poros.

Mesmo sabendo que eu não fumava, ela me ofereceu uma tragada — era só algo que tinha o hábito de fazer. Afastei a fumaça com um aceno.

— Começou bem — disse ela, irônica.

— Importante fazer amizade, é o que eu sempre digo.

— Ainda bem que você chegou. Estava te esperando pra me salvar. Sabia que a atenção recairia sobre você. Toma.

Ela me entregou um pedacinho de cartolina quadrado com vários quadrinhos impressos. Dentro de cada um, havia uma frase curta relacionada aos diferentes membros da família: *Marcelo grita com o garçom; Lucy tenta te VENDER alguma coisa.* Avistei o meu nome — *Ernest estraga alguma coisa* — na linha do meio, à esquerda.

— Bingo? — perguntei, lendo o cabeçalho: *Bingo da Reunião.*

— Achei que seria divertido. Fiz só pra nós dois — disse, erguendo o próprio cartão, onde pude ver que já havia um X. — O resto do pessoal não tem um pingo de senso de humor. — Ela franziu o nariz.

Arranquei o cartão da mão de Sofia. As frases eram diferentes das do meu, e também constavam algumas ocorrências genéricas. A gramática era um caos absoluto, caixa-alta para enfatizar coisas aleatórias, parênteses absurdos e nada de pontos-finais. Algumas eram mais engraçadinhas do que outras. Sempre dava para contar com os meus atrasos e com Marcelo descascando algum funcionário de onde quer que estivéssemos, mas o quadrado na parte inferior à direita dizia: *Avalanche*. Chequei o meu: no mesmo local estava escrito *Osso Quebrado (OU Alguém Morre)*, acompanhado de um incongruente emoji sorridente. No quadrado onde Sofia já marcara um X constava a frase *Ernest chega atrasado*.

— Isso não é justo — falei, devolvendo o cartão.

— Melhor você ir dar oi pro pessoal. Vamos?

Assenti. Sofia terminou a sua degustação de fumaça e jogou a guimba no meio da neve. Mas ali, caído em meio ao branco total, o restante do cigarro estava obviamente deslocado. Ela me lançou um olhar desesperançoso, desceu da varanda, desanimada, se abaixou, pegou a guimba e pôs no bolso.

— Sabe — disse enquanto me guiava para dentro do prédio —, seria bom você ser mais comedido se quiser sobreviver a este fim de semana.

Juro por Deus que ela disse essa frase exata. Até me lançou uma piscadinha. Como se fosse ela quem estivesse contando esta merda de história.

CAPÍTULO 3

A construção principal do resort era um albergue de caça disfarçado de hotel de luxo. Toda e qualquer superfície, corrimão e maçaneta tinha detalhes ornamentais em madeira polida; a iluminação suave vinha de luminárias elétricas de vidro fosco em formato de flores, e o saguão tinha até um tapete vermelho e um lustre baixo, cintilando ao lado da passarela que levava ao segundo andar. Em resumo, tudo que estivesse localizado da cintura para cima era quase chique o bastante para compensar os danos causados pela neve ao nível do chão: em matéria de hotelaria, o equivalente a atender uma videochamada de camisa social e cueca. Os carpetes, gastos de tanto serem pisoteados por sapatos empapados de neve, recobriam um piso de madeira estufado que rangia como se não estivesse bem afixado, e os tapetes de tiras de retalhos e os buracos de rato emassados de qualquer jeito evidenciavam o lema do pessoal da manutenção ali: é mais fácil dar um jeitinho do que arranjar um especialista disposto a subir a montanha. E isso sem falar no mofo. O lugar cheirava igual ao meu carro quando eu esquecia de baixar a capota durante uma tempestade. A altitude de um hotel concede instantaneamente algumas estrelas a mais à sua classificação e, ainda que aquele fosse um duas estrelas se fingindo de quatro, tinha um certo charme aconchegante.

Assim que entrei, deu-se fim à conversa no salão, onde todo mundo já estava na metade da sobremesa, e fui recebido por uma sinfonia de colheres sendo apoiadas nos pratos. Na ponta da mesa, minha mãe, Audrey, me olhou de cima a baixo. Ela tinha uma cicatriz acima do olho direito, e o cabelo grisalho desgrenhado estava preso num coque. Hesitou — talvez quisesse se certificar de que eu não era o meu irmão (fazia um tempo desde que qualquer um a havia visitado) — e então afastou a cadeira da mesa, deixando os talheres caírem ruidosamente. Tratava-se de uma técnica antiga que ela usava para interromper bate-bocas. Eu conhecia desde a infância.

Marcelo, meu padrasto, estava sentado à esquerda dela. Ele é um cara grandalhão e careca, e o pescoço tem vincos tão profundos que acho que só passando fio dental para evitar dar mofo. Ele colocou pesadamente a mão no pulso de Audrey. Não de um jeito controlador; não quero dar a impressão errada do relacionamento da minha mãe nem evocar estigmas referentes a padrastos. É só que Marcelo sempre usa um Rolex President de platina do final dos anos 1980, e, por curiosidade, quando olhei no Google seu preço salgadérrimo, vi que pesava quase meio quilo, o que significava, portanto, que qualquer coisa que ele fizesse com a mão direita seria, literalmente, com mão pesada. Eu me lembro do anúncio ridículo do relógio: *Uma herança de família deve carregar o peso da História*. Marcelo o usa desde que me entendo por gente. E sempre achei que não estava na fila para herdá-lo. Por mais estúpido que o anúncio fosse, era um slogan melhor do que outros que já tinha visto, como *Trezentos metros de profundidade, vidro à prova de balas: a segurança de um cofre de banco*, que fazia parecer que todo milionário trabalhava meio expediente como instrutor de mergulho.

— Já terminei — disse Audrey, soltando-se de modo brusco da mão de Marcelo. Seu prato ainda estava pela metade.

— Vê se cresce... — grunhiu Sofia, sentando-se ao lado de Lucy (minha cunhada, a que Michael mencionou no Capítulo 1, como deve se lembrar), que estava de frente para Marcelo.

Era óbvio que Lucy tinha se empetecado para o fim de semana: cabelo chanel recém-cortado e etiqueta se projetando para fora da gola do cardigã de tricô que havia acabado de comprar. Não sei se o fato de ter Lucy como escudo serviu de incentivo ou se Sofia só não tinha notado quão próxima a minha mãe estava de talheres afiados, mas esse tipo de alfinetada teria tido um potencial suicida para um parente de sangue. No fim das contas, só o que morreu foi a convicção da minha mãe de sair da mesa, e ela voltou a se ajeitar na cadeira.

Andy e Katherine completavam o time dos membros pontuais da família. Eu me sentei em silêncio ao lado de Sofia, em frente a um prato coberto. Acabou que alguém se dera ao trabalho de guardar o prato principal para mim, bife ao ponto especificado na planilha, e Katherine devia ter bufado por algum tempo diante do cloche, porque ainda estava morno. Lucy tinha um prato a mais à sua frente, o que significava que havia beliscado a minha entrada. Fiquei pensando se estava faminta ou se tinha sido um gesto deliberado.

Algo que você precisa saber sobre mim é que gosto de ver cada situação por dois ângulos distintos. Sempre tento analisar os dois lados da moeda.

— Bem — disse Andy, batendo palmas na tentativa de quebrar o gelo, algo que só alguém que entrou na família via casamento seria estúpido o bastante para fazer. — E este lugar, hein? Alguém já foi até o terraço? Parece que tem uma jacuzzi. E a gente pode dar umas tacadas de lá. Se a bola chegar na estação meteorológica, eles te dão cem paus. Quem vai encarar?

Ele tentou angariar algum entusiasmo olhando para Marcelo, cuja roupa era mais adequada para um campo de golfe do que para neve: um colete quadriculado que até eu percebia ser de algodão, e não de lã. Vestir aquilo num clima úmido e frio era pedir para morrer. Por mais que tivesse me sentido julgado pela mulher do 4x4 com o snorkel, pelo menos eu tinha trazido um casaco de fleece.

— Ern? — Andy continuava a percorrer a mesa com o olhar.

Katherine, sentada entre ele e Marcelo, cutucou-o para que ficasse quieto. Falar com o inimigo era proibido.

Comemos em silêncio, mas eu sabia que todo mundo à mesa estava pensando o mesmo que eu: quem quer que tivesse tido a ideia de começar o fim de semana um dia antes, quando cada pessoa ali sabia que a razão pela qual estávamos presentes só chegaria no dia seguinte, merecia ser amarrado a um trenó e jogado montanha abaixo.

Você aprende muito sobre uma pessoa ao observar a sua capacidade, ou falta de capacidade, de lidar com silêncios desconfortáveis. Se ela tira de letra ou pede arrego. A paciência parecia estar em falta entre os membros da família agregados por vias nupciais, pois Lucy foi a próxima a tentar iniciar uma conversa.

Vamos falar um pouco de Lucy. Ela administra um negócio independente on-line. Ou seja, perde dinheiro na internet periodicamente. É uma pequena empreendedora da mesma forma que Andy é feminista: ambos enchem a boca para fazer tais declarações em voz alta, mas só eles acreditam naquilo.

Não digo o nome da empresa porque não quero ser processado, mas me lembro de quando ela foi promovida a Vice-Presidente Executiva Regional (ou algo assim) um tempo atrás, junto a uns dez mil outros. Um título sem fundamento, a não ser que fosse uma referência ao seu vício de atazanar os amigos para comprar porcarias de que não precisam, uma habilidade que ela com certeza dominava em nível presidencial. Tinha sido assim que havia arranjado o carro lá fora; segundo sua postagem no Instagram, tratava-se de uma recompensa do programa, um mimo. Eu sabia que, na verdade, não passava de uma concessão e que o "presente" era apenas uma contribuição mensal sob condições incrivelmente rígidas. Caso não fossem cumpridas, revogava-se a recompensa, e o dono ficava com uma dívida salgada para quitar. Ou seja, o carro era de graça até deixar de ser.

Eu tinha certeza de que Lucy já não se adequava às condições e estava pagando pelo carro do próprio bolso. Mas o importante era nunca permitir que a realidade se sobrepusesse à imagem de sucesso. Um amigo vendedor de carros me disse que teve que proibir certo tipo de mulher de tirar fotos no pátio, ao lado dos modelos, fingindo ter acabado de ganhar um para fazer um post a respeito. Elas saíam furiosas, acelerando nos seus carros compactos fumacentos, levando no banco traseiro um laço vermelho gigantesco que não serviu de nada. Foi por isso que, como você pode entender, excluí do texto o modelo do carro de Lucy: é muitíssimo usado por uma empresa específica.

Lucy é toda engajada na retórica; descreve tal empreitada como um negócio e fica tensa sempre que alguém usa *aquela* expressão. Não vou usar, então, por respeito. Digamos apenas que tem a ver com algo que os egípcios construíram.

Na tentativa de se integrar à família, Erin costumava ir a todas as festas de Lucy e comprar o produto mais barato que ela estivesse empurrando naquele mês. Assim que chegava em casa, criava uma fatura com o nome de um restaurante e um valor equivalente a quão chata ou penosa a festa havia sido e deixava no meu travesseiro. *Nota fiscal de cunhada: modelador de cílios, $ 15; taxa x 3 (taxa de tutorial de maquiagem); > 1 hora, hora extra x 1,5 = $ 52,50: Bella's Italian.*

— Todo mundo chegou bem aqui em cima? O radar me pegou. Duzentos e vinte dólares por estar só uns sete quilômetros por hora acima do limite. Ridículo — disse Lucy.

O alívio por ela não estar tentando nos vender nada era quase palpável, ainda que não servisse ao propósito do meu cartão de bingo (*Lucy tenta te VENDER alguma coisa*).

— É pra gerar mais receita — disse Marcelo. — Mandam vir guardas extras pra flagrar os turistas e pegar leve com os locais. É por isso que o limite é quarenta por hora. Era pra ser setenta numa estrada dessas, mas eles querem que a gente fique impaciente.

— Você acha que dá pra meter um processo? — perguntou Lucy, esperançosa.

— Nem tenta.

Acho que não era a intenção de Marcelo que o seu desinteresse, apesar de honesto, soasse tão frio, mas caiu como uma pedra de gelo na mesa.

— Todo mundo já deu uma olhada nos chalés? São uma graça. — Era a vez de Katherine tentar. — A gente passou a noite aqui ontem, e a vista de manhã... — Ela deixou as reticências pairarem como se nenhuma palavra no mundo pudesse descrever a beleza do nascer do sol, nem a sua própria capacidade de escolher paisagens montanhosas a preços competitivos.

— Eu não tinha me dado conta — disse Marcelo, devagar — que a gente teria que *caminhar* do hotel para o quarto.

— Vai por mim, os chalés são muito melhores do que os quartos aqui em cima — falou Katherine, se defendendo, como se fosse acionista do resort. — Além disso, eu queria que tivesse mais espaço. Entende? Pra se esticar. Uma vista bonita. Não um quarto abafado e pequeno igual a uma...

— Acho que ele não vai nem se importar, contanto que tenha roupa de cama nova e cerveja gelada — comentou Lucy.

— Mas por que *a gente* não pode ficar aqui? — resmungou Marcelo.

— Nós conseguimos um desconto pela reserva de seis chalés, esqueceu?

— Já ajuda a pagar a multa da Lucy. — Não pude resistir à alfinetada, mas, exceto por uma sugestão de sorriso da parte de Sofia, fui ignorado.

Marcelo meteu a mão no bolso e puxou a carteira.

— Quanto você quer pra eu poder trocar de quarto?

— Pai, você consegue andar até lá. Eu te levo de cavalinho, se quiser — sugeriu Sofia.

O comentário finalmente arrancou um sorriso meio torto dele.

— Estou machucado — disse, fazendo drama, com a mão no ombro direito.

Sofia é cirurgiã, e ela mesma havia se encarregado de reconstruir o ombro de Marcelo havia pouco mais de três anos. Estava mais do que sarado. Era óbvio que era fingimento. Pelo menos ele parecia em excelente condição física ao me dar um soco no Capítulo 32.

Normalmente não é permitido que cirurgiões operem membros da própria família, mas Marcelo está habituado a conseguir o que quer e havia insistido que confiava apenas nas mãos da filha. O faro do hospital para um possível benfeitor rico garantiu que um número suficiente de pessoas fizesse vista grossa para tal situação e assim permitisse a construção da Ala Garcia do centro de oftalmologia.

— Sossega esse facho, velhinho — brincou Sofia, dando uma garfada no bife. — Ouvi dizer que a sua cirurgiã era top de linha.

A indignação de Marcelo era igualmente performática. Ela apertava o peito como se tivesse sido atingido por uma flecha certeira, mas bem poderia ter colocado a filha nos ombros e saído carregando-a. Isso se o seu ombro não estivesse tão "machucado", é claro. Dava quase para sentir a afeição entre os dois. Sofia era filha única, e embora Marcelo fosse gentil com Michael e comigo (quando se casou com a minha mãe, havia ficado óbvio que gostava de ter meninos para criar), Sofia seria sempre a sua garotinha. Na frente dela, mesmo a sua fachada pétrea de advogado desmoronava, fazendo palhaçadas em troca de uma risadinha, bem coisa de pai.

— Ou a gente pode afanar uma moto de neve — disse Andy, aliviado ao encontrar um porto seguro de conversas leves. — Vi duas estacionadas lá fora e perguntei se eles alugavam. O zelador disse que são só para a manutenção. Quem sabe a gente não convence o cara? — Ele fez aquele gestinho característico esfregando o polegar e o indicador.

— Você tem doze anos de idade, por acaso? — perguntou Katherine.

— Só achei que poderia ser divertido, amor.

— Divertida é a vista, a atmosfera, a companhia, e não fazer spa, dar tacadas de golfe no terraço e sair por aí numa máquina mortal.

— Parece divertido pra mim — interrompi.

O olhar que Katherine lançou reaqueceu a minha refeição.

— Obrigado, Ern... — disse Andy, mas Audrey o interrompeu tossindo alto. Ele se virou para ela. — Que foi? Vai ficar todo mundo fingindo que ele não tá aqui? — perguntou, como se eu não estivesse ali.

— Andrew... — alertou Katherine.

— Peraí! Qual foi a última vez que todos vocês se viram?

Grande erro, Andy. Essa resposta todo mundo sabia.

Foi a minha mãe quem proferiu a resposta em voz alta.

— No julgamento.

***

De repente, me vejo de volta ao banco das testemunhas, ouvindo um advogado postulando sobre fotos gigantescas de uma clareira tomada por teias de aranha com a qual às vezes ainda sonho, fotos marcadas por setas, linhas e quadrados coloridos na parte de cima. O sujeito mantém uma das mãos no bolso enquanto movimenta uma caneta laser pelo recinto com a outra, como se o júri fosse um gato. Estou no meio de uma resposta quando a minha mãe se levanta e vai embora. Só consigo ficar me perguntando por que portas de madeira de tribunal precisam ser sempre o mais altas, pesadas e *barulhentas* possível. Com certeza algo mais discreto seria mais apropriado para o ambiente, mas o arquiteto deve ter feito um bico como roteirista em Hollywood e quis que as entradas e saídas fossem impactantes. No fundo, só penso sobre essas porras de portas barulhentas para não ter que olhar para o meu irmão no banco dos réus.

Você, que é um leitor experiente, já deve ter reparado que há alguns assentos vazios na mesa do almoço em família. Já contei que Erin chega amanhã. A filha única de Katherine não vem — a Amy, do incidente com o sanduíche de manteiga de amendoim — porque mora na Itália, e essa reunião, no seu ranking de importância, se encaixaria na categoria "de cinco a sete horas de carro", não mais do que isso. Mas acho que não é surpresa para ninguém o fato de Michael também estar ausente na cena. Talvez eu seja meio que responsável por isso.

Então você já sabe algumas coisas: por que a minha mãe se recusa a falar comigo, por que o meu irmão ainda não está com a gente, por que ele está ávido por uma roupa de cama nova e cerveja gelada, por que não consegui lançar mão das minhas desculpas habituais para escapar do fim de semana, por que Lucy se empetecou e por que Katharine colocou "todos nós" em negrito no convite.

Fazia três anos e meio desde que eu havia me ajoelhado em meio a teias de aranha e assistido ao meu irmão assassinar um homem moribundo. Três anos desde que minha mãe havia ido embora de um tribunal enquanto eu explicava ao júri como ele tinha feito aquilo. E, em menos de vinte e quatro horas, ele chegaria ao Sky Lodge como um homem livre.

CAPÍTULO 4

Desde o funeral, com aquela bandeira dobrada repousando ameaçadoramente sobre o caixão e os bancos da igreja cheios de ponta a ponta com policiais de luvas brancas e fardas com botões de ouro polido, conheço a sensação de ser um pária. O velório de um policial mostra o lado bom e o lado ruim de confrarias. Como elas podem gerar um laço de pertencimento e ser motivo de orgulho para muitas pessoas — vi um policial com o quepe hexagonal debaixo do cotovelo abrir um canivete suíço e talhar o símbolo do infinito na madeira do caixão, um laço eterno —, mas se fecharem implacavelmente a outros. Lembro a discussão no saguão entre as duas famílias do morto — a de sangue e casamento e a dos uniformes azuis —, ambas insistindo que sabiam o que era melhor: cremação ou enterro. Uma briga fútil; os laços de sangue prevaleceram, e o corpo foi enterrado. Do ponto de vista legal, fazia sentido, mas também acho que policiais devem ficar nos carros de patrulha tendo conversas do tipo "se eu morrer" o tempo todo. Vai saber.

O funeral foi movimentado. Estava mais para um set de filmagem do que para uma capela reverente. Todo aquele agito — os fotógrafos em frente à igreja, as cabeças se virando, os olhares de soslaio e os sussurros espantados, *Meu Deus, aqueles são os filhos* dele — me ensinou a diferença entre ser observado e ser visto. Aquele voyeurismo tão unilateral — "*os filhos* dele" — forma uma bolha ao seu redor, te afasta de tudo. Me lembro de ver o chantilly pingando do vestido preto da minha mãe enquanto saíamos da igreja e de repente ter certeza de duas coisas, pelo menos tanta certeza quanto uma criança pode ter: o papai nunca mais voltaria. E nós estávamos juntos naquela bolha.

Ser mãe solo de meninos não é brincadeira. Audrey tinha que ser amorfa: ao mesmo tempo diretora da prisão, colega de cela delatora, guarda que aceita propina de bom grado e agente de condicional caridosa. Marcelo era advogado do meu pai antes de abrir a sua firma corporativa e, depois da morte dele, tinha começado a aparecer lá em casa. Eu achava que era porque tinha pena da minha mãe. Ele e papai deviam ter sido amigos. Não fique imaginando que Marcelo era daqueles caras que aparecem de regatinha branca com uma furadeira na mão (certa vez, pendurou umas prateleiras num ângulo tão errado que minha mãe se queixou de enjoo); ele só levava o talão de cheques, para pagar alguém para aparecer com a furadeira. E não demorou até que nos dar uma mão se transformasse em pedir outra. Quando Marcelo fez o pedido de casamento, com a filha a tiracolo, minha mãe levou a gente para comer hambúrguer e perguntou se queríamos que eles passassem a fazer parte da nossa bolha. O fato de ela se dar ao trabalho de perguntar foi suficiente para me convencer. Michael só queria saber se ele era rico e de atacar o seu cheeseburger.

Em alguns dias, na adolescência, éramos nós contra ela, como costuma acontecer nessa idade; às vezes, rebelar-se em nome de mais cinco minutos no videogame é maior do que quinze anos de cuidado. Mas independentemente de quantas portas tenham sido batidas e de quantos gritos tenham sido dados, éramos sempre — sempre — nós três contra o mundo. Nem mesmo tia Katherine conseguiu botar mais do que um pé para dentro da porta, talvez por ser irmã do papai. Minha mãe cuidava de nós, e esperava que cuidássemos um do outro, acima de tudo.

Pelo visto, acima até da lei.

De certa forma, eu entendia o motivo de ela ter se retirado do tribunal. Eu havia saído da bolha e tomado partido de gente alheia.

Sei o que você deve estar pensando: três anos não é muito por uma condenação por homicídio. É verdade. O sujeito — o nome dele era Alan Holton, caso tenha interesse em saber — *havia mesmo* tomado um tiro e era difícil provar se a sua morte caía mais na conta da bala ou de Michael. Sim, Michael tinha atropelado Alan quando o homem cambaleava para o meio da rua depois de ser alvejado e, sim, cometeu o terrível erro de não o levar de imediato para um hospital, mas ele também contava com a defesa impecável de Marcelo Garcia — famoso pelo seu escritório de direito corporativo Garcia & Broadbridge, atualmente um dos maiores do país, e por se recusar a caminhar quarenta metros na neve —, que havia posto grande ênfase na fama de criminoso de Alan, na incerteza quanto a um atirador de paradeiro desconhecido e na arma nunca encontrada.

A própria presença de Marcelo num julgamento por homicídio era, em si, inacreditável, e acho que pode ter feito o cara da caneta laser perder o rebolado, mas é preciso dar o devido crédito ao seu trabalho. Ele argumentou que, dadas as circunstâncias, não havia como esperar de Michael decisões racionais. Ainda que tivesse faltado ao seu dever de prover os cuidados necessários a Alan — e isso é importante, já que na Austrália a responsabilidade legal de ajudar alguém só se materializa quando você *começa* a fazer isso, o que aprendi no julgamento — ao colocá-lo no seu carro, mas não levá-lo para receber cuidados médicos, Michael também temia pela própria vida, Excelência, pois não sabia se o atirador ainda estava por perto ou quais eram as probabilidades de que fosse atacado ou perseguido. Para encerrar, sem entrar em detalhes técnicos, meu irmão foi condenado a três anos de cadeia.

Testemunhar foi muito difícil para mim e, quando a barganha final foi aceita — a sentença foi negociada a portas fechadas na câmara do juiz —, não fez a menor diferença. Fiz um monte de escolhas erradas na vida, incluindo aceitar o convite de Andy para beber no bar depois do almoço, e ainda não sei se testemunhar foi uma delas. É óbvio que eu teria tido que aceitar as consequências de ter permanecido em silêncio, mas também precisei viver com o fato de ter falado abertamente, e não sei bem o que é pior. Adoraria poder afirmar que testemunhei porque era o correto a se fazer. Mas a verdade é que, no rosnado grave do meu irmão — "Ele parou de respirar, só isso" —, havia algo de diferente. Eu poderia usar algum clichê do tipo "Michael não parecia mais o meu irmão", mas, na verdade, era exatamente o contrário. Ele parecia um Cunningham de verdade. Eu o vi sem filtro. E se, no seu interior, havia algo como aquele rosnado, como os ombros e os antebraços flexionados, estrangulando alguém até a morte, será que haveria em mim também? Eu queria expurgar esse lado. Assim, fui falar com a polícia. Torcia para que uma parte da minha mãe entendesse os meus motivos. E, quando o dia seguinte chegasse, torceria para que ainda houvesse uma parte de mim que também entendesse.

Admito que meus passos não estavam lá muito firmes ao enfrentar a neve a caminho do chalé. Andy ficou tão animado com a promessa de um colega de copo que topou até se aliar à oposição, e eu fui na onda, já que ele ia pagar. Andy é horticultor. Cultiva a grama de campos de críquete e futebol na altura exata e segundo as especificações corretas. Um homem inacreditavelmente entediante num casamento tão entediante quanto ele, o que, como percebo há anos, sempre garante rodadas generosas.

Eu tinha levado uma mala de rodinhas com alça extensível que vem a calhar em aeroportos, mas nem tanto na encosta de uma montanha, que acabei conseguindo transportar com uma série de puxões e movimentos de levanta-e-solta. Também estava carregando uma bolsa esportiva pendurada no ombro. Embora ainda fosse o meio da tarde, o pico da montanha bloqueava o sol, então começava a escurecer, e, apesar de as cervejas terem ajudado a esquentar, dava para sentir a mudança da temperatura. Era parecido com o que dizem que acontece em Marte: escurece e, num piscar de olhos, o frio é de congelar. Andy estava pensando em dar uma olhada na jacuzzi quando a gente terminasse de beber, mas eu torcia para que mudasse de ideia; caso contrário, só conseguiriam tirá-lo de lá com uma talhadeira.

Apesar do frio, quando cheguei com a bagagem ao meu semienterrado chalé, foi a duras penas e suando bastante. A neve batia na cintura, mas os funcionários do hotel haviam aberto uma trilha com a pá até a porta, pela qual arrastei a mala, que se chocava com os cantos feito uma bola de pinball. A frente da cabana, onde ficavam as janelas, tinha um toldo saliente, o que impedia que a neve se acumulasse a ponto de tapar a vista.

Enquanto tentava achar a chave, percebi um pedaço de papel amassado preso com um galho a um monte de neve ao lado da porta. Peguei. Alguém havia escrito um bilhete com uma caneta preta grossa de feltro e, à medida em que o papel se empapava, as letras começavam a escorrer, produzindo um efeito macabro.

Estava escrito: *O frigobar é uma merda. Cave.*

Na parte inferior, à direita, havia um grande S de Sofia. Eu me abaixei e espalhei a neve do montinho com a mão, revelando as beiradas prateadas das seis latas de cerveja que ela escondera para mim. Depois do julgamento de Michael, Sofia foi a única que manteve contato comigo. Percebi que o ostracismo era para valer quando nem Lucy mandava mais e-mails me convidando para um dos seus Seminários Gratuitos. Mas Sofia me procurava. Talvez por, como eu, também ser uma pária. Seu pai a havia inserido numa nova família, num novo país. E com "inserido" quero dizer "despejado", pois, por mais que Marcelo fosse amoroso quando estava presente, ninguém sobe ao patamar mais alto do direito corporativo dando a atenção necessária aos filhos. Embora jamais tivesse se queixado de não ser bem-vinda na nossa casa, acho que Sofia sempre enxergou a nossa bolha invisível. Depois que o julgamento nos deixou no mesmo nível, passamos de irmãos postiços com um relacionamento cordial a amigos de verdade. Por isso fui o único convidado para o seu jogo de bingo.

Refiz o montinho de neve que escondia as latas e entrei na cabana, feliz por ainda restar ao menos alguma fonte de calor na montanha. O chalé tinha um único ambiente, onde a sensação era de estranheza, de algo meio torto — como num navio instável — devido à inclinação do teto. A sensação desconfortável era compensada pela vista panorâmica: a primeira impressão que se tinha do cômodo era exatamente a prometida. Meu orgulho não me impede de dar o tapinha nas costas merecido na minha tia e reconhecer que a paisagem era de tirar o fôlego. Em especial com os últimos fiapos de sol desaparecendo sobre a serra e a longa sombra do pico se estendendo pela encosta.

No lado da janela, o pé-direito tinha mais de três metros de altura, era sustentado por vigas de madeira em formato de abóbada em cruzaria e se afunilava gradualmente ao longo do chalé, recobrindo um lounge com televisão, uma abundância de tapetes e uma lareira de ferro fundido. Fiquei surpreso ao descobrir a existência de uma parede com armários de ponta a ponta, cheios de utensílios de cozinha de hotel. Já em termos de banheiro, o que havia era uma alcova cúbica onde a praticidade mandara lembranças; tomar banho curvado teria que ser mais uma concessão em troca da vista. Pouco antes do meio do quarto, uma escada levava a um mezanino, no qual ficava a cama. O ambiente havia sido preaquecido — a lareira devia ser só ornamental, já que não estava ligada —, e a minha pele formigava por conta do choque térmico. O cheiro de mofo da sede do hotel dava lugar a uma fragrância de cinzas e carvalho, muito provavelmente essência de alguma vela aromática denominada "lareira rústica".

Larguei a mala de rodinhas no meio do cômodo e estava tentando fazer a bolsa caber num dos armários quando o telefone perto da TV tocou. Meu aparelho tinha um pequeno número 4 afixado. Não havia um teclado para números externos, só uma coluna com botões de discagem rápida e miniluzes etiquetadas com os números dos chalés, bem como uma cuja etiqueta dizia "Concierge". O número 5 estava aceso. Era Marcelo.

— Audrey não está se sentindo bem. — Ele disse "Audrey", e não "sua mãe". — Hoje vamos pedir comida no quarto. A gente se vê de manhã.

Escapar de um jantar de família não era nenhum sacrifício para mim; o almoço já tinha dado conta de grande parte do meu estoque de tolerância para o fim de semana. Peguei uma garrafa de água morna no frigobar — Sofia tinha razão, era uma merda mesmo — e tomei tudo de um gole só, porque tinha lido em algum lugar que um dia na neve pode desidratar mais do que pegar uma praia. Depois fui catar uma das latas de cerveja escondidas, me encostei no sofá e, sem nem pensar sobre o assunto, apaguei.

Acordei com alguém esmurrando a porta. Como era de se esperar. Você já leu livros desse tipo antes.

Tive um momento de pânico porque, às vezes, tenho sonhos — memórias, aliás — de estrangulamento e, ao ser acordado com tamanha violência, a janela gigante e a sensação de espaço me fizeram pensar, por um segundo, que tinha caído no sono do lado de fora. O cume se encontrava com o céu escuro sob o brilho espetacular das estrelas, sem a bruma urbana nem as nuvens para atrapalhar. O vento do lado de fora soava como um rosnado, e punhados de neve caíam sem parar, dançando pelo céu. Mais perto, a montanha era iluminada pela rebarba pálida de holofotes, servindo aos esquiadores noturnos no vale ao lado, enquanto a encosta era marcada pelas sombras esquálidas de árvores sem folhas. A temperatura continuava a cair e tentava se insinuar para dentro do quarto; dava quase para sentir o bafo do vidro pulsando contra o aquecimento interno.

Esfreguei os olhos e me endireitei, depois me arrastei até a porta.

Quando abri, Sofia estava na soleira, encolhida, com as mãos nos cotovelos e lascas de gelo no cabelo preto açoitado pelo vento.

— E aí? Trouxe o dinheiro? — perguntou ela.

CAPÍTULO 5

Ok, olha só. É o seguinte. Eu não menti. Michael me pediu para guardar o dinheiro.

Quando ele me levou de volta para casa de manhã — eu em silêncio total no banco do carona, ainda tirando teias de aranha pegajosas dos antebraços —, disse que talvez fosse mais seguro o dinheiro ficar comigo por enquanto. Eu entendia o raciocínio: Alan o teria roubado ou teria que entregá-lo a alguém e, no meio do processo, algo acabou dando errado. Se Michael teria ou não algo a ver com essa parte, eu não sabia ao certo, mas se alguém havia perdido algumas centenas de milhares de dólares, provavelmente iria querer de volta. Meu papel era ser mais um empecilho — um nível de segurança — no caso de o atirador ter visto o carro de Michael. Isso, claro, se houvesse um atirador.

Assim, com esse acordo tácito, eu havia levado a bolsa. Talvez Michael tivesse sugerido que me pagaria por tomar conta dela, mas eu mal conseguia ouvir qualquer coisa, só um eco na cabeça, como se ele estivesse falando debaixo d'água. Depois, em transe, havia entrado em casa, jogado a bolsa na cama, vomitado e chamado a polícia.

Vinte minutos depois, estava algemado na traseira de um carro, guiando dois detetives entediados até a clareira. Sei que não me levaram a sério no começo, porque até pararam num drive-thru do McDonald's no caminho. Nunca tinha ouvido falar de uma testemunha de homicídio que teve que aguardar um McMuffin ficar pronto. Isso foi antes de o circo começar. Antes das sirenes, das ambulâncias, dos furgões de emissoras de televisão e até de um helicóptero pousando no meio do campo. Antes de haver editoriais sobre o crime e outros, ainda mais populares, sobre o campo coberto de teias (a bizarrice da natureza tinha sido produzida por aranhas em fuga, tentando escapar de uma inundação próxima). Antes de eu ser trancado numa sala de interrogatório e de virem com câmeras e bafos quentes de McDonald's na minha cara para me dizerem que Michael havia me entregado e que era melhor confessar logo.

Quando me soltaram, depois do que me pareceu o tempo máximo que poderia ser detido, soube que Michael não tinha dito absolutamente nada. Só queriam ver se eu mentiria para salvar a pele. Me levaram para casa e até perguntei se queriam passar no KFC no caminho, porque não estava com pressa. Mas a piada não agradou muito o público.

Foi só ao chegar em casa e ver a bolsa preta em cima da cama, bem onde eu a havia deixado, que me dei conta de ter esquecido de contar à polícia sobre o dinheiro.

Juro, simplesmente achei que tivessem dado uma busca na casa. No início, estava mais focado em Alan e tentando me lembrar da ordem exata dos acontecimentos, que horas eram quando o meu irmão me pegou, quando me deixou em casa, quando me pediu para esperá-lo no carro. Depois achei que o dinheiro já estaria com eles e que iriam me perguntar sobre isso em algum momento, mas não perguntaram. Quando caio em mim, já é o dia seguinte, estou assinando um papel onde declaro o meu testemunho como verdadeiro e fidedigno e ainda não mencionei o dinheiro. Michael também não falou nada — talvez nem saiba ainda que fui eu quem o entregou e, assim, imagino, ainda ache que estou do seu lado, protegendo o dinheiro por ele. Depois estou no banco das testemunhas e ninguém tocou no assunto ainda, nem Michael, nem Marcelo falam a respeito para me ferrar durante o julgamento, como eu meio que esperava, e sei que o momento de mencioná-lo sem causar um mundo de problema já está mais do que passado e tudo fica como está, não dito. O juiz lê o veredito, volto para casa, e a bolsa continua lá, mas o mundo é outro. Meu irmão está na cadeia e tenho comigo uma bolsa com 267 mil dólares. Sei a quantia exata pois tive tempo de contar.

Esse era um outro motivo pelo qual não podia faltar nesse fim de semana. Havia contado o meu plano a Sofia semanas antes. Planejava entregar a bolsa a Michael no dia seguinte. Não pensava no ato como um pedido de desculpas, porque eu não tinha feito nada de errado, mas talvez como uma espécie de oferta. Não era um ramo de oliveira, mas certamente era verde (metaforicamente, ao menos). Além disso, quase tudo continuava ali. Olha que irmão bacana eu sou.

— Está tudo aqui? — perguntou Sofia, olhando para a bolsa eviscerada no sofá à sua frente. Ela rondava-a sem se sentar, nervosa com a possibilidade de tocar no dinheiro.

— A maior parte — confessei.

— A maior parte?

— Bem... houve algumas emergências. Faz três anos. Nem sei se ele contou.

— Você *disse* que ele contou.

— Provavelmente. Estou torcendo pro Michael não se lembrar do total exato.

— Você sabe o que eu faria se passasse três anos na prisão achando que o meu irmão me roubou uma bolsa cheia de dinheiro? Pensaria sobre isso todo santo dia. Até o último centavo.

— Acho que ele pensa que eu gastei tudo. Vai ficar feliz por recuperar o dinheiro.

— A maior parte do dinheiro.

— A maior parte.

Sofia soltou o ar de forma exagerada, com direito a lábios trêmulos, e foi até a janela. Bateu um dedo contra o vidro e observou a montanha por um momento.

— Por que você ficou com o dinheiro? — perguntou delicadamente. Estava falando sério.

Sofia nunca havia comprado as lorotas com que eu me enrolava, tentando convencer a mim mesmo de que estava com o dinheiro porque perdia uma oportunidade atrás da outra de devolvê-lo. Por estar constrangido demais; por achar que seria complicado demais. Ela percebia que não era só isso. Seria ganância pura e simples? Eu não tinha certeza. Não esperava que Michael me dissesse "Vem cá me dar um abraço" e dividisse a grana comigo no dia seguinte, mas estaria mentindo (algo que prometi não fazer) se não dissesse que, ao longo dos últimos três anos, ter aquela bolsa no fundo do armário me trouxe certa paz, especialmente levando em conta tudo o que tinha acontecido com Erin. O dinheiro era o meu fundo de reserva Fazer-as-Malas-e-Cair-Fora. Minha caderneta de poupança Se-Tudo-Der-Errado. Meu investimento para Começar-de-Novo. Não queria usá-lo, mas era bom saber que estava lá.

— Não fiquei com o dinheiro — falei, repetindo o discurso de sempre. — A bolsa é que acabou ficando comigo.

Sofia fez cara feia, decepcionada. Sabia que as minhas desculpas eram ensaiadas.

A verdade era que, antes de sair de casa, eu havia pegado dois maços de notas e os colocado na gaveta de cuecas. A verdade era que, até Marcelo causar uma reviravolta nos rumos do julgamento, eu achava que Michael teria uma pena bem mais longa, a ponto de o dinheiro deixar de importar para ele. A verdade era que uma das únicas razões para eu não ter gastado muito era não saber de onde vinha aquele dinheiro e se seria rastreável; caso contrário, ao menos eu o teria depositado e vivido dos rendimentos. A verdade era que eu ainda não havia decidido se iria *mesmo* dar o dinheiro para o meu irmão no dia seguinte.

Eu o tinha levado para o caso de Michael perguntar a respeito. Contei a Sofia que planejava entregá-lo para ter uma promessa a cumprir, tentando afastar a chance de dar para trás.

Sabe, as pessoas adotam um olhar específico quando tomam uma decisão. Nada físico, só um sexto sentido, algo tipo o arrepio na nuca que sentimos quando alguém está nos observando. Foi o que aconteceu naquele momento. Os átomos do ar mudaram. Sofia havia tomado uma decisão.

— E se eu dissesse que preciso de uma parte? — perguntou.

O telefone tocou, nos dando um susto. Óbvio. Você já leu esse tipo de livro antes. O pequeno número 2 se acendeu. Depois de dois toques, parou, antes mesmo de eu me encaminhar para atender a ligação. Olhei o relógio. Onze e quinze. Se você estiver prestando atenção aos números das páginas, vai sacar que alguém acabou de morrer. Eu só não fiquei sabendo ainda.

— Dá uma pensada — disse ela, e percebi que estava esperando uma resposta.

— De quanto você precisa?

— Uns cinquenta, talvez. — Ela mordeu o lábio. Pegou um punhado de notas da bolsa e segurou-o como se o estivesse pesando. — Mil — acrescentou, como se houvesse alguma chance de eu ter achado que ela me visitaria no meio da noite por causa de cinquenta dólares.

— Michael sabe que o dinheiro está comigo.

— Ele sabe que deixou a grana com você, não que *está* com você. — Ela havia ensaiado o discurso, enumerado argumentos, assim como eu fazia com as minhas desculpas. — Você pode dizer que a polícia levou. Ou que você doou. Ou que queimou.

Eu poderia fingir que nunca tinha pensado nessas possibilidades, mas não vou. Sou um narrador confiável, lembra?

— Em que tipo de enrascada você se meteu? — perguntei.

O que preferi não dizer foi que havia gente mais rica a quem pedir, meios mais legais de obter o dinheiro. O pai dela, para começo de conversa. E cinquenta mil era muita grana, com certeza, mas ela era cirurgiã e dona de propriedades: se queria cinquenta mil dólares — ela havia dito "Uns cinquenta, talvez", o que para mim significa que precisava desse valor exato —, era isso do que precisava para preencher a lacuna entre o que poderia obter por conta própria e o total. Além disso, queria dinheiro vivo. O que significava rapidez, discrição e nada de registros. O buraco era mais embaixo do que ela fazia parecer.

— Não preciso de ajuda, só do dinheiro.

— O dinheiro não é meu.

— Também não é dele.

— Dá pra gente falar disso amanhã?

Sofia largou a grana, mas percebi que ela estava vasculhando notas mentais para ter certeza de que tinha dito tudo que havia se proposto a dizer, como se aquilo fosse uma entrevista de emprego e os recrutadores tivessem acabado de perguntar aquela merda de "Mas e você, quer nos perguntar alguma coisa?". Devia ter decidido que já tinha tocado em todos os pontos cruciais, porque se encaminhou até a porta. Quando a abriu, uma lufada de ar congelante invadiu o ambiente.

— Olha só pro jeito que te trataram. Ainda acha que *você* deve algo a *eles*? Um dia vai se dar conta de que família não tem a ver com o sangue que corre nas suas veias, mas por quem você derramaria sangue.

Ela pôs as mãos nos bolsos e saiu pela noite.

Voltei para dentro e olhei para o dinheiro, semiestupefato, tentando analisar tudo o que havia acabado de acontecer.

Fiquei pensando se Sofia não estaria certa. Se, apesar da minha família ter se esforçado para me excluir, eu não sentia como se ainda tivesse alguma obrigação em relação a eles. Seria esse o motivo de eu estar ali? Uma pergunta grande demais, depois de cervejas demais e perto demais da meia-noite. Desisti de toda aquela reflexão, peguei o telefone e disquei de volta para o quarto dois.

— Alô? — Para a minha surpresa, a voz do outro lado da linha era a de Sofia. — Ern?

— Ah, oi, Sofia. — Chequei as luzes do aparelho. Havia mesmo discado o 2, então talvez tivesse confundido o número que tinha piscado antes. Sofia não poderia ter me ligado de fora enquanto estava no meu chalé. — Desculpa, é só para saber se você tinha chegado bem. É de noite, sabe como é. Não ia querer que caísse num buraco e acabasse perdendo a reunião de família.

— Você chama isso de reunião de família? Sete pessoas? — Ela riu e o telefone chiou. — *Afe*. Gente branca.

Tentei rir também, mas tinha em mente quão normais nós dois estávamos tentando parecer, o que me fez travar imediatamente. O máximo que consegui foi soltar um grunhido estranho, abafado.

— Ok, Ern. Obrigada pela preocupação. Promete que vai pensar?

Não precisava prometer — não conseguia pensar em mais nada —, mas prometi assim mesmo. Demos boa-noite e desligamos. Terminei a cerveja, deixei as cortinas abertas para o nascer do sol e fui até o mezanino. Deitado de lado, observei a serra escarpada que se confundia com o céu infinito e me senti muito pequeno. Imaginei o que os outros estariam fazendo naquele instante. Sofia, assim como eu, no meio de uma montanha, pensando numa bolsa cheia de dinheiro. Erin, em algum motel fuleiro na estrada, pensando em sabe Deus o quê. E Michael, contemplando o mesmo céu por uma janela de prisão pela última vez, talvez refletindo sobre o que queria fazer comigo.

Caí no sono, na esperança meio vã de que no dia seguinte tudo ficaria bem.

CAPÍTULO 6

Quando acordei, havia um fluxo intenso de casacos acolchoados do lado de fora da minha janela. Todos pareciam se encaminhar para um pequeno aglomerado a algumas centenas de metros colina acima, no campo de golfe coberto de neve. Umas trinta pessoas, talvez. Uma moto de neve passou pelo grupo, o motor roncando. Mais à frente, no alto do morro, alguém agitava os braços. Não dava para entender se queria dizer *cheguem aqui* ou *não venham pra cá*. Um sinalizador serpenteou pelo céu, formando uma trilha luminescente e, quando estourou, o chão coberto de cristais de gelo refletiu o brilho avermelhado. A luz contrastava com a neve e, enquanto o sinalizador sumia, reparei que a superfície ainda reluzia — não só em vermelho, mas também com um pouco de azul. Não era só um reluzir, mas um clarão, refletindo uma sequência de luzes coloridas que deviam estar vindo da construção principal do resort. Polícia.

Desci a escada do mezanino como se fosse um mastro do Corpo de Bombeiros, a fricção queimando as minhas mãos, depois comecei a enfiar o dinheiro de volta na bolsa. Por sorte, a atenção das pessoas parecia concentrada no topo da colina, o que me deu tempo para juntar tudo e guardar de volta no armário, além de vestir uma calça antes que alguém acabasse vendo algo que não deveria. Terminei de me vestir o mais rápido possível, escancarei a porta e vislumbrei a única pessoa na montanha usando uma calça jeans.

— Andy! — chamei da soleira, calçando a bota esquerda.

Ele parou, se virou para mim, acenou e ficou à espera. Meio desajeitado por causa da neve, corri até ele. O ar era rarefeito o bastante para que eu chegasse lá sem fôlego, minha respiração condensada embaçando os seus óculos.

— O que aconteceu? — perguntei.

— Algum pobre coitado.

Ele apontou para o topo da colina e começou a andar. Seu olhar de curiosidade sem medo serviu de resposta para a pergunta: *um de nós?* Apressei o passo para acompanhá-lo, grato por ter ligado por engano para Sofia na noite anterior, o que me confirmava que ela havia chegado sã e salva ao chalé. Passar a noite do lado de fora com certeza seria letal, mesmo numa noite calma como a anterior. Tremi. Devia ser horrível morrer assim.

Havia um homem morto caído de costas na neve, as bochechas escurecidas pelo frio. Estava todo coberto — casaco preto de esqui, luvas pretas e botas —, exceto pelo rosto e, por um segundo, meu cérebro me levou de volta a outra massa escura em meio a uma clareira branca. Afastei o pensamento e espiei por cima do ombro do cara à minha frente. Mais de vinte curiosos tinham vindo correndo dos quartos feito mariposas pela promessa de um escândalo.

À nossa frente, um policial tentava manter as pessoas afastadas. Era mais ou menos da minha idade, talvez mais novo, e usava um gorro com abas protetoras de orelhas e casaco com gola de lã. Para ser sincero, ele parecia nervoso, como se não tivesse ideia do que fazer. Andy havia se afastado para ir até Katherine, que já estava lá antes de nós, apesar de o evento não fazer parte do seu cronograma. Pelo jeito, todo mundo tinha chegado a um acordo implícito de que dez metros eram distância o suficiente para preservar a cena do crime, e um semicírculo se formara naturalmente. Não havia nevado forte durante a madrugada, portanto o cadáver e os três rastros proeminentes de pegadas que subiam o morro na sua direção estavam nitidamente preservados.

Das trilhas de pegadas, três subiam o morro, mas só uma retornava. Esta ficava irregular, com marcas menores uma hora ou outra junto às pegadas: pressupus que se tratasse da pessoa que havia encontrado o corpo, voltando às pressas, em pânico, descendo o morro aos tropeções para dar a notícia e, de vez em quando, se apoiando com a mão no chão. A segunda trilha era clara, as pegadas lineares. Imaginei que fossem do policial que vigiava o corpo.

A terceira trilha de pegadas subia o morro como as demais. Até que, em dado momento, rompia com a lógica: ia e voltava, subia e descia, tudo isso dentro do espaço de uns poucos metros quadrados. Era como se alguém estivesse preso numa caixa invisível, ricocheteando contra as paredes. Essas pegadas terminavam junto ao corpo, sem trajeto de volta.

As pessoas ao redor murmuravam e puxavam os celulares do bolso para tirar fotos e gravar vídeos. Mas ninguém parecia abalado. Não havia braços oferecendo consolo nem mãos na boca em sinal de choque. Todo mundo teve a mesma reação que eu: observavam o corpo com uma curiosidade intelectual. Talvez por estar congelado, a gente tinha a impressão de que o cadáver quase fazia parte da montanha, e não que se tratava de uma pessoa de verdade, que doze horas antes estava respirando. A cena era estranha, mas não violenta. Mas com certeza *alguém* deveria estar gritando, tentando abrir caminho entre nós para alcançar seu ente querido. *Ninguém conhece ele?*, pensei.

— Alguém aqui é médico?

O policial já havia desistido de dispersar as pessoas. Repetiu a pergunta enquanto se aventurava em meio ao grupo, revelando uma capacidade de observação que parecia estar no ponto mais baixo da escala entre "Olhos Vendados" e "Sherlockiano". Estávamos num resort exclusivo em alta temporada — metade da porra daquela gente devia ser médica.

Reparei em Sofia, do outro lado do semicírculo, erguendo a mão.

Katherine se inclinou em direção a Andy e sussurrou algo no seu ouvido, balançando a cabeça.

O policial fez sinal para que Sofia se aproximasse, e então a guiou por um perímetro amplo em torno das pegadas. A princípio, se posicionaram a alguns metros do corpo, Sofia gesticulando para a vítima. O policial assentiu, e ela se ajoelhou ao lado do cadáver. Segurou seu pescoço, virou-o para um lado, depois para outro. Separou seus lábios. Abriu o zíper do casaco e pôs as mãos embaixo. Fez sinal para o policial se abaixar. O homem se ajoelhou ao lado dela e, com certa relutância, deixou Sofia guiar suas mãos pelo defunto da mesma forma. Quando ela se deu por satisfeita, considerando ter mostrado ao policial o suficiente, fechou o zíper do casaco e se ergueu. Tiveram uma rápida conversa açoitada por uma rajada de vento, e vi uma nuvem cinza agourenta se projetar sobre a serra.

— Ernie, Andy — chamou Sofia.

Ela erguia os braços e os agitava. *Venham aqui.* Olhei para o policial para me certificar da sua autorização, e ele a imitou. Andy e eu subimos a uma distância segura das pegadas existentes, mas, lá em cima, elas acabaram se compactando. Longe do amontoado de gente, percebia que o vento estava aumentando. Minhas bochechas ardiam. Ao chegarmos, não tive coragem de olhar para baixo; mantive o foco em Sofia, mas ela se encontrava em pleno devaneio, contemplando o cadáver.

— Precisamos retirar o corpo — gritou o policial em meio aos uivos do vento. — Afastar dos curiosos. Vi uma garagem no caminho pra cá. Deve estar bem fria, vai servir por enquanto.

Andy e eu assentimos, e o policial apontou para o outro lado da encosta.

— Precisamos subir e dar a volta! — gritou Sofia, fazendo um círculo com os braços. — Pra preservar a cena do crime!

Embora ainda nevasse e em breve o esforço não fosse fazer muita diferença, ela queria contornar a trilha de pegadas. Isso indicava que a sua preocupação ia além de simplesmente retirar o corpo: ao contrário do policial, Sofia enxergava o local como uma cena de crime. Ele com certeza não estava sondando a área nem tirando fotos. Talvez até tivesse que contar com as fotografias dos hóspedes bisbilhoteiros, e aí ficaria grato por não nos ter enxotado dali.

Em um acordo tácito, Andy e eu seguramos os tornozelos do cadáver, enquanto os punhos ficaram por conta de Sofia e do policial. Fizemos todo o possível para manter o corpo suspenso, mas, ao descermos a colina coberta de neve até a altura da canela, aos tropeções, sua cabeça às vezes pendia para trás e abria uma larga fenda na superfície branca. Ele não era tão pesado, mas era difícil de dar conta. Pressionei os dedos em gancho contra a lateral da sua bota para segurá-lo mais firme. Ele usava botas maciças, com bico de aço. Sofia andava de costas, tentando manter o punho do homem junto ao peito, mas o policial havia se virado de frente para o vento, os braços voltados para trás na altura da cintura. Eu ouvia os grunhidos de Andy ao meu lado. A meio caminho do vale, ele se virou para mim e vi o seu maxilar contraído na mais rígida concentração. Tinha um pouco de baba na barba. Ele viu que eu o observava.

— Tudo bem aí? Precisa de um descanso? — perguntou.

Balancei a cabeça. Mas não disse: *Tranquilo. Já fiz isso antes.*

CAPÍTULO 7

Uma pilha de paletes de madeira no paiol de manutenção virou uma mesa de autópsia. Ao redor, havia vários bancos espalhados, cobertos por ferramentas, uma moto de neve com o motor aberto, alguns geradores ao longo da parede dos fundos ao lado de uma pilha de pneus e uma grande variedade de calçados para esqui com jeito de raquetes de tênis pendurados em pregos. Não havia aquecimento ali e, com as paredes de estanho e o chão de concreto, era como entrar numa geladeira. Serviria como necrotério improvisado. A única vantagem do frio extremo era que neutralizava o cheiro do cadáver.

Baixamos o corpo sobre a pilha de paletes, um pouco estreitos demais para o seu tamanho. Os membros do homem ficaram dependurados nas laterais. Tomamos um tempinho para nos recompor, com a respiração pesada, e tentei não olhar para o rosto desfigurado. Havia lido sobre úlcera de frio, sobre extremidades enegrecidas — narizes, dedos — caindo, mas nunca vira o processo de perto. O policial finalmente decidiu tirar algumas fotos. Andy esfregou um dos polegares de cima a baixo da parte de trás da panturrilha do cadáver. Sofia, tremendo, juntou as mãos em concha diante da boca e soprou-as, lembrando-se então de que havia encostado num cadáver e baixando-as de novo, rente ao corpo. O policial terminou de fotografar e se voltou para nós.

— Obrigado, senhores — disse ele.

Sofia revirou os olhos, lembrando ao policial que também havia arrastado um cadáver montanha abaixo. Ele tropeçou nas palavras seguintes, mas continuou falando, ainda sem se corrigir, mesmo que atrapalhado.

— Normalmente eu não moveria o corpo, mas vem uma frente fria aí e não quero ter que desenterrar depois.

O policial parecia alguns centímetros mais alto que eu, talvez por causa do par de botas grosso, e alguns quilos mais pesado, talvez por causa do casaco grosso, mas as bochechas cheias também colaboravam para essa impressão. Nem sei por que reparei nisso, mas notei que ele não tinha uma arma na cintura. Seus olhos eram verde-escuros, e os cílios tinham partículas de gelo. Estava claro que a manhã o havia abalado, pois seu olhar percorreu todo o paiol antes de se concentrar no corpo, o que pareceu interromper por completo sua linha de raciocínio.

— Meu nome é Ernie — falei para tentar fazê-lo sair do estupor. — Ernest Cunningham. Este é o Andrew Millot. Sofia você já conheceu. Também é Cunningham, só que ela é Cunningham-hífen-Garcia.

— Garcia-hífen-Cunningham — disse Sofia com um sorriso.

— Vamos-hífen-picar-hífen-a-hífen-mula? — disse Andy, que havia passado todo o tempo imóvel, como o policial, os olhos fixos no cadáver. — Isso aqui é perturbador.

— Ah, sim. — O policial voltou a atenção para nós. — Darius. Eu deveria dizer "agente Crawford", acho, mas Darius está bom. A formalidade, a gente deixa pra quando estiver ao nível do mar.

Ele estendeu a mão para nos cumprimentar. Apontei para o lado de dentro do seu pulso. Havia uma mancha escura no punho da camisa, e uma semelhante no outro punho. Manchas provocadas pelo corpo.

— Tem sangue no seu casaco, agente Crawford — avisei, recusando o aperto de mão.

Um Cunningham não aceita chamar representantes da lei pelo primeiro nome.

Crawford ficou pálido. Encarou os punhos e respirou fundo.

— Tá tudo bem? — perguntei.

— É que, hã, eu não tenho muita experiência com casos assim.

— Cadáveres?

— Assassinatos — falou Sofia, se metendo.

— É, mas talvez a gente deva deixar quieto por enquanto — respondeu Crawford com um sorriso fraco.

Antes, do lado de fora, ele parecia meio perdido, mas de perto ficava pior ainda. Pelo jeito, ver o sangue não só o havia deixado enjoado, como o tinha feito perceber que o caso estava além da sua capacidade.

Andy olhou para Sofia e articulou a palavra "Assassinatos?". Mesmo com apenas um movimento labial, dava para pescar o tom incrédulo da sua voz. Ela assentiu, séria.

— Acho que é meu dever perguntar se vocês conhecem o sujeito. Reconhecem ele? — indagou Crawford.

— Isso é um interrogatório? — perguntei. Já tinha passado horas demais sentado atrás de espelhos falsos, então não ia responder perguntas sem saber a quem nem para quê. — Por que não interroga quem encontrou o corpo?

Crawford balançou a cabeça.

— Só estou tentando descobrir se vocês sabem quem ele é. Era eu quem podia chegar aqui mais rápido, vindo de Jindy, mas tem detetives de verdade a caminho, e isso de lista de suspeitos é com eles. Só acho que devia descobrir se era um hóspede ou se veio do outro lado da serra... de repente um esquiador que se perdeu.

— Ele não está com esquis — disse Sofia.

Percebi que ela também estava muito pálida, branca como a neve.

— É, eu sei. Mas me façam um favor, deem uma olhada melhor. — Ele tirou o celular e mostrou uma foto em close-up do rosto do morto. Estava quase todo enegrecido, inclusive os lábios. — Parece com alguém que vocês conhecem?

Nós três balançamos a cabeça. Não apenas não o tinha reconhecido como, naquele olhar mais atento, percebi que o que aconteceu com o seu rosto não parecia se tratar de úlcera de frio. Sofia de repente ergueu a mão como quem pede licença e saiu apressada. Acompanhamos o seu movimento com o olhar, sem entender direito até o vento nos trazer o som inconfundível do vômito.

Andy e eu nos levantamos, tentando decidir se seria mais prestativo ou embaraçoso sairmos atrás dela. Ambos optamos pela inércia.

Aproveito aqui para mencionar que *eu sei* que alguns autores são incapazes de colocar uma mulher para vomitar sem que isso seja um indício de gravidez. Esses mesmos autores parecem achar que náusea é o único sintoma, sem falar na crença de que o vômito dispara da boca da mulher horas após uma fertilização que vem a calhar para a trama. Quando digo "alguns autores", entenda-se homens. Longe de mim querer dizer a quais sinais se deva prestar mais atenção, mas Sofia não está grávida, ok? Ela tem o direito de vomitar por iniciativa própria.

— Tá bem — disse Crawford para Andy e para mim. Pelo jeito, ele se deu por satisfeito com a nossa reação às fotos, tendo completado as obrigações para com a investigação, e aparentava estar até mesmo um pouco mais confortável com o cadáver. — É só isso por enquanto. — Crawford foi até os bancos e revirou tudo até encontrar um cadeado aberto de metal com uma chave pendurada. Saímos enquanto ele puxava a porta, que se fechou com um rangido. — Eu aconselharia vocês a não saírem daqui...

— ... mas você não pode fazer isso — falei.

— Ernest tem experiência com o assunto — informou Sofia, surgindo da lateral do paiol e limpando a boca. — Cadáveres — disse, tímida, como se precisasse explicar. — Não é algo com que alguém se acostume.

Crawford soltou um suspiro pesado. Acho que estava cansado. Dava a impressão de ser um policial do interior que passara a maior parte da carreira com os pés em cima da mesa ou multando turistas como Lucy. Parecia mais irritado por terem interrompido o seu dia tranquilo do que interessado no defunto.

— Tá bem. Eu pedi reforços. Se entendi bem, vocês estão aguardando outro hóspede, certo?

— O que isso tem a ver? — perguntei.

— Só me certificando de não ter deixado passar nada. Se precisarem de mim, vou estar no hotel, mas espero que os detetives cheguem logo. Vai depender da neve e do trânsito.

Ele olhou de relance para o céu encoberto, como quem duvida, e fechou o cadeado.

— Assassinato? — chiou Andy enquanto descíamos a colina.

As pessoas haviam se dispersado, mas ainda havia gente aqui e ali por todo o resort, pessoas que tinham nos visto colocar o corpo no paiol. Ainda bem que o lugar não tinha janelas, caso contrário haveria um monte de testas congeladas grudadas nelas.

— É óbvio que ele passou a madrugada ao relento e morreu congelado — disse Andy. — Nem médica você é mais, como é que se envolve e diz ao policial que foi *assassinato*?

Eu não sabia que Sofia não era mais cirurgiã. Me perguntei se o sussurro de Katherine no ouvido de Andy quando Sofia ergueu a mão, atendendo à solicitação do agente Crawford, tinha a ver com aquilo. Ou se tinha a ver com ela precisar de cinquenta mil dólares. Olhei de relance para a minha irmã postiça. Se a intenção de Andy havia sido insultá-la, tinha entrado por um ouvido e saído pelo outro. A expressão dela não se alterou. Não acusou o golpe.

— Sangue? — Eu estava pensando alto, tentando eu mesmo entender. — O agente Crawford tinha sangue nos punhos da camisa depois de carregar o corpo. Se o cara morreu por passar a noite ao relento, por que estaria sangrando? Você acha que ele foi atacado?

— O rosto dele está todo preto por causa do frio. Que merda você falou pra aquele policial? — questionou Andy.

Se nossa família tivesse um lema, seria: *Non fueris locutus est scriptor vigilum Cunningham*. Ou seja: *Um Cunningham não fala com a polícia*. Não me envergonho de admitir que procurei isso no Google, já que não falo latim. Andy havia se ofendido em nome de Katherine pela cooperação de Sofia. "Em nome de" era uma postura bastante típica de Andy. Seu nome do meio deveria ter sido "Representante".

— O sangue é de um ferimento no pescoço. E vocês estavam carregando os pés, não conseguiram olhar muito bem. Aquilo na cara dele não era úlcera de frio. Eram cinzas — disse Sofia.

— Cinzas? Tipo carvão? Neste lugar? — indaguei.

— Entupindo a traqueia dele, solidificadas na língua. Se a gente abrisse o corpo, iria encontrar nos pulmões, com certeza. Não faz sentido. Se não fosse o fato de ele não ter uma única marca de queimadura e estar num campo de neve sem nenhum indício de ter derretido, eu diria que a causa da morte era óbvia.

— Então conta — disse Andy, nitidamente cético.

— Ele morreu num incêndio.

CAPÍTULO 8

Tudo que posso esperar para a hora da minha morte é ser assunto de debates animados durante o café da manhã. O nosso foi em meio à multidão — Katherine devia ter reservado o salão particular para o almoço do dia anterior —, e o refeitório fervilhava com as conversas. Trechos se destacavam enquanto eu abria caminho em meio aos bancos longos de madeira: *congelado, duro feito pedra!*; *eu também fiquei preso ano passado no* Buraco Oito, *mas não foi tão ruim quanto aquele cara, talvez ele precise treinar a tacada curta*; *ouvi falar que ele nem estava hospedado aqui!*; *vou ficar de olho no Jason e na Holly.*

Entrei na fila, passando rapidamente pelas travessas quentes, e enchi o meu prato. O bacon estava intocado; imaginei que, depois de confrontar a própria mortalidade, as pessoas deviam estar evitando gorduras saturadas. Peguei tudo e me juntei à família, me sentando ao lado de Lucy e em frente a Sofia. Mais perto da minha mãe do que eu gostaria, mas achei que daria muito na cara deixar um assento vazio e ir para o outro lado de Andy e Katherine. Em quase todas as outras mesas, as pessoas teciam teorias sobre o que havia acontecido com o homem na montanha, o que imaginei que seria uma deixa para Sofia expor a sua própria teoria sobre se tratar de um assassinato, mas ela estava diferente — silenciosa e de cabeça baixa, mexendo na comida no prato em vez de comê-la. Então tive que ouvir Marcelo se esquivar gentilmente da mais nova proposta de investimentos promissores de Lucy, um esquema estapafúrdio em que os detalhes se empilhavam de tal forma que você precisaria de um elevador para chegar ao topo daquela estrutura. Eu costumava zombar dela até me dar conta de que essas empresas atraem mulheres usando certos ideais feministas — sobretudo o da independência, tanto financeira quanto nos negócios — como arma para incutir uma sensação postiça de amor-próprio. Lucy, com o marido preso, era o alvo perfeito para se viciar nesse tipo de sucesso de araque.

Marcelo, devo reconhecer, enfrentava aquela investida com toda a calma possível, aguardando que Lucy se cansasse.

— Fico feliz por você estar curtindo fazer parte de algo, mas toma cuidado. Que nem a história do carro que te deram. — Marcelo não conseguia resistir a alfinetá-la uma vezinha que fosse. — Pelo que sei, o contrato tem termos rígidos, e você pode acabar tendo que pagar parcelas bem altas.

— Eu sei o que estou fazendo — disse Lucy, bufando. — Aliás, já está tudo pago. — Ela encheu a boca para dizer essa última parte, mas ficou óbvio que Marcelo não acreditou.

Percorri o salão com os olhos e avistei o agente Crawford sentado sozinho ao lado da janela, contemplando o pico. No aguardo dos detetives de verdade para poder voltar para casa, talvez? Sei lá. Todas as luzes do refeitório estavam acesas, mas o céu carregado deixava um clima de noitinha. Talvez Crawford estivesse atento à estrada, preocupado em não ficar ilhado ali. Então me dei conta de que, daquele ângulo, ele via o paiol de manutenção; estava vigiando-o. Senti um peso na consciência por não ter lhe dado o devido crédito. Devia estar processando o que Sofia tinha falado. Eu também estava, me lembrando das pegadas, da forma como se dispersavam rapidamente em meio àquele pequeno quadrado: uma caixa invisível. Entendi que se tratava dos últimos movimentos de um homem queimado, sua dança frenética para a frente e para trás, sem nenhum senso de direção, enquanto era engolido pelas chamas. E, ainda assim, não havia nem uma gota de neve derretida.

— Só o que estou falando — dizia Andy para Katherine com tanto entusiasmo que o volume interrompeu os meus pensamentos — é que agora, com o Bitcoin, a gente sabe no que ficar de olho. Não é como as ações tradicionais, em que a gente busca dobrar ou triplicar. Mudou tudo.

Reparei no pedaço de papel que Sofia tirou do bolso, marcou com um X e, num floreio, deslizou sobre a mesa, lançando uma piscadinha. Notei que não estava marcando os itens da minha cartela de bingo. Não podia contabilizar Lucy e a sua apresentação de produto, porque ela estava falando com Marcelo, não comigo. Já o quadrado do canto direito inferior, *Osso Quebrado (OU Alguém Morre)*, esse daria para marcar, mas achei que seria de mau gosto. Pelo menos na frente das pessoas... afinal, eu ainda queria vencer.

Andy fez menção de pegar uns croissants da pirâmide que havia no centro da mesa, mas Katherine lhe deu um tapa.

— Eu lavei as mãos — reclamou ele.

— Tem sujeira que não sai — retrucou Katherine, envolvendo um dos folheados com um guardanapo e pondo-o no prato do marido, que pegou os talheres, contrariado.

— Fica tranquila. Ele vai chegar antes da tempestade — disse Marcelo.

Era um comentário para Audrey, mas numa mesa tão faminta por conversas, aquilo fez os ouvidos de todos se eriçarem. Até os meus.

— A gente vai continuar aqui? — perguntou Lucy.

— Você acha que eles esvaziam o resort toda vez que alguém dá de cara numa árvore durante uma descida difícil? — falou Marcelo, balançando a cabeça, resoluto, o que já servia de resposta. — As pessoas morrem na natureza. Tem gente que não sabe mesmo o que está fazendo... se você não respeita a montanha, vai esperar o quê?

Ele deu de ombros, com o ar de segurança de quem acredita que, por ser bem-sucedido em um âmbito da vida, vai ser em todo o resto. Eu já havia presenciado Marcelo gritando com uma adolescente porque seu *latte* tinha vindo com espuma; se ele não respeitava uma barista, duvido que respeitasse uma montanha.

— E eles não devolvem o dinheiro — disse Katherine, entre goles de suco de laranja, então fuzilando Sofia com o olhar, como se ela fosse a fonte mais provável de objeções. — Vamos ficar.

— E qual seria o sentido de ir embora, sabe? — Marcelo concluía a linha de pensamento. — A gente está até *mais* ciente dos riscos agora.

Andy e eu olhamos para Sofia. Eu, por curiosidade, para ver se ela reagiria; Andy, numa atitude mais desafiadora. Ela raspou o garfo no prato, mas não ergueu o rosto.

— Michael não vai querer chegar e dar de cara com um lugar infestado de policiais fazendo perguntas sobre um morto — argumentou Lucy.

— Eles não vão ter por que interrogá-lo. O cara estava a duzentos quilômetros de distância ontem à noite — disse Marcelo.

— Só acho que não é bom ficar lembrando a ele do...

— Michael pode decidir sozinho. Quando chegar — interrompeu Audrey com a voz firme.

Era o seu jeito materno de dar fim a discussões. A gente ficaria. Todo mundo. Sem margem para negociação.

— E se for o Língua Negra? — disse Sofia, finalmente, e o bufo surpreso de Andy encheu a mesa de pedacinhos de croissant. — Vocês sabem que a causa mais comum de mortes em incêndios não são as queimaduras, mas o sufocamento. O fogo puxa muito oxigênio do ar.

— Não no café da manhã, meu amor — pediu Marcelo.

— Meio dramático, né? — Andy havia engasgado e socava o peito para fazer a comida descer.

— Que merda é essa de Língua Negra? — perguntamos em uníssono Lucy e eu.

— Estão por fora dos últimos acontecimentos, hein? — respondeu Andy, fazendo um movimento de quem esfaqueia o ar, à la *Psicose*.

— É sério. Andy, como eu te falei lá fora, tem algo estranho sobre o... — disse Sofia

— Não me mete nisso — pediu ele.

— Ern?

— Acredito em você, só que não consegui ver muito bem.

— Eu não daria bola pro Ernest. Ele é meio chegado a apunhalar as pessoas pelas costas.

— Lucy, francamente! — Sofia já começava a implorar. — Sério. De acordo com tudo o que eu li, acho provável que seja...

— A Senhorita Heroína já diagnosticou tudo, né? E é pra gente confiar em você? — A maldade no tom de Katherine me pegou de surpresa. A ênfase na palavra "confiar". — Você viu o corpo por, sei lá, um minuto? Dois?

— Eu desci a montanha carregando aquele troço. Confiem em mim. Tem alguma coisa esquisita. O agente Crawford deve estar na esperança de os colegas chegarem logo. Acho que ainda não percebeu com o que pode ter se deparado.

Em geral, neste tipo de livro, há dois tipos de policial: a Única Esperança e o Último Recurso. A esta altura, a única esperança de Darius Crawford era ser *ele mesmo* o Último Recurso. Eu não estava disposto a contar com ele mais do que contaria com os dedos de um fabricante de bombas. Era óbvio que Sofia havia chegado à mesma conclusão.

— Você tem noção do que está dizendo? — Katherine já estava puro deboche. Era como se tivesse voltado para o recreio da quarta série. Se estivesse segurando uma embalagem de leite achocolatado, teria virado-a na cabeça de Sofia. — Aliás, você está sóbria?

Se continuasse se engasgando com o croissant, Andy acabaria precisando de uma manobra de Heimlich.

Marcelo respirou fundo, chocado com o comentário de Katherine, mas aquela farpa não me surpreendia tanto assim. Katherine havia se tornado abstêmia depois do acidente e se ofenderia com qualquer coisa que não fosse a sobriedade total.

— Eu não vi você oferecer ajuda — falei me metendo, mesmo que só para Sofia ver que havia alguém ao seu lado.

Não iria fazer a pergunta na mesa, porque a coisa se transformaria numa discussão acalorada, mas estava curioso para saber mais sobre o que quer que fosse o Língua Negra. Mas Katherine usou a oportunidade para alfinetar Sofia.

— Foi porque achei que ele queria a ajuda de médicos de verdade, com uma licença válida.

Eu só tinha descoberto meia hora antes — enquanto contemplava um cadáver, diga-se de passagem — que a carreira de cirurgiã de Sofia estava em suspenso, e a ideia ainda não havia se assentado. Achei que se tratava de uma crise de meia-idade, uma titubeada na profissão. Mas Katherine estava fazendo uma acusação. A mesma que devia ter sussurrado no ouvido de Andy em meio a toda aquela gente.

O rosto de Sofia ficou vermelho. Ela se levantou e, por um momento, achei que se lançaria por cima da mesa e garantiria ao agente Crawford um dia ainda mais cheio. Mas ela simplesmente dobrou o guardanapo, jogou-o no prato e disse, sucinta, antes de ir embora:

— Eu ainda tenho o registro.

— Precisava mesmo fazer isso? — sibilei para Katherine quando Sofia já estava longe.

— Fiquei surpresa de ela não ter te contado. Achei que vocês dois eram unha e carne ultimamente. Típico.

— Contado o quê?

— Ela está sendo processada — explicou Katherine com um sorriso malicioso. Mas eu só conseguia pensar em *Uns cinquenta, talvez*. — Pela família de alguém que morreu na mesa de operação.

Atrás dela, Andy ergueu o pescoço e apontou com o polegar para a boca. Entendi a maldade no tom de Katherine ao acusar Sofia de estar bêbada. Pensei na embalagem com seis latas de cerveja enterrada do lado de fora da minha cabana. Ela era boa de copo, com certeza, mas nunca me pareceu do tipo que exagera. Será que havia cometido um erro? Por que não tinha me contado?

Voltei a atenção para Marcelo.

— Se ela está sendo processada, você vai defendê-la?

Ele olhou para Katherine, quase implorando, mas o olhar da minha tia era sério. Então Marcelo balançou a cabeça e disse, sucinto:

— Ela que resolva.

Um comentário nada característico dele. Sempre achei que Sofia fosse a sua princesinha.

— Você defende o Michael de uma acusação de homicídio, mas não a sua filha?

— Michael já cumpriu a pena dele — disse Lucy. — Não que você tenha ajudado.

— Você continua do lado dele? — disparei.

Saiu mais venenoso do que eu pretendia. Embora estivesse *mesmo* ficando irritado, não era com Lucy. A gente deveria estar unido pelo menos nisso, mas era óbvio que ela havia decidido que preferia enterrar a cabeça na areia e direcionar a raiva a um bode expiatório (eu), em vez de lidar com a realidade, a dor do fim do casamento.

Para calar a boca de todo mundo, Audrey fez sua a ceninha habitual de se levantar da cadeira. Todos fizeram menção de ir embora. Mas eu não tinha terminado. Estava puto. Crawford observava a nossa família, curioso; a gente devia estar falando mais alto do que eu pensava. Me perguntei se o agente tinha percebido que éramos os Cunningham: ou seja, suspeitos instantâneos. Como ele sabia que aguardávamos a chegada de Michael, imaginei que tivesse nos identificado.

— Não acredito que *eu* tenho que dizer isto, mas vai ser assim toda refeição? Alguém sempre se levantando do nada? A gente não consegue ficar junto por um minuto sequer? É uma reunião de família. Não seria o caso de começarmos, sei lá, a nos reunirmos ou algo assim?

Não sei por que falei isso. Talvez o cadáver tivesse me afetado, no fim das contas. Talvez, ao ver Sofia ir embora, tenha enxergado o ostracismo que eu mesmo vinha sentindo nos últimos três anos. Talvez tivesse decidido por quem seria capaz de *derramar* o sangue. Talvez tivesse exagerado no bacon.

E, bem, um homem pegando fogo podia não ter conseguido derreter a neve, mas a fúria da minha mãe ao se dirigir a mim pela primeira vez no fim de semana com certeza teria conseguido.

— A reunião começa quando o meu filho chegar.

MINHA ESPOSA

CAPÍTULO 9

Não quero falar sobre isso.

MEU PAI

CAPÍTULO 10

Acho que chegou a hora de contar como o meu pai morreu.

Eu tinha seis anos. Vimos a notícia na TV antes de ligarem da delegacia para nos avisar. Nos filmes, eles sempre aparecem na casa da pessoa, dando uma batida discreta — você sabe como é —, do tipo que revela a natureza da má notícia antes mesmo de a porta ser aberta. E os policiais nunca estão com o chapéu na cabeça. Sei que é bobo, mas me lembro do toque do telefone e de pensar ter identificado certa solenidade. Era o mesmo de sempre, já tinha ouvido mil vezes, mas, naquele momento, pareceu um milésimo de segundo mais lento e um decibel mais alto.

Papai sempre ficava fora à noite... ossos do ofício. Guardo lembranças carinhosas dele, de verdade, mas o que mais me vem à cabeça são os espaços que ele deixava. Era mais fácil descobrir onde havia estado do que onde estava. A poltrona vazia na sala. O prato no fogão. Fios de barba caídos na pia do banheiro. Uma embalagem de seis cervejas na geladeira com três espaços vazios. Meu pai era feito de pegadas e vestígios.

Quando o telefone tocou, eu estava sentado à mesa da cozinha. Meus irmãos estavam no andar de cima.

Sim, eu disse "irmãos". Já explico.

A TV continuava ligada, mas já fazia um tempo que a mamãe havia tirado o som, dizendo não estar mais a fim de ouvir o repórter. Na tela, um helicóptero apontava o holofote para um posto de gasolina — pelo jeito, um carro de polícia se enfiara no grande refrigerador branco, e sacos rasgados de gelo estavam espalhados por toda a capota amassada —, mas eu ainda não sabia do problema. Mamãe deve ter tido um pressentimento, pois, ainda que fingisse desinteresse, reparei que lançava olhares de soslaio demais para a TV, além de bloquear taticamente a minha visão da tela ao resolver que tinha que fuxicar um guarda-louças específico ou passar desinfetante com força em certa parte da bancada *naquele momento*. E então veio o toque. O telefone ficava na parede, próximo à porta. Ela atendeu. Me lembro do baque da sua cabeça no batente. Do sussurro "Meu Deus do céu. Robert...". E sabia que ela não estava conversando exatamente *com* ele.

Não tenho certeza de como a coisa aconteceu. Para ser sincero, é algo em que jamais quis remexer muito a fundo. Mas ao longo dos anos fui conseguindo juntar as peças a partir de reportagens, além de relatos da minha mãe e das memórias do funeral, então vou contar dessa perspectiva. Na minha versão dos acontecimentos, há obrigatoriamente um ou outro pressuposto, algumas partes das quais tenho quase certeza e aspectos sobre os quais não resta dúvida alguma.

Comecemos pelos pressupostos. Presumo que o posto de gasolina tivesse um daqueles botões de alarme silenciosos. Presumo que o atendente estivesse com uma arma apontada para o rosto, mas, ainda assim, tenha conseguido tatear o fundo da bancada com os dedos trêmulos até encontrar o botão. Presumo que o botão tenha enviado uma mensagem à delegacia, que a tenha transmitido ao carro de patrulha mais próximo.

Agora as partes das quais tenho quase certeza. Tenho quase certeza de que o tiroteio começou antes de o carro da patrulha parar por completo. Tenho quase certeza de que tomar um tiro no pescoço é uma forma lenta e dolorosa de morrer; já ouvi dizer que é igual a se afogar. Tenho quase certeza de que o motorista foi o primeiro a ser atingido. E tenho quase certeza de que a bala no seu pescoço foi o que o levou a se chocar contra a geladeira.

Eis a parte sobre a qual não há dúvida. O policial sentado no banco do carona saiu do carro, entrou no posto e atirou três vezes no meu pai.

Disso eu não tenho dúvida porque foi o mesmo policial que abordou a minha mãe no funeral com uma generosa fatia de bolo, falou “Vou te mostrar onde eu atirei”, untou um dedo com chantilly, passou na barriga dela e grunhiu “Aqui”, traçou devagar uma espiral pegajosa em seu quadril, “aqui”, e então, esmigalhou o resto do bolo no centro de seu peito, “e aqui”.

Minha mãe aguentou firme, mas me lembro de como soltou o ar após ter prendido a respiração por um longo tempo, enquanto o policial retornava ao círculo de amigos, recebendo tapinhas nas costas.

Sinto muito, mas usei um daqueles truques típicos de escritor. O funeral cheio de policiais a que compareci na infância não foi o do meu pai. Foi o do homem que ele matou. Minha mãe disse que tínhamos que ir porque era a coisa certa a se fazer. Disse que haveria câmeras de emissoras de televisão e que falariam de nós se fôssemos, mas falariam ainda mais se não fôssemos. E foi aí que aprendi o que significava ser um pária. Eu já não era mais eu mesmo. Não só no funeral, mas na escola também. E depois, quando tive que contar sobre a minha infância para uma menina com quem estava saindo. E quando não quis contar a outra, mas ela descobriu tudo pelo Google no fim das contas. (Erin, que tinha os próprios traumas por causa de um pai violento, havia sido uma das primeiras pessoas a me entender de tal forma.) Houve uma ocasião em que um detetive de Queensland dirigiu por dez horas até Sydney só para acusar um Cunningham de uma agressão não solucionada no seu plantão. Na época, eu tinha dezesseis anos e jamais tinha saído do estado. Imagino que a viagem de volta ao norte tenha sido longa para o sujeito; como se não bastasse a humilhação de descobrir que o seu principal suspeito era um adolescente sem carteira de motorista, ainda teve que ouvir Marcelo falando para que enfiasse a sua amostra fajuta de cabelo no rabo. Meu ponto é que, se o nosso nome aparece numa lista — mesmo que se trate de algo tão sujeito a falhas quanto uma amostra de cabelo (não à toa, os tribunais daqui já não as levam mais em consideração desde os anos 1990) —, já está sublinhado desde o princípio. Como aconteceria décadas depois, quando o detetive McMuffin me enclausurou na sala de interrogatório sem acreditar em nada do que eu dizia. Eu não era mais Ernest Cunningham. Era "o filho *dele*". Minha mãe virou "a viúva *dele*". O nome da nossa família virou uma espécie de tatuagem invisível: éramos a família de um assassino de policial.

Mamãe se tornou a nossa lei. Não gostava de policiais, então nós também não gostávamos. Acho que, no começo, só gostou de Marcelo porque ele era um advogado de criminosos pé de chinelo como o meu pai: enxergava a lei não pelo prisma do respeito, mas pelo das brechas e das tramoias. O direito corporativo é a etapa seguinte na evolução da falta de escrúpulos: tem o mesmo tipo de criminosos, só que dirigem carros melhores. Até naquele momento a sombra do papai ainda pairava sobre nós; se fosse um policial da cidade grande quem estivesse lidando com o homem com cinzas no rosto, e não o Agente Último Recurso, tenho certeza de que já estaríamos todos algemados. Seríamos os principais suspeitos.

Agora você já sabe como o meu pai morreu. Alterado das ideias (havia uma seringa junto ao cadáver) e tentando roubar uns trocados num posto de gasolina. Eu sei, babaquice minha guardar a informação até o Capítulo 10. Mas é porque isso está prestes a se tornar importante. E achei que você deveria saber como a gente aprendeu o que significa ser um Cunningham: nos fecharmos e protegermos uns aos outros. Foi essa porta que Sofia sentiu se fechar para ela na mesa do café da manhã. E até eu, um pária por definição, tinha a defendido que nem a minha cara, tentando manter pelo menos um pé dentro do círculo. Era assim que a gente fazia. Até eu enxergar um fiapo do meu pai nos olhos de Michael naquela noite, numa clareira recoberta de teias de aranha, e tentar fugir para o mais longe possível.

Non fueris locutus... esqueci o resto.

CAPÍTULO 11

Para chegar ao terraço, era preciso subir meia dúzia de lances de escadas sofridos, com o carpete dos degraus em petição de miséria. Depois de cada um, eu espiava os corredores; pelo jeito, havia oito quartos por andar. Eu tinha os meus motivos. Um: estimar o número de hóspedes. Imaginei serem cerca de quarenta quartos, alguns talvez vazios, umas sessenta ou oitenta pessoas. Dois: queria descobrir se o agente Crawford estava indo de porta em porta. Ele não tinha me parecido lá muito confortável na presença do corpo, e eu duvidava de que já tivesse comandado alguma investigação de assassinato, mas, mesmo assim, achei que fosse capaz de estabelecer uma linha básica de interrogatório. A existência de um cadáver exigia um mínimo de urgência, pensei, mas ele parecia determinado a não impor nada. Pelo clima no refeitório, nada taciturno, com a fofoca correndo solta, eu continuava me questionando se alguém sabia quem era o morto ou sequer se importava em saber. Três: sempre tive o hábito de tentar espiar quartos de hotel sendo arrumados, pura e simplesmente por gostar de ver o que tem lá dentro. Vivia voltando ao quarto no qual estivesse hospedado e comentando com Erin que no da frente as camas ficavam do lado oposto, a TV era pregada na parede ou as cortinas eram de cores diferentes das do nosso. Parece uma informação boba (vai lá, pessoal da edição, corta esse trecho, lanço o desafio), mas reflita aí se você consegue passar em frente a um quarto de hotel com a porta aberta e *não* olhar. É impossível.

Pensando bem, era isso o que me incomodava tanto na atmosfera do café da manhã. Parecia que todos estavam passando por uma porta sem espiar o que tinha dentro.

Talvez todo esse meu falatório seja um testemunho da curiosidade inata do ser humano. Sou o cara que entrou no carro do irmão com um cadáver no banco de trás só para ver o que ele faria. Sou o cara que está subindo até o terraço em busca de sinal de celular só para poder jogar no Google "Língua Negra". Sou o cara que está a ponto de dar uma espiada em cômodos demais. Talvez seja importante, no fim das contas.

Em todos os andares, havia plaquinhas com setas apontando para os lados, indicando os números dos quartos e a direção de outras instalações. O Salão de Jantar e o Bar ficavam no térreo, bem como uma Sala de Secagem (em livros de mistério, aposentos importantes têm sempre nome próprio). Já nos outros andares havia uma Lavanderia, uma Biblioteca — imaginei que lá ficasse a lareira da foto no folheto, então a culpo desde já pela roubada em que me meti; era bom que emitisse calor e crepitasse em nível quase de conto de fadas para compensar a situação em que me encontro —, uma Academia e um Salão de Atividades, ao lado do qual se lia as palavras *Sinuca/Dardos*. Isso me fez pensar que deveria me concentrar menos no cadáver e tentar curtir o elemento férias ali, mesmo que até o momento não estivesse sendo muito relaxante. Ainda que duvidasse muito que Michael e eu fôssemos jogar sinuca, com certeza poderíamos encontrar algo fraternal para fazer juntos. Talvez ele se interessasse em jogar uns dardos em mim.

Subindo mais uns lances de escadas, a setinha ao lado de *Terraço* deixava de apontar para cima e passava a apontar para o lado, e avistei um carrinho de limpeza no corredor adjacente. *Isso!* Espiei o lado de dentro: quarto duplo, frigobar de merda.

Já havia uma mulher no terraço, fumando um cigarro. Não era Sofia, mas isso eu soube antes de ela se virar. Sofia é uma fumante desatenta, capaz de deixar uma guimba diminuir ao ponto de queimar os dedos, então dizer "Ai!" e acender outro. Lucy fuma como se estivesse fazendo uma pipeta manual num carro. Só pelas baforadas curtas e agoniadas, dava para perceber que era ela.

O frio era intenso. Enfiei as mãos nos bolsos junto a várias garrafinhas de xampu que tinha afanado do carrinho de limpeza (foi mais forte do que eu) e me aproximei.

— Espera aí — disse ela, sugando aquele cigarro até a alma.

Uma amiga minha de faculdade costumava mascar chiclete, grudá-lo na cabeceira da cama antes de dormir e mascá-lo de novo de manhã. Era assim que Lucy entendia cigarros. Eu percebi que ela estava tentando dizer a si própria que aquele seria o último. Percebi também que de fato acreditava naquilo. Tenho certeza de que era assim toda vez. Acontece que, no fim das contas, ela estava quase certa dessa vez. Só fumaria mais um.

— Internet — falei, tirando o celular do bolso para explicar (bateria: 54%).

Só no terraço para conseguir uma barrinha de sinal, e mesmo assim instável. É, tenho plena consciência de que é *sempre o que acontece* neste tipo de livro. Você vai ter que aceitar. E eu sei que vem uma tempestade por aí. E sei que nem comentei o fato de haver nada menos que uma biblioteca com lareira no prédio (que, por acaso, é onde vou resolver toda a charada). Até aqui, estamos basicamente repassando itens da lista Como-Escrever-Um-Livro-de-Mistério. Se serve de consolo, nenhum celular vai ficar sem bateria até a página 292. Então a coisa do sinal e da bateria é um clichê. Não sei o que dizer... estamos nas montanhas. O que você esperava?

— Desculpa por aquilo — falei. Estávamos um do lado do outro, então falei para fora, fazendo o meu pedido de desculpas ecoar pela montanha. É a única maneira de mostrar humildade que nós, homens, conhecemos: fazer de conta que estamos no mictório. — Eu ainda estou processando tudo, mas não devia ter estourado com você daquele jeito. Só imaginei que, sei lá, a gente poderia ter protegido um ao outro hoje. Uma coisa de experiência compartilhada.

— Que tal a gente fazer o seguinte: você conserta o seu casamento e eu conserto o meu?

Era muito gogó para alguém dependente de nicotina como fonte de coragem. Mas como não queria começar outra discussão, me limitei a dizer:

— Justo.

Continuamos em silêncio, observando a montanha. Um débil tilintar mecânico ressoou, vindo do teleférico distante. Era cedo o bastante para alguns ainda estarem calçando as botas, mas imaginei que os mais ávidos já estivessem de pé há horas, em busca da neve mais fofa. Dava para ver trilhas por entre as copas das árvores, um rio cortando o platô branco abaixo da gente e chegando ao sopé do morro, onde o solo já não era mais branco puro, e, sim, tingido de marrom. O vento açoitava o terraço, envergando as barracas de sol fechadas que demarcavam o centro das mesas de madeira dispostas em fileira. Andy estava certo: havia três quadrados de grama artificial com suportes para o encaixe de bolas de golfe ladeando um lado do terraço, e, na outra ponta, uma jacuzzi atrás de uma cerca de alumínio, com a tampa semiaberta e a neblina envolvendo a água.

Meus olhos não resistiram e se voltaram para o local onde o corpo havia sido encontrado. Era longe de tudo: da pista de esqui que descia a serra a partir do resort vizinho, das árvores morro acima e até da estrada que dava acesso ao hotel. Ali do alto, minha perspectiva era ampla o suficiente para formar uma opinião. Não havia como o morto ter cambaleado até onde desfalecera sem estar no Sky Lodge. Os outros lugares eram longe demais.

— Você viu o cara de perto — disse Lucy, me pegando desprevenido.

Ela percebera como o meu olhar tinha se fixado naquele trecho específico de neve. Pela primeira vez, olhei direito para ela. Seu batom era de um rosa intenso, e os olhos estavam delineados com lápis. Com certeza a ideia era transmitir sensualidade, mas a palidez causada pelo frio fazia com que qualquer toque de cor parecesse saltar do seu rosto. No fim, ela acabava lembrando mais um personagem de desenho animado. A roupa, mais uma vez, estava impecável: um suéter amarelo de gola alta meio justo demais para proteger da neve.

— Quando o policial pediu para você e o Andy carregarem o corpo. Ele manteve todo mundo longe. Mas você conseguiu ver o homem?

Pigarreei.

— É, um pouco. Mas se fosse uma fantasia de Halloween, eu seria o rabo do burro.

— Quê?

— Eu estava carregando os pés.

— E aí? — disse ela, cheia de expectativa. — Parecia o Michael?

— Ah, Lucy. — Eu entendia um pouco do desespero na sua voz. Devia ter tido a ideia durante o café da manhã, caso contrário, a conversa da família teria sido bem mais sombria. Mesmo assim, ninguém dissera de modo direto. — Não era o Michael.

— Não parecia nem um pouco com ele?

— Olha, não era ele. E eu provavelmente sou o único aqui que ainda se parece com ele, e acho que ainda estou... — me apalpei de forma exagerada para garantir que ainda estava vivo — ... é, ainda estou aqui. Escuta, a Sofia assustou todo mundo. Que tal a gente descobrir do que ela estava falando?

Ergui o celular. Lucy era a única outra pessoa na mesa do café da manhã que não sabia o que era Língua Negra.

Ela balançou a cabeça.

— Já me informei. Faz um tempo já, mas pelo jeito foi uma bomba na época, a imprensa ficou em cima, e aí, óbvio, inventaram um nome chamativo de assassino. Alguém matou um casal de idosos em Brisbane. E uma mulher em Sydney.

Entendi por que não tinha ouvido falar nada. Nos últimos anos, não havia tido estômago para as notícias horríveis que passavam na televisão. Afinal, tinha me tornado parte delas.

— Como eles se chamavam? — perguntei.

— Ah. — Ela checou o celular, lendo uma matéria por alto. — Alison Humphreys e... sei lá. Pera aí. O casal era Williams. Mark e Janine.

— Sofia disse que morreram sufocados? Tipo... tortura?

— É um jeito lento de morrer. Eu preferiria... — Ela fez um sinal de arminha com os dedos e apontou para a lateral da cabeça — ... do que ter que passar por isso. As pessoas estão preocupadas se não seria, tipo, um *serial killer*. Mas foram só dois assassinatos. Tá, num dos casos era um casal. Aí conta como se fosse um ou dois? Obviamente são duas vítimas, mas pra identificar a pessoa como um assassino *em série* ou não, quais são as regras?

— Não sou especialista no assunto.

— Você não escreve sobre esse tipo de coisa?

— Eu escrevo *sobre* escrever esse tipo de coisa.

— Talvez tenha a ver com a teatralidade. Talvez dois assassinatos espetaculares valham mais do que uma série de homicídios banais. Bem, pros jornais com certeza é assim. — Antes mesmo de eu conseguir perguntar se um homem queimado até a morte num campo de neve não derretido contava como assassinato espetacular ou não, ela continuou: — A Sofia tá viajando. Não acredito que um *serial killer* esteja se escondendo nesse lugar. Só queria saber se você tinha reconhecido o corpo, talvez do almoço de ontem ou de quando esteve no bar com Andy, ou se simplesmente o viu por aí.

Soou meio que como uma desculpa esfarrapada.

— Por que você quer saber a identidade do cara?

— Porque pelo jeito ninguém sabe, e isso tá me deixando pilhada demais. Também não deram falta de ninguém, pelo que sei.

— Eles com certeza têm a lista de hóspedes. Talvez o homem estivesse sozinho.

— O que estão comentando é que todo mundo que deveria estar aqui foi localizado.

— Como você sabe?

— Eu converso com as pessoas. Com a dona. Você podia tentar às vezes.

— Não reconheci o sujeito — confessei.

Sei que sou o narrador, mas achei interessante o fato de não ser a única pessoa esquadrinhando a morte. Romances criminais sempre avaliam as motivações de uma lista de suspeitos, mas apenas a partir da perspectiva de um inquisidor inspirado. Será que eu de fato sou detetive só porque quem está lendo é forçado a acompanhar a minha voz? Acho que a história toda seria muito diferente se outra pessoa a escrevesse. Talvez eu seja apenas um Watson.

Mas então o que tinha atiçado tanto a curiosidade de Lucy, a ponto de ela estar ali em cima comigo, se apoiando na internet claudicante em busca de pistas? Captei uma leve nesga de decepção na maneira como ela trincou o maxilar, e entendi na hora.

— Você está cavucando por conta própria porque quer se livrar do Crawford. Sabe que quanto mais tempo se leva para identificar um cadáver, mais policiais aparecem. E se o Michael ficar nervoso, lá se vão os seus planos para o fim de semana.

— Não quero ter que lidar com nenhuma distração — sussurrou ela. Não tive coragem de dizer que, se era assim, teria que se livrar daquele batom fluorescente. — Michael merece ter a família de volta. É a minha última chance de proporcionar isso a ele.

Percebi que existia outra razão para a sua presença no terraço. Ela estava à caça daquela única barrinha de sinal. Na esperança de que uma mensagem chegasse.

— Teve notícias dele? — perguntei.

— Não.

— E dela?

Lucy riu.

— Acho que excluiu o meu número. Eu sou a ex. E você?

— Não estava esperando nenhum contato.

— Então acho que estamos juntos nessa.

— Você tá preocupada se vai ser estranho encontrar com ele?

— Sei que ele vai estar diferente. Mas me assusta pensar o quanto. Ontem à noite não consegui dormir. Fiquei sonhando que ele nem me reconhecia. Fico me perguntando o que resta da antiga versão dele, se é que resta alguma coisa. Tenho medo de que não tenha mais nada.

Não falei que o meu medo era o oposto: de que ele não tivesse mudado nem um pouco.

Me ocorreu que Lucy nunca havia me perguntado sobre o dinheiro. Não devia saber de nada. É uma coisa e tanto para se esconder de um cônjuge, pensei.

Ela me estendeu a mão, me pegando desprevenido de novo. Aceitei a trégua. Lucy tremia tanto que eu só seria capaz de mantê-la imóvel se a segurasse pelo cotovelo.

— Você não deveria ter feito o que fez com ele — murmurou ela, antes de soltar a minha mão. Falou tão baixo, de forma tão comedida, que quase não escutei. Abri a boca para contra-argumentar, mas Lucy ergueu a mão. — Não estou dizendo que a culpa é sua. Não sou tão obtusa. Mas nada disso teria acontecido se você não tivesse feito aquela escolha. Talvez ele tivesse ido parar na cadeia, mas teria acontecido de outro jeito. Odeio você por isso. — Seu tom não era de raiva, mas calmo e sincero, então eu soube que era verdade. — Só queria dizer uma vez na sua cara. Só uma vez.

Assenti em silêncio. Eu tinha mesmo a sensação de que ela sempre quis me dizer isso, Só Uma Vez, igual a Só Mais Um cigarro. Mas entendi. Eu mesmo vinha pensando muito sobre o assunto nas últimas vinte e quatro horas. Não a culpava.

Um estrondo ecoou pelo terraço, o rugido do motor de um carro em grande dificuldade com o terreno, captado pelo vento e transportado até nós. Olhei para a estrada de acesso ao hotel e vi um par de faróis emergir das árvores. Mas não era um carro, e sim um caminhão-baú, do tipo que se contrata para fazer mudanças. Era comicamente inadequado para as condições climáticas e começou a sacolejar ao descer a encosta. Estava a cinco, talvez dez minutos de distância.

— Chegou a hora — falei.

Lucy respirou fundo para se acalmar e puxou sem jeito aquele que seria o seu último cigarro.

CAPÍTULO 12

O zum-zum-zum que se formou no estacionamento, situado morro acima em relação à entrada do resort, não diferia muito do que houve mais cedo, na montanha: o mesmo semicírculo desconfiado, com a diferença de que, em vez de estarem todos loucos para dar uma espiada num homem morto, estávamos ali para testemunhar a ressurreição de outro.

Lucy não era a única se perguntando o quanto Michael teria mudado: nenhum de nós o visitara na prisão. Não era surpresa para ninguém que o correio tenha extraviado o meu convite, mas, fosse por constrangimento ou por vergonha, Michael não quis receber visitas. Tinha decidido encarar a prisão como um casulo e se enfurnar nele. Houve contato com poucos membros da família, mas nunca em pessoa. Ligações. E-mails. Não sei bem se enviar a papelada do divórcio por correio entra na categoria "escrever cartas", porém, se entra, então ele escreveu algumas. Mas o contato havia sido esparso. Assim, sua chegada era um momento impactante.

Primeiro ouviu-se o ruído do freio de mão sendo puxado, depois o do motor sendo desligado e o do caminhão repousando sobre a suspensão. E, por fim, nada além do assovio do vento da montanha. Um trovejar ribombante teria sido bem-vindo, mas prometi não mentir. Reparei que o caminhão de Michael tinha correntes impecavelmente atadas aos pneus.

Lucy ajeitou o cabelo e checou o hálito na palma da mão. Minha mãe cruzou os braços.

A porta do assento do carona se abriu e Michael saiu.

Talvez você tenha acabado de deduzir algo, mas não vou dar mais detalhes por enquanto.

Depois de três anos e pouco, admito que esperava encontrar uma versão "abandonado numa ilha deserta" do meu irmão: cabelo desgrenhado até os ombros, barba semelhante a uma floresta e olhos vermelhos e inquietos — *Então a civilização é assim?* —, mas o que vimos foi o oposto. Sim, seu cabelo estava mais comprido, mas também ondulado, estiloso e espesso. Talvez até tingido. Michael devia ter tido tempo para se empetecar, pois havia feito a barba. Embora eu esperasse me deparar com rugas extras em sua testa por conta daqueles tempos difíceis, o que vi foram pele macia, bochechas coradas e olhos vivos. Podia ser efeito do frio, ou quem sabe da prisão, que, afastando-o de todo o resto, talvez agisse como um *skincare* subestimado, mas eu jurava de pés juntos que o meu irmão parecia mais jovem do que quando havia sido enclausurado. Da última vez em que o tinha visto, ele estava sentado no banco dos réus, curvado, o terno o retendo como uma camisa de força. Naquele momento, na montanha, parecia rejuvenescido. Ressuscitado.

Com um casaco de inverno preto da North Face por cima de uma camisa de gola toda abotoada, ele estava mais para alguém que tinha pagado para escalar o Everest. Respirou fundo o ar da montanha, saboreando o momento, e soltou um brado curto que ecoou por todo o vale.

— Uau. Katherine, você acertou em cheio com esse lugar — disse ele.

Michael balançou a cabeça, forçando a barra para ressaltar a incredulidade com a beleza do local. Ou vai ver estava sendo sincero, sei lá. Seguiu direto para a minha mãe. Acho que tenho que começar a chamá-la de "nossa mãe" a partir daqui. Ou quem sabe só "mãe dele" e, da minha parte, continuo com "Audrey".

Ele deu um abraço na nossa mãe e disse algumas coisas no seu ouvido. Ela agarrou os ombros dele e o sacudiu, como se quisesse ter certeza de que não era uma miragem. Michael riu e falou mais alguma coisa, mas só ouvi um murmúrio, depois se virou para

Marcelo, que apertou sua mão com força e deu uma palmadinha paternal no seu braço.

Michael foi avançando pelo semicírculo de pessoas. Katherine ganhou um abraço com um beijo no ar e Andy, um aperto de mão enquanto dizia "Caminhão legal esse, hein?" e que esperava que o veículo aguentasse o tranco da subida de volta, daquele jeito que homens falam sobre carros quando se sentem desconfortáveis. Quanto mais meu irmão se aproximava, cumprimentando um a um, mais meu estômago revirava. A sensação era a de estar na fila para conhecer a rainha. Conseguia sentir o coração na garganta, e o excesso de camadas de golas me incomodava. Eu estava com medo de derreter na neve e estar alguns centímetros mais baixo quando ele chegasse até mim. Sofia abraçou Michael com só um dos braços, como se o tivessem escolhido a contragosto como par dela para o baile da escola, e acrescentou um superficial "Bem-vindo de volta, Mike". Soou ostensivo: meu irmão já teve muitos nomes na vida — Mickey, Cunners, Ham, o réu —, mas ninguém o chama de Mike. Quando chegou a vez de Lucy, metade do seu batom já havia saído e ela se jogou nos braços de Michael como se o salto tivesse quebrado. Enterrou a cabeça no pescoço dele e sussurrou alguma coisa. Só eu estava perto o suficiente para entender a resposta:

— Aqui não.

Ela se recompôs, aprumando o corpo e respirando rápido, puxando o ar pelo nariz na tentativa de ficar calma. Sofia pôs uma das mãos nas suas costas. Então Michael chegou ao fim da fila, postando-se à minha frente.

— Ern.

Ele estendeu a mão para mim. Seus dedos estavam imundos, as unhas sujas. O sorriso caloroso era convincente. Não consegui captar se estava feliz em me ver ou se era um dos mais talentosos membros da trupe de teatro amador da prisão.

Apertei sua mão e soltei um "Bem-vindo de volta" engasgado, mesmo sem ter certeza se aquilo era verdade mesmo.

— Tenho certeza de que a Katherine planejou muita coisa, mas espero que a gente possa tomar uma cerveja a sós em algum momento — disse ele. Na minha cabeça, ele se referia ao dinheiro, mas esse não era exatamente o tom da frase. Percebi que Sofia nos observava, tentando decifrar nossas palavras; suspeito que só estivesse reconfortando Lucy como tática para ficar mais perto da gente. — Sinto que estou devendo te falar umas coisas. Espero que aceite o convite.

Com um verniz diferente, tais palavras — como "devendo" ou "umas coisas" — viram uma ameaça, mas a voz dele soava... *humilde*. Só consigo pensar nesse termo para descrevê-la. Aquele reencontro não estava sendo nada do que eu tinha imaginado. Era difícil conectar o homem à minha frente com aquele que eu havia criado na minha cabeça, cheio de raiva, dor e desejo de vingança. Imaginei que pudesse ser uma máscara que Michael usava diante dos outros e que cairia quando estivéssemos a sós, mas não parecia uma armadilha. Chamemos de "intuição fraterna". Chamemos de "laços de sangue". Eu tinha aparecido com uma bolsa cheia de dinheiro na esperança de que ele me ouvisse. Ele tinha aparecido com um aperto de mão e um sorriso, esperando o mesmo.

Assenti tão rápido quanto a respiração de Lucy. Consegui puxar um "Tá bem" de algum lugar entre o meu o cu e a minha língua.

Foi quando a porta do lado do motorista se abriu. E esta é a parte que você pode ter adivinhado quando Michael surgiu do banco do carona.

— Foi uma estrada e tanto, hein? — disse Erin, se esticando. — O café daqui é bom?

CAPÍTULO 13

Vamos admitir que não foi uma revelação tão grande a ponto de valer uma mudança de capítulo. Todo mundo sabia quem estaria no assento do motorista. É óbvio. Lucy já havia chegado e até parece que Katherine deixaria algo tão importante quanto pegar Michael na prisão a cargo do improviso. Não foi nenhuma surpresa ver Erin, nem vê-la com Michael.

Antes que você me acuse de postergar a revelação de que era ela saindo do caminhão, eu diria que Erin simplesmente tinha uma vocação inata para o suspense, ou, o mais provável, não queria deixar a chegada de Michael mais desconfortável ainda, então havia esperado na cabine até a fila de cumprimentos à realeza acabar.

Eu tinha descoberto o caso seis meses depois de Michael ir para a cadeia. Acho que fui o primeiro, e depois, aos poucos, a notícia se espalhou pelo restante da família. Ao mesmo tempo, eu imaginava que Lucy havia descoberto junto comigo: ela, de roupão, abrindo animada um grande envelope amarelo, ciente de ser uma carta vinda da prisão pelo fato de já ter sido aberta, vasculhada e colada de novo, enquanto, durante um café da manhã que tinha tudo para ser calmo, minha esposa me comunicava que planejava *passar mais tempo* com meu irmão Michael.

Ok, eu posterguei mesmo.

Se estiver se perguntando sobre a minha escolha de palavras, meus cafés da manhã são quase sempre calmos; nunca vi muito potencial dramático em refeições com tanta incidência de leite. Na minha vida toda, só três cafés da manhã foram *agitados*. Dois, você já sabe como foram. O terceiro envolve esperma: acho que a gente deve se conhecer um pouco melhor antes de chegar nesse assunto.

Muita gente acusa pessoas casadas de deixarem "a chama se apagar". Como se fossem dotados de uma descarga sobrenatural de energia que pudesse ser mal administrada ou perdida. E talvez caiba dizer que, se minha esposa conseguiu cultivar uma relação com meu irmão condenado exclusivamente por telefone e e-mail (porque ele não recebia visitas) sem que eu reparasse, é porque nosso casamento já havia acabado. E não vou pintá-la como vilã aqui, pois não é o caso, e o casamento havia mesmo acabado. Na noite em que Michael tinha aparecido com o cadáver no banco de trás, eu e Erin já dormíamos em quartos separados. Caso contrário, talvez ela tivesse visto o dinheiro quando eu o joguei na cama. Mas o problema não era a chama. Era o isqueiro, a pedra do isqueiro, os fósforos. E nada disso estava perdido. Haviam sido levados. Não é que tivéssemos deixado a chama se apagar, é que não tínhamos mais as ferramentas para acendê-la.

— Não quero que fique um clima esquisito — murmurou ela naquele café da manhã enquanto girava a aliança no dedo.

Encarei o gesto da aliança menos como uma metáfora da implosão do nosso casamento e mais como uma constatação de quanto peso Erin tinha perdido. É normal notar flutuações momentâneas de peso nas bochechas e nos quadris de alguém, mas quando acontece *nas mãos*... Eu sabia que ambos estávamos emagrecendo, mas, ainda assim, tirar a aliança do dedo dela costumava ser como tentar dar a partida numa serra elétrica. Vê-la tão frouxa me fez pensar no que eu estava fazendo com ela. Não me entenda mal, não acontecia nada de cruel entre nós: nenhuma gritaria nem pratos voando. Mas havíamos chegado a um ponto em que estávamos fazendo mal um ao outro simplesmente por estarmos juntos. Talvez, se Erin não estivesse girando o anel, eu tivesse dito alguma coisa diferente, mas ela estava, então eu não disse.

— Faz o que você quiser — respondi.

Ela me lançou um daqueles sorrisos em que os olhos reluzem como sinal de que não é um sorriso de fato e me disse para não contar a Lucy por enquanto.

Não senti qualquer necessidade de perguntar mais nada. O café da manhã não era o momento. E aí, bem, acabei nunca perguntando. Pensei em fazer isso, lógico. Às vezes, me questiono se ela simplesmente gostava do perigo. Já li sobre o assunto, mulheres que se apaixonam por homens no corredor da morte, alguns deles chegando a ter várias esposas. Ou talvez a ideia de se envolver com alguém na prisão tenha soado como um alívio. Um relacionamento em que os limites são literais, em que ela não precisava se preocupar com todo o resto, o resto que havia nos afastado um do outro. Michael não podia ter defeitos como os meus, pois entre a vida dela e a dele não havia interseções. Considerei todas as possibilidades, acredite. Talvez Erin tivesse embarcado na loucura coletiva dos Cunningham e, ironicamente, visse naquilo um ato de lealdade. Talvez acreditasse em Michael, e não em mim. Talvez a pedra do isqueiro estivesse *com ele*. Quando me batia o rancor, algo que eu procurava evitar, considerava a possibilidade de que eles talvez tivessem algo em comum que eu não conseguisse bater. Isso tem nome: prenúncio.

Entender Michael era mais fácil. Sempre achei que ele simplesmente queria tirar algo de mim.

Ver Erin saindo do caminhão, ainda que não uma surpresa, com certeza foi impactante. Pois Michael não havia recebido mesmo nenhuma visita na prisão, muito menos conjugal. O fim de semana seria não apenas a primeira vez em que eu os via juntos, mas a primeira vez em que eles *se* viam. O relacionamento dos dois era um mistério absoluto, e todo mundo pensava algo diferente a respeito. Podem me chamar de fatalista, ou talvez apenas de preguiçoso, mas eu aceitava a ideia de que eles estavam juntos — só nunca consegui chegar ao ponto de chamá-los de casal. Lucy, com o figurino repleto de etiquetas e o batom para emergências, obviamente achava que ainda era capaz de trabalhar o terreno. Todos os demais se situavam em vários pontos de uma escala que ia da descrença à aceitação, a maioria tendendo ao ceticismo.

Pensando agora, com certeza eu não poderia estar tão aéreo no dia quanto estou fazendo parecer, porque me passou pela cabeça que os dois ainda não haviam dormido juntos. Erin tinha buscado Michael naquela manhã, no Centro Correcional de Cooma, a duas horas de distância. Na noite anterior, teria se hospedado no motel fuleiro em que eu a havia imaginado. Não sei por que isso é importante — que se dane se passaram a noite juntos ou não —, mas admito que me veio à mente. Estou contando por que, se eu tinha chegado a pensar nessas coisas, Lucy devia estar era *se agarrando* a elas.

Erin cumprimentou as pessoas de forma bem mais efetiva do que Michael, em parte por ter menos mãos a apertar, uma vez que Lucy resolveu fazer um teatrinho de que estava amarrando o cadarço. Quando chegou a mim, estendi a mão.

— Coisas gentis — falei.

Era uma piada interna nossa, já que eu queria desanuviar o clima.

Ela não sorriu. Optou por segurar a minha mão e me dar um abraço frio de um braço só. Sua respiração esquentou a minha orelha quando ela sussurrou:

— O dinheiro é da família, Ern.

Eram palavras urgentes e roubadas. Michael tinha me dito o mesmo na noite em que havia enterrado Alan. *É nosso dinheiro.* Entendi o que significava. Ele achava que merecia a grana. Tinha matado para consegui-la. Estava declarando sua posse e me oferecia uma porcentagem em troca do silêncio. Não sei dizer o que esperava ouvir de Erin, se meio que um pedido de desculpas ou alguma provocação (quando se inclinou para falar ao pé do meu ouvido), ou, vai ver, uma mistura dos dois: desculpas provocativas. Mas não esperava encará-la como mensageira de Michael enquanto ele sorria e dizia me dever uma cerveja. *O dinheiro é da família, Ern.* Teria sido uma sugestão do que poderia acontecer se eu não colaborasse? Não dava para saber. Seu olhar era zeloso, não ameaçador. Talvez fosse só um aviso. Ela havia sumido antes de eu chegar a uma conclusão, e não dava para perguntar na frente de todo mundo, de qualquer forma.

O grupo rapidamente se dividiu em facções. Lucy e Sofia continuaram na cola de Michael e de mim. Lucy, pelo jeito, não queria perdê-lo de vista. Quanto a Sofia, provavelmente não queria que eu mencionasse o dinheiro até decidir se daria uma parte a ela. Erin se juntou à minha mãe e ao Marcelo. Tentando não parecer interessado demais, tentei decifrar a expressão no rosto da minha mãe. Como eu não reconhecia aquele olhar, pensei que deveria ser caloroso e acolhedor. Katherine se juntou à turma de Erin, enquanto Andy, um momento à deriva, veio de mansinho para o nosso grupo.

Michael, acho que percebendo que teria que definir o tom ali e que, se não falasse, ninguém mais faria isso, tentava manter o clima leve, nos contando como tinha forçado Erin a parar em todos os postos de gasolina no caminho só para provar uma barra de chocolate diferente em cada.

— E qual foi a melhor? — perguntei.

Eu havia feito um pequeno trato comigo mesmo de agir de forma tão civilizada com Michael quanto ele agisse comigo, então tentei embarcar na conversa.

— Os resultados são inconclusivos. — Ele deu um tapinha na barriga. — Vou precisar reunir mais dados.

Lucy riu alto demais.

— Qual é a do caminhão? — perguntou Sofia. — Vocês não receberam a parte do convite que falava em "hotel nas montanhas"? Fiquei chocada de terem conseguido chegar.

— A locadora fez cagada. Era para ter sido uma van. Foi a opção que restou, senão a gente teria que usar o carro da Erin, e aí não caberiam todas as minhas coisas. Teria que renovar o aluguel do depósito se passasse de hoje, e eles já me sugaram uma nota. Minha sala de estar está praticamente toda na traseira. Ficamos meio apreensivos, mas a bichinha é dura na queda.

— Você trouxe uma poltrona pra neve? — perguntou Andy, rindo.

Eu continuava me atendo aos plurais, "a gente", "ficamos".

— Eu teria pagado o adicional. Você trouxe essa tralha toda só pra economizar uns dólares? — provocou Sofia.

— Achei bem sensato — murmurou Lucy. — Pensei que a maioria das nossas coisas ainda estava comi...

— Era o que eles tinham — interrompeu Michael. — Fora que a gente se certificou de que nos dessem um belo desconto, óbvio. E tenho que fazer a minha mudança na semana que vem, então de repente ficamos com o caminhão até lá. Valia o risco de subir a montanha com ele.

— Pode deixar umas coisas lá em casa, caso precise — falei, em parte para preencher o silêncio e em parte por não estar prestando tanta atenção; tinha um ouvido ligado numa nesga da conversa de Erin com Katherine.

Uma dica: não sussurrem segredos que contenham muitos sons de "s", porque o ar transporta a sibilação. Eu tinha ouvido Katherine dizer "quartos separados", mas não conseguido entender se era uma pergunta ou uma afirmação. Gostaria que não tivesse me chamado a atenção, mas chamou.

Percebi que tanto Michael quanto Sofia me olhavam, curiosos. Levei mais um segundo para me dar conta do que tinha dito e, ao cair em mim, meio que esperei Michael dizer *Já tem coisa minha lá*.

— De repente é uma boa, mano. — Foi o que ele preferiu dizer.

— Parei de fumar — cortou Lucy.

Michael a encarou como um pai olha para uma criança que interrompeu sua degustação de vinho para mostrar uma cambalhota.

— Muito bom — disse, num tom que sugeria "Vai brincar, vai". — Mas então, o que as pessoas fazem para se divertir aqui? Vão por mim, estou animado com o restaurante e o bar, mas não pretendo passar todo o fim de semana enfurnado lá dentro.

Andy e eu dissemos em uníssono:

— Tem uma jacuzzi no terraço.

— Vem cá todo mundo! — chamou Marcelo.

Lucy cortou Andy por dentro num movimento digno de Fórmula 1 para se posicionar ao lado de Michael. Sofia e eu fomos atrás deles.

— Você tá corado — falou Sofia, discreta. — O que aconteceu? Tá de boca aberta?

Balancei a cabeça.

— Estou atordoado. Não era o que eu esperava.

— Também não. — Sofia franziu o nariz. — *Ten cuidado*.

Não falo espanhol, mas Sofia às vezes soltava umas palavras. Aquelas eu conhecia, de tanto que já tinha ouvido: *Toma cuidado*.

Quando nos juntamos aos outros, Michael se aproximou de Erin, cuja mão deslizou para dentro do seu bolso de trás. Quando éramos casados — desculpe, ainda somos casados; tecnicamente, eu deveria dizer "quando estávamos juntos" —, Erin não era chegada a demonstrações públicas de afeto. Sua infância havia sido dura e por vezes violenta, criada por um pai solteiro que batia nela em segredo e a abraçava em público. Por consequência, Erin achava difícil enxergar demonstrações de carinho exacerbadas como genuínas, como algo mais do que fachada. Não confiava nelas. Comento isso porque era raro nos beijarmos em público e com certeza jamais rolou uma mão boba no bolso de trás. No máximo uma mãozinha na minha lombar. Aquela demonstração de afeto por Michael foi um tapa na cara bem performático. Me pareceu uma coisa até possessiva. Não sabia se o alvo era eu ou Lucy, mas talvez o ciúme estivesse me fazendo pensar demais e meu irmão só tivesse uma bunda mais gostosa.

— A gente decidiu — disse Marcelo, alto o suficiente para o grupo todo ouvir, mas se dirigindo a Michael e Erin — que precisamos contar uma coisa pra vocês, juntos, pra não ficarem sabendo por terceiros.

— Não sei se é bom...

— Lucy, por favor. Michael, a última coisa que queremos é gerar algum tipo de estresse desnecessário pra você neste fim de semana. Mas, ou te contamos agora, todos juntos, ou esperamos o disse me disse e os boatos de sempre.

Minha mãe assentia e, como era de hábito, o gesto conferia mais peso às palavras de Marcelo. Michael deu uma olhada rápida para os demais, mas eu poderia jurar que era o meu rosto que ele buscava. Talvez achasse que tinha algo a ver com o dinheiro. Ou com ele estar com Erin.

— Aconteceu um incidente — declarou Marcelo. — O corpo de um homem foi achado hoje de manhã. Pelo jeito, o cara se perdeu de madrugada e morreu por conta da exposição ao frio. — Seu olhar percorreu o grupo, mas se cravou em Sofia, como se a desafiasse a expor sua teoria. — É o jeito mais simples que tenho de contar.

— Já vi que tem uns policiais aqui — comentou Michael. — Uma SUV de patrulha perto do paiol de manutenção. Não achei nada de extraordinário, mas agora faz sentido. Ok. Coitado.

— Tem outra coisa que você precisa saber.

Dessa vez era Sofia falando, e Lucy fuzilou-a com o olhar. Marcelo pigarreou no intuito de interrompê-la, mas Michael ergueu a mão, o que o fez parar antes mesmo de dizer qualquer coisa, acho que só porque ninguém jamais tinha feito algo assim antes. Juro que o ruído surdo do fechar da boca de Marcelo ecoou por todo o vale.

— Eles não sabem quem é a pessoa — informou Sofia. — Aparentemente, ninguém que estivesse hospedado aqui. No momento, a polícia não está fazendo nada, mas há detetives a caminho. Talvez queiram interrogar algumas pessoas.

Todo mundo assentiu em concordância, impressionados pelo recém-descoberto tato de Sofia. Não me convencia; acho que sua intenção era fustigar Michael. Palavras como "detetives" e "interrogar". Estava tentando assustá-lo.

— Detetives por causa de alguém que morreu de exposição ao frio? — Erin pensou alto, percebendo haver algo de errado e lançando um olhar de preocupação a Michael.

Sofia deu um sorriso quase imperceptível. Havia semeado o que queria.

— Se você não quiser ficar, podemos ir para outro lugar — disse nossa mãe. — Queríamos que a decisão fosse sua.

— Você não tem nada com que se preocupar — falou Marcelo. — De acordo com a minha experiência, estar na prisão é um álibi de primeira. Fora que o policial que está aqui não é bem o que chamaríamos de *experiente*. Ficou todo abalado só de ver o corpo. Está esperando os superiores. Eles vêm, ficam cinco minutos e vão todos embora de vez.

— E a hospedagem... — começou Katherine.

Estava na cara que as suas próximas palavras seriam "não dá direito a reembolso".

— Ele se chama Crawford — afirmei, cortando-a.

— Crawford. Certo — disse Katherine, deixando implícito que a informação não tinha importância. — Ele não é ligado que nem os policiais da cidade grande. Acho que o nome Cunningham não circula mais como no passado.

— E quanto à presença policial — Lucy se agarrava às garantias, pois era óbvio que pensava que, se nos dispersássemos, ficaria a cem dólares e um quarto de motel de perder Michael para sempre —, não há praticamente nenhuma. Ele não está fazendo perguntas. Mal o vemos por aí.

— O policial que supostamente não está fazendo nada é aquele ali? — perguntou Michael, apontando para os degraus de entrada da construção principal do resort, que Crawford descia às pressas.

Ele veio correndo na nossa direção, analisando os rostos em busca do recém-chegado. Avistou meu irmão.

— Michael Cunningham?

Michael ergueu as mãos de modo zombeteiro e disse:

— Culpado.

— Que bom que concordamos. Você está preso.

CAPÍTULO 14

Katherine estava certa: o nome Cunningham já não circulava mais como no passado. Se circulasse, Crawford talvez tivesse levado mais em consideração a sua segurança pessoal antes de adentrar um círculo formado por nós.

— O que você acha que está fazendo? — Lucy foi a primeira a ter um rompante.

Ela se lançou à frente de Michael.

— Tem algum mal-entendido — disse Katherine, reforçando a defesa ao lado de Lucy e arrastando consigo um relutante Andy.

— Vamos todos nos acalmar — sugeriu ele, fingindo uma risadinha trêmula. Era um Cunningham por matrimônio, lembre-se; ainda mantinha, portanto, a reverência habitual pela polícia característica dos cidadãos de bem, cumpridores da lei.

— Saiam do caminho.

Reparei que havia um par de algemas casualmente pendendo da mão esquerda de Crawford.

— É tão difícil pra vocês deixarem... — Era a voz da minha mãe, que não tinha agilidade o suficiente para se integrar à barreira, mas usava o veneno das suas palavras como um escudo bastante eficiente — ... a *porra* da nossa família em paz?

De repente, toda e qualquer matéria de jornal que li sobre mães erguendo carros para salvar os filhos me pareceu crível. Quer dizer, os filhos de quem elas gostam.

— Audrey — disse Marcelo, tentando acalmá-la —, isso não vai ajudar. — Ele deu um passo à frente, apresentando o seu Rolex ao agente Crawford. — Sou o advogado dele. Vamos lá pra dentro, sentar e conversar.

— Não sem as algemas.

— Você e eu sabemos que não é assim que a polícia deve agir. Ele acabou de chegar, como é que pode…

— Pai — disse Michael, e precisei de um instante para registrar que ele estava falando com Marcelo. — Tudo bem.

Mas Marcelo estava com a corda toda.

— Você não pode baixar lei marcial no resort só por ser o único policial aqui. Sei que está numa situação desconfortável, que alguém por aí perdeu um pai, um irmão ou um filho. Minha família e eu vamos participar de bom grado de conversas informais para ajudar na identificação, mas sugerir qualquer ato criminoso… isso… bem, é apenas uma acusação sem fundamento. É criar um perfil com base em histórico familiar. Vamos entrar com um processo. Se pretende detê-lo, você vai precisar apresentar uma causa e uma acusação formal, e não tem nem uma coisa nem outra. Eu só trabalho *pro bono* por seis minutos e acho que esse tempo já está esgotado. Então encerramos o assunto?

Minha vontade era de me desculpar simplesmente por estar próximo a Marcelo e seu discurso. Mas Crawford se manteve irredutível.

— Não encerramos. Tenho a prerrogativa de agir segundo os meus critérios, visto que houve um assassinato.

Começou um zum-zum-zum de assassinato, com todo mundo repetindo incrédulo a palavra. Flagrei Sofia sorrindo. Marcelo fechou as mãos em punho. Minha mãe não era dada a sobressaltos, mas cobriu a boca com a mão.

— Que *incidente*, hein? — falou Michael.

— Você tá ferrado — grunhiu Marcelo para Crawford. Jargão legal que até eu entendia. — Já acabei com a vida de pessoas por muito menos.

— E eu já peitei pessoas por muito mais.

Os dois foram interrompidos pelo estrondo das portas do hotel. De lá, surgiu uma mulher alta, mais ou menos da minha idade, de queixo bronzeado mas coloração pálida em torno dos olhos — o bronzeado de quem usa máscara de esquiador. Estava de camiseta e colete, com os braços nus, sem se preocupar com o frio.

Reconheci-a como a mulher do Land Rover anfíbio que tinha ajeitado as correntes nos meus pneus.

— Policial, precisa de ajuda? As pessoas já estão em polvorosa o suficiente. Que gritaria é essa?

— Nada que te interesse — disse Marcelo, cansado com a perspectiva de haver mais alguém com quem discutir.

— Como dona deste resort, acho que me interessa, sim.

— Bem, nesse caso, poderia mandar este aspirante a Poirot parar de importunar os seus hóspedes? E, a menos que queiram espalhar o pânico, que tal não saírem falando por aí sobre "assassinato"?

— É a primeira vez que ouço a palavra. — Ela olhou para Crawford, as sobrancelhas franzidas. — Sério? O Botas Verdes?

Se for para considerar apelidos com base em cores, "Botas Verdes" era bem mais fácil de entender do que "Língua Negra". Era o nome coloquial dado a um homem que tinha morrido escalando o Everest. Como recuperar o corpo seria perigoso demais, o cadáver continuou por lá, à beira da trilha, com as botas verdes-neon servindo de marco para os alpinistas. Embora o corpo daquela manhã não calçasse botas verdes — eu saberia, pois o carreguei segurando o seu pé esquerdo —, era óbvio que o nome havia sido estabelecido como uma identificação rápida para o nosso convidado misterioso congelado.

— Tenho razões para acreditar que a morte possa ter sido suspeita.

— Por quê? Por causa dela? — O tom de voz de Katherine subia e descia, tanto pela incredulidade como possivelmente pela altitude, enquanto ela apontava para Sofia. — Até um xamã te daria um diagnóstico médico melhor. O que você disse pra ele? Quanto tempo vai levar até os detetives de verdade chegarem?

— Eu sou médica — falou Sofia a Crawford.

— A gente vai mesmo ignorar o fato de que, ainda que a morte *seja* suspeita, o Michael tem um álibi?

— Pai. Me deixa...

— *Eu cuido disso*, Michael. Tem certeza de que quer embarcar nessa, agente? Suas suspeitas são baseadas em algum prontuário que você desenterrou por aí, talvez com um pouco de histórico familiar, e na sua lealdade ao distintivo, porque "somos todos policiais", esse papinho. Seu viés não apenas está na cara, como está te obrigando a fazer papel de idiota. Me diga então: como é possível Michael estar envolvido se acabou de sair da prisão hoje de manhã, pelo amor de Deus?

A explosão de Marcelo deixou todo mundo sem ar. Crawford observou cada um de nós; imaginei que tentasse avaliar a existência de algum pingo de apoio. Evitei o olhar dele. Até Sofia olhava fixamente para baixo.

— Vamos embora — disse Marcelo, pegando a mão de Audrey e começando a caminhar em direção ao hotel.

Mas Michael não se moveu. Trocou uma careta nervosa com Erin.

Não estou adornando nada ao relatar que, no fim das contas, ressoou um trovão.

— Imaginei. Você diz pra eles ou eu digo? — perguntou Crawford.

— Eu não machuquei ninguém. — Michael ergueu as mãos e deu alguns passos em direção a Crawford. — Mas vai ser um prazer cooperar pra ajudar você a descobrir quem foi.

Ele disse isso olhando para mim.

— Michael! Para com isso! Agente, ele não sabe o...

— Ele não é o meu advogado.

— O que você tá fazendo? — Audrey foi até o meu irmão e pôs uma das mãos no seu ombro. — Você estava em Cooma ontem à noite. Tudo bem, é só falar.

— Mãe, tá frio. Vai lá pra dentro.

— Diz o que eu estou te falando. Diz. Conta pra ele.

Ela começou a socar o peito do filho com o outro punho. Como se assim pudesse expelir a confissão à força. Então, acho que, por causa da combinação do frio com o esforço, seus joelhos cederam e ela vergou sobre a neve devagar. Michael tentou segurá-la, mas foi lento demais para ter qualquer efeito além de guiá-la para a posição em que ficou, sentada no chão. Crawford, Sofia e eu corremos para ajudá-la a se erguer, mas ela nos enxotou. Katherine e

Lucy começaram a gritar com o agente Crawford por deixar uma velha senhora ao relento.

— Sra. Cunningham — disse Crawford, alto o suficiente para acabar com o burburinho. — Michael foi libertado *ontem* à tarde.

Ontem? Eu me lembro do efeito lento da compreensão. *Mas então...*

Os olhos de Michael se voltaram rápido para Erin. Pensei ter visto o rosto de Lucy desabar por dentro. O primeiro floco de neve caiu no meu cílio.

— Isso não é nenhuma prova definitiva. Ok. Ok, então ele não estava na prisão. Está certo. — Marcelo repassava a linha de pensamento, tentando encontrar a melhor opção, enquanto fazia força para erguer Audrey. — Mas isso não significa que estava aqui. Meu amor, você não pode ficar sentada aí, vai ficar molhada. Então, Michael, diga onde você estava ontem à noite e damos um fim no assunto.

— Prefiro ir com o senhor, policial.

Crawford o algemou e lançou um olhar tranquilizador a Michael. Mesmo sem entender completamente o porquê da dissimulação do meu irmão, o Agente Último Recurso via que aquela era a opção menos traumática. Reparei que ele deixou as algemas frouxas. Não frouxas o bastante para Michael conseguir se livrar, mas para não serem ameaçadoras. Ele se virou para a dona do resort (olha só, cronologicamente sei que ela ainda não me disse o seu nome, mas isso está me incomodando e vou começar logo a chamá-la de Juliette, porque ela vai se apresentar daqui a pouco) e falou:

— Preciso isolá-lo para a segurança dos hóspedes.

— Ele vai conseguir escapar de qualquer lugar em que você o ponha. Nenhum quarto ou chalé aqui pode ser trancado apenas por fora. Precaução contra incêndio — respondeu Juliette. (Viu? Assim fica mais fácil.) — Isso aqui é um hotel, não uma prisão.

— E a Sala de Secagem? — perguntou Lucy.

Seu rosto estava mais sombrio do que o céu, a voz gutural e a língua pesada de raiva. Eu só descobriria depois, mas ela talvez já soubesse que a Sala de Secagem nada mais era do que um espaço aquecido do tamanho de um closet, cheio de bancos de madeira para botas e araras para casacos, úmido e cheirando a mofo e suor... um cheiro de suor do tipo que só se sente quando se usa algo tão impermeável a ponto de impedir líquidos tanto de entrarem quanto de saírem. Uma vingança mesquinha, mas a melhor em que conseguiu pensar tão rápido.

— Vi que tem um ferrolho do lado de fora — acrescentou, seu tom presunçoso.

— Hum, a Sala de Secagem não é um lugar para alguém ficar confinado — rebateu Juliette.

Crawford olhou para o céu, estendeu a mão aberta e viu alguns flocos de neve pousarem e derreterem. Estava ansioso para encerrar a conversa e se abrigar. Virou-se para Michael como quem pede desculpas.

— Seria só por algumas horas.

Michael assentiu.

Então pensei que aquele seria o momento perfeito para Erin se impor. Se a prisão não servia de álibi a Michael, talvez ela servisse. No fim das contas, todo mundo sabia que eles estavam juntos, então o que tinha de mais em terem passado a noite na cama? Como ainda assim ela não disse nada, e percebi que fosse lá o que estivessem mantendo em segredo compensava ficar confinado na Sala de Secagem como suspeito de assassinato, minha curiosidade foi às alturas.

— Qual academia de polícia você frequentou? — Marcelo teria batido em Crawford se não estivesse sustentando minha mãe no ombro. — Nada disso é legal.

Neste tipo de livro, policiais, mesmo sendo Últimos Recursos ou Únicas Esperanças, também podem ter traços de personalidade como Segue o Regulamento ao Pé da Letra ou Fodam-se as Regras. Crawford, pelo jeito, tinha me surpreendido de novo.

— Vai ser um prazer cooperar — repetiu Michael.

— Vai dar tudo certo — disse Erin, dando um abraço no meu irmão.

Suas mãos deslizaram pela coluna de Michael para dentro do bolso de trás — o outro, dessa vez. Não que eu tenha reparado.

Então todo mundo começou a ir em direção à estrutura principal do resort. Segui a onda. Tendo entregue Audrey a Sofia, Marcelo andava resoluto, azucrinando Crawford com um palavreado que vou classificar como "vívido" pela torrente de termos legais e pelas descrições explícitas de como alguém poderia fornicar com o próprio rosto.

— Preciso de espaço — falou Crawford no topo dos degraus, com um tom de voz severo característico de policiais Fodam-se as Regras. Dirigia-se a Marcelo, mas todo mundo parou. Como estávamos cada um num degrau, ficou parecendo uma peça de teatro ou uma pose para uma foto de casamento. — Vão se esquentar. A gente conversa depois.

Crawford pôs a mão nas costas de Michael e o guiou para a porta.

— Você não vai falar com ele sem que eu esteja presente.

Era a última investida de Marcelo.

— Este homem não fala por mim. Ele não é o meu advogado — afirmou Michael, depois se virou e ergueu os punhos algemados, enganchando as mãos em formato de naipe de paus, com os dois dedos indicadores colados. Apontava para mim. — *Ele* é.

CAPÍTULO 14,5

Ok. Muita coisa já aconteceu, por isso acho melhor fazer uma rápida recapitulação.

Eu sei. É meio estranho. Mas quero garantir que estejamos todos alinhados. Quem tiver confiança nas próprias habilidades cognitivas, é só pular esta parte.

Livros assim costumam sugerir a trajetória pregressa de um grupo de picaretas, confiná-los num local peculiar e introduzir um corpo com histórico passível de conexão com passagens da vida de cada personagem. Vou testar a fórmula.

O histórico: há três anos, meu irmão Michael bateu à porta da minha casa com um homem chamado Alan Holton no banco de trás do carro. Alan estava morto, depois deixou de estar, daí morreu de novo. Mesmo sabendo que eu seria efetivamente banido da família — uma vez que somos muito desconfiados da polícia desde que meu pai foi morto enquanto tentava roubar um posto de gasolina —, tomei o partido da lei e delatei meu irmão.

O local: a família inteira se reuniu no Retiro Sky Lodge! para dar as boas-vindas a Michael, recém-saído da prisão. É o local de hospedagem mais alto acessível por carro da Austrália. Uma tempestade se aproxima; não poderia ser diferente. Mas, por favor, não imagine uma situação tão clichê quanto estarmos ilhados no local, porque não estamos: somos apenas sovinas e indecisos. Se bem que, neste momento, acho que, sim, estamos presos no local, já que Michael foi trancafiado na Sala de Secagem e não podemos simplesmente deixá-lo para trás — mas os próximos dois capítulos vão focar mais nisso. Neste, estamos só recapitulando.

O grupo: há a minha mãe, Audrey, que me culpa pelo estado de fragmentação em que a nossa família se encontra; Marcelo, meu padrasto — sócio do conceituado escritório de direito Garcia & Broadbridge e detentor de um relógio que custa tanto quanto mandar um filho para a universidade —, que representou Michael num julgamento por homicídio, mas quer distância do processo por negligência contra Sofia; a própria Sofia, filha de Marcelo e minha irmã postiça, que precisa de pelo menos cinquenta mil para alguma coisa, talvez relacionada a um processo por negligência que pode custar a sua carreira como médica, é cirurgiã e, entre outras realizações, reconstruiu o ombro de Marcelo; Katherine, minha tia abstêmia maníaca por organização, que foi quem teve a ideia da viagem desse fim de semana; Andy, marido de Katherine, que dá à sua aliança o mesmo valor que alguns homens dão às suas condecorações militares; Lucy, a ex-esposa de Michael, que o apoiou durante o julgamento, mas de quem ele pediu o divórcio enquanto estava na prisão por ter formado um vínculo especial com...; Erin, minha atual esposa, embora estejamos separados, que encontrou consolo nas cartas do meu irmão (e, pelo jeito, nos seus braços por uma noite) depois de, o que me parece óbvio, algum trauma passado se interpor entre nós; Michael, que mentiu sobre ter saído da prisão naquela manhã e, antes, havia me pedido para tomar conta de uma bolsa com 267 mil dólares em dinheiro vivo; a dona do resort, Juliette, ao mesmo tempo prestadora de assistência rodoviária e concierge; o agente Darius Crawford, um policial tão perdido que mais parece ter dado a volta no mundo e ido parar na China; e eu, enxotado da família e às voltas com uma bolsa de dinheiro com rastro de sangue. Eis o elenco. Acho que nos encaixamos com perfeição no papel de picaretas.

O corpo: naquela manhã, um homem foi encontrado morto no meio do campo de golfe coberto de neve. Sofia acredita ser obra de um *serial killer* chamado Língua Negra e que a vítima não teria morrido de exposição ao frio. Segundo Lucy, ninguém da lista de hóspedes do hotel estaria faltando. Se você acha suspeito ela ter me contado isso, devo lembrar que Juliette, que na condição de proprietária tem acesso à lista, cunhou para a vítima o apelido anônimo de Botas Verdes, o que sugere que a fofoca de Lucy teria fundamento. O problema é que seria impossível estabelecer um motivo plausível ligando qualquer um de nós ao morto, porque ninguém faz ideia de quem seja.

Eis alguns detalhes importantes que gostaria de ressaltar:

1. Alguém estava no chalé de Sofia quando ela estava no meu; a pessoa ligou para o meu quarto.
2. Sofia também é a única de nós com um álibi, pois estava comigo no meu chalé na hora exata em que Botas Verdes morreu, algo que tecnicamente não era para você sabe, mas contei mesmo assim.
3. Marcelo cancelou o jantar porque minha mãe não estava se sentindo bem. Não tive contato com Andy, Katherine nem Lucy durante a madrugada.
4. Sofia, Andy e eu vimos o rosto do Botas Verdes, mas não é exatamente como se Crawford tivesse passado a manhã inteira segurando um caixão aberto. Talvez sejamos os únicos. E ninguém o reconheceu.
5. Continuo sem saber de onde veio a bolsa de dinheiro. Estou a ponto de pensar que talvez alguém esteja atrás dela.
6. Havia três trilhas de pegadas levando ao Botas Verdes, mas só uma retornava, e não havia nevado durante a madrugada.
7. Páreo para o gosto de Lucy para maquiagem, só o de Erin para homens e o de Michael para veículos adequados ao terreno.
8. Não me esqueci do "irmãos" no plural que soltei antes.
9. Michael preferia ser suspeito de assassinato do que dizer a verdade sobre onde ele e Erin estavam na noite anterior.
10. Estamos a 67 páginas da próxima morte.

E no meio de tudo estou eu. Alguém que escreve livros sobre como escrever livros, sem formação legal, que acaba de ser indicado para prestar assistência jurídica a um suspeito de assassinato — ou quem sabe *serial killer*, se for para confiar na palavra de Lucy sobre os pré-requisitos dramáticos — que deveria me detestar, tudo por motivos que ainda não decifrei e de legalidade questionável.

Se apreciam o fato de eu estar jogando limpo, continuemos.

CAPÍTULO 15

Eu poderia facilmente ter alcançado Audrey, mas a gente tinha formado um grupo e entrado no saguão, e eu queria esperar até todo mundo se espalhar. Quando Michael foi conduzido à Sala de Secagem, disse que mandaria me chamarem — usou exatamente essas palavras, como se eu fosse um bobo da corte — assim que tivesse tido um tempo para pensar. Um tempo para inventar um álibi convincente, só se fosse.

Todos os demais se dispersaram para o bar, para o restaurante ou para os quartos. A prisão de Michael havia sido um senhor show para os outros hóspedes: dava para ver várias marcas de testas sebentas nas janelas da frente do resort. Marcelo guiava Audrey pelas escadas, segurando-a de leve com um dos braços e envolvendo-a com a aba do seu casaco, e falava num tom baixo e tranquilizante. Minha mãe não é tão velha para achar que degraus sejam um obstáculo, mas é velha o suficiente para ter o corrimão como melhor amigo, e por isso subiam devagar. Eu meio que esperava que Marcelo tivesse ido atrás de Crawford, apostando na sua metralhadora verbal, mas ele havia desistido da batalha e passado a socar o celular (bateria: não faço ideia). Imagino que estivesse tentando conseguir uma barrinha de sinal para ligar para alguém com o poder de demitir Crawford.

Esperei até chegarem ao primeiro andar, que me pareceu ser espaçoso o bastante para encurralá-los e forçá-los a ter uma conversa. Fazia muito tempo que não falava com a minha mãe cara a cara. Talvez ela soubesse de alguma coisa.

Ao fazer menção de segui-los, senti a mão de alguém na parte de trás do meu ombro. O toque não era agressivo, mas me puxava discretamente. Quando me virei, me deparei com Katherine, encolhida como quem se desculpa, do jeito que as pessoas fazem quando seu rosto tenta nos transmitir que sentem muito pelo que vão dizer. É a expressão que Andy adota com frequência, pelas costas da esposa, quando ela explica por que estão saindo cedo de uma festa.

— Será que é um bom momento pra isso? — perguntou ela, com o seu típico jeito de se mostrar preocupada e responsável enquanto adota certo ar de superioridade.

Embora tivesse uns bons doze anos a menos que minha mãe, havia começado a se dirigir a ela como se fosse criança. Não tinha a intenção de ser irônica nem falsa, mas era óbvio que achava que Audrey estava ficando gagá.

— Ah — respondi, assentindo, solene —, concordo. Vamos esperar mais alguns cadáveres aparecerem. — Então me lembrei de ter prometido a Andy que pegaria leve. Afinal, ela só estava tentando ajudar. Amaciei o tom: — Se é pra eu ajudar o Michael, vou precisar saber tudo que puder. Vou ter que falar com ela em algum momento.

Mesmo contrariada, Katherine pareceu aceitar o argumento.

— Só tente não deixá-la agitada demais. — De novo, a preocupação com a fragilidade de Audrey, não com a sua felicidade. — Isso se ela sequer falar com você, óbvio. É provável que nem fale.

— Tenho que tentar.

— Qual vai ser a sua abordagem?

— Sei lá. Rastejar? — Dei de ombros. — Ela é minha mãe. Só preciso conseguir ativar o seu lado maternal.

Katherine riu. Difícil dizer se era uma risada cruel ou empática, mas largou o meu ombro, me liberando.

— Se o seu plano depende disso, espero que tenha trazido um tabuleiro ouija.

***

Audrey estava na biblioteca folheando um romance de Mary Westmacott sem lê-lo de verdade, sentada numa cadeira de couro vermelho com tachas, de encosto alto. Seria a cadeira perfeita para se sentar durante o desfecho da trama. Apesar de estar escrito *Biblioteca* na porta, o ambiente era um verdadeiro pesadelo para os amantes de livros, repleto de edições de bolso amareladas, danificadas pela umidade, cheirando a mofo e com páginas tão secas e quebradiças quanto batatas chips, abrigadas sobre prateleiras confeccionadas com madeira antiga de velhos esquis e snowboards. A lareira de pedra no canto, adornada por folhetos, exibia chamas gulosas e crepitantes. Pelo jeito, se tratava da obra de um arquiteto alheio à capacidade de combustão dos livros. O fogo deixava o ambiente abafado demais, mas o cheiro de umidade era mais ameno do que no resto do hotel. Não havia arma pendurada na parede, sem dúvida não uma de Tchekhov: só um pombo empalhado e uma medalha de guerra emoldurada com os quais teria sido bem difícil assassinar alguém.

Ao me ver, minha mãe fechou o livro, se levantou e me deu as costas, se fingindo de entretida com a seleção de autores com sobrenome iniciado com W na prateleira de snowboard.

— Audrey, você não vai poder me ignorar pra sempre.

Ela recolocou o livro no lugar — estava mal catalogado, na minha opinião, pois Mary Westmacott é um pseudônimo de Agatha Christie, mas o que um nome tem de mais, não é? — e, ao se virar, fez cara feia quando percebeu que eu bloqueava a passagem.

— Veio se gabar? — Cruzou os braços. — Me dizer que estava certo sobre ele?

— Na verdade, queria saber se você está se sentindo melhor.

Ela levou um segundo — fosse para processar a informação de que eu tentava me aproximar ou para lembrar qual havia sido a sua desculpa para fugir do jantar, não ficou claro —, depois colocou para fora o seu escárnio.

— De mim cuido eu.

Evasiva, ela deixava transparecer a provável frustração por ser alvo de cuidados excessivos, que sem dúvida enxergava como uma ameaça à sua independência. Imaginei que, nos últimos tempos, Katherine a viesse cutucando sobre a sua idade e as suas faculdades mentais, e eu só havia botado mais lenha na fogueira ao perguntar como ela estava se sentindo.

— É só isso? — Ela fez menção de passar por mim.

— Michael machucou alguém, mãe. Eu fiz o que achei ser o correto. — Incluí de propósito "o que achei" na frase, embora tivesse *certeza* de ser a coisa certa. — Estou fazendo o que acho ser o correto agora também.

— Você fala igual ao seu pai.

Ela balançou a cabeça. Não era um elogio.

Fiquei curioso; era raro ouvi-la falar do papai.

— Como?

— Robert justificava qualquer atitude. O jeito como dizia que cada roubo era uma oportunidade única e que seria o último. Se convencia da redenção também.

— Redenção?

Meu pai não havia encontrado nenhum tipo de redenção; tinha morrido numa troca de tiros com dois policiais, chegando a matar um deles. A não ser que ela quisesse dizer que ele havia se convencido de que existia uma justificativa para cada crime cometido, acreditando ser em nome da família, de uma necessidade, e que ele era um homem bom o bastante para abrir mão de cometer o seguinte. Assim como Lucy e seus cigarros.

— Papai era uma pessoa ruim — falei. — Você sabe disso, né?

— Ele era um idiota. Se fosse só uma pessoa ruim, teria dado para tolerar. Mas uma pessoa ruim que se achava boa... era por isso que se encrencava. E agora você me força a te ver cometer os mesmos erros que ele e espera que eu sorria e finja que está tudo bem? Logo quando a nossa família estava se unindo... e agora temos que lidar com *isso*.

Suas palavras me sacudiram. Os mesmos erros que o meu pai havia cometido? Será que minha a mãe estava me acusando de estar envolvido na morte do Botas Verdes? A sugestão me horrorizava. Pela mágoa e por nunca ter dito isto na cara dela, explodi:

— Michael é um assassino.

— Ele matou alguém. Mas isso faz dele um *assassino*? Tem gente que mata outras pessoas e ganha medalhas pelo feito. Gente que mata outras pessoas por ser o trabalho delas. Michael não é raro nem diferente. Você o rotula de assassino? Acha a mesma coisa da Katherine? Da Sofia? Se tivesse que fazer as mesmas escolhas que ele fez, seja lá qual tenha sido o motivo, o que isso faria de você?

— Não é a mesma coisa.

— Ah, não?

— Acho que lá fora tem um corpo que discorda de você.

— Não foi o Michael quem o matou.

— Eu acredito — respondi rápido demais, percebi. — Mas alguém o matou. E acho bastante conveniente que tenha acontecido *neste* fim de semana, com Michael chegando. Tem algo a ver com a gente, eu tenho certeza.

A ideia pareceu irritá-la. Havia algo a mais na sua inquietação, nos olhares que lançava para trás de mim.

Tentei a sorte e me aproximei, baixando o tom de voz.

— Você sabe quem é o morto?

— Não. — Sem querer entregar demais, mas ela estava falando a verdade. — Mas não é um de nós. Isso é tudo o que importa.

— O que você está escondendo de mim?

— Então quer encontrar um assassino, é isso? Porque é mais fácil evocar alguém de faca ou revólver na mão que você possa caçar, alguém tão objetivamente *mau* que te permita ignorar o que você sabe que é verdade? E se encontrar, o que acontece? A pessoa vai pagar o preço? Tudo bem se o vilão morre no fim de um romance... na verdade, a ideia é *justamente essa*. E se tiver sido isso o que o Michael fez com o Alan? E você só tenha achado que aquele era o início da história, mas, na verdade, era o fim? — Após o discurso, ela precisou fazer uma pausa e respirar duas vezes enquanto eu digeria aquelas verdades. — Nós estamos aqui por *sua* causa. Michael está naquela sala por *sua* causa. Você fez isso. É igual ao seu pai. Ele sabia o duro danado que a gente teria que dar na ausência dele e nos deixou sozinhos mesmo assim, e nós pagamos o preço. Todos nós. — Sua voz era pura virulência. — Ele pelo menos podia ter nos deixado uma arma com a qual lutar. Mas não. Ficamos sem nada no banco. E você fez o mesmo com o Michael.

Por um segundo, achei que a minha mãe estivesse me acusando de embolsar o dinheiro de Michael. Quase perguntei como ela sabia da existência da bolsa, mas me dei conta de que só estava querendo dizer que, ao morrer, nosso pai tinha nos deixado pobres. Na realidade, não éramos *tão* pobres assim. Mas eu não sabia de fato como havia sido criar a gente sozinha. De qualquer forma, talvez fosse só uma metáfora.

— Papai era um assassino igual ao Michael. — Dispensei o seu argumento e me ative ao preto no branco da verdade. — A única diferença é que era um drogado também.

— Seu pai não era um drogado! — berrou Audrey.

— Encontraram uma seringa com ele, mãe. Para de mentir pra si própria!

— Pare você de deixar a sua mãe em pânico — disse alguém atrás de mim.

Era Marcelo, trazendo uma xícara de algo marrom e fervente. Ele tinha dito aquilo de modo zombeteiro, mas não demorou para captar o clima tenso no ar. Com um leve toque do antebraço, me afastou da soleira da porta, e Audrey passou furtiva, pegando a bebida ao sair e sumindo no corredor.

Marcelo ergueu as sobrancelhas.

— Tudo bem?

Assenti, mas de forma tão mecânica que ele captou a mensagem.

— Eu sei, tá tudo de ponta-cabeça. A meu ver, é óbvio que Michael quer falar com você. Essa porra de quem-é-o-advogado-dele não deve passar das próximas horas, mas, se nos ajudar a puxar o agente Crawford pro nosso lado, pra ele ver que estamos cooperando, podemos ir na onda. — Ele notava a minha desconfiança. — Ah, não ache que estou de moleza. Vou destruí-lo depois, prometo. Não vai sobrar nada. Mas sei a hora de partir para cima e a hora de tirar o time de campo. E acho que estou no banco por enquanto. Você devia ir conversar com o Michael antes, é isso que ele quer. Estamos jogando pelas regras dele, não pelas do Crawford.

Fiquei me perguntando se misturar metáforas esportivas era uma característica universal de padrastos ou se era só coisa do Marcelo mesmo.

— Mas o advogado de verdade aqui é você. E um bom advogado. Conseguiu que ele pegasse só três anos sob acusação de homicídio. É um ótimo resultado. Por que ele deixou de confiar em você? — perguntei.

— Não sei — respondeu Marcelo, dando de ombros. — Pelo jeito, não confia muito em ninguém. Talvez ele conte o motivo para você.

— Quando você encontra um cliente pela primeira vez, como sabe a diferença entre os heróis e os vilões? Tipo, sei que você precisa ser isento, mas deve imaginar que alguns são caso perdido enquanto há esperança pra outros.

— Foi por esse motivo que eu investi no direito corporativo. Pra não ter que me preocupar com essa parte. É tudo um bando de canalhas.

— Estou falando sério.

— Eu sei, rapaz. — Ele me deu um apertão amigável no ombro. Marcelo sempre encontrava uma palavra alternativa para evitar me chamar de "filho", pois não ficava totalmente à vontade, mesmo depois de tanto tempo. "Rapaz" estava entre as mais sérias. Melhor do que "amigão". — Você quer saber do seu pai.

— Audrey falou que ele era uma pessoa ruim que achava ser boa.

Marcelo pensou por um segundo.

— Não sei dizer.

Tive a sensação de que ele sabia, sim, mas não quis forçar muito a barra.

— Vocês eram amigos. Como ele era? Vocês eram próximos?

Surpreendi a mim mesmo com a pergunta.

Marcelo coçou a nuca. Ficou procurando devagar como articular as próximas palavras.

— É. Eu o conhecia bem. — Ele checou o relógio de forma conspícua. O assunto o deixava desconfortável. Acho que por ter se casado com a esposa do cliente morto. — Melhor eu ir ver como a sua mãe está.

— Pode me fazer um favor? — perguntei, e ele assentiu. — Você tem acesso a pesquisadores, técnicos jurídicos, contatos na polícia, isso tudo, né? Pode checar quem foram as vítimas do Língua Negra? Lucy falou que foram uma mulher chamada Alison Humphreys e um casal de nome Mark e Janine Williams. Qualquer coisa que possa ser útil.

Ele se deteve por um momento. Devia estar hesitando em dar força para que eu investigasse o caso.

— Fala de novo o primeiro nome. São Williams e...?

— Alison Humphreys.

— Já guardei. Beleza, campeão.

Ele relaxou. Felizmente não me deu um soquinho afetuoso no braço, caso contrário teríamos que seguir o roteiro de filme de família e ir jogar beisebol como bons amigos, e eu não havia trazido a minha luva.

— Vou perguntar por aí — disse ele.

Não o acompanhei. Preferi passar alguns minutos sozinho na biblioteca para colocar os pensamentos em ordem. Acabei contemplando a medalha acima da lareira, pensando no que minha mãe tinha dito sobre algumas pessoas serem condecoradas por matar. A medalha era de bronze, escura, emoldurada em veludo azul com painel frontal de vidro e um pequeno retângulo de papel depositado logo abaixo, como aqueles que vêm dentro de biscoitinhos chineses da sorte. O papel era dotado de uma fileira de pontos, mas não era código Morse nem nada que eu reconhecesse. Abaixo de tudo, uma placa com os dizeres: *Condecorado por transportar uma mensagem capaz de salvar vidas sob fogo intenso, 1944*. Na medalha também estava gravado: *POR BRAVURA* e *NÓS TAMBÉM SERVIMOS*.

Relaxe. Eu não levaria mais de oitenta palavras para descrever uma medalha se não tivesse a menor importância. Compreendi que a minha mãe enxergava tudo enviesado, mas tinha razão: matar não era sempre igual — a medalha atestava isso. E Audrey havia dito acreditar que Michael tinha uma boa razão para fazer tal coisa.

Você fez isso, disse ela. Naquelas palavras cortantes, ouvi de novo tudo o que Lucy havia me falado no terraço: *teria acontecido de outro jeito*. Percebi que acreditava. Eu tinha enviado Michael para a prisão — e se a sua raiva tivesse entrado em metástase, criando algo pior? Senti vergonha pela sensação de culpa. Michael havia merecido ir para a cadeia, mas, mesmo assim, eu me sentia culpado. Saber que nada daquilo era culpa *minha* não adiantava nada. Era uma daquelas encruzilhadas do destino. No que eu o havia transformado?

Então decidi ajudá-lo. Não por achar que ele fosse inocente nem que fosse culpado. Mas por causa do que todo mundo me dizia desde a nossa chegada.

Você fez isso.

Por esse motivo as coisas haviam acontecido *como aconteceram*. Podem chamar de vergonha por ter testemunhado contra sangue do meu sangue, podem responsabilizar o desterro emocional imposto pela minha mãe ou a culpa incutida em mim pela doutrinação dos Cunningham em nome da lealdade, mas a minha consciência estava pesada demais. Tomei a minha decisão: eu investigaria aquilo. Pavimentaria o meu caminho de volta à família com a redenção de Michael ou pregaria no seu caixão o último e definitivo prego. Podem me chamar de traidor, de mancomunado com a lei, mas eu tinha a sensação de que um de nós estava envolvido. Era óbvio para mim: a única forma de reconstruir a minha família era saber qual dos seus membros era um assassino.

Bem, todos somos — isso eu já contei. Quis dizer mais recentemente.

MINHA MÃE

CAPÍTULO 16

As pessoas — os maridos, basicamente, sobre quem havia recaído a tarefa — corriam para os carros em meio à furiosa torrente de gelo em diagonal que tinha acabado de começar a cair. Naquele caos, mal dava para enxergar o estacionamento, mas todos seguiam meio aos trancos e barrancos, com os cotovelos acima da cabeça, tentando se proteger. O vento também sacudia a fina camada de neve no chão, formando uma névoa esvoaçante à altura dos joelhos que mais parecia a espuma de ondas na arrebentação. Tudo acontecia ali embaixo, mas todos lutavam contra o vento como se estivessem subindo o morro. As pessoas adentravam a névoa acinzentada, e dava para ver clarões alaranjados conforme novos carros eram destrancados. Como numa espécie de revezamento, o próximo grupo a se aventurar se aglomerava embaixo do toldo, soprando as mãos enquanto avaliava o estado da tempestade. Só posso imaginar que estivessem discutindo se o que estava no carro era mesmo necessário e pensando na melhor forma de fazer tal gélida empreitada ser vista como um ato de heroísmo possivelmente digno de uma trepada.

Eu estava sentado no bar — que tinha dado um jeito de nos servir café — com Sofia, os dois em banquetas, que tínhamos arrastado até a janela da frente, de onde observávamos a ferocidade da tempestade aumentar. Marcelo estava em algum lugar no hotel discutindo com Juliette sobre como conseguir um quarto ali dentro. Minha mãe devia estar junto, ou talvez discutindo sozinha com Crawford. Eu ainda não havia entendido direito o que significava ser advogado de Michael, então me abastecia de cafeína antes de me aproximar da Sala de Secagem, trancada por

Crawford — pois Michael ainda não estava pronto para falar com ninguém —, que montava guarda numa cadeira do lado de fora. Do outro lado do bar, Lucy estava sentada sozinha. Havia pedido uma cerveja, mas se limitava a girar o copo. Erin não estava presente: tinha se retirado para o seu chalé antes de a tempestade chegar. Katherine, diante de um bule de chá, estava focada num fichário com capa de plástico. Fiquei imaginando quantos assassinatos seriam necessários até ela fraquejar e tomar uma cerveja. Suspeitava que pelo menos mais dois. Imagino que o fichário contivesse seu itinerário. Não seria nenhuma surpresa se constasse ali a previsão do tempo, e ela estivesse tentando decifrar como tinha sido pega desprevenida. Você tem duas chances para adivinhar onde Andy estava.

O grupo de maridos reunido na varanda decidiu que a chuva de granizo tinha dado uma trégua e correu para os carros. Bati no vidro e disse "E lá vão eles!", como se fosse um locutor de corrida de cavalos.

— Devia Ter Ido Antes é o último, pouco atrás de Prefiro Morrer Congelado Que Admitir Estar Errado, este a pouca distância de Só Estou Aqui Por Causa de Arquétipos Conjugais Ultrapassados. E um focinho à frente de todos, lá vai Tem Certeza Que Não Dava Pra Ficar Sem Isso Amor.

Eis que surgiu Andy, sacudindo a cabeça para tirar o gelo da barba enquanto se despia do casaco, que pendurou nos ganchos ao lado da soleira. Ele despencou num assento em frente a Katherine, pôs uma bolsinha na mesa e disse:

— Tem certeza que não dava pra ficar sem isso, amor?

Sofia riu, alto demais, e quando Katherine a fuzilou com o olhar, ela voltou rapidamente a atenção para a janela, numa fascinação fingida pela tempestade.

— Qual é o problema com vocês? — perguntei. Nem precisava apontar para Sofia saber a quem me referia, mas ela deu de ombros mesmo assim, como se não tivesse me entendido. — É sério. A Katherine ficou muito no seu pé hoje de manhã. Eu nem sabia que vocês duas eram próximas o suficiente pra ter discussões assim.

— Ficou? Eu nem notei — respondeu Sofia, se esquivando, mas não me convenceu. O desdém de Katherine era que nem olhar de mãe: você sabe quando é o alvo. Mas era óbvio que Sofia não queria falar sobre o assunto. — E você, virou advogado agora?

— Pelo jeito...

— Você não tem, tipo, uma lista de dez passos pra solucionar crimes ou um troço assim? Usa um pouquinho de todos! — sugeriu, erguendo as mãos como se estivesse fazendo um truque de mágica.

— São regras, não passos. E não são minhas. Fora que... — Eu me aproximei dela, sussurrando de forma conspiratória — ... nem gosto de livros de suspense de tribunal.

— O que você vai fazer agora, então?

— Ah, imagino que se entrar na faculdade de direito, fizer estágio e encaixar o meu diploma com honras em algum lugar, devo conseguir tirar o Michael de dentro daquele closet em... sei lá, oito anos?

— Ele pode fazer isso, aliás? Indicar você assim? — Ela tomou um golão da sua xícara, que chacoalhou ao ser posta de volta no pires. — E por que você?

— Não sei — respondi, e era verdade em relação a ambas as perguntas. Mas o que Michael havia comentado do lado de fora (*Sinto que estou devendo te falar umas coisas*) tinha ficado na minha cabeça. — Uma pessoa pode representar a si própria num tribunal sem ter qualificação, né? Talvez esta seja uma extensão do mesmo direito. Ou talvez só não seja legal mesmo. Mas o Crawford também não está jogando de acordo com as regras. Não sei nem se ele entende as regras, e acho que o Michael está usando isso a favor de si. Se for no embalo, consegue o que quer. Marcelo acha que Michael falar comigo é uma boa ideia. Estou indo na onda por enquanto.

— Como ele pode querer ficar trancado numa sauna daquelas?

— No momento, aposto numa de duas possibilidades: se eu for tecnicamente advogado dele, Michael pode falar comigo o quanto quiser, em particular, certo? Crawford é obrigado a deixar.

Lá fora, ele disse que queria falar comigo. Talvez Michael queira que eu fique lá com ele.

— E a outra possibilidade?

— É a mesma que a primeira. Se ele me quer na sala, talvez queira manter outra pessoa distante de lá.

— Ele tá com medo?

Dei de ombros. Não tinha mais teorias. Sofia esfregou os olhos, bocejou e voltou a concentrar o olhar no lado de fora. Antes não era possível enxergar o necrotério improvisado no topo do morro ou o lago na parte de baixo, mas agora não dava para enxergar nem o estacionamento. O acinzentado da neblina recobria tudo alguns metros à frente. A dança do gelo no ar contra o vazio profundo se assemelhava à visão que se tinha olhando num microscópio — pequenas células cinzentas —, e, por um segundo, imaginei a montanha em nível molecular. Depois que a tempestade se dissipasse, o formato do solo mudaria: a neve seria uma massa de cobertura branca à altura dos joelhos, como se um cobertor grosso tivesse sido colocado ali. Percebi que assistíamos à montanha se redefinir, átomo por átomo.

— Pelo jeito você mal dormiu — falei.

Do lado de fora, a palidez de Sofia aparentava ser apenas devido ao frio, ao choque de ver o cadáver. Lá dentro, ela de fato parecia fragilizada. Dava para perceber no rosto exaurido e no chacoalhar da xícara, entregando o tremelique das mãos. Pensei no gesto de Andy em relação à bebida e na língua afiada de Katherine.

— É sério isso? — Sofia ergueu uma das sobrancelhas, sacando de imediato qual era a minha. — É assim que a gente vai entrar no assunto?

— Só me conta da noite passada. Sei lá, pra te servir de álibi, qualquer coisa. Eu não sei por onde mais começar — falei, tentando soar casual, e não curioso.

Ela suspirou, passou o dedo pela espuma do café e o lambeu, sem responder.

Recorri ao método de implorar.

— Me ajuda a treinar, pelo menos.

— Eis uma linha do tempo: papai me telefonou pra dizer que o jantar seria cancelado porque Audrey não estava se sentindo bem. Eu belisquei umas comidinhas do bar aqui porque não suporto o salão de jantar e, pra ser sincera, estava tentando tomar um pouco de coragem em estado líquido pra ir falar com você. Depois de passar no seu quarto, voltei pro meu. Quer algumas desculpas? Foi uma manhã de merda, e é por isso que eu estou com essa cara de cu. Obrigada, aliás, pela sugestão de que, se uma mulher parece levemente esmolambada, só pode ser uma assassina. Devo lembrar, aliás, de que sou a única aqui, incluindo até o agente Crawford, que cantou a pedra do assassinato? E o mais importante, você sabe que fui direto pro quarto porque me ligou praticamente assim que botei o pé pra dentro. Você é o meu álibi, seu idiota.

— Acho que sim — respondi, matutando. Quem não tiver pulado a recapitulação sabe que estaria a ponto de me ocorrer que talvez houvesse alguém atrás do dinheiro, o que aconteceu naquele momento. — Me conta: pra quem você tá devendo?

Bastou ouvir a frase para ela se endireitar na cadeira e seu olhar vasculhar o ambiente.

— Para de falar tão alto — sibilou. — E que merda você quer dizer com isso, aliás?

— O dinheiro que você pediu. Acho que você deve estar devendo pra alguém.

— Ernie, olha só, eu não quero mais. Não se você vai me humilhar desse jeito. Nunca deveria ter pedido. Eu dou um jeito.

— Por que você precisa de cinquenta mil dólares se não for pra pagar alguém?

— Não estou devendo pra ninguém. — Seu tom foi claro: esta seria a última vez que ela diria aquilo. — Podemos conversar sobre outra coisa?

— Tinha alguém no seu chalé ontem à noite.

Ela fechou os olhos depressa e contraiu as bochechas como quem acaba de comer algo estragado. Eu a havia pegado de surpresa. Não consegui captar se era por alguém ter estado no quarto dela ou por eu saber.

— Enquanto você estava no meu. Você lembra que o meu telefone tocou? Era do seu quarto. Sei porque liguei de volta, e foi você quem atendeu. Imagino que alguém estivesse procurando alguma coisa e que essa pessoa tenha apertado o botão de discagem rápida.

— E por alguém você quer dizer o Botas Verdes? Acha que ele estava no meu quarto? Atrás de dinheiro?

— Foi só uma coisa em que eu pensei.

— Que eu posso ter matado um cobrador de dívidas pra me proteger?

— Ou que alguém tenha matado pra te proteger.

Ela considerou a hipótese por um segundo. Não sendo detetive, para mim era difícil distinguir se era uma pausa ofendida ou calculada. Depois, Sofia inclinou a cabeça de leve e disse:

— Antes de eu reagir a essa acusação tão suja, me diz: *você* já se decidiu?

— Quer dizer sobre o dinhei... — Lembrei que ela havia chiado para eu falar baixo. — Ainda não tive...

— Não se decidiu, então?

— Não, não me decidi.

— Vai ajudar na sua decisão se a minha vida estiver em perigo?

Sofia tamborilou os dedos na mesa.

Coloquei minha mão em cima da dela para tranquilizá-la. Com o máximo de solenidade que consegui conjurar, o que, para mim, não é muito, falei:

— Está?

Quando olhei para o seu rosto, percebi que Sofia continha um sorriso. Mas acabou deixando-o tomar conta.

— Fala sério! Olha o que você tá dizendo. Cobradores de dívidas? Tipo de quem? Da máfia? Não sei nem se tem máfia na Austrália. Você tá inventando coisa só porque eu sou sul-americana.

Ela contorceu o nariz de um jeito engraçado.

— Aí seria um cartel, não a máfia. Seria uma mula de drogas, não um cobrador de dívidas. Se for pra te encaixar num perfil, digo.

— Ah, bem, nesse caso, pode me levar pra cadeia.

Ela estendeu os pulsos como quem finge se entregar.

— Foi mal. Estou cansado. Não é desculpa, mas é difícil pensar direito aqui.

— Eu botei você na berlinda. Sei como é. Dá pra desconfiar, afinal, eu te pedi dinheiro e, no dia seguinte, o Botas Verdes surgiu congelado. Olha só, eu pedi a grana porque tem uma bolsa cheia, não acho que o Michael mereça e, sim, vai me ajudar numa coisa. Mas é pessoal. Dá pra gente mudar de assunto, *por favor*?

— Talvez você não goste dos outros temas que eu tenha em mente. — Consegui fazê-la rir de leve com essa. Voltamos a ser amigos. — Então, você quer fingir interesse em como eu dormi ou se gostei do podcast que ouvi na estrada até aqui, duas perguntas com a mesma resposta, "mais ou menos", ou quer escolher entre o Língua Negra e a Outra Coisa?

— Honestamente, nem é tão ruim assim. — Ela batia com a colher na lateral da xícara enquanto falava; talvez o ritmo ajudasse a afastar a lembrança. Estava mais para um ato consciente, pensado para parecer casual, do que um tique natural. — Eu já perdi pacientes antes.

A Outra Coisa, então.

— E não pense que eu não me importo, porque me importo. É uma merda. Toda vez. Mas cirurgias têm complicações. Temos uma tecnologia incrível à disposição, uma medicina ainda melhor, mas mesmo nos menores procedimentos há riscos. Um braço quebrado pode causar embolia. Sabia disso?

— Foi isso que aconteceu?

— Olha, eu sou humana. Estou fazendo um trabalho. Às vezes, a gente está nos nossos melhores dias, às vezes, não.

— Você está dizendo que cometeu um erro? Você é uma cirurgiã fantástica, Sofia. Marcelo confiou o ombro dele a você, e ele precisa desse ombro pra dar aqueles socos na mesa e chamar atenção no tribunal. É que nem operar a laringe da Beyoncé.

— Você tá exagerando um pouco, eu acho. E o papai... bom, você sabe que ele gosta de controlar tudo. — De novo o som da colher. — Eu já repassei tudo na minha cabeça um monte de vezes. E estou sendo sincera, não cometi nenhum erro. Fiz as escolhas certas ali na hora. Se tivesse que passar pela situação de novo hoje, faria tudo igual. A perícia vai me inocentar. É só que as pessoas envolvidas são, digamos, um pouco mais *chegadas* aos administradores do hospital, então o processo está se arrastando. O que faz o povo começar a falar.

Seus olhos voaram para Katherine. Talvez eu estivesse imaginando coisas, mas acho que o olhar da minha tia se desviou de nós, como se o de Sofia fosse uma bola de sinuca branca ricocheteando contra a preta de Katherine. Ela não era parte da comunidade médica e com certeza não dava para dizer que era uma pessoa influente. Examinei os demais. Andy havia achado um baralho em algum lugar (ou quem sabe andasse com ele o tempo todo para fazer truques amadores de mágica, não seria nenhuma surpresa) e estava jogando paciência. Do outro lado do salão, um cigarro pendia entre os lábios de Lucy. Antes de você me chamar de mentiroso por ter dito que o outro havia sido o seu último cigarro, aviso que apareceu um garçom e falou que ela teria que ir fumar lá fora. Lucy lançou um olhar desejoso para a janela açoitada pela neve, que chegava a gemer com o vento, e guardou o cigarro no bolso.

Minha mente continuava fixa em Katherine.

— Quando fazem perícias assim, eles procuram sinais de álcool? — perguntei.

— Por que essa pergunta do nada?

— Bem, você sabe o que a Katherine pensa sobre álcool. Ela já te expôs por causa disso algumas vezes. Agora, no começo, achei que estivesse incomodada por você arruinar o fim de semana com as suas teorias sobre assassinato, mas agora entendi que ela está te pintando como uma bêbada arrogante e irresponsável, o que nós dois sabemos que você não é. Acho que ela está levando a situação para o pessoal. — Sofia respirou fundo com intenção de me responder, mas mudei de ideia. — Não, deixa pra lá. Olha só, eu obviamente tenho muito a aprender no sentido de interrogar alguém sem sair acusando a pessoa a cada instante. Só estou querendo dizer que você sabe que ela fincou raízes no AA desde o acidente...

É respeitada, conhece a fundo a organização. Seria uma boa aliada. *Se* fosse um caso assim. A gente tá do seu lado.

Sofia bufou.

— Ela é toda-poderosa, então? Você não está muito lembrado das coisas, se acha que foi assim que ela se desintoxicou. Por algumas semanas, de repente. Mas ela era doidona, cara. Papai e Audrey tiveram que dar um corte total pra ela conseguir dar a volta por cima. Vou procurar conselhos em outro canto.

O acidente de Katherine, suas consequências e a desintoxicação estavam todos no mesmo pacote para mim. Fiquei surpreso ao descobrir que as coisas aconteceram em momentos distintos.

— Mas você não respondeu à minha pergunta.

— Eu tomei *uma* taça de vinho — disse ela, enfim largando a colher. — No mínimo oito horas antes. Com comida. Mas quando algo assim acontece, começam a fuxicar tudo. E se um estagiário diz ter visto você num bar... sendo que, na verdade, era um restaurante... na noite anterior e, embora não tenha certeza, parecia que você estava se esbaldando, não ajuda. Talvez o estagiário não tenha visto direito, talvez tenha lá algum problema com você ou talvez tenha sido discretamente encorajado por alguém a aumentar as coisas... — Ela esfregou o polegar na ponta dos dedos no gesto típico de "grana". — Há pessoas que ganham com isso. Tudo é política. A lição é nunca sair pra jantar no mesmo local em que os estudantes de medicina enchem a cara. Dizer que vai lá pela comida, e era isso mesmo, equivale a dizer que compra a *Playboy* pra ler a entrevista.

— Ian Fleming já foi publicado na *Playboy* — respondi, incerto se o comentário a ajudaria no argumento. Ponderei por um segundo e puxei mais algo da memória. — Atwood também, aliás.

— Exatamente! Como disse, eu jantei. Não estava incapacitada. Não foi um erro. E médicos não são testados do mesmo jeito que os atletas, sabe? O que eles vão dizer, então? Que um estagiário me viu com uma taça de vinho? Toda e qualquer morte é periciada pelo legista num prazo de trinta dias, óbvio, mas isso é padrão. Não estão fazendo com base em nada. Não vão encontrar nada impróprio.

A fala me soou como a típica torrente de justificativas de uma pessoa que está pensando em defender a si própria, mas fiquei na minha.

— Por que o Marcelo não tá representando você? Lógico, o hospital tem advogados. Mas ele é de uma categoria superior.

— Como eu falei: política. Além disso, você também é advogado agora... tem planos pra semana que vem?

Bufei.

— Por que a Katherine tá levando tudo pro pessoal?

— Katherine tá puta... bem, puta ela sempre está, mas nesse caso específico foi por ter ouvido os rumores e me procurado com as mesmas perguntas que você fez. Me ofereceu ajuda e, quando expliquei a mesma coisa que te expliquei, ela não reagiu bem. Deve me achar um caso perdido. E não quero ser o projetinho dela.

Assenti. Parecia mesmo bem típico de Katherine.

— Agora, acredite se quiser, sou eu quem tem algumas perguntas.

— Justo.

— Por que você está fazendo isso? Tem um policial aqui; deixa *ele* investigar.

— Nós dois sabemos que, se não for o primeiro dia dele na polícia, é o segundo. E... — Bati com o nó dos dedos na janela. — ... eu não contaria com a possibilidade de os reforços conseguirem chegar aqui.

— Mesmo assim, não significa que seja sua obrigação.

— Michael me pediu ajuda. E acho que devo isso a ele.

— Dever, dever, dever. Você usa demais essa palavra. Família não é cartão de crédito.

Um aviso: sei que esta é basicamente a cena do "Por Que Você Não Larga Isso de Mão?", talvez com alguns toques generosos de "Isso Não É Da Sua Conta". Estou ciente, como já estava naquele dia, de que essa costuma ser uma tática para impedir um investigador xereta (eu) de descobrir algo sobre a pessoa que está pedindo a ele para recuar (no caso, Sofia). Não confundir com a cena do "Você Está Fora da Jogada"; isso seria problema de

Crawford, não meu. Mas, para mim, os motivos de Sofia estavam evidentes. Se eu deixasse o assunto para lá e Michael saísse algemado do resort, o dinheiro ainda estaria comigo. E eu não iria guardá-lo por mais três anos, muito menos por mais vinte e cinco; iria gastá-lo, isso, sim. Ou doá-lo. Não interpretei a tentativa de Sofia como um jeito de desviar a atenção dela própria, mas apenas de remover do tabuleiro a peça de Michael, colocando o dinheiro à disposição. Se estivesse tentando incriminá-lo, jogaria mais pesado, me incitaria em vez de me alertar. Eu tinha certeza de que a sua motivação era egoísta, mas não assassina.

— Ernest? — Uma voz me chamou da soleira da porta. Quando me virei, vi Juliette espichando a cabeça para dentro do bar. — O agente Crawford disse que você já pode ir lá.

Assenti, me levantei e disse a Sofia quase num pedido de desculpas:

— Preciso ouvir o que Michael tem pra falar. No mínimo descobrir qual o álibi dele para a noite de ontem.

— *Ah*, agora eu entendi — replicou ela, me dando um soquinho brincalhão no braço. — Ernie, seu ciumento do caralho.

— Eu não estou...

— Ah, *está*. Não está nem aí pro Botas Verdes. Tudo o que você quer descobrir é onde Michael e Erin estavam ontem à noite. Você sabe que cena é essa. Chama-se "Sexo É Sempre Uma Motivação".

— Ele mentiu pra mim. Pra nós. Estou curioso.

— Duas vezes, aliás.

— Como é?

— Ele mentiu duas vezes. Mobília? Depósito? Fala sério. O tamanho daquela coisa é descomunal. Aposto que toda a tralha do Michael continua na casa da Lucy, aliás, exatamente onde ele deixou. Os dois ainda estavam juntos quando ele foi preso, lembra?

Ela balançou a cabeça como quem ressalta o óbvio.

— Não estou entendendo — admiti.

— Ernie, pergunta pra ele o que é que tem *de verdade* na porra do caminhão.

CAPÍTULO 17

Juliette me aguardava no corredor. No começo, achei que talvez tivesse tomado a minha falta de aptidão mecânica como um sinal de ser burro demais para conseguir seguir as setas que apontavam para a Sala de Secagem, mas depois percebi que ela me guiava por caminhos distintos dos apontados. Não fazia ideia de para onde ela estava me levando. Às vezes, você se depara com mapas assim que abre um livro como este, e um layout do resort teria vindo a calhar agora.

— Ainda não fomos devidamente apresentados — falei, enquanto Juliette abria caminho entre carrinhos de limpeza com toalhas brancas fofas saindo pelo ladrão. — As pessoas me chamam de Ern.

— Tipo urna? De cremação?

— Abreviação de Ernest.

— Ah, então seria melhor se as pessoas te chamassem assim, né? — respondeu, curta e grossa.

— Você se daria bem com a minha mãe. — Contornei uma bandeja de serviço de quarto com uma cena de crime composta por duas latas amassadas de energético e uma embalagem de chocolate. — Ela também me acha cansativo.

No fim do corredor, ela parou em frente a uma porta sem número — então não era um quarto, deduzi — e pôs a chave na fechadura, depois se virou para mim antes de abrir.

— Sei que você tá ansioso pra ver o seu irmão. É jogo rápido. — Notei que os lábios dela estavam rachados por causa do vento, uma característica comum entre montanhistas. Estavam descascados, cheios de rachaduras, como se desse para enfiar um picador de gelo neles e escalá-los. — Ah, meu nome é Juliette. — Finalmente. Minha editora acaba de respirar aliviada. — Te ajudei com as correntes.

Pelo jeito que falou, parecia uma informação nova.

— Estou lembrado — falei, mas o som saiu mais gutural do que eu queria. Consideravelmente lascivo, pensando bem. Ela me examinou por mais um segundo.

— Tá na cara que chamei a sua atenção. Você até já me convidou pra conhecer a sua mãe. E para de olhar para a minha boca.

Não confessei que estava pensando em descascar os lábios dela, não em beijá-los, mas, de qualquer jeito, senti meu rosto ficar vermelho.

Ela abriu a porta, revelando um escritório bagunçado com duas mesas encostadas uma na outra ao centro. O sistema de arquivos parecia mais o resultado de um ciclone: montanhas e vales de papel cobriam o chão. As paredes eram repletas de prateleiras, onde fichários laranja-vivo davam o mínimo ar de organização ao recinto, mas eles também formavam pilhas ali. Achei um certo desaforo minha inaptidão com veículos ser julgada por alguém que não sabia nem organizar uma prateleira, mas não disse nada porque ainda estava cabreiro pelo fato de ela ter chamado a minha atenção por causa dos lábios. Ao centro de cada mesa havia um computador robusto que serviria facilmente para levantamento de peso, ambos atrelados a teclados num tom de branco que geralmente só se encontra em acessórios plásticos ultrapassados para computador ou colchas de adolescentes.

Juliette se sentou numa cadeira de couro preto e começou a martelar as teclas duras com uma das mãos, enquanto me chamava com a outra.

— Há quanto tempo você está aqui? — perguntei, em parte para saber mais sobre ela e em parte para descobrir de que século era aquele computador.

— Cresci entre este lugar e um colégio interno em Jindabyne — respondeu ela num tom meio aéreo, mais focada em descolar da mesa o mouse tão cheio de sujeira fossilizada que até fez barulho ao se soltar. — Esse é um negócio de família. O vovô e alguns amigos construíram depois da guerra. Queriam ficar longe de todo mundo, acho. Me mudei pra Queensland quando tinha uns vinte e poucos anos, só porque era o lugar mais quente possível. Mamãe e papai assumiram o resort, depois morreram e, bem, coisas de família carregam uma certa inevitabilidade, porque voltei pra cá seis anos atrás no intuito de vender tudo e, pelo jeito, fiquei ilhada pela neve.

— Família é coisa séria — comentei.

— Tipo isso.

— Em que guerra o seu avô lutou? Eu vi a medalha na biblioteca.

— Na Segunda. Ah, nããão... a medalha? É do Frank.

— Frank?

— Na verdade o nome era F-287, mas vovô o chamava de Frank. O pássaro.

— O pombo empalhado? — Bufei. — Tá de sacanagem.

— O nome é Medalha Dickin. Só animais eram condecorados.

Pensei nas palavras gravadas — *NÓS TAMBÉM SERVIMOS* — e fez sentido. O pedacinho de papel devia ser a mensagem em código carregada através das linhas inimigas, presa à perna do pássaro. Uma aventura que daria um filme da Disney.

— Meu favorito é o gato que ganhou uma por levantar o moral de todo mundo num navio e devorar toda uma infestação de ratos — disse Juliette. — Sem brincadeira. Vovô amava esse pássaro; treinou um bando inteiro, mas Frank era especial. Ele carregou um mapa com a localização de todas as metralhadoras, listas de números de tropas, nomes, coordenadas, e salvou um monte de vidas. Vovô o empalhou quando veio pra casa. É meio estranho de expor, mas eu gosto. — Ela bateu com o dedo na tela do computador. — Aqui. Achei.

Juliette apontava para um vídeo esverdeado de câmera de segurança reproduzido na tela, que ela havia pausado. A câmera parecia estar posicionada em algum lugar acima da porta da frente da construção principal do resort, pois o ângulo inclinado na direção do morro enquadrava o estacionamento, um bom pedaço da entrada de carros e, na extremidade da imagem, as sombras em forma de pirâmide de alguns chalés, já meio fora de foco. O alcance não era o suficiente para mostrar onde o corpo tinha sido encontrado. No canto inferior, à esquerda, havia o registro da hora. Faltavam poucos minutos para as dez da noite. A coloração esverdeada me parecia alguma espécie de filtro de visão noturna.

— Que quartos são esses? — perguntei, apontando para os chalés.

— É o lado par: 2, 4, 6 e 8.

Marcelo e Audrey estavam no 5, portanto o deles não estava aparecendo. Sofia, no 2, no canto da tela; só se via um pedaço do telhado. Eu deveria ter ficado no 6, mas Katherine e Andy o ocuparam ao chegarem um dia antes e descobrirem que o quarto deles não estava pronto. Não sei onde Lucy estava.

— O 4 é o meu — falei.

— Eu sei, sr. Cunningham.

— Vigiando os hóspedes. Isso é invasão de privacidade.

— É mesmo? — respondeu ela.

Você vai achar que Juliette estava flertando, mas, àquela altura, eu já não tinha mais certeza. Ainda vai levar mais 90 páginas até os nossos lábios se tocarem. Caso bata curiosidade, vou estar pelado quando acontecer.

— Tem mais alguém nos chalés? — perguntei.

— Só o seu grupo. Metade está vazio.

— Ok. E essa câmera se move? O ângulo não é lá essas coisas.

Ela balançou a cabeça.

— Se não fosse soldada, se soltaria sempre que tivesse uma tempestade. E não é uma câmera de segurança, mas de neve. A intenção é só mostrar às pessoas em que situação o resort está em determinado dia para poderem planejar a viagem. Sabe como é, se vão precisar trazer correntes pros pneus... — Ela fez uma pausa rápida para eu digerir o insulto. — ... e se as roupas estão adequadas, se devem reservar o teleférico ou não. Também não é um vídeo, são fotografias instantâneas.

Ela apertou o play e pude ver que de fato se tratava de um rolo com uma série de fotos, tiradas uma a cada três minutos, o timer abaixo avançando a cada imagem. Deixou a sequência correr. Às vezes, era possível ver uma mancha acinzentada, que correspondia a alguém caminhando até o chalé, mas era quase inútil, porque as pessoas não passavam de sombras borradas sem feições distinguíveis. O único ponto positivo era que dava para ver parte da entrada de carros, mas, mesmo assim, o timing precisaria ser exato para registrar uma foto de um veículo em movimento na janela de três minutos. Depois de ter percorrido o caminho do chalé à construção principal do resort algumas vezes, eu sabia que se tratava de uma caminhada mais para lenta devido à neve; o lado bom era que, a não ser que alguém estivesse com muita pressa, apareceria na câmera, mesmo que não desse para identificar.

Juliette deixou a gravação correr. Devia estar acelerada, pois cada fotografia ficava na tela por vinte segundos, não três minutos. Um pouco antes de dar onze horas da noite, uma pessoa — que eu sabia ser Sofia — apareceu indo em direção ao Chalé 4. Uma dúzia de frames depois, mais ou menos, ela saía de quadro em direção ao Chalé 2. Era difícil determinar a direção ou a intenção de uma sombra vaga, mas se encaixava bem o suficiente para me dar por satisfeito com a minha conclusão. Eu havia tido a esperança de vislumbrar alguém à espreita no Chalé 2 entre as duas fotos de Sofia, mas não era o meu dia de sorte. Fosse quem fosse, tinha escapado totalmente à janela de três minutos, o que havia sido um tremendo golpe de sorte ou algo muito bem planejado. O filme continuava pela madrugada, tedioso, mostrando no máximo alguém saindo para fumar e duas sombras de mãos dadas olhando as estrelas. Ninguém aparecia subindo o morro até o campo de golfe.

Assim que o relógio marcou uma da manhã, Juliette começou a segurar o mouse com mais força. Procurava algo. Algumas fotos depois, achou e pausou.

— Isso aqui me pareceu interessante. Botas Verdes não está em nenhuma lista, nem de hóspedes, nem de funcionários, e ninguém do outro lado do morro deu falta de nada. Passei um rádio para os outros resorts e não se fala de outra coisa, mas ninguém sabe de nada.

Juliette apontou para algumas páginas impressas na mesa, uma lista de nomes que supus serem dos hóspedes com pequenas marcas ao lado de cada um. Imaginei que fossem os localizados. Lucy já havia me dito, mas era bom ter a confirmação.

Eu tentava entender por que ela estaria tão interessada, na dúvida se iria querer me contar apenas o suficiente para me fazer seguir a pista errada ou se simplesmente estaria ansiosa por certo alvoroço porque nada acontecia por ali. Foi quando reparei, abaixo da lista de nomes, um documento muito mais grosso de cujas bordas se projetava uma série de post-its amarelos com as palavras *assinar aqui*. Estava quase totalmente coberto, mas dava para ver o canto superior, onde havia um logotipo familiar de uma imobiliária famosa. (Certas palavras são destacadas em histórias de crime, não é? Não existe um jeito de se referir a elementos tão obviamente relevantes de forma oblíqua; melhor até colocar em negrito: **havia um contrato de patrimônio na mesa dela**). Talvez Juliette não estivesse tão ilhada assim pela neve.

— O que significa que o morto apareceu no meio da noite. Talvez seja ele. — Juliette apontou para a tela. — Eu chequei, e o carro está na propriedade agora. Quem sabe o Crawford não manda alguém verificar as placas e nos consegue um nome?

Aquele "*nos* consegue um nome" sugeria um grau de parceria que eu não esperava. Ainda mais porque, pelo jeito, de todo mundo, incluindo o policial, Juliette havia sido quem mais tinha investigado até o momento. Mais uma vez, lembrei que sou o protagonista da história só porque me propus a escrever isso aqui, e não por aptidão. Me aproximei para ver melhor. Dois faróis apareciam na entrada de carros. Era mais fácil determinar a direção de um veículo do que de uma pessoa, e o carro estava indo para o estacionamento. Embora o reflexo dos faróis contra o filtro de visão noturna estourasse a imagem, era óbvio que se tratava de um Mercedes 4x4.

— É o carro do meu padrasto. Marcelo. Aquele que estava gritando e criando caso hoje de manhã — falei.

— Ah.

— Mas ele não chegou ontem à noite. A gente almoçou no salão privado. Ele deve ter ido pra algum lugar e voltado.

Não mencionei o fato de ele ter cancelado o jantar porque minha mãe estava se sentindo mal. Meu compromisso de honestidade é com você, leitor, e não com Juliette, a curiosa dona do resort. Ainda assim, queria saber a que horas ele tinha saído, já que poderia ter mentido sobre isso. Embora talvez tivesse só descido a montanha para ir à farmácia.

— Volta até o fim da tarde... — pedi. — Você vai ver o Mercedes saindo.

Juliette retrocedeu até encontrar um instantâneo dos faróis traseiros do Mercedes indo morro acima, por volta das sete da noite. Tinha sido logo depois de Marcelo me ligar; naquele momento eu estaria dormindo.

— Droga — disse ela, obviamente menos interessada em alguém que saía do local por algumas horas do que na chegada do Botas Verdes.

Já eu era o oposto; perguntas fervilhavam na minha mente. Marcelo tinha mentido para cancelar o jantar e poder ir a algum lugar. Por mais de seis horas. Para fazer o quê? Será que minha mãe não fazia ideia, indisposta de fato e dormindo no chalé? Ou estava mancomunada? O insulfilm nas janelas não permitia ver se havia alguém no banco do carona, muito menos quem dirigia o carro.

Juliette acabou vocalizando a possibilidade mais assustadora que passava pela minha cabeça.

— Será que ele trouxe alguém quando voltou?

— Posso assistir o resto, até de manhã? — perguntei. Ela apertou o botão de continuar. O monitor tremeluzia a cada intervalo de três minutos, e eu estava perto o bastante para sentir no meu nariz a descarga estática daquela antiquíssima tela curva. — Se a vítima fosse das redondezas, com certeza alguém teria reconhecido.

— Não vi o corpo, mas, como falei, todo mundo que era para estar aqui foi localizado, tanto funcionários quanto hóspedes. A central telefônica está pegando fogo, contatando todos os hotéis daqui até o lago, e Crawford checou com a delegacia de Jindabyne: ninguém foi dado como desaparecido. Ele falou que não quer traumatizar os hóspedes, por isso não tinha por que sair mostrando pra todo mundo a foto de um morto se não é ninguém mesmo. Tenho que admitir que concordo. Essa gente tá pagando pela estadia e, na boa, café da manhã de graça não neutraliza muitas avaliações ruins no TripAdvisor. — Sem um pingo de vergonha na cara, tentei lembrar a mim mesmo de depois passar aquela informação do café da manhã de graça para Katherine. — Acidentes são normais nas montanhas... Ninguém achou estranho. Talvez seja um montanhista que se perdeu? Só quem está falando de assassinato é esse teu povo. E estão deixando esse policial novato todo alvoroçado.

— Então por que você me mostrou isso?

— Porque você deve acreditar na tese ou não estaria fazendo tantas perguntas. E dei uma pesquisada sobre a sua família. Não é como se fossem santos. Se houve um assassinato... existe um *assassino*. Eu tenho certa obrigação de zelar pela segurança dos hóspedes.

Eu me senti meio afrontado pela alusão ao meu histórico familiar e me empertiguei.

— Você não deveria estar compartilhando estas provas... — A palavra saiu da minha boca com um baque; ainda que eu achasse se tratar de um assassinato, por enquanto o homem continuava sendo apenas um morto caído na neve e usar o termo *provas* formalizava demais a questão para o meu gosto. — ... quer dizer, *informações*... com o Crawford, e não comigo?

— Eu não conheço o Crawford. É óbvio que ele foi mandado pra cá como um garoto de recados para cuidar de uma situação vista como um acidente. Agora que sabem que é coisa séria, o Martin, que é o sargento, vai aparecer aqui com detetives da cidade, se for necessário. Mas aposto que não vão conseguir enfrentar essa tempestade tão cedo, isso se já não estiverem retidos em algum lugar. E porra… tá bom, vou falar: acho que o Crawford não tem a menor ideia do que tá fazendo.

— Também acho — admiti.

— Confesso que estou concentrando as minhas apostas no melhor cavalo. Você é o advogado aqui.

— Não sou advogado. Sou escritor.

— Então por que o seu irmão disse que era?

— Sei lá. Eu ajudo outras pessoas a escreverem histórias sobre crimes. Acho que sou bom em adivinhar como terminam? Vai ver ele acha que consigo resolver a parada.

Dei à frase uma inflexão afetada típica de quem sabe muito bem que soa como lorota e voltei a atenção para o vídeo.

Na gravação, o sol já havia nascido e o filtro de visão noturna tinha sido desativado. A tela não estava mais com uma coloração verde, e, sim, de um cinza fraco. O horário marcava quinze para as sete da manhã, e no quadro aparecia a viatura de Crawford, recém-chegada. Como as janelas não tinham insulfilm, o braço de Crawford era visível, esticado sobre o encosto do assento do carona, bem como o seu rosto em perfil bocejando exuberantemente. Deve ter acordado muito cedo para chegar ao topo da montanha àquela hora.

— Quem encontrou o corpo? — perguntei. Entre o retorno do carro de Marcelo e a chegada do de Crawford, nenhuma sombra havia aparecido: nada de vítima, nada de assassino. — Ou melhor, quem deu o alerta? Deve ter sido cedo. Ninguém parece traumatizado.

— Você vai ter que perguntar ao Crawford, não sei direito.

O brilho da tela tinha aumentado, então a branquitude penetrante refletida pela lente começou a incomodar os meus olhos. À luz do dia, sem filtros, as imagens começavam a ser preenchidas por sombras mais distintamente humanas. Nas duas fotos seguintes, elas se agrupavam e começavam a subir o morro como formiguinhas. Tive a impressão de avistar a mim e a Andy, nos encontrando na porta do meu chalé, mas não dava para ter certeza. A manhã passou a jato: a chegada do caminhão (de fato, estupidamente grande); a congregação na entrada, filmada tão de perto que dava até para ver o rosto das pessoas; e a prisão de Michael. A merda do momento em que a foto foi tirada coincidiu com o abraço de Erin e Michael, a mão dela no bolso de trás da calça jeans do meu irmão. *Puta que pariu*, na boa.

— Você disse que as imagens são só pras pessoas poderem checar as condições antes de subirem. Quer dizer que tá tudo no site?

— Sim, é tudo ao vivo. É bem óbvio, aliás... a imagem da câmera fica disponível na primeira página.

— Então, se alguém estivesse com o site aberto, poderia ter cronometrado e se movido de propósito no espaço entre uma foto e outra, evitando ser visto?

— Isso nunca daria certo, do jeito que é o sinal da internet aqui em cima.

— É verdade. Mas a janela nunca muda. É sempre de três minutos. Se alguém cronometrar, nem precisaria estar assistindo ao feed para agir entre uma foto e outra.

— Acho que não.

— E o Crawford leva, digamos, uma hora para chegar aqui em cima, isso se vier a toda? E, mesmo assim, as fotos não têm nem indício de pânico. As pessoas só começam a subir o morro correndo bem mais tarde, e ninguém notificou os funcionários do hotel nesse meio-tempo. Alguém achou um cadáver, informou a polícia e, sei lá, voltou a dormir?

— Você acha que foi o assassino quem ligou? Ele queria a polícia aqui?

— Uma vez eliminado o impossível...

— ... o que restar, por mais improvável que pareça, só pode ser a verdade — completou ela. — Que bonitinho. É, eu também li quase tudo de Sherlock Holmes. Chalés para férias são tipo o Portal da Meia Perdida Atrás da Máquina de Lavar pra livros de bolso mofados: ninguém compra, ninguém traz e, no entanto, tem um monte por aqui. Pode me considerar uma especialista. Mas então... imagino que todo o seu plano seja seguir na base da eliminação?

— É, bom... — hesitei, pois de fato *era* todo o meu plano — ... achei que seria uma forma razoavelmente consensual de se começar.

Estava me esforçando para não focar num fiapo particularmente longo de pele pedindo para ser tirado do lábio inferior dela.

— Razoavelmente consensual! — Seu tom era incrédulo, mas achando graça. — Eu fico boba de ver como a porra daquele homem criou o exemplo mais famoso do mundo de resolução racional de problemas e é como se a gente não devesse lembrar que ele era um maluco de pedra.

— Não sabia.

— É sério que você escreve histórias de crime?! — Ela jogou os braços para o alto. — Se bem que detesto narrativas em que o personagem principal é escritor.

Caro Leitor, embora seja óbvio que eu tenha lido Arthur Conan Doyle, ele não fazia parte, tecnicamente falando, do que chamamos de *Era de Ouro*. Portanto, ainda que encarasse a minha própria investigação a partir de um método Holmesiano, não escrevi sobre ele. Expliquei tudo isso a Juliette.

— Estou mais interessado em gente como Ronald Knox. Ele fazia parte do veio oficial de autores de romances criminais da década de 1930. Mas enfim, não escrevo romances, escrevo guias práticos. Sabe esse tipo de coisa? *Dez passos simples para o seu primeiro romance de mistério* ou *Como ter um best-seller na Amazon*, essas coisas.

— Ah, tá, entendi. Você escreve livros sobre como escrever livros que você nunca escreveu, para serem comprados por gente que nunca vai escrever livros.

Sinceramente? Ela acertou em cheio. O número de romancistas frustrados dispostos a gastar 1,99 em troca da sensação de progresso é surpreendente. Meus livros não são ruins, mas a ideia não é ajudar de verdade escritores, e, sim, realizar desejos. Não me orgulho, mas também não me envergonho disso.

— Paga as contas.

— E quem é esse Knox?

— Em 1929, ele escreveu um conjunto de regras para histórias de detetives. Nos meus livros, eu as comparo com as histórias de mistério e assassinato dos dias atuais. Quase todas foram descartadas, esmigalhadas pela ficção moderna, que tende a trapacear. Ele falava que eram os seus dez mandamentos. Conan Doyle veio antes. Por que ele era maluco de pedra?

— Pelo amor de Deus, ele acreditava em *fadas*. Tentava caçar e tudo. Depois que a esposa e o primeiro filho morreram, tentou falar com os dois numa sessão espírita. Achava que a babá era médium. O homem era tão louco que tentou convencer Houdini, que admitia para todo mundo que mágica não existe, que ele, Houdini, era *de fato* um mágico.

— Esse é um dos mandamentos — contei, parando para refletir se um homem morto por conta do fogo sem derreter nem um floco de neve não seria algo do outro mundo. — O número 2, aliás. Não pode haver nada sobrenatural.

— Essas regras... então é por isso que você acha que o seu irmão pediu pra você e só você ser o advogado dele? Achei meio forçado.

— Não. Acho que me escolheu por ser o menos Cunningham dos Cunningham.

— Como assim?

— Eu não faço parte *desse meu povo*. — A ideia era que aquilo tivesse saído num tom de brincadeira. Não era? Mas a frase saiu ácida. Errei na mão.

— Não foi isso que eu... — Seu pensamento desvaneceu antes de ser concluído. Ela balançou a cabeça, fechou a janela do computador e se levantou. — Quer saber, você tem razão. É para o Crawford que tenho que mostrar isso. E vamos pedir ao bom Senhor que não haja um assassino à solta por aí ou nossas vidas vão depender de um escritor. Acho que a gente pode espancá-lo até a morte com um dos seus livros de capa dura.

— É tudo digital. — Minha voz saiu feito um gemido. — Eu me autopublico.

— Bem... — Ela colocou a mão na barriga como se fosse a coisa mais engraçada do mundo. — Se estiver planejando solucionar seja lá o que estiver acontecendo aqui, espero que tenha lido *mais* que Sherlock Holmes, porque até Arthur Conan Doyle acreditava em fantasmas.

CAPÍTULO 18

Antes de eu conversar com o meu irmão mais velho na Sala de Secagem, há algumas coisas que você precisa saber sobre o meu irmão mais novo. A primeira é o nome dele. Jeremy. A segunda é que eu não tenho 100% de certeza quanto ao meu uso do tempo verbal: seu nome ainda *é* Jeremy, mas também *era* Jeremy. Acho que os dois servem. Peço, por favor, que não entenda a minha falta de aptidão gramatical como desonestidade. A terceira é que, quando ele morreu, eu estava sentado ao lado dele.

É difícil escrever isso, e não só por causa do gesso na minha mão.

Chamamos Jeremy exclusivamente pelo prenome, sempre. Acontece muito, já reparei, quando alguém morre jovem. É como se não tivesse atingido o estágio a partir do qual se incorpora o legado do sobrenome. Sofia talvez não encare assim, não dê bola para o sangue ou o que consta na certidão de nascimento, mas continua se importando com a ordem dos seus sobrenomes. Por isso, é possível passar de Ernest, treinando várias vezes a retidão do E maiúsculo com giz de cera colorido, para Cunners, no time de futebol da segunda série, depois sr. Cunningham, no microfone do tribunal, e por fim "Ernest James Cunningham" impresso na faixa da coroa de flores e no panfleto entregue na escadaria da igreja. Porque, ao morrer, você recupera o seu nome… o nome completo. Já reparei nisso também. É o legado. Por isso Jeremy nunca foi além de Jeremy.

Não digo que ele não seja um Cunningham porque é, no sentido mais profundo e verdadeiro da palavra. Mas acho que chamá-lo de *Jeremy Cunningham* o diminui, pois o amarra a nós. Como um Cunningham, ele faz parte dos sonhos que me fazem acordar com a língua seca, sufocado. Sem o nosso sobrenome a ancorá-lo, ele se torna parte do céu, do vento, da mente.

Os nomes também são importantes em histórias de crimes, suponho. Já li alguns desfechos em que o detetive desconstrói um pseudônimo, descobrindo um significado oculto — por exemplo, Rebus significa "enigma", caso você não saiba — ou um anagrama desconcertante por trás do nome. Romances de mistério adoram anagramas. Embora a maioria dos nomes deste livro seja verdadeira, alterei alguns por razões legais e outros só por diversão. Portanto, quem tiver se debruçado sobre os nomes de todo mundo e tentado deduzir alguma coisa pode ter estragado algumas surpresas. Não me importo se quiserem fazer isso. Meu nome é Ernest, e pode acreditar: não há sentido oculto.

Juliette Henderson (anagrama: *lederhosen jet unit*, concluam o que quiserem) havia me legado o desafio de achar o caminho para a Sala de Secagem a partir das setas. Imagino que tenha se decepcionado com a minha falta de entusiasmo pela ideia de formarmos uma dupla de solucionadores de crimes. Pelo contrato não assinado na sua mesa e pela menção casual às avaliações no TripAdvisor, concluí que a sua motivação para investigar a morte era mais do que mera curiosidade de quem tinha lido muitos romances de mistério e mais do que parte do dever de zelar pelos hóspedes: ela queria proteger o valor do seu patrimônio. Talvez achasse que uma investigação por homicídio dissuadisse o comprador em potencial. Em especial se a venda estivesse para ocorrer a qualquer momento, como parecia ser o caso.

Crawford — a quem, acabo de notar, todos nos referimos intuitivamente pelo sobrenome, como se faz com policiais (faz sentido, pois, se Jeremy é maior do que o seu sobrenome, Crawford, reduzido pelo distintivo, é menor que o seu prenome) — estava de pé, me aguardando. Apertei a sua mão, o que achei apropriado, em nome da fachada de advogado.

— Juliette tem algumas provas que talvez te interessem. Imagens em vídeo da entrada de carros, caso ajudem — disse a ele.

— Mas é estranho, ninguém entra em polvorosa até o dia clarear, mas alguém deve ter te ligado...

— ... antes do nascer do sol — disse ele. — É. Levei quase uma hora pra chegar aqui. Um pouquinho menos.

— A pessoa deixou o nome?

— Não sei. Eu estava no radar a noite inteira. Não fui eu que atendi a chamada na delegacia.

— Por que foi você quem veio, então? Juliette disse que não é o sargento de sempre... Sargento...

Eu já tinha esquecido o nome, então soltei algumas vogais.

Crawford não me ajudou, dando de ombros.

— Eu estava mais perto.

— E quando chegou, tinha outras pessoas próximas ao corpo?

Eu já sabia a resposta, mas queria ouvir a confirmação.

— Eu meio que esperava uma balbúrdia quando cheguei, mas não posso falar que aconteceu algo que não aconteceu.

Voltei a pensar nas três sequências de pegadas em número o suficiente apenas para uma vítima, um policial e um assassino. Corroborava a teoria de que ninguém havia encontrado o corpo; o próprio assassino devia ter telefonado.

— E ainda nem sabemos quem é o morto — comentei num tom de voz abatido que imaginava impelir Crawford a liberar alguma informação que me satisfizesse. — Posso ficar com uma cópia da foto da vítima? — Fiz uma pausa e acrescentei: — Como advogado.

Imaginei que soasse plausível, tipo um pedido sério que um advogado talvez fizesse.

— Mas eu fiquei sabendo que você não é advogado. Pelo seu pai.

— Padrasto — retruquei, mal-humorado e ciente de que parecia um adolescente.

Apesar de ter tentado me cooptar, Marcelo deve ter dito a Crawford que eu não atendia aos requisitos, na esperança de passar por cima de mim. Se eu estivesse certo e Michael quisesse mesmo estar numa sala fechada da qual outras pessoas ficassem de fora, também não me passava despercebido o enorme esforço que Marcelo fazia para entrar.

— Estou fazendo o que posso — admiti. — Não fui eu quem me escolheu.

— Tem crianças hospedadas aqui. Não posso correr o risco de a foto vazar. Você entende?

Assenti e resolvi tentar um acordo.

— Posso não ser advogado, mas você sabe que não pode mantê-lo aí dentro. Ele estar cooperando não significa que não tenha direitos. — Ergui as mãos, esperando que parecesse uma cativante falta de noção. — E, olha só, não sei exatamente quais seriam esses direitos, mas sei que não incluem isso — falei, apontando para a pesada porta de madeira, um pouco empenada pela umidade e de onde pendia uma placa branca de plástico com o desenho de um par de botas.

— Ele disse que tudo bem.

— A questão não é essa. Se a sua suspeita se baseia em ele ter sido liberado da cadeia antes do que havia admitido, o álibi da Erin *também* está ligado ao paradeiro dele. E ela não foi detida.

— Está me chamando de sexista?

— Estou te chamando de ignorante.

— Bem, *ela* não é da família Cunningham, é?

— Entendi. Fico feliz por elucidarmos isso. — Nomes, pelo jeito, também importavam para Crawford. — Agora estou te chamando de incompetente. Deixa eu entrar e poder continuar fingindo que sou advogado. Enquanto isso, você finge que é detetive.

— Você se importa mesmo com ele, né? Apesar do seu testemunho — rebateu Crawford, inclinando de leve a cabeça.

Mordi a língua, mas me irritou ver que ele sabia muito mais ao meu respeito do que algumas horas antes. Marcelo, aquele desgraçado. A tranca da porta se limitava a um ferrolho, sem cadeado. Crawford o soltou com a ponta do dedo, segurança máxima, depois se afastou da porta, me deixando livre para abri-la.

— Não tive irmãos quando era novo, acho que não entendo — comentou ele. — Coisa de família, imagino.

— Se eu puder confirmar onde ele estava ontem à noite, e que não era aqui, você tem que soltá-lo... ou pelo menos transferi-lo pra um quarto de verdade. Ok?

Estava falando sério, mas também soou semiadvocatício. Eu queria ter a palavra final.

Crawford baixou o queixo num movimento hesitante, quase imperceptível.

Pensei uma última coisa.

— Ah, e... ééé... não fale mais com ele sem eu estar presente. Ou seja lá o que advogados geralmente digam.

Abri a porta.

Se no saguão o cheiro recorrente era de umidade — o que era esperado, em se tratando de um hotel para esquiadores —, a Sala de Secagem cheirava como os destroços de um naufrágio. O local servia para que os hóspedes deixassem ali durante a noite o equipamento de neve suado e molhado e o retirassem quase seco pela manhã. Assim, era hermeticamente fechado, para impedir o calor e o odor de escaparem: a porta revestida por borracha se abrira com um ruído de ar sendo descomprimido. Você precisaria de brânquias para respirar aquele ar úmido e denso. Dava quase para sentir os esporos de mofo no nariz. Dizer que tinha cheiro de chulé seria injusto. Com o chulé.

A sala era estreita e comprida. Dos dois lados, dezenas de botas de esqui desamarradas preenchiam compartimentos retangulares com as portinholas abertas. As palmilhas de vários dos sapatos haviam sido puxadas para fora, como se fossem línguas soltas, ou totalmente removidas e encostadas nas paredes, e eram as grandes responsáveis pelo cheiro. Acima dos compartimentos, havia suportes para casacos e mais entranhas de botas em cabides. Em frente a um pequeno aquecedor de água, encontrava-se um frágil varal portátil cheio de meias. O mais estranho, porém, era se tratar de uma sala completamente acarpetada, o que absorvia toda a umidade e dava ao carpete uma característica esponjosa; ao caminhar, era possível sentir o piso encharcado. O que iluminava o cômodo era uma resistência de aquecimento vermelha e brilhante ao fim do aposento, acima de uma solitária janela lacrada. Do lado de fora, um montículo de neve provocado pela tempestade bloqueava qualquer luz natural.

Michael estava sentado debaixo da janela. Empoleirado num compartimento para sapatos fechado e provido de travesseiros jogados para uma pretensa comodidade. Numa bandeja de serviço de quarto, havia uma lata de Coca-Cola e farelos de sanduíche. Ele estava sem as algemas, sem casaco e com as mangas da camisa dobradas. A reputação de desobediência civil dos Cunningham era uma ameaça maior do que os nossos corpos mirrados expressavam. Em outras palavras, ninguém jamais acharia que a gente era um time de futebol americano. Sem o seu casaco inflado, Michael se despia do personagem.

— Você tá meio curvado? É efeito da prisão? — perguntei.

Michael respondeu com um gesto para que eu me sentasse na cadeira à sua frente. A lâmpada de calor alaranjada zumbia.

— Eu até fecharia a porta — falei, deixando uma fresta aberta —, mas fico com medo de que a gente morra sufocado. — Era verdade, porém não a única razão pela qual a havia deixado aberta. Eu falava rápido, tentando preencher o ambiente com som e enrolando bastante perto da porta. Se você não entende ainda que uso humor como mecanismo de defesa, não sei mais o que dizer. — Sabe, o Marcelo trabalha com esse tipo de coisa, caso você não esteja sabendo.

— Senta, Ern.

Respirei fundo o ar com consistência de sopa, para ganhar coragem, e me dirigi à cadeira. Sentei. Nossos joelhos se tocaram. Puxei a cadeira para trás. Michael me mediu de alto a baixo. No começo, seu olhar pareceu reflexivo, curioso, reparando nas minhas novas rugas, observando o que três anos fazem com alguém. Então tive uma segunda impressão: a de que ele estava calculando o tamanho da sua refeição.

— Andei pensando no Jeremy. Sei que você era novo demais pra ter memórias maiores. Mas você se lembra de alguma coisa? — perguntou.

Pensei que era um jeito peculiar de começar a conversa, mas achei melhor ir na onda.

— Mais ou menos. Quer dizer... Às vezes, fico pensando se me lembro de fato ou se só absorvi tantas descrições que o meu cérebro deu um jeito de costurar tudo. Tem umas partes que não sei mais se são verdade ou lacunas que eu mesmo preenchi. — Eu tinha apenas seis anos de idade na época e sei que durante uma boa parte daquele dia não estive nem acordado. Muita coisa devia ser uma construção da minha mente. — Tenho sonhos, e é estranho, porque, de vez quem quando, é como se eu estivesse sonhando as memórias de outra pessoa. Às vezes, ele... às vezes, ele não...

Não soube bem como terminar.

— Sei como é. — Michael esfregou a testa, numa imitação estranha de como tinha esfregado na noite em que surgiu na minha casa com Alan Holton no carro, aquela marca deixada pelo volante. — Sei que a mamãe foi dura com você. Acho que você era novo demais pra se dar conta do quanto. Porque nós éramos cinco, sempre juntos, e de repente viramos três, do nada.

Ele estalou os dedos.

Assenti, me lembrando dos nossos pais adotivos depois que Audrey perdeu a guarda.

— E quando ela finalmente nos recuperou... bem, não é que não quisesse nos perder, ela só não quer que percamos um ao outro. Já pensou nisso?

O tempo todo, não falei. *É culpa sua*, não falei. *Família não é cartão de crédito*, não falei.

— Penso muito no Jeremy — falei, em vez de tudo isso, sem me comprometer.

— E nós três, você, mamãe e eu, em um ano perdemos um pai e um irmão. Existe um motivo pra ela ter esperado tanto pra dar um funeral ao Jeremy. Você lembra, não lembra? Acho que dois funerais seguidos seriam demais pra ela.

— Mas sete anos é muito tempo — respondi.

Quando fizemos a pequena cerimônia pro Jeremy, eu já era adolescente. Foi no aniversário dele.

— Na época, fiquei feliz, achei já ter idade pra entender, pra valorizar aquilo. Essa coisa meio que nos aproximou, né? A questão é que *nada* — falou ele, olhando para o chão, balançando a cabeça a cada palavra —, seja um pé de cabra, uma guerra ou até uma invasão alienígena, pôde separar a gente, os Cunningham. E aí… — ele ergueu o olhar, que se cravou no meu peito — … você separou.

Vacilei, olhando para baixo para evitar encará-lo, e notei que na bandeja havia um garfo, mas nada de faca. Tive meio segundo para ponderar se não haviam deixado uma por segurança ou se Michael havia escondido o utensílio, que talvez fosse surgir de repente da sua manga.

— Se eu só estou aqui pra você me dizer que não foi você, anda logo.

— Eu matei mesmo o Alan Holton.

Ele falou aquilo devagar. Com cuidado.

Quis pôr os dedos nos ouvidos e a língua para fora feito criança. Minha mente avaliava às pressas todas as possibilidades. Não queria ouvir como ele havia escolhido uma vítima ao acaso e a assassinado na neve, nem o quanto estava feliz, confinado numa sala fétida só para ficar sozinho comigo. Como tinha planejado tudo com Lucy, que sugeriu a Sala de Secagem. Não queria que a última coisa que ouvisse na vida fosse ele se vangloriando de ter me pegado. De ter comido a minha mulher. (Ok, tá bom, eu me importava. Um pouco.) Queria virar a cadeira e correr para a porta, mas teria que me levantar e virar as costas para ele antes, o que era uma desvantagem. Michael me alcançaria antes mesmo de eu dar o primeiro passo. E se tivesse uma faca…

Percebi que teria que tentar negociar.

— Estou com o dinh…

— Eu fiz de propósito. — Michael ergueu uma das mãos, me calando. — Segurei o pescoço dele até o cara parar de se mexer. E aí você… *você*, o meu irmão… me mandou pra cadeia.

Então ele deu o bote com a rapidez de uma cascavel.

De repente, todos meus pensamentos sumiram, como se uma nevasca tivesse tomado conta da minha cabeça ou como se eu já estivesse morto e nem soubesse, enquanto os braços de Michael agarravam...

... as minhas costas.

Minhas costas. Não o pescoço. E não tinha faca nenhuma. Ele estava me abraçando. Retribuí com cuidado, segurando os seus ombros. Havia muito em que me apoiar.

— Obrigado — murmurou no meu ombro.

Eu me sentei, aturdido, ainda sem muita certeza se não havia de fato morrido, tentando decidir se responder "de nada" soaria educado ou ridículo naquela circunstância. Ele fungou.

— Tenho certeza de que ninguém na família te disse que você fez a coisa certa e devo ser o último de quem você esperaria ouvir isso.

— É, mais ou menos.

— A Lucy achou que esse lugar seria um castigo, mas é perfeito — disse ele, vasculhando a sala. — Porque aqui é seguro.

— Seguro do quê?

— Eu não confio em absolutamente nenhum deles. Você é a única pessoa com quem posso falar porque foi o único disposto a se levantar naquele tribunal e me condenar. Por isso, sei que você vai fazer a coisa certa. Sei que aqui é quente e abafado, mas acho que você deveria considerar seriamente fechar a porta. Porque já disse que matei o Alan de propósito, mas agora é hora de eu te contar o porquê.

CAPÍTULO 19

— Tive três anos para pensar num jeito de te contar — disse Michael, depois de eu fechar a porta. Apesar de todo esse tempo, era óbvio que ele ainda não havia ensaiado a primeira frase. — A prisão nos dá perspectiva, você tem a sensação de que tudo continua parado enquanto o mundo gira ao seu redor, o que te permite analisar melhor as coisas. Eu estaria mentindo se negasse ter desenvolvido certa compreensão espiritual.

Devo ter erguido as sobrancelhas, porque ele se pôs na defensiva.

— Não quero me aprofundar demais nessa porra de "sentido da vida", mas quando se mata alguém... desculpa, quando você *toma a decisão* de matar alguém... tem que levar isso em conta, sabe?

— Não — respondi, porque não sabia mesmo. Ainda que agora, enquanto escrevo, já tenha uma ideia um pouco melhor.

— Não sei explicar como me senti quando machuquei o Alan. Estava numa espécie de torpor e tudo que eu fazia era mecânico. Como se não estivesse no controle... — Ele estendeu a mão como se fosse um pedido de perdão. — Eu sei como está soando, mas não estou inventando desculpas. Estou tentando falar que não sei o que teria feito depois. Todo o mal que poderia ter causado. Quem mais poderia ter machucado. Passei três anos na prisão com *assassinos*, Ern. Achei que estava matando por... bem, por alguma coisa. Algo maior do que eu. Aí fui parar naquele lugar com gente que dava parabéns aos outros pelo que fizeram e, porra, alguns mataram por *besteira*. — Ele balançava a cabeça. Estava se perdendo, perturbando a si próprio. Piscou um monte de vezes e respirou para recuperar a linha de raciocínio. — Desculpa. Estou tentando falar sobre o valor de uma vida. Sabe? Olha só o processo da Sofia. Aquela família tá pedindo milhões ao hospital... Nem lembro o número que a Erin falou. Mas a questão é que se sentaram ao redor de uma mesa com um bando de advogados e embaralharam a papelada até chegarem a um valor. Decidiram e falaram "é isso que o nosso filho vale".

— A Sofia não é a questão.

A firmeza com que a defendi surpreendeu até a mim mesmo. Afinal, ela estava escondendo *alguma coisa* que valia cinquenta mil dólares.

— Não é. Mas estou tentando explicar. Tive a vida do Alan nas mãos e determinei quanto ela valia. E quanto valeria acabar com ela.

— Você decidiu que a sua própria vida valia mais do que a do Alan.

Percebi que não havia nenhum grande segredo a ser contado. Michael só estava me dizendo o que já tinha dito a si próprio vezes o bastante para ser capaz de viver com as consequências dos seus atos. Estava tentando me dizer que a morte de Alan *tinha valido a pena*. Não havia nada de novo. Tomei a minha decisão, balancei a cabeça. Desisti.

— Pode ficar com o dinheiro. Eu trouxe a bolsa.

— Não. Não tem a ver com dinheiro nem nada. É o *custo*. É muito estranho isso de saber o quanto vale uma vida. É só isso.

Michael pareceu pensativo por um instante e se deu conta de que não havia me convencido. Seus olhos refletiam o brilho da lâmpada de calor de forma perversa. Era quase como uma ameaça. Como se me dissesse que já havia comparado o peso da bolsa com o de uma vida antes e não hesitaria em fazer aquilo de novo, dessa vez com a minha vida. Talvez fosse apenas a minha imaginação, mas de repente a camada cinzenta de neve contra a janela pareceu muito opressiva. Visualizei a tempestade ganhando força do lado de fora, pressionando o vidro como se, a qualquer momento, pudesse se projetar para dentro da sala e nos soterrar.

Então ele disse:

— É mais estranho ainda perceber que você calculou mal.

Não tinha certeza se ele estava tentando me dizer que não tinha gostado do preço que pagou ou se não tinha gostado do quanto recebeu em troca. E foi o que falei para ele, embora, admito, de forma menos eloquente do que fiz parecer aqui.

— Eu estou tentando dizer que aprendi com os meus erros — replicou Michael —, que nunca mais vou escolher a violência de novo. E você ainda acha que tem a ver com o dinheiro?

— Não tem?

— O dinheiro não é... Olha, pra começo de conversa, ele sempre deveria ter sido nosso, ok? A gente morreu por ele. É justo que paguem.

De novo aquilo sobre o *nosso* dinheiro. Mas quem seria a outra parte do *nós*? Um Cunningham? Abri a boca para fazer mais uma pergunta, mas a roleta na minha mente estacionou num pensamento.

Na noite em que o Alan morreu, Michael tinha me dito que o dinheiro era nosso. Eu havia entendido a frase como algo do tipo "Fiz por merecer, seja por roubo ou assassinato, então a grana é minha de direito e tudo bem você ficar com uma parte". Poucas horas antes, Erin tinha sussurrado no meu ouvido: *O dinheiro é da família*. Achei que ela queria dizer a mesma coisa, que estava reivindicando a posse e me oferecendo uma fatia. Michael e Erin haviam me dito a mais pura verdade o tempo todo, e eu não captei. Quando falaram de direito de propriedade, era no sentido literal.

Eu conseguia visualizar a clareira tomada pelas teias de aranha. Michael agachado sobre um homem arfante. Pesando a decisão. O valor de uma vida. Tudo fazia sentido, inclusive o fato de ele saber quanto dinheiro havia na bolsa sem ter contado: 267 mil dólares.

Olha só, quem diria. Finalmente solucionei alguma coisa.

— O dinheiro não é roubado. É seu. Não foi parar na sua mão por acaso. Você conhecia o Alan. Ele estava te vendendo alguma coisa? — perguntei.

Os olhos de Michael se acenderam ao perceber que eu estava pronto para ouvir a sua história, mesmo que sem acreditar. Sei que isso de olhos se acenderem é um clichê, mas é verdade; apesar de talvez ter sido só uma descarga elétrica na fiação do hotel antigo gerando um clarão nos aquecedores.

— Tenho que te contar sobre Alan Holton, pelo jeito. E como ele conhecia o papai.

A informação me pegou desprevenido. Ainda bem que eu tinha fechado a porta.

— Papai conhecia o Alan?

Michael assentiu com uma expressão sincera.

— O que vou contar vai parecer... bem, vai parecer bizarro. Mas só escuta, ok? — Entendendo o meu silêncio como concordância, ele continuou: — Holton era policial.

— Policial?

Senti que só usando a ponta dos dedos as minhas sobrancelhas — que tinham ido parar na testa — voltariam para o lugar. Mas resisti ao ímpeto.

— Ex.

— Óbvio. Ele tá morto. — Sabia que era um comentário juvenil, mas havia falado sem pensar enquanto processava a informação. — Não faz sentido. Você matou um policial e só pegou três anos?

— Não. Quer dizer, ele não era policial quando eu... naquela noite. Ele já tinha sido. Tinha — Michael torceu os dedos. —, digamos, caído no buraco. Caído feio. Por isso fazia um bico atrás do outro e, no fim, se virava vendendo bugigangas de segunda mão. Era meio traficante de drogas, meio ladrão, meio sem-teto. Uma encrenca completa. Marcelo conseguiu caracterizá-lo como ladrão pé de chinelo porque, quando estava na polícia, Alan não era... um exemplo brilhante de nobreza. Na verdade, foi por esse motivo que a promotoria aceitou a pena de três anos. Se Marcelo tivesse sido forçado a levantar essas histórias no tribunal... bem, tem gente que preferiria que nada daquilo viesse à tona. — Fazia sentido. — Marcelo apresentou o passado do Alan ao juiz a portas fechadas, e a promotoria aceitou o acordo. Três anos. Tá acompanhando?

— Quase. Só não entendi o que tem a ver com o papai.

— Já chego lá.

— A neve tá derretendo. Me disseram que posso cobrar por cada período de seis minutos, agora que sou advogado.

— Acho que paguei adiantado, Ern.

Fiquei sem reação. Respostas engraçadinhas não caem bem perante a verdade.

Michael tomou um gole de Coca e fez uma careta, imagino que devido ao cheiro de chulé absorvido pela lata, e continuou:

— O Alan me contatou. Do nada, que fique claro. Eu não queria confusão. Ele disse que tinha algo que me interessaria. E que me venderia. Aliás, disse ter falado com você também. Por isso eu o levei para a sua casa naquela noite. Imaginei que, se ele tivesse falado pra você o que tinha falado pra mim, você talvez... entendesse o que aconteceu.

— Acho que o Alan disse isso pra você acreditar nele. — Me recostei na cadeira. — Mas eu não tenho nada a ver com a situação. Não conhecia o sujeito.

— Sim e não. — Michael deu de ombros, como se a minha consciência sobre quem eu conhecia ou deixava de conhecer fosse meramente opinião. Antes de eu poder argumentar, ele continuou: — Eu acabei percebendo que ele não tinha te contatado, óbvio. Pelo jeito que você ficou chocado e confuso naquele dia, sem falar que não mudou o testemunho quando descobriu o nome dele. Mas você o conheceu, *sim*.

Eu pretendia refutar a afirmação, mas Michael se inclinou para a frente e, com um dedo, pressionou três partes do meu corpo: a minha barriga, o meu quadril e o centro do meu peito. Devagarinho, com um ritmo cadenciado, cada cutucada como se fosse uma batida. Eu ouvia nas minhas lembranças a cadência das palavras, acompanhada do movimento, sem que ele precisasse repeti-las.

Vou te mostrar onde eu atirei. Aqui, aqui e aqui.

CAPÍTULO 20

— Passei a maior parte da vida tentando esquecer o papai — respondi, expirando.

Eu tentava organizar depressa tudo o que Michael tinha me dito e, ao mesmo tempo, peneirar a informação em busca da verdade. Eu não havia ido atrás das circunstâncias em torno da morte do papai de propósito; nunca achei que ele merecesse a minha atenção depois do que tinha feito e de como havia morrido. Não há glória em morrer numa troca de tiros com a polícia. Não foi uma morte que envolvesse coragem, uma morte de que se orgulhar. Foi uma morte para ser esquecida. Por esse motivo, o nome de Alan não havia acendido um sinal de alerta no meu cérebro durante o julgamento de Michael. E depois que Marcelo fez um acordo com a corte e assim excluiu dos autos o sórdido histórico de Alan, talvez eu nunca tivesse sabido. Vasculhei a memória em busca de imagens do homem parado de frente para a minha mãe, espalhando chantilly por todo o vestido dela. Será que eu tinha visto um distintivo dourado com a palavra HOLTON? Ou esse lampejo de memória tinha sido construído naquele instante, depois de receber aquela informação? Será que, assim como eu tinha dito a ele antes, era apenas um daqueles momentos em que não sabia mais o que era verdade e o que era criação minha? Peço desculpas: essa não é a atitude de um narrador confiável. A propósito, policiais usavam plaquinhas de identificação?

Afastei esses pensamentos e, para a surpresa de Michael, disse:

— Isso não muda nada. Não significa que você tenha o direito de fazer o que fez com Alan. E não torna correto o que ele fez com o papai. Mas... — Eu sabia que estava fazendo uma escolha nada ao estilo dos Cunningham, enxergando o lado do inimigo.

— ... papai era um criminoso, foi pego num roubo e tinha acabado de atirar no pescoço do parceiro do Alan. Se Holton é quem você diz que é, estava só revidando.

— Isso eu não nego. Mas pensa só: a gente teve uma infância de rico? Papai tinha um carrão? Mamãe usava joias caras? A gente não se esbaldou numa vida de crime. Papai agia contra a lei pra nos alimentar, cuidar de nós. Não estou dizendo que é o certo, mas não foi para encher os bolsos. Ele não faria algo assim.

— É uma visão muito generosa do nosso pai — respondi.

— Presta atenção no jeito como Holton contou tudo. E eu sei que é verdade porque ninguém mente quando dá o último suspiro.

Era perceptível a frustração de Michael por eu não ter dado um tapinha nas suas costas ao saber que Alan havia puxado o gatilho contra o nosso pai. Ele sabia que ainda teria que me convencer. Pegou a lata, se lembrou do cheiro, botou-a de volta onde estava sem beber e preferiu movimentar o maxilar para engolir um pouco de saliva, limpando a garganta.

— O papai havia se metido com um grupo. "Gangue" não é a palavra certa. "Colegas"? — Ele riu. — Usavam o nome "Sabres". Que nem os dentes, sabe? O grupo começou a crescer um pouco, e as prioridades mudaram. De ladrões que às vezes traficavam, viraram traficantes que às vezes roubavam. Começaram a pegar mais pesado também. Com isso, veio mais violência, mais repressão... Aí alguém decidiu que resgates rendiam mais do que roubos e tráfico. Papai estabeleceu um limite que nunca cruzaria, mas quando os Sabres começaram a cruzar...

As palavras me trouxeram de volta à mente algo que a minha mãe havia falado na biblioteca. *Mas uma pessoa ruim que se achava boa... era por isso que se encrencava.*

— Papai virou um X-9? — interrompi.

Pena que não estávamos na biblioteca, lugar muito mais apropriado para deduções de impacto.

Michael assentiu.

— Fez um acordo para virar informante. Em troca, pegariam leve com ele quando desbaratassem a quadrilha. Ele viu uma oportunidade de pular fora. Você sabe como essas coisas são: deixam os peixes pequenos pra lá e se concentram nos grandes. Papai era arraia-miúda. Estava ajudando a pegar os bambambãs. E, acima de tudo, quem eles queriam eram os policiais corruptos. — Ele fez uma pausa para deixar a ficha cair. — A morte do papai não foi um assalto que terminou mal. Ele era o alvo.

Lembrei de Audrey dizendo que o meu pai não era drogado. Talvez Holton tivesse plantado a seringa para ajudar a deixar o roubo mais convincente. Um drogado fora de controle, no fim das contas, tem maior probabilidade de abrir fogo contra uma viatura de polícia. Se o meu pai perigava abrir o bico a respeito de Holton e do seu parceiro, fazia sentido.

— Pena que ninguém tenha pegado Holton por algo sério como assassinato, mas os esquemas dele acabaram o derrubando. Ele roubava cocaína do depósito de provas, aceitava subornos. Vista grossa só se faz até certo ponto. — Parecia uma indireta, mas deixei para lá. — Ele passou algum tempo preso e, depois, tudo relativo a quem era antes foi parar debaixo do tapete porque não pegava bem para a imagem da polícia, entende?

Para ser sincero, eu estava *bastante* tentado a acreditar. E não porque redimia um tanto o meu pai, mas porque explicava muita coisa sobre a minha mãe. Se fosse verdade, significava que Audrey não desconfiava da polícia só por achar que maus policiais haviam matado o seu marido. Ela achava que os *bons*, aqueles que haviam prometido a ele uma saída, eram responsáveis pelo seu assassinato. Assim, minha traição era gritante: eu tinha escolhido ficar ao lado da lei, assim como o meu pai havia feito, e a lei não tinha cumprido o seu dever de nos proteger.

Ao mesmo tempo, aquilo tudo parecia se encaixar bem demais. Como uma história que ele havia tido três anos para burilar especificamente para mim.

— Holton te contou tudo isso? — Não dava para disfarçar o ceticismo na minha voz. Era uma confissão tremendamente incriminadora. — Que disposição pra alguém que tomou um tiro no pulmão.

— Ele ficou de bico fechado até tomar o tiro, mas soltou a língua depois. Além disso, não me contou tudo. Muito do que sei sobre Alan descobri por terceiros na cadeia. Todo mundo conhecia o sujeito. Metade tinha sido passada pra trás pela loja de penhores dele; aliás, bastante conhecida por vender mercadoria roubada. Se a ideia fosse repassar rápido algo roubado em Sydney, garanto que ia parar na mão do Alan. E ele devia dinheiro à outra metade. Eles me cumprimentaram, Ern. Como se eu tivesse feito um favor.

Michael fez uma careta. Obviamente o que o atormentava era tal demonstração de solidariedade entre prisioneiros. Mais até, talvez, do que o assassinato em si.

Fechei os olhos, lembrando o branco total da clareira tomada por teias. *Vou ver como ele está.* As costas de Michael, os ombros curvados, os braços estendidos sumindo no interior das teias. *Agora a gente pode enterrá-lo.*

— Quando o Alan acordou na clareira e você foi ver como ele estava. Foi ali que tomou a decisão, não foi?

Michael se afixou à memória, falando como se estivesse em transe.

— Eu o culpei por um bom tempo, sabe? Porque senti que, naquele momento, era como se eu estivesse acordando. Talvez, se ele não tivesse dito nada, eu o tivesse colocado no carro. Talvez eu tivesse te dado ouvidos. Tinha sangue nos lábios dele, eu lembro. Ficava preso enquanto ele falava, aquelas pontezinhas vermelhas entre o lábio de cima e o de baixo. Não sei por que o Holton me falou que atirou no papai naquela hora. Acho que queria soltar um último insulto antes de morrer. Acho que estava me testando pra ver se eu seria capaz. Acho que *queria* que eu o matasse. — Ele franziu o rosto. — Desculpa. Isso é o que o psicólogo da prisão chama de "difusão de responsabilidade". Eu não deveria fazer isso.

— Então quando ele disse que matou o papai, te deu um estalo e você terminou o trabalho?

Michael assentiu, solene. Olhava para as próprias mãos, talvez imaginando-as ao redor do pescoço de Alan.

— Eu não fui lá pra matar o Alan. Não sabia de nada até o último instante. Ele ia me vender a coisa pela qual o papai morreu. Estava entregando uma outra pessoa.

Pensei de novo no dinheiro. *A gente morreu por ele.* "A gente", no fim das contas, era um Cunningham: nosso pai, Robert.

— Mas quando você descobriu que o papai tinha morrido por culpa do Alan, sentiu que fosse lá o que ele tivesse, independentemente do quanto valesse, era uma dívida dele com você. Uma herança. E aí você atirou e ficou com o dinheiro. Pegou de volta o seu dinheiro.

— Não foi assim que aconteceu. Sim, tinha a ver com o dinheiro, mas não desse jeito. Eu levei o que consegui. Mas era menos do que ele queria. Fiz merda. Achei que o Alan não ia reparar. — Michael balançou a cabeça com tristeza, do jeito que as pessoas fazem em salas de espera de hospitais. Um balanço que diz "se" para a esquerda e "pelo menos" para a direita. — Ele apontou a arma pra mim. Eu nem tenho uma arma, pelo amor de Deus! A gente brigou. A arma disparou. Era ele quem estava segurando. Não sei como aconteceu. Nunca disparei uma arma. Aí ele se sentou e o sangue começou a jorrar de um dos lados. E eu só... bem, eu o deixei ali. Joguei a arma na sarjeta. Mas na hora que cheguei ao carro e me acalmei o bastante pra dar a partida, ele meio que conseguiu voltar a se mexer. Não lembro se quis atropelá-lo ou se ele é que entrou no caminho, mas foi parar debaixo da capota. Aí parou de se mexer. Depois eu te liguei.

Duzentos e sessenta e sete sempre pareceu um número bem estranho. O fato de que não fazia muito sentido de repente fez sentido.

— Alan queria trezentos?

— Foi o melhor que consegui. Lucy... — Ele hesitou, constrangido. — Eu fiz merda, ok? Não levei o suficiente.

— Como a Lucy não reparou?

Algo que ele havia falado naquela noite ecoou: *A Lucy vai ficar sabendo*. Achei que ele tinha querido esconder que estava bebendo, mas talvez fosse algo maior.

— Lucy não é... — Seus olhos tremiam, aliviado por ser honesto quanto à noite em questão, mas não tão confortável em mergulhar tanto assim na própria vida pessoal. — Lucy não é muito boa com dinheiro. O tal, hã, negócio dela... meio que se transformou num problema. Um escoadouro de dinheiro. Katherine me disse que um dos maiores atos de bondade que se pode fazer por alguém é deixar a fonte secar por completo. Eu tentei, mas só piorou a situação. Achei que eu poderia ajudar.

— A Lucy já sabe?

— Acho que não. A bolsa tá com você. Mas sei lá, *talvez* saiba. Se sabe, tá na dela.

— O que poderia valer esse dinheiro todo?

— Já falei: informações. Mas agora que tive tempo pra pensar no assunto, quer saber? Informações valem bem mais.

— As mesmas informações que justificaram alguém matar o papai décadas atrás? O motivo de você se sentir mais seguro aqui dentro do que do lado de fora? Se é assim tão perigoso, por que você quis?

— Já falei, a Lucy nos enfiou num buraco. Alan não podia vender ele mesmo o que tinha em mãos e queria que alguém fizesse isso no lugar dele; eu fui parar no meio. — Me lembro de ter pensado se havia *alguém* na família que estivesse numa boa situação financeira. Michael começou a ficar inquieto, a remexer em cada um dos bolsos, enquanto balbuciava algo. — Pra ser sincero, não percebi que estava metido numa coisa tão perigosa. Só sabia que o Holton tinha conseguido o negócio com o papai. Não sabia que ele estava, por assim dizer, *envolvido*. Por outro lado, também acho que ele não me considerou um grande risco. Ou seja, todo mundo errou.

— Como assim "o negócio"? E pra quem você iria vender?

— É mais fácil eu te mostrar... — Ele remexeu os bolsos, batendo na calça. Brotaram uma caixinha de lentes de contato (até o momento, não sabia que Michael precisava de óculos, mas talvez a proximidade das paredes da prisão o tenha deixado míope), alguns fiapos de algodão, uma embalagem de chocolate, uma caneta e duas chaves. Nada de faca. Fosse lá o que estivesse procurando, não estava ali. — Merda. Onde aquela porra foi parar? — Michael não conseguia esconder a decepção. — Vou ter que te mostrar depois.

— Você tinha bebido. Naquela noite.

A frase já estava na minha mente havia um tempo, mas saiu de repente, rápida demais. Minhas dúvidas eram muito óbvias. Michael me encarou depressa, e vi algo nos seus olhos que me horrorizou. Pensei se não teria sido o mesmo que Holton tinha visto.

— Só precisava de um pouco de coragem… Eu tava sóbrio. — Ele deu uma risada, triste e lenta. — Sabia que você não iria acreditar em mim.

— *Acreditar em você?* — Tentei não subir o tom de voz. — Eu entrei naquele carro porque acreditei em você. Sou cúmplice por ter acreditado em você.

— Olha só…

— Eu não sei. Essas histórias sobre o papai… seja lá o que você fosse comprar ou roubar do Alan… e você não tem nada pra me mostrar…

— … me escuta…

— … ele mentiu pra você sobre ter falado comigo, seja lá o que tenha te levado a pensar…

— ME ESCUTA!

A voz de Michael soou tão alta que quase caí da cadeira.

Me levantei. Fui de costas rumo à porta. Michael entendeu que eu estava com medo, e seus olhos foram de furiosos para funestos, como um cachorrinho que levou bronca. Também se ergueu, tirando a mão do bolso na tentativa de me impedir.

— Ele deve ter adivinhado o que eu ia fazer. Depois de tudo o que falou. — Sua voz soava mais calma, mas eu percebia que era um esforço. Cada palavra era como uma derrapagem em pista molhada, e ele agarrado ao volante. — Um homem que vai morrer não mente, Ern, ele vomita tudo. Queria poder te mostrar… — Michael interrompeu a frase na metade, repensando-a, e puxou as chaves que havia tirado do bolso. — Assim a gente não chega a lugar nenhum. Se você não acredita no que estou dizendo, veja por si mesmo. E aí te conto o resto.

Ele jogou as chaves para mim. Peguei-as no peito. *Pergunta pra ele o que é que tem* de verdade *na porra do caminhão*. Assim que me lembrei das palavras de Sofia, ouvi a voz dela do outro lado da porta. Soava desesperada, embora eu não entendesse o que estava falando. A madeira estremecia com as batidas desnecessariamente dramáticas para uma porta impossível de trancar, mas talvez ela quisesse ser educada. Fosse lá o que quisesse me contar, podia esperar — eu e Michael não tínhamos terminado. Ignorei as batidas.

— Só me diz uma coisa. Você sabe de alguma coisa sobre o que tá acontecendo aqui? Os nomes Mark e Janine Williams ou Alison Humphreys significam algo pra você?

— Humphreys... — Ele balançou a cabeça. — Não. Mas Williams... depende se são de Brisbane. — Eu me inclinei para a frente com tamanho interesse que quase caí da cadeira. Michael pareceu gostar da minha atenção. — Logo no começo da minha pena, recebi uma carta de alguém chamado M&J Williams e o endereço pra correspondência era uma caixa postal em Brisbane. Àquela altura eu já havia percebido que o que tinha, como falei, valia mais do que eu pensara no começo. Muita gente queria. E seja lá quem tenha me escrito aquela carta... bem, garanto que foi a mais criativa. Acho que estavam tentando me ameaçar.

— Como?

— Assinaram com um nome obviamente falso. — Ele riu um pouco. — Mas como falei, só estavam tentando achar os meus pontos fracos. Me assustar. Nunca escrevi de volta. Por quê?

— Acho que Mark e Janine Williams foram mortos pela mesma pessoa que matou o cadáver congelado. O método é semelhante, mas preciso checar com a Sofia. É muita coincidência um homem morrer logo *neste* fim de semana, com todo mundo aqui...

— ... e quando eu estou chegando com o que trouxe. Concordo. Deve existir alguma conexão. Dá uma olhada no caminhão, você vai ver.

Eu me levantei.

— Onde você tava ontem à noite?

Não poderia ir embora sem perguntar.

— Abre o caminhão... Essa resposta vai estar lá também.

— Espero que tenha alguma coisa bizarra, tipo uma espaçonave.

As batidas voltaram a sacudir a porta, e olhei para lá. Michael assentiu, e me odiei ao perceber que eu estava impassível, à espera da permissão dele para sair.

— Você deixou cair uma coisa.

Ele olhava para o chão, ao lado da minha cadeira, onde havia um pequeno quadrado de papel que tinha caído do meu bolso. Minhas bochechas queimaram de constrangimento. Michael pegou o papel, leu e abriu um sorrisinho zombeteiro.

— Sofia? — perguntou ele. Assenti. — Você esqueceu um.

Michael pegou a caneta e olhou para mim por um instante, como quem ainda estava decidindo se devia vandalizar a cartela ou não. Então pôs o papel desdobrado no banco e começou a rabiscar. Não dava para enxergar o que ele escrevia porque o corpo dele bloqueava a minha visão, mas levou certo tempo. Ou estava escrevendo muito ou pensando muito sobre muito pouco. Inquieto, eu olhava o tempo todo para a porta. As vozes do lado de fora já eram duas.

Quando terminou, Michael se endireitou e soprou o papel, pressionando-o com o polegar para checar se a tinta havia secado. Entendi por que a demora: a caixinha das lentes estava aberta no banco — ele devia tê-las posto para enxergar melhor. Então Michael cruzou a sala (morro de vergonha, mas admito que a pulsação no meu pescoço acelerou demais nesse momento) e me entregou a cartela de bingo. Arranquei-a da sua mão e a examinei. Me senti estranhamente possessivo em relação aos meus quadradinhos de bingo, como se Michael tivesse invadido um jogo particular meu e de Sofia, e quis verificar os danos. Havia levado tanto tempo que eu tinha certeza de que ele havia feito mais intervenções, mas só vi uma modificação. Um X em *Alguém Morre*.

— Não perde isso. Confio em você. Não estou pedindo pra acreditar em mim, só pra olhar com mais atenção.

Contemplei as chaves na minha outra mão, imaginando o que encontraria no caminhão. *Olhar com mais atenção*. Percebi que ele estava próximo o bastante para uma confissão íntima em voz baixa, a que eu mais queria evitar. Michael engoliu em seco.

— E olha, quanto à Erin...

— Nã... — falei tentando interrompê-lo.

Ele passou por cima de mim.

— A gente não planejou nada disso.

Não consegui resistir à tentação. Afinal, tenho aquele problema de espiar o quarto de hotel dos outros.

— Ela te disse que a gente estava tentando ter um filho? Falou dos médicos, das clínicas? O que foi que nos separou? Me fala que não foi só isso. Eu poderia ter dado o que ela queria. Me fala que é mais do que *isso*.

— Ern...

A sanidade voltou.

— Mudei de ideia. Não quero saber. Fora que gastei um bom naco do seu dinheiro — Não havia sido tanto assim e não era algo de que tivesse orgulho; só queria destilar o veneno e ter a palavra final. — Acho que também não foi planejado.

Do outro lado da porta, Crawford e Sofia não chegavam a estar com a orelha encostada na madeira, mas estavam subindo pelas paredes de ansiedade e curiosidade. Fiquei grato pelo revestimento de borracha, que devia ter ajudado a deixar o ambiente à prova de som e assegurado que não tivessem ouvido nada. Exceto talvez o momento em que Michael gritou. Talvez por esse motivo tenham começado a bater na porta.

Sofia fez uma típica cara de *até que enfim* e me arrastou pelo braço em direção à entrada do hotel, dizendo que explicaria no caminho. Foi resoluta, esperando que eu a seguisse. Crawford voltou a passar o ferrolho na porta e se sentou ali ao lado, nitidamente nem aí para a emergência de Sofia, ou nem sequer ciente dela.

Antes de sair atrás da minha irmã, me permiti respirar ar fresco por um instante. No meu pescoço, gotas de suor geradas na Sala de Secagem me deixavam arrepiado. Michael havia falado muitas coisas, e eu não sabia no que acreditar, mas já estava no caminho de aceitar que talvez ele não representasse perigo. Apesar disso, tinha começado a suspeitar que havia trazido *consigo* o perigo. Mas nada fazia sentido ainda. Meu passo seguinte era simples. Se, como ele tinha prometido, o que estivesse na parte de trás do caminhão explicasse onde ele havia estado na noite anterior, não precisaria ficar por muito mais tempo na Sala de Secagem. Depois de passar meia hora enfurnado lá, estava ainda mais determinado a resgatá-lo. E cuidaríamos juntos do resto.

Segui Sofia, dobrando a cartela de bingo para escondê-la melhor no casaco enquanto caminhava. Não imaginava Katherine achando a mesma graça se, na próxima vez que eu a deixasse cair, fosse na frente dela. Ao ajustar a dobra, percebi que meu irmão tinha escrito mais alguma coisa. Tinta fresca, brilhante. Michael havia riscado uma palavra num dos quadrados e a trocado por outra. Minha editora vai gostar de saber que ele ajustou até a pontuação. Agora estava escrito:

*Ernest ~~estraga~~ **conserta** alguma coisa.*

CAPÍTULO 21

A adaptação de Michael no meu cartão de bingo me inundou de afeição fraterna, o mesmo sentimento que me invade agora, ao escrever estas linhas. Estou tão emocionado que espero que me permita uma pequena digressão para dar a você um pouco mais de contexto sobre a nossa mãe. Para ser sincero, por mim teria mencionado a informação antes, mas achei que, se mais uma historinha curiosa adiasse o meu reencontro com Michael na Sala de Secagem, você jogaria o livro na parede. O que seria justo.

Para contar direito, vou precisar relatar esta próxima parte lançando mão de acontecimentos que não presenciei e da perspectiva de terceiros, que apenas suponho. Vou narrar tudo como verdade. É uma concessão justa, mesmo que seja preciso conferir cores distintas aos casacos das pessoas e reconstruir a conversa fiada a respeito do tempo (aliás, dessa parte eu lembro e não preciso ficcionalizar: era verão e fazia um calor de lascar). Minha própria versão dos acontecimentos não teria metade da utilidade, não só pela natureza difusa de memórias de infância, mas também porque, naquele dia, eu estava geograficamente limitado. E tenho medo de, se contar só o meu lado da história, você não vá pensar duas vezes antes de julgar a minha mãe.

Então vamos lá, o Dia. É um dia importante. Há uma morte. Foi o dia em que minha mãe atirou em alguém. O dia em que obteve aquela cicatriz acima do olho direito. O dia em que ganhou a sua pelagem definitiva de Cunningham, por assim dizer.

***

Foi meses depois de o papai morrer. Mas ninguém diria.

Minha mãe não leva desaforo para casa. Nem dos filhos nem do universo. Já comentei que eu media o meu pai pelos espaços deixados. Agora ele tinha deixado o maior de todos, mas nem tivemos tempo de reparar. Nossa mãe fazia questão de nos manter ocupados: as atividades extracurriculares triplicaram como se estivéssemos a ponto de tentar uma vaga em Harvard. Ela preenchia qualquer buraco que existia na agenda. Certa vez cortei o cabelo dois dias seguidos.

Tivemos que passar a fazer esportes (em que, levando-se em conta a nossa idade, mais se brincava com acessórios variados do que se praticava a sério) como se fôssemos prodígios em potencial. Eu nadava. Jeremy jogava tênis. Michael preferiu o piano ao esporte (e hoje é ele quem tem ombros largos). E nós três assistíamos aos treinos dos outros: a gente sentava na cadeira do árbitro, rabiscava no quadro-negro e molhava os pés na piscina. Percorríamos a cidade juntos, uma gangue de oito braços. Toda essa atividade servia a um duplo propósito: economizar com babá e ocupar o tempo. Mamãe tentava nos forçar a nos sentirmos normais. Não falávamos sobre papai, nunca parávamos para pensar o quão diferente a vida poderia ser, apenas seguíamos em frente. Poucos amigos arriscavam aparecer lá em casa com uma caçarola ou uma lasanha depois que os primeiros que tentaram viram os seus esforços virarem comida do gato. Um menino da minha turma, Nathan, ganhou algumas semanas de licença da escola quando o pai dele morreu de câncer. Toquei no assunto e acabei tendo que entrar para os escoteiros.

Por mais questionável que fosse a prática parental de forçar filhos a reprimirem um trauma, meio que funcionava. Mas suspeito que a nossa mãe também se sentia reconfortada por aquela rotina nova e frenética. Ela nos colocava no carro e prendia o cinto de segurança, um do lado do outro, como se fosse uma sitcom do Disney Channel, aí nos deixava na escola, ia para o trabalho, nos buscava, nos colocava de novo no carro e nos levava para alguma das nossas atividades. A gente nunca ficava em casa. Estávamos sempre fugindo do luto.

Ao pensar nisso hoje, tendo vivenciado outro trauma na idade adulta (*Vai esperar no carro*), consigo ler mais coisas nas atitudes da mamãe na época. Porque agora sei que, nos meses posteriores a um acontecimento tão devastador, tudo parece um ato de sonambulismo. A vida se torna um estupor de rotina, e até caminhar para o supermercado nos dá a sensação de estar arrastando os membros numa atmosfera tão pesada quanto a da Sala de Secagem. Tarefas básicas soam como decisões sérias e, como tal, sugam você a ponto de não conseguir cumprir nenhuma delas. É ir parar na cozinha sem saber o que pretendia fazer lá. Levar a gente para a natação na terça-feira em vez de para o tênis. Mandar o filho ir cortar o cabelo uma segunda vez, não por estar ocupada, mas por esquecer que tinha feito isso na véspera. A intenção da rotina era nos manter ocupados, óbvio, mas a repetição era um alento contra o fardo de tomar decisões. Um fardo que, hoje sei, pesava sobre os ombros da nossa mãe.

No dia em questão, tudo está bem rotineiro. No café da manhã, nada de especial acontece. Audrey nos coloca no carro, pega todos os sinais verdes no caminho e até chega cinco minutos adiantada ao banco, conseguindo fazer um café e bater um papo rápido com o chefe de terno azul e gravata verde, disposto a falar sobre o tempo (os detalhes são enfeite da minha parte).

De lá para cá, minha mãe ocupou diversos cargos no banco e se aposentou numa posição sênior, mas, na época, era caixa. Eram os anos 1990, quando os bancos tinham tropas completas de moças com lenços ao redor do pescoço atrás de janelas de acrílico, e não um recém-formado de terno com um iPad e a audácia de fazer você se virar por conta própria. Mais tarde, fiquei sabendo que o banco tratou mamãe muito bem. Toleraram a má fama de papai, que em circunstâncias normais a impediria de ter um emprego ali, mantendo-a no posto depois de a morte dele tornar os seus atos públicos. Também foram compreensivos com alguns equívocos (sonambulísticos) que causaram problemas nos meses posteriores. Chegaram até a oferecer uma licença prolongada, mas vou deixar por sua conta deduzir se ela aceitou ou não.

Seu primeiro dia de volta ao trabalho aconteceu três dias após o funeral de papai, e a única razão para esse intervalo foi o funeral ter ocorrido numa sexta-feira.

Às 9h10, quando acabava de iniciar o turno, minha mãe é informada de que há um telefonema para ela na sala do gerente, mas está ocupada demais para atender. Às 9h30, o telefone toca de novo, mas dessa vez não dão nenhum aviso. Continua tocando, um eco estridente que costumava incomodar bastante em meio ao silêncio do banco — e ainda mais perturbador com a porta da sala do gerente aberta, a porta da frente trancada e as caixas sentadas em silêncio no chão, de pernas cruzadas, com as mãos atrás da cabeça.

São dois homens. Não preciso inventar o que estão vestindo, porque sei que são sobretudos, óculos escuros e bonés. Um saqueia as caixas registradoras enquanto o outro percorre a fileira de funcionários, rosnando para as pessoas ficarem quietas. Ele segura algo preto e robusto com jeito de escopeta pelo cano, e não pela coronha. O objeto balança ao seu lado enquanto o homem caminha. É assim que se carrega um bastão de beisebol quando você não vai jogar.

O alarme não soa. Ninguém conseguiu alcançá-lo. O Atleta Amador decide encher o gerente de porrada para ter acesso ao cofre. O telefone toca de novo, e o Saqueador de Registradoras, xingando, vai ao escritório e o tira do gancho.

Minha mãe não leva desaforo dos filhos nem do universo para casa, e muito menos de criminosos pé de chinelo. Não ignoro a possibilidade de que o que acontece a seguir pode ter sido um ato de rebelião contra o crime que a deixou sem marido, a estupidez do roubo. Ou pode ter sido um ato de rebelião contra a pura e simples existência do Atleta Amador. Talvez, ao puxar o gatilho, ela tenha enxergado o meu pai por trás daqueles óculos escuros, e tudo com que ela teria que lidar na sua ausência. Talvez só tenha achado que o Atleta Amador não estava segurando a escopeta bem o suficiente para se desviar de um tiro. Nunca cheguei a uma conclusão sobre o que seria mais provável.

Só posso dizer que, seja lá o que tenha sentido, foi o bastante para ela se levantar. Só posso dizer que, trinta segundos depois, ela tem um nariz quebrado e uma escopeta nas mãos. Que o Atleta Amador está no chão, se arrastando às pressas para trás. Que a minha mãe muda a arma de mão. Que, para uma escopeta, a distância é curtíssima, o bastante para rasgar uma pessoa ao meio. Que o Saqueador de Registradoras já até ergueu os braços e está dizendo para ela se acalmar. Que a minha mãe aponta a arma para o peito do Atleta Amador e — não arriscaria dizer se hesitou ou não, mas imagino que o estupor tenha passado e que se sinta lúcida como não se sentia havia muito tempo — puxa o gatilho.

Ela o acerta em cheio no peito.

Munição de feijão consiste em balas que, em vez de explodir em grãos de chumbo que rasgam a pele, os mantém numa pequena almofada de tecido. Costuma ser usada por tropas de choque e é pensada para imobilizar em vez de matar. Tecnicamente, é classificada como "menos letal", em vez de "não letal"; pode, por exemplo, quebrar uma costela e empurrá-la em direção ao coração. Mas a causa mais comum de morte por uma arma feita para esse tipo de munição é, vejam só, carregamento acidental com munição de verdade.

Fique tranquilo, este não é o tipo de livro em que descrevo a velocidade em metros por segundo de cada bala disparada, o estilo, o modelo e a fábrica onde a arma em questão é produzida, nem a umidade relativa ou as condições do vento que possam afetar a sua trajetória. Estou só construindo um argumento.

O argumento é o seguinte: por mais que o Atleta Amador tenha ficado assustadíssimo ao ver a arma apontada para si, e minha mãe tenha dado motivo para isso, um motivo na forma de quatro costelas quebradas, ela não o matou.

De fato, ao escolher puxar o gatilho, minha mãe não teria como saber que a arma nas suas mãos era "menos letal", mas isso fica para outra hora. A questão é: a cicatriz da minha mãe fica acima do olho direito, e tudo o que o aspirante a assaltante de banco tinha lhe causado foi um nariz quebrado. A questão é: só depois de a polícia e os paramédicos liberarem o prédio e enfiarem chumaços de algodão nas narinas da minha mãe, quando já era o meio da tarde, é que alguém finalmente se lembrou de pôr o telefone de volta no gancho, só para ele começar a tocar imediatamente. A questão é: eu me lembro da temperatura daquele dia. Um calor infernal. A questão é: a ligação era da escola, para alertar minha mãe que nenhum dos três irmãos Cunningham havia ido para a aula naquela manhã. A questão é: minha mãe tinha chegado cinco minutos mais cedo ao trabalho, apesar de um cronograma em geral muito apertado.

A questão é: minha mãe atirou em alguém, mas não o matou.

A questão é: há uma morte.

O estupor. O sonambulismo. Os equívocos por distração.

Três meninos que deveriam ter sido deixados na escola, mas ainda estavam esquecidos dentro do carro num estacionamento no terraço, num dia de calor abrasivo de verão. Não me lembro da janela sendo quebrada, do sangue jorrando da testa de Audrey devido a um corte no vidro, profundo o suficiente para deixar uma cicatriz. A primeira lembrança concreta que tenho é do hospital; o resto me contaram depois. Até hoje tenho pesadelos, acordo me sentindo sufocado. Mas, para ser sincero, não me lembro de nada daquele dia. Tenho lacunas enormes na memória.

Só sei que, quando Jeremy morreu, eu estava sentado ao lado dele.

De: <EDITADO>
Para: EcunninghamEscreve221@gmail.com
Assunto: Fotos para TMDMFJMA

Oi, Ernest,

Bom ter notícias suas. Infelizmente, uma seção de fotos na metade do livro exigiria um encarte em papel couchê, sem falar na impressão em quatro cores, e isso implicaria num processo de produção totalmente diferente. Custa bem caro e não se encaixa no orçamento previsto para este livro. Tenho total confiança de que você conseguiria o mesmo efeito com algumas descrições estrategicamente posicionadas. Sinto muito, mas não há como esticarmos o orçamento.

Como vai o trabalho, a propósito? Conseguiu dar uma enxugada na tagarelice? Eu entendo, sei que é a forma como você processa as suas questões, mas é que muita gente morreu e talvez o leitor acabe achando antipático. Acho que vai ficar feliz de saber que decidimos tirar os buracos de bala da capa — sei que você tinha achado um pouco forte. Me avise se quiser que eu dê uma olhada em alguma outra seção à medida em que você for terminando.

Grande abraço,
EDITADO

P.S.: Quanto à outra questão, sim, não acho que seja um problema direcionar um percentual dos royalties ao espólio de Lucy Sanders. Me envie os detalhes, e eu me entendo com o pessoal do financeiro.

MEU PADRASTO

CAPÍTULO 22

Só no saguão alcancei Sofia, que estava parada na entrada.

— Tem alguém fuxicando o paiol de manutenção — disse ela, depois abriu as portas duplas com um empurrão, deixando um bocado de neve entrar e o gelo empapar as minhas botas.

Hesitei, mas ela me arrastou para fora. A varanda estava vazia. Até os maridos haviam desistido das suas missões de resgate e preferido a castidade com o corpo aquecido a serem cavalheiros e mortos de frio. O som rascante do vento golpeava as minhas orelhas; soava como alguém amassando papel celofane atrás de mim. Sofia tinha que gritar para que eu conseguisse ouvi-la.

— Eu vi uma sombra — falou, hesitante. — Lá do bar.

— Ahn. E daí? — gritei de volta.

Foi o melhor que consegui, com o vento entrando na minha boca em golfadas. Era o tipo de vendaval em que você precisaria tirar os tufos de neve da boca para conseguir respirar.

— Os vilões não costumam reaparecer na cena do crime? — perguntou Sofia.

Ela estava certa, mas o meu nível de covardia é consideravelmente alto. Estava a ponto de sugerir que a gente esperasse um pouco mais ou, melhor ainda, chamasse o Crawford. Mas, antes mesmo que eu conseguisse formular uma única palavra, ela ergueu um dos braços acima da cabeça e saiu num rompante no meio da tempestade.

Corri atrás, com medo da sua sombra se esvanecer caso se afastasse demais. Quase de imediato, não dava mais para distinguir os lugares altos dos baixos. Até onde eu sabia, a gente poderia ter errado o caminho, descido a colina e estar em cima do lago congelado, prestes a romper a camada frágil de gelo, rumo à morte certa. Uma vez, li que, quando caímos na água gelada, nossos pulmões se comprimem. Dependendo do quão baixa a temperatura, chega a afetar até mesmo o sangue. A pessoa apaga na hora. Todo mundo sabe que cair num lago congelado é perigoso, pois, uma vez que você atravessa o buraco, encontrá-lo de novo por baixo da camada de gelo é basicamente impossível. Mas o velho clichê da vítima esmurrando o gelo sólido enquanto se afoga não é real. Submerso numa água tão gelada, o corpo para de funcionar. Deve ser muito decepcionante ser privado dos murros desesperados. Quando chegar a minha hora, espero ter a chance de me erguer em fúria contra a morte.

Notei que tinha me perdido de Sofia. Tentei caçá-la ao redor. Nada além do infindável redemoinho acinzentado. O uivo nos meus ouvidos era violento, quase um grito agudo. O som do vento estava mais para o de uma serra elétrica. Sentia os olhos arderem e os enterrava mais e mais na dobra do cotovelo, tentando erguê-los apenas quando necessário. Dei mais alguns passos arrastados e, em meio ao cinza, grandes sombras surgiram. *Ursos*. Tinha sido o meu primeiro pensamento, o que era ridículo, porque a gente estava na Austrália. Logo percebi que eram carros. Tinha alcançado o estacionamento. Que bom. Estava no caminho certo.

A tempestade era tão feroz que os carros chegavam a sacudir. O Volvo de Katherine estava com uma das janelas quebradas, e a neve se acumulava no banco de trás. Que sorte não ser o carro de Marcelo, pensei, pois, nesse caso, a neve teria empapado os assentos de couro e dado curto-circuito na parte eletrônica sofisticada. Arquivei uma ideia na mente para depois.

De onde me encontrava, tive a sensação de enxergar a silhueta do paiol de manutenção, colina acima. Longe demais para ser um veículo, real demais para ser um urso e sem o topo triangular dos chalés. Estava mais do que bom para me orientar. Quando me preparava para dar mais um passo, enxerguei à minha direita o caminhão de Michael. Mesmo com a neblina, o tamanho o tornava inconfundível. Em meio ao vento incessante, seus flancos funcionavam quase como velas de barco, e todo o veículo balançava perigosamente sobre as pequenas rodas, como se fosse virar a qualquer momento. Senti as chaves no meu bolso se esfregarem contra a minha perna. Paiol de manutenção que nada. Dei um passo em direção ao veículo.

Alguém agarrou o meu braço. Sofia. Seus lábios colados à minha orelha, saliva no meu pescoço.

— Não é por aí, Ern.

Então ela começou a me arrastar morro acima, para longe do estacionamento. A profundidade da neve já era bem maior (adeus, pegadas da cena do crime), então eu dava tapinhas na panturrilha a cada passo. Ao nos aproximarmos da sombra de telhado plano, vi a neve acumulada no alto. A gente seguiu pela lateral, ainda que a frente nos protegesse mais do vento, enfrentando com dificuldade a última etapa do caminho até sentirmos as chapas de ferro ondulado contra as costas. O paiol cortava o vento, que voltava a formar uma corrente única bem à nossa frente, como se estivéssemos abrigados atrás de uma rocha num rio, e o uivo constante nos ouvidos foi reduzido a um gemido fantasmagórico. Aspirei alguns grandes goles de ar e sacudi dos braços e ombros um centímetro de neve. Sem luvas, enfiei as mãos nos bolsos, abrindo-as e fechando-as para aquecê-las. Acima de mim, pequenos pingentes de gelo pendiam do toldo como estalactites. Uma vez, assisti a um filme de terror em que uma pessoa morria com o corpo perfurado por uma dessas, o que eu sabia ser impossível, mas, por via das dúvidas, me espremi o máximo que pude contra a parede.

Sofia se inclinou junto à curva da construção, puxou depressa a cabeça de volta e me deu uma cotovelada nas costelas, lançando um olhar para mim. *Dá uma olhada*. A porta do paiol estava aberta. O cadeado que Crawford tinha usado para isolar o local jazia na neve. Não havia sido cortado — a alça tinha sido totalmente arrancada, na verdade. Não sobraram nem os parafusos.

— A gente tem que chamar o Crawford — falei.

— Vai você, então.

Ela fez menção de se dirigir à entrada.

Pus um braço à sua frente, imprensando-a contra a parede.

— Para com isso!

— Eu quero dar uma olhada no corpo, ok? E não vou ter outra oportunidade melhor. Crawford não vai nos deixar chegar perto de novo. E até parece que ele vai resolver alguma coisa. Tá mais para um mané fantasiado do que para um policial. Se isso for algo *grande*, talvez esteja todo mundo morto amanhã de manhã. A gente tem que se armar de conhecimento. Além disso, estamos aqui, e a porta está aberta. O assassino já deve ter vindo e ido embora.

— E se não tiver?

— Bem, foi por isso que eu te trouxe. Guarda-costas.

— Péssima escolha.

— Então vou propor o seguinte: a gente dá uma espiada pela porta, só de relance, e se tiver alguém lá dentro, a gente obstrui a saída e tranca a pessoa. Só tem uma entrada. Depois chamamos todo mundo. *Capiche?*

Eu tinha um monte de perguntas. Como trancar a pessoa com o trinco quebrado? Como seria possível obstruir a porta e buscar ajuda ao mesmo tempo? E se a pessoa estiver armada? Como se escreve *capiche*?

Mas sabia que não tinha escolha. Se fosse pedir ajuda, Sofia não me aguardaria voltar com reforços. Juntos, era mais seguro. Além disso, apesar de eu ter a esperança de que o que estivesse no caminhão ajudaria a limpar o nome de Michael (*Ernest conserta alguma coisa.*), uma boa olhada no corpo também seria útil. E, sério... é irritante, eu sei, quando isso leva pessoas a tomarem decisões estúpidas — é o motivo do espetinho de pingente de gelo não chegar vivo ao fim daquele filme de terror —, mas eu estava mesmo um pouquinho curioso.

Fizemos a curva com as costas coladas à parede, tanto por discrição quanto por salvaguarda contra pingentes de gelo, até chegarmos à fresta na porta. Sofia enfiou a cabeça e a puxou de volta como se uma cobra a tivesse picado, de olhos arregalados. Em silêncio, fez com a boca: "Tem alguém lá dentro." Apontei para a porta e gesticulei para que a fechasse. Ela negou com a cabeça, apontou para os meus olhos e para a fresta, depois se esgueirou pela minha frente para que eu chegasse mais perto. Ainda me deu um empurrãozinho. Um recado claro: *Você precisa ver isso.* Encarei-a de olhos esbugalhados no mais próximo que consegui chegar de uma expressão de traição: *O plano não era esse.* Ela me deu outro empurrão.

Respirei fundo, resisti à tentação de lançar mais um olhar maldoso na direção de Sofia e enfiei a cabeça na fresta.

Botas Verdes estava onde o havíamos deixado, com os membros pendentes devido à pilha de paletes de tamanho insuficiente e o peito estufado para cima, como se fosse um paraquedista ao contrário. A diferença é que havia alguém se debruçando sobre ele. Uma pessoa que reconheci de imediato, mesmo de costas. Estava tão focada no corpo que ainda não havia reparado na nossa presença. A esta altura, o ideal seria eu ter me afastado devagar, a trancado ali e ido buscar a polícia de verdade, como combinado. Mas não. Era como se uma teia invisível me puxasse para dentro do paiol. Mal sentia as cutucadas frenéticas de Sofia no meu braço, seu sussurro de alerta dispersado pelo vento.

Entrei sem que fosse notado, os passos mascarados pelo chocalhar da parede e pelos rangidos do telhado, em cima do qual a neve ainda se acumulava. Dentro do paiol, fazia um frio de congelar, que invadia o ambiente pelas paredes de metal e era agravado pelo piso de concreto. Minha respiração gerava fumaça. Pigarreei e, de repente, a pessoa se aprumou, deu dois passos para trás em relação ao corpo e pôs as mãos para cima. Pega com a boca na botija.

— Coisas gentis — falei.

Piada interna nossa.

CAPÍTULO 23

O motivo de eu falar "Coisas gentis" para Erin com tanta frequência, como expliquei a ela no dia do nosso casamento, é que, quando estivesse brava comigo, ela sempre poderia responder à pergunta "Como vão as coisas com o Ernest?" de forma honesta com um: "Bem, ele sempre diz 'coisas gentis'."

Ela deu de ombros e baixou as mãos.

— Graças a Deus — falou, com um enorme suspiro de alívio, dando um sorriso honesto do tipo que eu não a via abrir em muito tempo.

Começou a se aproximar, mas parou ao notar a frieza nas minhas palavras seguintes.

— O que você tá fazendo aqui, Erin?

— Você já conversou com o Michael? — Eu não esperava aquele tom, um misto de confusão e surpresa, como se depois da minha críptica e contraditória conversa com o meu irmão tudo já estivesse bem explicado. — Ele te contou sobre o Alan?

— Ele me contou sobre o Alan.

— Ok. E... — Mais uma vez, a pausa parecia indicar que ela já havia preenchido lacunas o suficiente, mas logo se deu conta de que teria que dizer com todas as letras e sua voz delicada de professora: — Como você está se sentindo?

— Não sei no que acreditar.

Não faria o menor sentido mentir para Erin; nisso ela sempre fora superior a mim. Eu sei, eu sei, parece uma afirmação forte demais para colocar num livro em que ela não vai ter direito de resposta, mas *é* verdade. Além do que, foi ela quem teve um caso.

— Tem um morto do nosso lado — disse ela de bate-pronto.

— Pois é, eu notei.

— Não foi um acidente, Ern, como a dona do resort quer que a gente acredite. É só pra evitar pânico. Mas você e eu, a gente *sabe* que é um problema dos Cunningham. Trazido pelos Cunningham...

Ela não disse, mas o restante da frase pairava no ar: *cometido pelos Cunningham.*

Relaxei um pouco a postura.

— Se Michael estiver falando a verdade, o homem que matou o meu pai, Alan, já morreu. Essa história acabou. E aí? O que mais?

— *Se* ele estiver falando a verdade?

— Eu acredito que ele acredita no que diz. Por enquanto, é isso.

A lembrança da clareira com as teias me dava arrepios. Talvez dali viesse parte da minha recusa em aceitar o que Michael tinha me contado: Alan pode parecer vilanesco, mas só eu havia estado lá naquela manhã, e não queria que a sua morte, o seu *assassinato*, fosse justificado, independentemente de quem ele fosse ou do que tivesse feito.

— Mas é simples. Alan matou o seu pai pra tirar o cu da reta, óbvio, mas estava matando por *alguma coisa.* — Erin estalou a língua enquanto processava os pensamentos. — Aí, tenta vender ao Michael o mesmo negócio, e é por isso que estamos aqui.

— Isso o Michael já me contou. Mas por que esperar tanto?

— Talvez a carreira do Alan estivesse acabada. Talvez ele estivesse desesperado. Só sei que, se era algo pelo qual valia a pena matar alguém tanto tempo atrás, continua valendo agora. — Ela fez um gesto com o polegar em direção ao Botas Verdes. — Será que preciso lembrar mais uma vez que temos um cadáver aqui?

— Tá, ok. Que informação era essa que o Michael tava comprando do Alan?

— Não sei — respondeu, hesitante. — Ele não me contou. Disse que não era seguro.

A Regra 9 determina que devo compartilhar tudo o que penso, e nesse momento achei que ela estava dizendo a verdade, mas que não estava me contando tudo.

— Só quê...? — Tentei jogar uma isca.

— A gente desenterrou uma coisa.

Eu me lembrei da mão imunda de Michael quando nos cumprimentamos na entrada do hotel. Da sujeira debaixo das unhas. O resto estava limpo: barba feita e cabelo pintado. Por que não tinha limpado as unhas?

— Tá na traseira do caminhão?

Ela assentiu.

— Ok. E o que é? — Falando desse jeito, soava simples, o que me deu a sensação de que poderia ser verdade. — Dinheiro, imagino, pra valer tanto assim? Algo roubado pelos Sabres? Joias? Drogas?

— Também achei que seria. Mas não vi.

Ri, embora o que saiu estivesse mais para uma tossida. Minhas cordas vocais não haviam se descongelado por completo.

— Tudo isso por causa de um mapa do tesouro?

— Você não deveria rir. — Ela cruzou os braços. — Eu confio nele.

As palavras "confio nele" emitiram um zumbido de duplo sentido. Como se pudessem ser retiradas da frase e substituídas por outra coisa.

— Isso é por causa do...

— Não começa, Ernie. Não tem nada a ver.

Não tinha, mas tinha. Eu jamais a havia confrontado de modo tão direto, nem na terapia de casal. Minha raiva era sempre contida por vergonha e pesar. Se tivesse feito isso, talvez a gente houvesse passado por cima daquilo; talvez a gente tivesse se sentado, falado sobre o assunto, debatido o que formar uma família significava para cada um e o que a carta sobre fertilidade, que eu tinha aberto durante o café da manhã, havia feito com a gente. Com a família que a gente estava tentando construir.

Estávamos esperando aquela carta fazia muito tempo. É estranho receber uma notícia tão devastadora pelo correio, mas acho que a consideraram banal o suficiente para dispensar um telefonema. A carta em si demorou a chegar, e Erin contorcia as mãos ao me dar as más notícias, frase por frase: a primeira carta tinha ido parar no endereço errado, e ela precisou ligar para a clínica para desfazer o mal-entendido; já a segunda, semanas depois, chegou destruída pela chuva, uma papa encharcada e ilegível. Para Erin, o golpe foi pesado. Todo dia ela acordava, ia direto à caixa de correio e voltava procurando os resultados entre vouchers de pizzaria e folhetos de imobiliárias, sempre balançando a cabeça: mais um dia e nada.

Ainda tenho a carta, por sinal. Amassada mesmo, pela força do meu punho naquela manhã enquanto olhava incrédulo para os resultados, tentando imaginar um jeito de ter entendido a notícia errado. Quando Erin entrou na cozinha, prendendo mechas soltas de cabelo atrás da orelha, eu já havia esticado a carta junto ao pote de manteiga. Meu braço estava sujo, um líquido nojento no pulso. Pedi que ela se sentasse, e a expressão no seu rosto ao me encarar, ao ler a carta... acho que ficou nítido para ambos que estávamos chegando ao fim. A gente empurraria com a barriga por um tempo, mas a pedra do isqueiro se perdera. Se ainda estivesse comigo, eu teria usado para queimar aquela merda de carta.

Permanecemos na órbita um do outro por mais dezoito meses. Não queríamos ir embora, nem ficar. É o que acontece num casamento quando um dos dois quer ter um filho e o outro não consegue dar.

É, esse foi o terceiro e último café da manhã agitado da minha vida. Aquele que tinha a ver com esperma.

— Então é sério? — perguntei.

Ambos sabíamos a que eu estava me referindo. Ela e Michael.

Erin suspirou.

— É sério. Mas eu acreditaria nele mesmo que não fosse. Muita gente nunca tem a chance de ver o pai sob uma nova luz. É um privilégio.

Entendi que, ao ajudar Michael a compreender Robert melhor, Erin procurava por tabela superar a questão do pai abusivo.

— Dá um tempo. Você é mais inteligente do que isso.

— Você sempre disse coisas muito gentis mesmo. — Ela sorriu, sombria. — Já abriu o caminhão?

Balancei a cabeça.

— Ele me deu a chave. Mas aí a gente seguiu você até aqui.

— Michael me disse que o que está lá vai convencer você.

Desejei que as pessoas parassem de me dizer que o que tinha no caminhão mudaria a minha vida. No fim das contas, mudaria de fato, tanto em relação ao que eu acreditava quanto ao funcionamento do meu braço direito, mas desejei mesmo assim que parassem de me dizer aquilo.

— A gente não está chegando a lugar nenhum — respondi, no intuito de desanuviar o clima — Vamos tentar encontrar um ponto de consenso.

— Você tá parecendo a dra. Kim.

— Gastamos tanto na terapia... Quem imaginaria que viria tão a calhar?

Forcei um sorriso.

— Mas e aí, qual seria esse ponto? — Ela incorporava o tom lânguido e monótono da nossa ex-terapeuta. — O que nos une?

— Nenhum de nós acredita que Michael seja o responsável por... — Gesticulei em direção ao corpo. Era bizarro ter uma conversa tão casual ao lado do cadáver. — E eu aposto que, se você se deu ao trabalho de arrombar o paiol e fuxicar, é porque também não engole a tese das causas naturais. Acha que tem alguém querendo ferrar o Michael, alguém que quer o que vocês desenterraram, e eu só estou tentando livrar o meu irmão dessa situação e, uma vez na vida, consertar alguma coisa. Esse é o nosso ponto de consenso. Estamos ambos tentando solucionar um assassinato. — Mais uma vez, sou lembrado de que o fato de estar escrevendo tudo isso não faz de mim o personagem principal. Aliás, me lembro de ter pensado na ocasião como havia mais pessoas com motivos para *desvendar* essa droga de assassinato do que para cometê-lo. — É daí que a gente parte. Se conseguirmos achar o culpado, vamos descobrir também se Michael está falando a verdade.

— Uma coisa prova a outra — concordou ela, e juntou os indicadores, pousando o queixo neles e franzindo a testa. — Sinto que conseguimos alcançar certo progresso na sessão de hoje. Não é verdade?

Tive que rir, apesar do instinto contrário. Havia uma razão para termos nos apaixonado, independentemente do que tivesse acontecido desde então; era difícil esquecer de tudo.

— Quando cheguei você tava com uma cara curiosa. Achou alguma coisa? — perguntei.

— Bom, não sou nenhuma expert, mas isso aqui não pode ser normal.

Ela voltou a se inclinar sobre o corpo, enquanto eu me aproximava.

Eu não tinha dado uma boa olhada em Botas Verdes até o momento. Estava cabreiro demais para fazer algo assim enquanto carregava o seu pé, e só tinha olhado de relance a foto que Crawford havia tirado do seu rosto. Os olhos dele estavam fechados. O paiol era tão frio que cristais de gelo haviam surgido no cabelo do cadáver. Seu rosto estava enegrecido pelas cinzas — aquilo que no começo eu tinha achado se tratar de úlcera de frio —, que haviam se solidificado em torno da boca, formando uma massa brilhante com jeito de alcatrão. Em torno do pescoço, via-se uma ferida bem vermelha. Sofia tinha me falado sobre o corte; havia manchado os punhos da camisa de Crawford, mas era mais feio de perto. O que quer que tenha sido amarrado ali estivera apertado o suficiente para cortar a carne. O rasgão ensanguentado também tinha começado a se cristalizar no frio.

Erin interrompeu a minha investigação.

— Parece que alguém estrangulou o sujeito. Já essa coisa preta eu não sei o que é. Veneno?

— Cinzas — respondi, repetindo o que Sofia tinha falado. — Aparentemente.

— Cinzas? Tipo, ele foi queimado? Aqui?

Assenti.

— Mas a neve não derreteu — comentei. — E se estivesse com o corpo em brasas, acho que ele teria rolado pelo chão, né? Ou teria queimaduras. Sofia acha que é um *serial killer*. Um que a mídia chama de "Língua Negra". Mas se você acha que Michael está metido com algum esquema de quadrilha, como o papai, talvez possa ser alguma espécie de executor.

— Talvez. Parece bastante violento, e acho que isso só se faz quando a ideia é que a pessoa sofra muito ou para mandar um recado. Mas voltando só um pouquinho... se você diz que são cinzas, mas a neve não derreteu, como o assassino ateia fogo à pessoa sem atear fogo à pessoa?

— É uma técnica antiga de tortura que os reis persas usavam, na verdade — explicou Sofia, encostada na soleira. — Que cara é essa? Eu estava congelando lá fora!

— Tortura? — Ergui uma sobrancelha para Erin. — Pode ter mesmo a ver com mandar um recado, então.

— O que ela sabe? — Erin cruzou os braços. — Michael me disse para só confiar em você.

— Ela é tranquila. Sabe do dinheiro.

— Pena que o Ern já gastou... — Sofia me lançou um olhar astuto — ... uma boa parte. Uns cinquenta mil, pelo menos, né?

Erin me encarou de um jeito que não consegui decifrar. Parecia estar contrariada — ou por eu ter gastado o dinheiro de Michael, ou por ter me aproximado de Sofia a ponto de contar os meus segredos. Fui com a segunda opção, achando-a meio exaltada, considerando que ela havia acabado de passar a noite com o meu irmão.

— Você parece saber bastante sobre esse *serial killer* — disse Erin, ainda desconfiada.

Se Sofia encarou aquilo como uma acusação, não demonstrou.

— Uma das vítimas passou por um dos nossos hospitais. A tal da Humphrey. Alguém a encontrou, e todo mundo achou que tinha sido bem a tempo. Mas os pulmões dela estavam em petição de miséria, então a gente teve que desligar a ventilação mecânica. Achei interessante, escutei alguns podcasts. Não pensei que fosse realmente precisar daquelas informações até... bem, não pensei que fosse precisar nunca. Mas cá estamos.

— Bem, caso encerrado. Se você ouviu um podcast...

— Dá uma chance pra ela, Erin. Ela sabe mais do que a gente.

— Então o nosso suspeito é um aficionado por história? Com um certo gosto por torturas medievais?

— Tipo isso — respondeu Sofia, parecendo constrangida. — Não inventei nada, ok? Chamam de "sufocamento por cinzas". Ernie, eu já te falei que a maioria das pessoas que morre em incêndios domésticos não morre queimada, mas asfixiada. Em parte porque o fogo suga o oxigênio do ar, não deixando nada para se respirar. Mas mesmo depois que o incêndio é apagado, se você aspirar fumaça em excesso, ela pode tomar os seus pulmões e impedir que você absorva oxigênio, mesmo que esteja em contato com ele.

— E a antiga Pérsia era famosa pelos incêndios domésticos? — perguntei.

— Engraçadinho. Foram eles que inventaram esse tipo de tortura. Tinham uma torre construída especialmente para isso, enorme, mais de vinte metros de altura. Era cheia de rodas, de engrenagens, coisas assim, e, embaixo de tudo, uma pilha de cinzas. Era lá que colocavam os blasfemos. Na época, era isso que dava pena de morte. Ficar aprisionado num lugar com cinzas assentadas não causaria mal a ninguém, então giravam as rodas e as engrenagens gigantescas começavam a espalhar as cinzas pelo ar. O criminoso morria sufocado.

— Lucy me disse que as primeiras vítimas foram um casal idoso de Brisbane. Ela procurou os nomes. Quer dizer que foi *isso* o que aconteceu com eles?

— Ela tá certa. Mas, ao mesmo tempo, não exatamente. É óbvio que não existe uma torre de tortura de três andares escondida por aí, e, pelo jeito, o Botas Verdes foi mesmo estrangulado, no fim das contas. — Sofia pegou uma chave de fenda de um banco próximo e usou-a para afastar o colarinho do Botas Verdes, facilitando a visão. — Pela densidade das cinzas nas bochechas e pela profundidade da ferida no pescoço, diria que enfiaram a cabeça dele num saco com cinzas, amarraram firme e tiraram depois que ele morreu.

— A neve dava a impressão de que alguém estava andando pra lá e pra cá numa área restrita — comentei.

— Exatamente. A falta de oxigênio desorienta muito rápido... Ele devia estar tentando tirar o saco. Devia estar em pânico. Dá para imaginar o cara correndo em círculos, frenético.

— Não é tão medieval assim. — Erin se deu conta de ter sido incisiva demais e ergueu as mãos como quem pede desculpas. — Não quis ser sarcástica, desculpem... Estou interessada. Só estava pensando que qualquer pessoa pode estrangular alguém e colocar um saco na cabeça dela. Pra que as cinzas?

— Concordo. Imagino que o assassino estivesse com pressa. Talvez porque já fosse amanhecer. Talvez algum hóspede tivesse aparecido. Com o casal de Brisbane, o assassino não se apressou. Eu disse que não foi uma torre de tortura, mas, de certa forma, foi uma versão moderna disso. Eles foram encontrados no carro, trancados, na garagem, com as mãos presas no volante com um lacre de plástico. A capota estava afundada, como se alguém tivesse pisado, e havia um soprador de folhas largado no chão. O assassino deve ter despejado as cinzas pelo teto solar e enfiado o soprador depois pra espalhar. Foi igual com a senhora que deu entrada na nossa emergência. Presa com esse tipo de lacre num banheiro trancado, janela e ventoinha vedadas com fita, exceto por um espaço por onde o soprador teria entrado. É assim que ele gosta de atuar. Devagarinho. Mas tudo isso são suspeitas, óbvio.

— Vindas de um podcast — ressaltou Erin.

— Sim, de um podcast.

— A sensação deve ser de estar se afogando no ar — comentei. Não desejaria os meus pesadelos com sufocamento nem ao meu pior inimigo, e isso porque havia permanecido inconsciente durante a maior parte do tempo naquela tarde no carro da minha mãe, quando era criança. Tinha lido sobre mergulhadores que se afogavam a centímetros da superfície, com a sensação de que bastaria colocarem a cabeça para fora d'água para se salvarem, mas incapazes de fazer isso por muito, muito pouco. Nem conseguia imaginar como seria tentar respirar e nada entrar nos pulmões.

— Se você acha que o assassino é o Língua Negra, então o equipamento é o mesmo, não? — perguntei. — Não foram só as cinzas que te fizeram ter a ideia. Você acha que as marcas no pescoço podem ser do lacre de plástico?

— Acho. Rasgou a carne de um jeito tão limpo que faz sentido ter sido plástico. Uma corda deixaria a pele lacerada. E, caso fosse linha de pesca, o corte seria mais profundo. Mas olha aqui... — Ela apontou para a boca do cadáver, ligeiramente aberta, pegou o celular (bateria: 85%) e acendeu a lanterna. Não havia mistério algum no apelido midiático do Língua Negra: a boca do morto estava recoberta por carvão. A língua estava mais para uma lesma preta e gorda caída por trás dos dentes manchados. — Isso é mais ornamental do que a causa da morte. E, em todo caso, ele já teria sido sufocado pelo saco. Isso aqui não tem propósito algum a não ser deixar uma marca.

— Por que ele faria isso? — perguntou Erin.

— Já vi muita coisa estranha na emergência, então consigo pensar em algumas razões. Aposto que você sabe do que estou falando, Ern. Você escreve sobre esse tipo de coisa. Qual o princípio básico da forma de atuar de um psicopata assassino?

— Bem, acho que a tese mais comum seja a de que os psicopatas *precisam* fazer as coisas de determinado jeito. Faz parte do processo deles, significa algo para eles. Mas se fosse assim tão importante, acho que não se dariam ao trabalho de matar sem que todos os rituais fossem cumpridos, a menos que fossem interrompidos. Não valeria a pena. E não é como se alguém estivesse acendendo fogueiras por aqui. Seria óbvio demais. Então não sei como isso nos ajuda.

— Não seria necessário tanto fogo quanto você está pensando, na verdade... a questão é conseguir lançar as partículas no ar. E dá para comprar cinzas em sacos grandes em qualquer loja de jardinagem ou ferragens. Minha teoria é que a pessoa deve ter trazido. Estava preparada. Por isso acho que a minha segunda tese é a mais provável.

Senti um frio na barriga ao deduzir o que ela estava para dizer e quão bem se encaixava com as teorias de Erin e Michael, mas o ruído metálico repentino da porta sendo escancarada por Crawford desviou a nossa atenção. Ele suava, fora de si, o rosto completamente vermelho. Com uma das mãos segurava a alça partida, o cadeado ainda afixado a ela, e com a outra uma lanterna robusta de policial. Seu olhar alternava entre nós três. Sua boca tentou formar uma série de palavras diferentes, mas pelo jeito ele não conseguiu escolher nada que representasse melhor a sua fúria do que um grito.

— Fora!

Saímos em fila indiana que nem crianças, cabisbaixos, murmurando "Desculpa, policial" ao passarmos por ele. Desde a nossa chegada, a tempestade havia se acalmado um pouco e já dava para enxergar a construção principal do resort, que mais do que nunca se assemelhava a uma casa de biscoito de gengibre com cobertura recém-aplicada.

Crawford nos seguia grosseiramente colina abaixo. Minha editora diz que é impossível alguém caminhar grosseiramente, mas está na cara que ela nunca teve que ouvir o agente Crawford bufando dois passos atrás, portanto, mantenho o advérbio. Ergui as chaves do caminhão e mostrei para Erin, que assentiu, enquanto avançávamos rumo ao estacionamento. Então ela se virou para Sofia e sussurrou de forma que Crawford não a ouvisse.

— Qual era a sua segunda teoria?

— O Língua Negra está se mostrando. Quer que a gente saiba da sua presença.

CAPÍTULO 24

A traseira do caminhão tinha uma daquelas portas onduladas de ferro que sobem deslizando até o teto. No canto, havia um copo vazio de café. A chave virava com facilidade, e girei o trinco noventa graus. Parecia um momento decisivo, então fiz uma pausa, olhando para os outros três reunidos à minha volta. Erin retorcia as mãos — acho que estava ansiosa para ver se seria o bastante para me convencer e, quem sabe, revelar o que Michael não havia contado. Sofia tinha adotado um beicinho presunçoso, doida para que os segredos de Michael fossem expostos. Crawford parecia impaciente. Com a sua voz mais impositiva, havia tentado exigir que fôssemos direto para o hotel, mas percebi que não faria muito esforço para tentar nos impedir. Eu estava certo: ao ser ignorado, o policial acabou se juntando a nós para se certificar de que não fizéssemos mais nenhuma estupidez. Quanto a mim, estava preparado para me decepcionar. Já tinha dito a Michael que, para me impressionar, no mínimo eu teria que me deparar com uma espaçonave ali.

Ergui a porta alguns centímetros. Primeira observação: não explodiu (sei que parece loucura, mas vários desdobramentos possíveis haviam me passado pela mente, e o veículo estar preparado para voar pelos ares era, fico constrangido em admitir, um dos menos extravagantes). Se a abri devagar, não foi no intuito de gerar suspense: as dobradiças estavam cobertas de gelo. Tive que me esforçar para conseguir abrir o bastante para enxergar uma fração da escuridão que continha. Sem luvas, o metal gélido mais parecia em brasas. Tentei dar impulso outra vez quando alguém tocou o meu braço para me impedir.

— Talvez seja só pra você. Pelo menos a princípio — disse Erin.

Era óbvio que Erin sabia *alguma coisa* sobre o que havia ali dentro. Afinal, tinha ajudado Michael a desenterrá-lo. Eu imaginava se tratar de dinheiro ou objetos de valor, ao menos, e tendo por base a necessidade de transporte num caminhão, tudo indicava ser em grande quantidade. *Michael me disse para só confiar em você.* Ele havia me falado a mesma coisa na minha cara, sobre eu ser o único em quem confiava graças ao meu testemunho no tribunal. Havia se permitido ser trancafiado numa gaveta pútrida de meias só para me entregar as chaves em particular. Não era para Sofia e Crawford estarem presentes. Erin tinha razão.

— Preciso de um minuto para olhar sozinho. — Anunciei, em voz alta, para que me ouvissem mesmo com o vento. — É que... talvez não seja seguro.

Tinha consciência de que era uma desculpa esfarrapada. Sofia revirou os olhos. Não sabia se ela estava mais irritada por se sentir excluída ou porque sempre que me via tomar partido de Erin ou de Michael se imaginava cada vez mais distante de pôr as mãos em uma fatia do dinheiro. Chegou a me passar pela cabeça que tivesse interrompido a minha conversa com Erin no paiol de manutenção naquele momento específico por esse mesmo motivo. Ela havia aparecido bem na hora em que a gente tinha achado o nosso ponto de consenso e começado a falar como se fôssemos um time. Eu esperava mais resistência da parte de Crawford por uma série de motivos — cadeia de evidências, testemunhas, manter pelo menos as aparências de um trabalho policial decente —, mas ele parecia ter desistido por completo da função. Erin guiou os dois para a lateral do caminhão e, com mais dois puxões para romper a camada de gelo, consegui abrir a porta.

O ar continuava tão espesso devido à geada e o céu tão cinzento que, mesmo aberta a traseira do caminhão, o interior não se iluminava a ponto de dar para enxergar o fundo. As paredes eram ladeadas pelos cabos e pelas correias de praxe para transporte de móveis. Mas dava para enxergar uma forma muito específica. Parecia um...

Não dava para ter certeza; precisaria olhar mais de perto. Subi com esforço na traseira. O caminhão rangia e balançava sobre as rodas enquanto eu seguia em direção ao objeto. O ar rançoso cheirava, veja só, a terra fresca. *A gente desenterrou uma coisa.*

Meus olhos se ajustaram à penumbra. De tudo que eu tinha imaginado que poderia estar no caminhão para mostrar tanto que Michael era inocente quanto onde ele havia estado na noite anterior, aquilo nem sequer tinha me passado pela cabeça. Fiquei imóvel, estupefato por alguns instantes, até ouvir murros na lateral do veículo. Mesmo abafada, a voz de Sofia soava clara:

— E aí, o que é?

Voltei para a entrada e baixei a porta, encerrando-me na escuridão. Erin tinha toda a razão. Aquilo era para mim, e só para mim.

O caixão ainda estava recoberto por rios de sujeira. O que explicava o cheiro de terra fresca. Examinei-o sob o brilho da lanterna do celular (bateria: 37%). Parecia caro, feito de madeira grossa, talvez carvalho; a camada de verniz era bem-acabada e havia impedido que se degradasse demais, e as alças de cromo, ornamentadas. Acho que não era novo, mas também não tinha cem anos. Era difícil dizer. Lucy ficaria feliz: se formos falar de impeditivos para sexo, roubar túmulos era um dos maiores.

A primeira coisa que pensei era que poderia ser o caixão de Holton, só porque não consegui pensar em mais ninguém que o meu irmão tivesse motivos para desenterrar — o que era uma bela ironia, uma vez que se tratava do homem que ele havia tentado enterrar, para início de conversa. Mas aquele era um exemplar feito para ser exibido, para enterros com caixão aberto, para alguém amado e respeitado. Como Michael tinha me dito que Alan devia dinheiro a metade dos presos, não imaginei que alguém fosse se dispor a abrir a carteira para lhe ofertar uma morada final tão resplandecente.

Arrastei a ponta dos dedos pela madeira enquanto dava a volta no caixão. O eixo do caminhão rangia por causa da transferência do meu peso de um lado para o outro sobre o chão fino de metal. Vi que uma fileira de pregos havia sido retirada da beirada do caixão para que a tampa pudesse ser aberta. E percebi que talvez nem sequer fosse um caixão, e sim um espaço de armazenamento disfarçado, tipo de depósito; Michael poderia até já ter retirado o que pretendia. As pessoas escondem coisas em caixões, não escondem? Mas se fosse o caso e ele já o tivesse esvaziado, por que precisaria que eu o visse? E se fosse de fato uma pessoa, como identificar alguém enterrado há tanto tempo? Uma pilha de ossos não significaria nada para mim, irreconhecíveis independentemente de a quem pertencessem. Enquanto pensava em tudo isso, meus dedos roçaram em alguma ranhura áspera na madeira polida. Um risco. Ergui a lanterna (bateria: 36%) para ver o que era.

Um símbolo do infinito talhado.

De repente, tive uma lembrança. Um funeral que exigia um caixão opulento. Um canivete suíço talhando o símbolo de laços eternos na superfície de carvalho. Chapéus apertados contra peitos, luvas brancas e distintivos dourados. Podia ter duvidado da minha capacidade de reconhecer os ossos no seu interior, mas *aquele* caixão eu conhecia.

Michael e Erin haviam desenterrado o parceiro de Alan Holton: o policial em quem o meu pai tinha atirado.

CAPÍTULO 25

Eu sabia que tinha que abrir. Maldita Caixa de Pandora.

Tampas de caixões são pesadas à beça. Os mais chiques têm revestimento de chumbo para a pessoa não se infiltrar na madeira ao se liquefazer e, mesmo sem o peso, as juntas ficam empenadas pela umidade e pela pressão de quase dois metros de terra por cima. É o *rigor mortis* dos objetos inanimados. Se Michael já não tivesse forçado a tampa, eu não teria conseguido abrir sozinho. Para colocar o caixão no caminhão, ele e Erin devem ter montado algum sistema de polia com as correias penduradas nas paredes.

Como estava sozinho, deduzi que o jeito de erguer a tampa seria me posicionar ao lado da dobradiça, me inclinar sobre o caixão, colocar os dedos em gancho sob a borda e puxar jogando todo o meu peso para trás. Um esforço e tanto naquele frio: com quatro paredes de metal, na montanha, aquilo ali estava mais para caminhão de gelo do que caminhão-baú. Eu bufava por causa do esforço no ar congelante enquanto a tampa se erguia uns poucos centímetros com um rangido, numa lentidão desesperadora, até a inércia vencer o peso e tudo se abrir de uma vez, quase jogando a mim e ao caixão no chão. Por sorte não tive que me entender com uma coleção de ossos: a tumba oscilou de leve na minha direção, mas voltou ao equilíbrio depressa. O caminhão resmungou de novo, como se me pedisse para parar com tanto rebuliço.

Apontei a lanterna do celular (bateria: 31%) para dentro do caixão.

Não estava vazio, o que eu meio que já suspeitava, então ver um cadáver foi mais motivo de alívio do que de choque, porque ao menos era o que *se esperava* ver ali dentro.

Aula rápida de biologia. Dependendo da vedação e da qualidade do caixão, trinta e cinco anos são o suficiente para um corpo ficar semimumificado. Não são o suficiente para que todo o tecido se liquefaça, e os ossos só viram poeira quando se aproxima a marca de um século, mas o resultado é um esqueleto coberto de fiapos acinzentados e escamosos de tendões. Na época, não sabia de nada disso — tive que pesquisar depois para escrever sobre o assunto — e não sabia direito quais descobertas forenses ou intuitivas Michael esperava de mim só de ver um corpo semidecomposto. Balançava a cabeça tentando entender o sentido daquilo tudo.

Apesar de ainda ser possível haver algo escondido no caixão. Se houvesse algo de muito valor, Michael com certeza já o teria retirado, ainda que eu me lembrasse dele tentar me mostrar alguma coisa, apalpando o corpo e xingando porque não encontrava. Por outro lado, se era algo pequeno o bastante para caber no bolso, por que esconder num caixão tão grande? E por que Michael traria o caixão inteiro se já tivesse retirado o que precisava?

O jeito era olhar com mais atenção. A princípio, minha lanterna (bateria: 31%) se deteve nos restos de um pé humano que, isolados, estavam mais para um pequeno pássaro: ossos longos e finos, formando uma espécie de armação. De baixo para cima, examinei as pernas cerosas devido ao processo de decomposição, tentando me lembrar das aulas de biologia no colégio para conseguir identificar algo que pudesse estar faltando. Estava mais desconjuntado do que qualquer reprodução de esqueleto que eu já tinha visto, a caixa torácica em ruínas, o que dava a impressão de haver costelas extras. Não restava nem um fiapo da roupa, apenas alguns botões de ouro nos resquícios esfarrapados do tórax, pendurados sobre as costelas, e uma fivela de cinto aninhada em meio ao oco da pélvis.

Preciso admitir que, apesar de estar olhando para um homem morto, um homem em cujo pescoço o meu pai tinha atirado, não senti nada. Nenhum sinal de culpa ou desgosto. Era como contemplar o corpo na montanha — havia um distanciamento acadêmico. E, depois de Michael ter me contado que aquele corpo pertencia a alguém de moral duvidosa, alguém que tinha tentado matar o meu pai, eu sentia menos ainda. O cadáver no caixão não significava nada para mim. De tanto que havia tentado proteger a mim mesmo me apoiando na ignorância, não sabia nada sobre aquele policial que havia morrido tantos anos antes. Nem tenho certeza se algum dia soube o nome dele.

Mas, apesar de tudo, até onde me lembrava, ele não tinha duas cabeças.

Eu tinha olhado para dentro daquele caixão antes, aberto, no funeral, e com toda a certeza só havia uma pessoa. Fiquei imaginando não só *quem* mais estava no caixão, mas como teria ido parar ali.

O segundo crânio era menor, embora o grau de decomposição fosse o mesmo. A pele com consistência de couro estava esticada. A cabeça pendia para o lado e a mandíbula estava voltada para o travesseiro de seda que um dia havia sido branco, permitindo ver um buraco irregular na parte de trás do crânio, com rachaduras se abrindo ao redor das orelhas. Se foi tiro ou pancada, não dava para saber, mas o estrago com certeza matou a pessoa. Dando uma olhada melhor, reparei nos ossos finos, delicados — uma espinha dorsal — voltados para o esqueleto maior. Com o desgaste da carne, as costelas haviam se entrelaçado, o que explicava aquelas que achei estarem se decompondo — na verdade, pertenciam ao segundo cadáver.

Examinei a espinha dorsal com todo o cuidado, descendo até a pélvis, os joelhos dobrados e os pés (pequenos esqueletos de pássaros) aninhados na cintura do esqueleto maior, como se estivesse se abrigando. Agarrado. Parecia aquela capa famosa da *Rolling Stone* com Yoko Ono e John Lennon. Por mais que tenha sido um aluno mediano de biologia, um aspecto da cena era inegável. A circunferência frágil dos ossos. Tratava-se de alguém pequeno. Novo.

Era isso o que Michael tinha subido a montanha com o caixão na traseira do caminhão para me mostrar: o corpo de uma criança aninhado junto aos ossos de um policial. Agora eu teria que perguntar o porquê. Dei meio passo para trás, rumo à porta traseira.

Foi quando o veículo começou a se mexer.

O primeiro solavanco só me fez cambalear um pouco, ter que me equilibrar nos calcanhares. Meu estômago deu um pequeno salto vertiginoso enquanto os meus órgãos projetados de repente tentavam se entender com os meus pés estáticos. Envolto na penumbra como estava, levei alguns segundos até conseguir informar ao meu cérebro que ainda mantinha o equilíbrio. Me inclinei para a frente como quem se habitua ao vai e vem das ondas em um navio. Foram só alguns metros, mas quero que saiba que tudo o que aconteceu a seguir se passou em segundos.

Houve uma série de socos alarmados na lateral do caminhão.

— Ernie, sai dessa porra de caminhão!

Voz de mulher. Não conseguia distinguir se era Erin ou Sofia.

Tentei apressar o passo sem perder o equilíbrio. Tinha uma sensação estranha de estar subindo um morro, o que significava que o caminhão estava se movendo *adiante* enquanto eu ia na contramão, tentando chegar à porta traseira. As correias de lona penduradas nas paredes balançavam em direção à cabine dianteira. As batidas na lateral continuavam, mas a voz que as acompanhava era abafada pelo barulho das rodas, que ganhavam velocidade. Mas eu sabia o que aquilo queria dizer: *corre*. Essa parte eu já tinha entendido. O caminhão estava descendo o morro. E o único lugar da montanha onde a encosta aplainava era no meio de um lago congelado...

A porta estremeceu e subiu meio metro, deixando penetrar um feixe de luz. Erin enfiou a cabeça para dentro, resfolegando, tentando acompanhar o veículo com passos apressados.

— Vem, Ernie. Rápido! O declive tá ficando cada vez pior.

— Que merda tá acontecendo? — gritei, cambaleando na direção dela enquanto lutava contra a inclinação do chão.

— O freio de mão soltou. Você deve ter balançado um pouco o caminhão, e ele começou a se mexer. Crawford tá tentando arrombar a porta do motorista pra pisar no freio. Só que tem uma coisa marrom no chão, talvez seja fluido do freio... Então vê se poupa o tempo de todo mundo e sai daí pro caso de não dar pra parar o caminhão.

Ela tentou se agarrar à parte inferior da porta deslizante, mas não conseguia se firmar e correr ao mesmo tempo. Em poucos segundos, já havia passado do passo rápido a uma corrida atrapalhada de pernas abertas sobre a neve, que chegava na altura da canela. O caminhão nem descia tão rápido, mas era difícil acompanhar na neve amolecida. Eu sabia que até a estrada eram cerca de cem metros e, depois de cruzá-la, mais uns duzentos até o lago. De fato, o declive só se acentuava além da estrada, mas o caminhão era tão pesado que, se atingisse certa velocidade, seria impossível de deter. Sabia que tinha que sair antes que começasse a andar para valer.

— Vem com cuidado — disse Erin, estendendo a mão. — A neve tá fofa. Dá pra cair nela, é só pular.

Me agachei com um joelho no chão e, nesse exato momento, o caminhão deu um novo solavanco, mais forte do que o primeiro. Caí, escorrendo para longe do alcance de Erin, e estiquei o braço para alcançar uma das correias, mas não consegui e caí de bunda, deslizando ainda mais para trás e só parando com um baque de tirar o fôlego quando as minhas costas se chocaram contra a cabine do motorista. O caminhão devia ter atingido um ponto de maior inclinação, porque estava tudo se movendo: as correias chicoteavam contra as paredes e o meu rosto, uma caixa de ferramentas tinha se aberto em algum lugar, e parafusos e chaves inglesas ricocheteavam no chão e atingiam as paredes. Desviei a cabeça um segundo antes de uma chave de fenda que voava na minha direção se chocar na superfície de metal ao lado da minha orelha, fazendo um barulhão.

Foi quando ouvi um longo e lento ruído estridente. Algo raspava contra o piso. O caixão deslizava na minha direção. Várias centenas de quilos de chumbo, madeira e dois esqueletos. Tentei me mover, mas a gravidade e a confusão são amigos mortais. Já disse a você que estou digitando tudo isso com uma mão só: eis o porquê.

A explosão de dor no meu pulso direito foi seguida de uma dormência quase imediata, como se eu tivesse me sentado em cima dele. Tentei me apoiar na parede, mas senti o ombro repuxar. Meu braço não seguia as minhas instruções. Parece idiota, mas precisei olhar para entender: o caixão tinha batido bem no meio do meu antebraço, prendendo-o à parede. Como eu havia acabado de ver a mão de um esqueleto, fazia uma ideia angustiante de quantos ossos minúsculos devia ter quebrado. Mas esse era o menor dos meus problemas. Antes o caminhão avançava devagar encosta abaixo e eu tentava sair num passo atrapalhado, porém mais ou menos despreocupado. Agora, o veículo ganhava velocidade, e eu estava encurralado lá dentro.

Usei a mão livre para puxar o cotovelo imobilizado, mas ele não saía do lugar. Tentei pôr os dedos entre o caixão e a parede no intuito de diminuir ainda que só um pouco a pressão, um milímetro que fosse, mas era pesado demais. Ao retirá-los, estavam escorregadios e molhados. Sangue. Embora não sentisse, pois tudo estava dormente devido ao choque térmico, eu rasgava a pele da minha mão enquanto tentava puxá-la. Mais tarde — longe da montanha, depois de mais três mortes e um assassino desmascarado —, um paramédico me diria, enquanto costurava pedaços pendurados de pele com uma agulha curva de metal, que o termo médico era "desluvamento". Ainda bem que não sabia dessa informação no momento em que aconteceu ou teria desmaiado.

Voltei a olhar para a entrada, a fim de avaliar as minhas chances de resgate, e não pareciam boas. Erin continuava acompanhando o caminhão, apesar da profundidade da neve, mas era só olhar para ela para perceber a urgência da situação. Eu a via colocar as mãos dentro do veículo, sua cabeça se espichar ligeiramente enquanto tentava segurar firme, dar impulso e se arrastar para o interior, mas ela acabava soltando e ficando para trás até correr de volta para tentar de novo.

— Tô preso! — gritei, sem saber ao certo se ela conseguia ver o caixão esmigalhando o meu braço. As chaves inglesas e os parafusos tiniam ao rolarem pelo chão. — O lago ainda tá longe?

— Você provavelmente... — Ela já resfolegava; a profundidade da neve fofa a cansava mais do que o ritmo da corrida e tornava ainda mais difícil saltar para dentro da traseira, cujo piso estava à altura dos seus quadris — ... não vai querer saber a resposta.

O comentário respondia à pergunta com tanta eloquência quanto se não houvesse tido uma resposta. O tempo não era só curto, era microscópico. Pus os pés contra o caixão e tentei empurrá-lo para o lado, fazendo tanta força que achei que o meu braço se soltaria do ombro. Não adiantou nada.

— Cadê a estrada principal? — gritei. — O banco de neve do acostamento... — Era difícil recuperar o fôlego. — Talvez dê pra deter o caminhão.

— Já foi. Passou direto — berrou Erin de volta.

Caralho. O solavanco que me fez rolar devia ter sido o banco de neve. Grande ajuda.

Recompus a minha noção geográfica. Se a estrada já tinha ficado para trás, o declive devia estar a ponto de se acentuar ainda mais.

— Ern. — Uma nova voz surgia. Sofia. Não era nada fácil enxergar contando apenas com um feixe de luz e a aceleração do veículo, mas algo que lembrava a cabeça dela entrou no meu campo de visão. — O que tá acontecendo? Você tem uns trinta segundos pra sair daí antes que esse troço dispare. Cai fora!

— Eu tô machucado. Não consigo me mexer.

— Pera aí. Isso é um caix...

— Me ajuda a subir — disse Erin, interrompendo-a.

— É seguro?

— Óbvio que não. Me dá impulso.

Minha visão já começava a ficar borrada. A adrenalina devia estar assentando, pois a dor se anunciava no meu pulso e irradiava braço acima, o que fazia a minha visão lateral ficar difusa e desfocada. Tentei ao máximo me concentrar em Erin e Sofia. Estavam onde havia luz. Eram objetos sólidos. A distância até elas parecia infinita. Então surgiu uma terceira sombra.

— Não consegui. — A voz era de homem. Crawford. — Quebrei a janela, mas é muito alta. Não vai dar tempo antes de... Espera... — Suas palavras seguintes soaram abafadas, mas deu para entender mais ou menos. — Vocês não tiraram ele ainda?

— Ele tá preso — disse Sofia.

— Preso?

— Machucado.

— Muito?

— Não sei.

— O suficiente pra não estar aqui fora com a gente — falou Erin, ríspida.

— Nossa. Cuidado com os meus dedos — disse Crawford, enquanto Erin subia nas suas mãos. Os três devem ter conseguido levantar um pouco mais a porta, pois a luz invadiu o interior do caminhão. De novo a voz de Crawford. — Meu Deus do céu. É um cai...

De repente tudo mudou, indo de uma apreensão contida ao pânico puro e simples. Os três estavam correndo pra valer agora: o veículo devia ter chegado ao ponto mais íngreme. Imaginei que a luz extra também tivesse revelado mais dos meus ferimentos, o que só teria contribuído com o caos. Erin havia começado a berrar com Crawford para ajudar a dar impulso. Ouvi o policial rebater que era perigoso demais, arriscado demais. Um argumento que devia tê-la deixado puta, sexismo disfarçado de heroísmo.

Fiquei esperando o som das botas de Crawford subindo no caminhão. Uma alça atingiu o meu rosto. Segurei-a com a mão livre e dei um puxão com toda a força. Fosse lá quem a tivesse pendurado na parede não a havia amarrado muito bem, pois ela se soltou e a fivela bateu no chão. Era como um cinto de segurança tamanho gigante. Meio desengonçado, arrumei-o ao redor da cintura com uma só mão, dando um nó básico. O laço estava frouxo, mas talvez servisse.

— Rápido! Cacete, Ernie, faz alguma coisa!

Era Sofia e, dessa vez, o grito era estridente, em tom de pânico. Além disso, soava um pouco mais distante. Percebi não ter ouvido Crawford entrar no veículo. Caiu a ficha de que ele não estava impedindo Erin para que pudesse dar uma de herói — estava só a impedindo mesmo. Desviei o olhar do que fazia com a alça e vi que os três iam ficando menores a cada segundo. Percebi que todas as alças voltaram a pender na vertical. A gravidade tinha voltado ao normal. A inércia no meu estômago havia baixado, indicando que o caminhão estava parado.

Deveria ser uma boa notícia. Exceto pelo fato de eu saber que não era como se a velocidade do veículo tivesse superado a de Sofia, Erin e Crawford. Os três haviam deixado de persegui-lo porque já não era seguro. Não tinham mais tempo.

O que só podia significar que eu estava aprisionado em quatro toneladas de metal, no meio do lago congelado.

Vou poupar você do suspense desonesto do gelo rangendo de leve e das fraturas na superfície tão finas quanto teias de aranha: o caminhão não aguentou mais de cinco segundos antes de dar um solavanco, cair vários metros e se estabilizar numa inclinação de trinta graus. A cabine, atrás de mim, já estava debaixo d'água. Outra sacudida, e os trinta graus viraram quarenta e cinco. Sabia que teria que pensar em algo, e rápido.

A semente de um plano surgiu. Arremessei a fivela pesada com o máximo de força, mas calculei mal a distância. Ela ribombou contra a porta ainda semifechada e voltou. Na tentativa seguinte, arremessei-a rente ao chão; ela deslizou por toda a extensão até sair pela fresta. Eu não esperava que ela se cravasse em nada capaz de sustentar o meu peso — a superfície do lago era lisa —, só queria que houvesse *alguma coisa* lá em cima. Se submergisse, meu principal problema seria encontrar de novo o buraco no gelo. Se não puxasse a correia, pois não seria seguro, talvez fosse possível segui-la até a superfície. As paredes rangiam com a pressão externa da água. Eu ouvia os pingos e sentia o *cheiro* do frio.

Não sei direito, mas talvez àquela altura já estivesse abaixo da linha da água. Segurei firme a alça de cromo do caixão com a mão livre, pronto para o que viesse. Só teria uma chance.

Foi tudo muito rápido. Mais um forte estalido do gelo e, de repente, eu estava de costas, enxergando apenas o céu pela porta entreaberta. O caminhão já estava num ângulo de noventa graus. Tudo o que eu precisava. Em vez de empurrar o caixão para longe, lutando contra a gravidade, como vinha tentando fazer, puxei a alça de cromo em direção ao *teto* do caminhão. Antes de o veículo emborcar, teria dado no mesmo que tentar fazer exercício de supino com aquela tumba de madeira; agora, ela basicamente se equilibrava sobre a própria ponta. Era só fazê-la virar. Fui com tudo, independentemente de, naquele momento, meu antebraço estar sendo moído. E enfim algo deu certo.

O caixão virou.

Desculpem se não transmiti o meu entusiasmo da maneira mais adequada. *O caixão virou!*

Chocou-se contra o teto (agora parede), equilibrando-se na diagonal acima de mim, com a tampa meio aberta, espalhando poeira e ossos por toda a parede de trás (agora chão), e liberando a minha mão (agora esmagada) no processo. Rolei para o lado, tentando evitar que me atingisse caso voltasse para o lugar, apertando a minha mão esmigalhada e sentindo a sua umidade, mas ainda sem coragem para analisar o estrago. Não estava registrando a totalidade da dor; o frio ou o choque térmico eram severos demais para isso.

Fiquei de pé e olhei para o céu. Acima de mim, a correia que havia atirado continuava serpenteando para o alto e para fora. Pensei estar ouvindo gritos — devia ser o meu nome, não dava para ter certeza. Contemplei a minha prisão. Não tinha como escalar o piso-que-agora-era-parede com um braço mutilado. A correia não estava presa a nada e, assim, eu não conseguiria me pendurar nela. E, óbvio, todo o veículo continuava afundando. Sentia a água bater nos tornozelos, entrando por uma fenda que tinha se aberto numa das paredes. Os inuítes podem ter mil nomes diferentes para a neve, mas não existem palavras para descrever o frio petrificante daquela água. Anos atrás, quando aguardava os resultados da clínica de fertilidade — depois de descobrir que a temperatura escrotal era um fator na contagem de espermatozoides, de aposentar as cuecas justas e adotar as samba-canção e de levar um saco de gelo de posto de gasolina para a banheira —, talvez a ideia de uma água assim tão fria me entusiasmasse. Mas não naquele momento. A água tinha efeito anestésico. Fazia o coração parar. Pensei: é assim que produzem caviar; desorientam os esturjões com água gelada antes de cortar o ventre deles.

Não demoraria até a água começar a esguichar pela fresta da porta. Começou com um jorro constante de um dos cantos, que logo virou meia dúzia de cascatas por toda a beirada. A espuma congelante descia caudalosa até chegar à altura dos meus joelhos. Continuei olhando fixamente para cima, torcendo para a correia permanecer imóvel sobre o gelo e não deslizar de volta para dentro do veículo. Com a mão ilesa, chequei a firmeza do nó ao redor da minha cintura. O plano era simples: deixar que a água fizesse a maior parte do trabalho, erguendo-me à medida em que subia para o mais próximo que desse da saída do caminhão. Quando o veículo fosse inundado por completo, eu simplesmente nadaria em linha reta para cima enquanto ele afundaria. Teria que me lembrar de usar o piso para me guiar pela fresta da porta de correr, para não ficar preso. E de não perder os sentidos por causa do choque térmico. Ou acabar puxando a correia. Mas mesmo que puxasse: subir, subir, subir. Era simples. *Óbvio*. Senti a pressão da correia contra a cintura me impulsionar na subida. Era como se tivesse me dado um puxão.

A água atingiu meu peito. Tudo que eu conseguia ouvir era o rugido da torrente. Agora enxergava apenas um pedacinho do céu salpicado de borrifos e de espuma, cada vez mais estreito. Abaixo do pescoço, tudo se comprimia por causa do frio. Lembrei dos esturjões. Era reconfortante pensar que, se o meu coração parasse devido ao choque térmico, ao menos não teria que lidar com a consciência de estar me afogando.

Subir, subir, subir, era o mantra. Então o céu desapareceu. Respirei fundo. *Subir. Subir. Subir.*

CAPÍTULO 26

Acordei pelado.

Meu cérebro tentou juntar as peças para descobrir se alguém teria me arrastado pelo gelo até a margem do lago. Porém, à medida que recuperava os sentidos, percebi não sentir frio o suficiente para ainda estar ao relento. Estava numa cama. O cobertor ia até o meu pescoço, como se eu fosse uma criança com pesadelos frequentes, confinada num esconderijo de tecido. Pisquei para a vista focar.

Como não estava num mezanino, aquela não poderia ser a minha cama. Imaginei que era um dos quartos da construção principal do resort. Não havia como ter certeza; as cortinas estavam fechadas, e quase não havia luz. O que me dava nos nervos, pois não tinha como saber a hora, e não queria que fosse uma daquelas situações clichês em que a pessoa acorda e a primeira coisa que pergunta é "Que horas são?" ou "Por quanto tempo fiquei apagado?". Duas sombras murmuravam na outra extremidade do quarto, sem se darem conta de que eu já havia acordado. Minha mão direita latejava, uma dor pulsante. Abaixei as cobertas para inspecionar o estrago e percebi que estava usando uma luva de cozinha florida. Puxei-a e me retraí ao sentir a luva resistir. Pus um dedo na abertura e senti uma membrana pegajosa; uma crosta parecia ter se formado, unindo a minha pele às fibras de algodão. Minha carne se fundira à merda da luva.

Alguém pôs a mão no meu ombro para evitar que eu puxasse mais.

— Melhor não. — Ergui os olhos e vi Juliette, a dona do resort, balançando a cabeça. Katherine estava atrás dela. — Melhor nem olhar.

Katherine me ofereceu um comprimido de um pequeno frasco laranja. Peguei para ver o que era.

— Oxycontin. Analgésico. É forte — explicou ela. Para mim bastou, então enfiei na boca. Ela pensou por um segundo, acho que a respeito da impressão que carregar tais comprimidos passaria em relação à sua sobriedade, e acrescentou em tom defensivo: — É para a minha perna.

Decepcionando a mim mesmo, perguntei:

— Por quanto tempo fiquei apagado?

Katherine foi até a janela e abriu as cortinas, revelando o mesmo céu de um escuro infinito sob o qual eu tinha adormecido na noite anterior. Parecia ter parado de nevar, mas o vento devia continuar forte: a janela chocalhava na armação.

— Algumas horas — respondeu Juliette.

Impulsionei o corpo para me sentar, o que me causou um acesso de tosse e, com o movimento das cobertas, muita dificuldade para manter a dignidade. Katherine me entregou um roupão branco do hotel, cobrindo a visão com a mão espalmada. Percebi que Marcelo também estava no quarto, sentado num pequeno sofá, apenas observando. Uma surpresa: embora nunca tivesse sido possível acusá-lo de padrasto ausente, também não fazia o tipo que se sentava na beirada da cama.

A tosse continuava, e estrelas pontilhavam a minha visão. Esforço demais, cedo demais. Juliette me fez voltar a me deitar, exigindo que descansasse, e estendeu uma das mãos para Katherine, que balançou a cabeça, sovina que era com os seus comprimidos. Juliette pigarreou alto, e reconheci o suspiro resignado de Katherine. A sensação seguinte foi a do comprimido fino tocando os meus lábios. Tudo ficou escuro e voltei para baixo d'água.

As noites nas montanhas trazem consigo um tipo especial de escuridão. No lado do pico em que o sol nasce, ele também se põe cedo e escurece rápido. Sem a interferência do brilho da cidade, do fim da tarde em diante é fácil confundir qualquer hora do dia com aquele poço de escuridão entre a meia-noite e a aurora. Foi nesse momento que acordei. Ao menos estava usando um roupão dessa vez.

Katherine e Juliette não estavam mais no quarto, mas Marcelo continuava sentado ao lado da janela, iluminado por uma lâmpada solitária, lendo um livro afanado da biblioteca. Ao ouvir os meus movimentos, largou o exemplar e arrastou a cadeira para perto da cama. Fiz força para voltar a me sentar, segurando a vontade de tossir. Me sentia mais leve, meio flutuante, mas a dor estava mais amena do que antes. Devia ser efeito do comprimido. Fiquei grato a Juliette por ter malocado uma segunda dose da bolsa hermeticamente fechada de Katherine.

— Que bom você tá bem — semigrunhiu Marcelo, daquela forma que homens mais velhos costumam fazer ao tentar expressar emoções: disparando qualquer coisa que possa ser entendida como afeição o mais rápido possível, feito um espirro.

— Vou sobreviver — falei, sem olhar para a minha mão, com medo de que a visão mudasse a resposta. — Cadê todo mundo?

— Você meio que apagou, não sei se tá lembrado, depois de ter acordado da primeira vez. Foi num piscar de olhos. Katherine e aquela moça do resort acabaram de sair daqui pra pegar algo pra você comer.

— Como tá o Michael?

Marcelo deu de ombros.

— Esperava que você me contasse. Crawford continua sem me deixar entrar.

— Fico surpreso de você não ter invadido a sala enquanto ele estava lá fora me resgatando. A Sala de Secagem deve ter ficado desprotegida esse tempo todo... e só tem o ferrolho do lado de fora.

— Pena que não pensei nisso na hora.

A língua de Marcelo se projetou pela lateral da boca. Difícil dizer ao certo se era um ato falho ou se os seus lábios estavam apenas ressecados. O ar rarefeito causava esse efeito depressa. De repente, me dei conta de estar desidratado, com a garganta coçando. Tive um novo acesso de tosse. Marcelo foi ao banheiro, mas continuou falando.

— Fora que estava todo mundo meio absorto com aquela façanha que você arrumou lá no lago. Você bem que podia ter cobrado ingresso dos outros hóspedes. Acho que estava todo mundo te observando. — Ele voltou a se sentar e me estendeu um copo d'água. — E você tem razão, aliás. Teria sido a oportunidade perfeita pra me esgueirar e ir falar com o Michael.

Tomei toda a água de uma vez, mas, ao terminar, a sensação de desidratação se mantinha. A ironia de se afogar. Pelo menos eu conseguia falar.

— Mas então, você é o guardião do meu sono ou só queria se certificar de ser a primeira pessoa com quem eu ia falar quando acordasse?

— É tão horrível assim eu querer me certificar de que você esteja bem? — Ele se remexeu na cadeira, depois tentou rir como quem não dá bola. — Não significa que não tenha perguntas.

— Se você não se importar, eu pergunto primeiro.

Ambos sabíamos que eu faria isso independentemente de ele se importar. Era raro ver Marcelo Garcia, sempre imune às pressões dos tribunais e da lei, acuado. Ele queria saber o que eu sabia, o que significava que, mesmo imobilizado, eu estava em vantagem. Aquele pequeno prazer ajudava a mascarar a dor na minha mão, que tinha voltado a latejar.

Marcelo suspirou profundamente.

— O que o Michael te contou? — A frase saiu como um assovio.

— Sobre o Alan.

Marcelo fechou os olhos, permaneceu imóvel apenas por um instante, depois os abriu. Eu conhecia aquele piscar lento. As pessoas fazem isso quando querem poder retroceder uns poucos segundos que sejam. Não ter visto o parceiro na cama com outra pessoa. Não ter ouvido algo que sabem ser mentira. Não ter ouvido algo que sabem ser verdade. De olhos fechados, elas reconfiguram o mundo, o retomam do jeito que era antes. O tipo de piscar que acontece em mesas de café da manhã, enquanto desejamos não ter lido certas cartas.

— Então você sabe dos Sabres.

— Um pouco. Menos do que você, imagino, e gostaria muito de estar de igual para igual.

— Era mais um coletivo do que uma gangue. Seu pai nem gostava do nome, mas eles precisam de um. Arrombamentos, basicamente, o bastante para entrarem no radar da polícia sem serem alvo de perseguição intensa. Seu pai era mais um incômodo do que um criminoso... tirava sustento daquilo e só. Bom... isso antes de ficar pior.

Eu percebia como ele me observava, tentando decifrar o quanto Michael havia me contado, para ver que atalhos poderia tomar e quando aparar trechos da verdade aqui e ali. Sou péssimo jogador de pôquer, mas percebi que a única chance que tinha era se a minha cara impassível (a mão mutilada solicitava a minha atenção, mas eu só podia trincar os dentes, na tentativa de manter o foco em Marcelo) fosse tomada como constipação ou consternação.

Ele continuou.

— Conheci o seu pai e os amigos dele sem querer. Isso foi antes de eu entrar no direito corporativo... aceitava quem passasse pela minha porta. Eu cobrava pouco e era obstinado, conseguia converter algumas acusações de roubo em invasão de propriedade, coisas assim. E os telefonemas começaram a aumentar. Acho que, como era discreto e cuidava bem de pessoas que conheciam outras pessoas, uma recomendação levava a outra. Não era propriamente o advogado dos Sabres nem nunca agi contra a lei, mas sem dúvida era alguém a quem um determinado grupo de pessoas não tinha pudores em recorrer quanto a determinados assuntos. Não sou idiota a ponto de não entender o que acontecia, mas precisava do dinheiro. Pra Sofia.

— Pra Sofia — repeti, meio aéreo.

Estava pensando em algo que Michael tinha dito na Sala de Secagem: *Papai agia contra a lei pra nos alimentar, cuidar de nós*. Marcelo falava a mesma coisa, só que eu não acreditava. Pois o argumento de Michael era que papai não havia usado os seus crimes para financiar excessos, mas não dava para dizer a mesma coisa de Marcelo, dava?

— É verdade. — Marcelo parecia estar na defensiva. Havia me pegado olhando para o seu Rolex enquanto eu remoía as palavras de Michael. Ele o ergueu e chamou atenção para o objeto com um tapinha. — Isso não foi esbanjamento. Foi o seu pai quem deixou pro Jeremy, na verdade. No testamento. É uma pena que a gente não tenha conseguido dar a ele.

A informação me pegou desprevenido. Logo quando os trechos da história de Michael começavam a se encaixar, uma pequena desonestidade voltava a jogar tudo para o alto. Michael havia argumentado com afinco que papai era o Robin Hood dos criminosos, um ladrão honrado, mas se tinha saído gastando os seus ganhos suspeitos em joias vistosas, talvez tudo não passasse mesmo de ganância. E, se possuía um relógio chique para dar a alguém no leito de morte, talvez tivesse mais objetos de valor escondidos em algum canto. Sem dúvida, era o que Erin havia imaginado. Talvez fosse o que Michael imaginava estar comprando de Alan. Talvez por esse motivo outra pessoa estivesse cometendo assassinatos.

— Sabe em que se baseia o marketing dos Rolex? — perguntou Marcelo.

A pergunta parecia estranha, e não é como se eu tivesse tempo para ouvir Marcelo se gabar das suas conquistas, mas, como me lembrava das campanhas de propaganda concisas que tinha visto, respondi.

— Eles baseiam a propaganda na ideia de uma espécie de legado, algo a ser transmitido de pai para filho.

— Exatamente. A gente não o pegou por algum tempo depois de o Jeremy… — Ele pigarreou, constrangido. — Então isso é seu e do Michael. Eu sou só o zelador.

— Pra um zelador, você tá com ele por um bom tempo.

— Sua mãe e eu resolvemos que ficaria com um de vocês quando ela morresse. Não tem nada a ver comigo. Está no testamento dela. Mas se quiser, pode pegar agora.

Ele fez sinal de desatar o fecho, o que talvez fosse um blefe, como quem oferece a um amigo a última fatia de pizza na esperança de que este a recuse.

Ergui a luva de cozinha.

— Não sou exatamente o público-alvo de um relógio de pulso.

— Isso é seu e do Michael, quando quiserem. Mas acima de tudo, este relógio é pensado para ser passado de geração em geração. Eu o uso para me lembrar. — Ele fez uma pausa, contemplando o relógio com um sentimentalismo que eu não acreditava que meu pai jamais houvesse tido por bugigangas. — De cuidar de vocês dois. E da sua mãe.

Disfarcei meu escárnio com outro acesso de tosse. Tudo que via era um homem rico reverenciando as próprias posses e justificando o assédio à viúva do amigo morto como se fosse algo nobre. Seria um prazer denunciar a vaidade dele, um prazer maior do que o que senti com os comprimidos de Katherine (dos quais, sinceramente, eu precisava urgente de outra dose), mas já havíamos nos desviado demais do assunto, e eu queria recolocar a conversa nos trilhos.

— Então, se você ajudava os Sabres, representava o papai? Era advogado dele?

— Foi assim que nos conhecemos. A gente criou afinidade, ficou próximo. Fiz o melhor que pude, mas o seu pai estava numa determinada trilha, e isso às vezes pode ser difícil de mudar. Ele vivia se ferrando e, no final, não consegui evitar que pegasse férias de quarenta e cinco dias com tudo pago, se é que me entende. Acho que, na época, você tinha uns três ou quatro anos. — Não me lembrava desse período específico de seis semanas de residência temporária de papai, mas batia com o que sabia sobre um homem a quem eu mensurava pelas ausências. Marcelo continuou: — Aquilo deu uma sacudida em nós dois. Ele saiu pronto pra virar a página e recomeçar, e eu, àquela altura, já não queria mais esse negócio de receber envelopes de dinheiro sem saber de onde vinham. Mas a coisa toda... não sei como explicar, mas o seu pai se deixou levar pela corrente de novo. Parecia que algo havia mudado. Então os Sabres se tornaram mais violentos, e a lei, menos leniente.

— Michael me disse que resgates pagavam melhor do que roubos — comentei.

— Exatamente. Um corretor imobiliário tomou um tiro ao se recusar a abrir o cofre. Sobreviveu, mas os Sabres antes não eram conhecidos por confrontos desse tipo. Surrupiar joias de gavetas já não satisfazia. Queriam acesso aos cofres das pessoas e, quando nem isso bastava, às contas bancárias. Era o final dos anos 1980... resgates estavam na moda. Os Sabres experimentaram e gostaram do resultado. Mas a polícia logo ficou ligada. Àquela altura, todos os envolvidos poderiam ser indiciados como cúmplices em algum grau. Robert sabia que, se dançasse mais uma vez, da próxima que te visse, você já estaria fazendo a barba.

— Aí você conseguiu um acordo para ele. — Tive que forçar as palavras a saírem. Minha mão pulsava de tal forma que parecia estar pegando fogo, a ponto de a neve provavelmente evaporar se eu me deitasse lá fora. — Ele trocou informações por imunidade?

Marcelo rodou o relógio no pulso. Outra piscada lenta, apagando um histórico que não queria ter que encarar.

— Eu ajudei a armar tudo. O acordo era de que ele entregaria os líderes. Mas sempre que Robert dava uma resposta à detetive, ela fazia mais duas perguntas. Ela queria que ele se infiltrasse, que continuasse parte dos Sabres. Era aí que a coisa pegava, porque ele só se incriminava mais no intuito de agradá-la, repassando informações à medida em que as recebia. Ela queria saber especificamente quais policiais eram corruptos, quem estava na folha de pagamento dos Sabres. Não queria liberá-lo enquanto não aparecesse a prova cabal.

— Você quer dizer uma prova irrefutável contra o Holton e o parceiro dele? Michael me disse que a noite em que o Robert morreu foi armação, então você tá me dizendo que esses dois eram quem ele precisava incriminar para honrar o acordo? Talvez finalmente tivesse algo pra apresentar contra eles.

Marcelo deu de ombros.

— Sempre foi o que achei. Robert nunca me mostrou as provas. Isso era entre ele e a negociadora do acordo. Seu pai ria quando falava do que pediam para ele fazer, dizia que era coisa de espião. Achava o máximo estar infiltrado. No começo, quer dizer.

Marcelo voltou a se acomodar na cadeira, esfregou as mãos nos joelhos e parou de falar por um minuto. Estava perdido em lembranças. Sentia falta do amigo.

Era estranho pensar no meu pai daquela forma, alguém de quem sentiam falta. Significaria que ele teria algum legado além da infâmia? A história contada por Marcelo só havia acrescentado um pouco ao que eu já sabia sobre papai. Um homem que fazia piada sobre estar fazendo *coisa de espião*. Um homem que tinha amigos. Aproveitei o momento de introspecção de Marcelo para recostar a cabeça na parede, fechar os olhos e tentar distanciar a mente daquela mão latejante.

Infiltrado. Negociadora do acordo. Coisa de espião. As palavras se reviravam na minha mente. Um dos guias que eu havia escrito tinha sido sobre romances de espiões, então sabia alguma coisa do ofício via Ludlum e Le Carré, mas o livro não chegou a vender muito bem.

— Isso é tudo o que eu sei.

A voz de Marcelo abria caminho em meio à minha ponderação.

— Mesmo? — Mantive os olhos fechados, na expectativa de que o meu jeito de semimorto parecesse inofensivo o suficiente para estimular mais uma confissão. Marcelo não mordeu a isca, então apliquei pressão extra. Afinal, eu era um advogado agora, tecnicamente, o que me dava permissão para ser implacável. — Você sabia de tudo isso durante o julgamento do Michael. Usou o histórico do Alan para manipular a promotoria, sabia que iriam preferir deixar as informações de fora do que lidar com o passado sórdido dele numa audiência pública. Por isso ninguém correu atrás da grande retirada feita pelo Michael nem tentou achar o dinheiro. Por isso ninguém insistiu muito na estranheza do tiro.

— Que dinheiro?

A pergunta me inquietou um pouco. Marcelo com certeza teria checado as contas bancárias de Michael, não? Como é que ninguém repara numa quantia tão alta num julgamento por homicídio? Mesmo que Michael tivesse feito retiradas graduais, teria ficado óbvio. Eu não conhecia as minúcias do processo de investigação legal — tentei lembrar a mim mesmo de ler mais livros de suspense de tribunal.

— Não sei o que você está insinuando, mas consegui para o Michael o melhor acordo que pude, usando as ferramentas que tinha. É o meu trabalho.

— Você dispensa as regras pelo Michael, mas não pela Sofia.

Lembrei que ele havia optado por não ser advogado da filha no processo por negligência.

— Isso... — Ele se endireitou, as roupas fazendo barulho. — Isso não é totalmente verdade. Acredite se quiser, estou fazendo o melhor para ela.

— Então qual é a verdade, Marcelo? — Ergui a voz e abri os olhos para colocá-lo na berlinda. Tinha noção de que deviam estar vermelhos, intensos e molhados. Marcelo olhou de relance para o corredor. Interpretei a sua preocupação em sermos interrompidos como uma necessidade sua em ter mais tempo a sós comigo. O nervosismo não fazia bem à minha mão, mas, como deixava Marcelo estressado, aguentei firme. — Não pode ser coincidência o caminhão ter desembestado morro abaixo *depois* de eu falar com Michael e começar a prestar mais atenção à vítima de hoje de manhã. O freio de mão do caminhão estava solto. Erin achou que o fluido estava vazando. Só pode ter sido de propósito. Alguém tentando acobertar algo que esperava ter sido enterrado trinta e cinco anos atrás, algo que Alan e Michael trouxeram à tona. Papai estava procurando uma prova cabal quando morreu, e a gente sabe que o Alan vendeu para o Michael informações sobre *alguma coisa*...

— Tá bem, tá bem. — Marcelo fez sinal para eu ser discreto. Mais uma vez, seus olhos se voltaram para a porta. — Só sei que, naquela noite, ele ia encontrar a negociadora do acordo, entregar algo importante. Acho que Robert testemunhou um assassinato.

Finalmente.

— De uma criança — falei, em tom de certeza.

Ele ficou pálido, aturdido como um esturjão.

— Como você sabe?

— Um palpite.

— É tudo que eu tenho também. Palpites e teorias. — Pelo jeito que ele falou, não acreditei por completo, como se Marcelo ainda estivesse decidindo o que revelar e o que guardar para si. — Depois que Robert morreu, passei um tempo tentando descobrir o que poderia ter sido tão grande a ponto de custar a sua vida. Sem falar em ter assustado o suficiente o seu pai para ele começar a andar armado. Pode acreditar, não era normal. Eu te contei que os Sabres estavam ficando mais voláteis. Não era só o fato de pessoas terem começado a ficar feridas nos confrontos... você mesmo disse, resgates pagavam melhor. Era isso que o seu pai não apoiava, não quando ele mesmo tinha filhos. Mas cerca de uma semana antes de ele morrer... é uma história manjada, você vai saber como é. Uma criança rica é feita de refém. A família faz merda na entrega. Ainda que possam pagar, tentam entregar uma mala cheia de panfletos, em vez de dinheiro. E a menina nunca mais é vista. Nunca provaram nada, mas está na cara que foram os Sabres. Michael chegou a comentar...

— Qual era o nome da menina? — perguntei, gaguejando.

— McAuley.

— E o primeiro nome?

Queria que a menina tivesse um nome de verdade. Um legado.

— Rebecca.

— Quanto pediram pelo resgate?

— Trezentos.

Minha mente estava confusa, mas me lembrei de outra coisa que Michael havia falado. *Eu levei o que consegui. Mas era menos do que ele queria.*

Alan tinha vendido a Michael informações sobre Rebecca McAuley, vítima de um sequestro ocorrido havia décadas e jamais resgatada. Além de provavelmente também o nome de quem tinha matado a menina. E com certeza a localização do corpo: enterrada para sempre no caixão de um policial. Não haveria esconderijo mais perfeito, aninhada sete palmos abaixo da terra no caixão de outra pessoa. Agora, ao escrever com a ajuda de uma conexão de internet de alta velocidade, longe de uma cadeia de montanhas, descobri que esse era um truque comum da máfia de Chicago para dar sumiço em pessoas e, portanto, a polícia sabia com certeza. Que nem a técnica de amarrar blocos de concreto nos corpos e jogá-los na água.

Fazia sentido Alan saber o paradeiro do corpo — tinha sido ele quem o escondera.

Lembrei que havia acontecido um desentendimento entre os policiais e a família no funeral: o policial, que agora sei se tratar de Alan, queria que o corpo fosse cremado, sustentando ser o desejo do parceiro, com base numa conversa que tinham tido em serviço. Mas a família se pautava pelo testamento e insistia em enterrá-lo. Alan tinha se incomodado, com razão, pois enterrar o corpo de Rebecca não seria tão perfeito quanto reduzi-lo a pó.

E o preço? Essa era a parte fácil. Alan queria que Michael pagasse a dívida que achava que a família devia por não ter entregado o dinheiro pelo resgate. Um resgate de trinta e cinco anos atrás. Michael estava disposto a fazer isso para descobrir o responsável pela morte do nosso pai.

Procurei imaginar Alan tentando desesperadamente encobrir os seus malfeitos: o corpo de uma menina e um resgate não pago. Se sabia que o meu pai tinha provas, fazia sentido matá-lo. Quando o parceiro de Alan morreu, a oportunidade bateu à sua porta e ele pôde enterrar os segredos.

— Michael encontrou o corpo de Rebecca. — Decidi lançar a aposta, tanto ao compartilhar a informação com Marcelo quanto ao partir do pressuposto de que o segundo esqueleto no caminhão era dela (mas também, de quem mais seria?). Marcelo arregalou os olhos. Insisti no assunto. — Tá na traseira do caminhão. Essa foi a primeira coisa que Michael fez ao sair da cadeia. Se considerarmos que ele passou três anos à espera de uma chance de desenterrar o caixão, temos que considerar também que Alan contou a ele onde estava. O problema é: se meu pai tinha provas do assassinato de Rebecca, não eram relacionadas ao lugar onde o corpo da garota havia sido enterrado.

— Porque ela foi enterrada *depois* de ele ser morto — disse Marcelo, concordando. — Seu pai, então, estava tentando entregar outra coisa à negociadora naquela noite. Provas de algum outro crime. Você acha que é isso o que o Alan estava vendendo? A última mensagem do Robert para a negociadora?

— Talvez. Mas não consigo entender direito por que Alan venderia ao Michael informações sobre um assassinato que ele mesmo cometeu.

Não fazia sentido sem a resposta do enigma, e eu não tinha certeza de já tê-la adivinhado.

— A não ser que o Alan não tenha matado ninguém e estivesse só protegendo a pessoa. Lembre que estamos falando de um policial... se estivesse em dívida com alguém, aposto que se trataria de um tipo perigoso.

Batia com o que Michael havia me falado na Sala de Secagem, sobre achar que Alan estava entregando outra pessoa. Também elucidava a pena de meros três anos que lhe fora imposta, pois, nas palavras dele mesmo, certas pessoas preferiam que o histórico de Alan não fosse divulgado em audiência pública. Tudo começava a se encaixar. Leitor, eu sei que esta é a cena "Esse Negócio É Coisa de Cachorro Grande".

Marcelo me observava digerir todas as informações, tentando decifrar se eu acreditava nas suas palavras.

— Agora a gente volta para três anos atrás. Alan tá nas últimas, volta e meia vai preso e mal consegue se manter. Talvez imagine que tudo tenha começado a degringolar depois de Rebecca McAuley. Decide que chegou a hora de ferrar com alguém. Então volta ao ponto onde tudo começou, atraindo Michael com promessas de revelações sobre o pai.

— Entendi por que ele não me escolheu. — Balancei a cabeça. — Não sou chegado a históricos familiares. Por isso sou o único em quem Michael confia. Me dispus a ir ao tribunal testemunhar contra ele, o que deixou na cara que não sabia o bastante para ter medo, embora aparentemente devesse ter. Aquilo me tornou confiável.

Marcelo tensionou o maxilar, acho que pronto para se gabar de que os seus atos para conseguir uma pena mais leve para Michael deveriam ter valido a *ele* uma dose de confiança, mas depois pareceu repensar.

Não falei, mas, pela idade, Marcelo estava firmemente plantado na categoria de suspeito. Porque eu buscava alguém que tinha cometido um assassinato três décadas atrás *e* outro naquela manhã. Nessa categoria, se encaixavam apenas Audrey, Marcelo, Andy e talvez Katherine. Esta, embora fosse nova na época do primeiro crime, havia tido uma juventude atribulada; não dava para saber no que poderia ter se envolvido. Eu ainda fazia xixi na cama na época, então não era exatamente um grande suspeito. Ao mesmo tempo, raciocinava como se ambas as vítimas tivessem sido mortas pela mesma pessoa — e se o motivo não passasse de vingança? Raiva pode ser herdada tanto quanto um Rolex. Se eu eliminasse o fator idade, todo mundo seria suspeito. Porra, talvez até Rebecca fosse adulta e estivesse matando gente por aí.

— Estamos esquecendo o óbvio. Nas últimas doze horas, ouvi mais coisas boas sobre o meu pai do que em toda a minha vida. E se ele não fosse tão bom assim? E se foi ele quem sequestrou e matou a Rebecca?

Marcelo se inclinou para mim e apertou o meu ombro de modo amistoso.

— Sinto muito por você não ter tido a chance de conhecer melhor o seu pai. Sei que essa não é a melhor das defesas, mas, se tivesse, você não acreditaria que ele fosse capaz de algo assim. Pra ser sincero, fico surpreso até que o Alan tenha sido.

— Então continuamos empacados, à procura de um elo. Qual era o nome do parceiro do Alan?

— Clarke. Brian Clarke. Significa alguma coisa pra você?

Se a sua expectativa era de se deparar com um nome que amarrasse tudo muito bem — Crawford, Henderson ou Millot (o sobrenome de Andy, que Katherine adotou depois de casada, e talvez já seja hora de mencionar que na vida real é Milton; eu falei que havia mudado alguns nomes por diversão, e esse é um deles) —, sinto desapontar.

— Esse nome não bate com ninguém que eu já tenha ouvido falar até agora. Tiveram filhos? Ele ou o Holton? Mas seria forçação de barra imaginar que alguém estivesse disposto a defender o legado criminal da própria família a ponto de colocar toda a nossa família na mira...

— Verdade. E, além disso, ninguém teve filhos.

Marcelo ficou quieto. Parecia desapontado. O parceiro de Alan havia se revelado um beco sem saída. Já eu lutava para manter em ordem todas as narrativas e teorias: minha cabeça pulsava como um metrônomo, igual à minha mão, em um vai e volta de dor. Não fazia ideia de quanto tempo Marcelo e eu tínhamos passado conversando, mas estava exausto. Devo ter fechado os olhos por um segundo que, no mundo real, equivaleu a mais tempo. Uma leve cutucada na minha bochecha me acordou, o rosto de Marcelo pairando sobre o meu.

— Desculpa. Eu te consigo outro daqueles comprimidos assim que a Katherine voltar. Mas me escuta só. Eu *estou* com medo, ok? Preocupado com a possibilidade de gente que sabe de certas coisas, o que agora, infelizmente... — ele se deteve na palavra em um tom de arrependimento — ... inclui você, sair machucada. Nunca tinha ouvido falar do Língua Negra até Sofia tocar no assunto no café da manhã. E você me pediu pra checar as vítimas. Bastou isso, pra mim. Tudo o que te contei são coisas em que penso há anos... só uma ideia meio malformada. Nunca imaginei compartilhar com ninguém. Mas o que aconteceu hoje de manhã, essa coisa do Língua Negra, isso aí não dá pra ignorar. É uma das suas regras, não é? Não pode haver coincidências.

Ri. Não estava entre as regras de Knox, mas sim, era *mesmo* parte de um juramento que ele tinha feito para o Clube da Detecção. Marcelo merecia crédito por ao menos ter chegado perto.

— Você leu os meus livros.

— Eu me importo com você, sabia? — Mais um espirro verbal, tão rápido e tão discreto que quase me escapou. Como um pedido de desculpas de criança. — Alguém com certeza está fazendo uma faxina. Porque havia *três* pessoas envolvidas no acordo que levou à morte do seu pai. Não só eu e ele.

O comentário me acordou mais que as cutucadas. Me lembrei da hesitação de Marcelo quando pedi para que ele investigasse as vítimas do Língua Negra, do seu pedido para que eu repetisse um dos nomes.

— A detetive. A negociadora do meu pai. Qual era o nome dela?

— Você vai odiar a resposta.

— Com certeza.

— Alison Humphreys.

CAPÍTULO 27

— Ele acordou! — exclamou Katherine, escancarando a porta.

Minha tia trazia uma grande caixa de plástico verde-caqui com uma cruz vermelha pintada meio de qualquer jeito na lateral. Tenho certeza de que já havia servido como equipamento de pesca. Não tinha problema ela ter interrompido minha conversa com Marcelo; eu estava feliz em vê-la. Muito feliz.

— Minha mão tá doendo — falei.

Não fui lá muito sutil.

— Você só vai poder tomar outro daqui a… — Katherine pôs o kit de primeiros socorros na mesa de centro, abaixou-se e checou o relógio de Marcelo. — Quer saber? É melhor eu nem te falar.

— Por favor.

Ela destravou a caixa, abriu e remexeu no conteúdo, depois estalou a língua com gosto e me atirou um objeto. Um pacotinho verde aterrissou no meu cobertor.

— Por enquanto, Panadol vai ter que servir. — Ela deve ter percebido o meu olhar de quem foi traído, pois aliviou o tom logo em seguida. — Eu sei que está doendo, Ern. Mas depois de tudo o que aconteceu, não vou te deixar ter uma overdose. *Ela* já precisou te fazer respiração boca a boca.

Katherine apontou para Juliette com o polegar.

Isso não deveria ser surpresa para ninguém: eu avisei que você leria sobre os nossos lábios terem se tocado. Assim como avisei que alguém morre nas próximas três páginas.

— Desculpa por ter deixado você pelado — disse Juliette, sem graça. — Imagino que saiba que a hipotermia passa pro corpo através das roupas. — Seu tom de voz sugeria que eu não sabia (se você tivesse visto o manuscrito deste livro, perceberiam que eu não sabia mesmo; minha editora riscou a versão inicial da frase e escreveu "Hipo = frio, Hiper = calor", daquele jeito prestativo mas presunçoso que os editores trazem do berço, dispostos a corrigir você e, ao mesmo tempo, esfregar na sua cara o próprio conhecimento). Juliette prosseguiu: — Mas nem ajudei tanto assim. Se você não tivesse amarrado a corda na cintura, não sei se a Erin teria...

— Erin? — De repente, entendi. A voz no gelo. O puxão na correia, um segundo antes de eu afundar. — Como assim?

— Ela te viu jogar a corda pra fora da porta. Sofia disse que o Crawford não conseguiu impedi-la — explicou Katherine, com toda a calma e com distanciamento demais para o que se passava pela minha cabeça. — Ela salvou a sua vida.

— O que ela fez? Ela tá bem? — Me levantei. O sangue subiu rápido demais e senti uma tontura. Quatro mãos me acudiram. Katherine tentou me colocar de volta na cama, mas a empurrei e fui em direção à porta. — Cadê ela?

— Sumiu, não sabemos onde foi parar — disse Katherine.

— Erin! — Abri a porta e saí para o corredor, cambaleante. — Erin!

Trombei de frente com ela.

— Meu Deus do céu, Ernie. — Erin recuou para não deixar cair a bandeja que trazia com uma lata de refrigerante e duas tigelas de batata frita. Ela franziu a testa e disse: — Você deveria estar na cama. — Depois, espiou por cima do meu ombro e falou: — Ele deveria estar na cama.

Não sei se perdi o equilíbrio ou se genuinamente me joguei em cima dela, porque isso não é do meu feitio. Só me lembro de abraçar Erin tão forte quanto os meus braços anestesiados pelo Oxycontin permitiam. Erin retribuiu o meu carinho, e, por um instante, nem parecia que estávamos na montanha. Parecia que nada havia mudado. Parecia que nem viria pela frente um capítulo dedicado a ela.

— Faz tanto tempo que não tomo um banho gelado — sussurrei no ouvido dela.

Ela apertou os meus ombros com força. Ria gostoso, uma risada misturada com soluço, então desabamos nos braços um do outro. Senti suas lágrimas no pescoço.

Melhor contar logo. A carta da clínica de fertilidade que abri no café da manhã trazia *boas* notícias. Meus nadadores equivaliam a uma equipe olímpica. Os banhos gelados, as sambas-canção, o abandono do álcool, a ingestão de ostras, tantas experiências ousadas para aumentar a minha fertilidade, tudo havia sido em vão. Eu vivia confuso, tentando entender, até decidir ligar para a clínica. Me contaram que a minha esposa tinha ficado maravilhada ao saber das notícias, que haviam repassado a ela, uma vez que eu nunca atendia à ligações. Relatei que nunca tinha rejeitado nenhuma ligação e, quando foram checar, me dei conta de que o número na lista para retorno da clínica era o de Erin, não o meu. Ela falou a eles que eu preferia receber resultados por correio — havia até uma observação na minha ficha nesse sentido. Quanto ao endereço, sempre esteve certo. Nunca haviam entendido o motivo dos meus e-mails constantes solicitando o reenvio. Foi nessa conversa que me lembrei da insistência de Erin em ser sempre ela a ir à caixa de correio. Da informação de que a minha primeira carta tinha sido extraviada. De que a segunda tinha sido destruída pela chuva.

Minha mente remoeu tudo isso como num ciclone enquanto eu lia a carta no café da manhã daquele dia. Eu tinha ido à caixa do correio antes de Erin por pura sorte. Talvez, depois de tantas vezes, ela tenha relaxado. Ao ler a carta, o instinto sombrio e desconfiado de checar as latas de lixo à beira da calçada havia se instalado. Voltei com resíduos nojentos de frituras da semana anterior escorrendo pelo pulso, segurando uma pequena cartela de alumínio. Você conhece o tipo, aquelas que vêm com os dias da semana especificados e vários comprimidos.

Adeus, pedra de isqueiro.

Nada disso importava naquele momento. Ela tinha salvado a minha vida. Ainda estava ali.

Subconscientemente, eu sabia que havia três pessoas atrás de mim, sentia a pressão. Estavam me vigiando para eu não desmaiar de novo, mas a sensação era opressiva. Eu tinha total ciência de que *alguém* havia tentado mandar aquele caixão para o fundo do lago. Talvez a intenção fosse me matar no processo, ou talvez eu só estivesse no caminho. Michael tinha me feito ir até lá, o que era suspeito, mas por que teria se esforçado tanto para trazer o caixão até o alto da montanha só para se livrar dele? Se a ideia fosse me arrastar para uma armadilha e então me matar, teria pensado em algo mais atraente. Ou me atacado na Sala de Secagem. Independentemente de eu confiar totalmente nele ou não, meu irmão havia me contado um segredo mortal. E eu teria que perguntar como as peças se encaixavam.

Erin me ajudou a descer as escadas, sob protestos dos outros, que insistiam para eu continuar descansando. Mas a minha mente estava desperta, atiçada pelos analgésicos e pela adrenalina. Uma brisa gelada cortava o saguão. Havia holofotes brilhantes cintilando através das janelas da frente cobertas pela geada; eu não tinha certeza do que eram. Na porta da Sala de Secagem, o som característico do ar sendo descomprimido. O som do vácuo. Da vedação da borracha. Por isso, foi só ao abrir a porta que captei o odor estranho do lado de dentro. Espesso e infestado de cinzas.

MINHA TIA

CAPÍTULO 27,5

Não é um spoiler.

O leitor mais observador pode ter deduzido, julgando pelo título das partes, que Marcelo, meu padrasto, deve ter matado Michael, cujo corpo acabo de encontrar na Sala de Secagem. Faz sentido; estabeleci a expectativa por uma morte em cada parte e, podem acreditar, vai acontecer.

Sempre pensei que há mais pistas num romance de mistério do que apenas o que está na página. Afinal, um livro é um objeto físico passível de entregar alguns segredos quando esta não era a intenção do autor: a organização das partes; as páginas em branco; os títulos de capítulo. Até uma frase promocional na capa sugerindo uma grande reviravolta pode arruiná-la, por mais bem executada que seja, pura e simplesmente por revelar que ela vai acontecer. Em narrativas de mistério como esta, há pistas em cada palavra — porra, em cada escolha de pontuação. Se não souber do que estou falando, pense no livro que tem em mãos. Se um assassino é revelado e o polegar direito do leitor ainda estiver segurando mais do que três ou quatro páginas, não pode ser o assassino de verdade; ainda há muito livro pela frente. Isso também funciona para entregar finais de filmes: o ator mais famoso com o menor número de falas é sempre o vilão, e um plano geral repentino do personagem atravessando a rua significa que está prestes a ser atropelado. Um bom autor não se limita a pegar o leitor desprevenido dentro dos contornos da narrativa; é preciso fazer isso através do formato do romance em si. Há pistas no interior do próprio objeto.

Eu preciso estar ciente de que *você* está ciente de que estou escrevendo tudo isso. É o que estou tentando dizer.

Antes que comece a se achar, você não me pegou de calças curtas. Ainda que haja algo a se aprender com a lógica interna deste livro, não é isso. Melhor contar logo, com ou sem spoiler. Marcelo não matou Michael. Ele não é o Língua Negra.

Não fui desonesto nem se trata de um furo na trama, apesar de eu ter prometido que haveria um. Aliás, estava na parte anterior. Se você bem se lembra, eu disse que haveria um furo na trama em que daria para passar com um caminhão. Quis dizer isso mesmo, literalmente.

CAPÍTULO 28

Pequenas partículas de cinzas rodopiavam pelo ambiente. A dança em frente ao meu nariz me dava vontade de espirrar. A penumbra na Sala de Secagem não era a mesma de quando eu a havia visitado: à lâmpada de calor alaranjada, se somava o feixe de luz do luar irradiado através da janela de trás, agora quebrada. A neve acumulada atrás entrava pelo rombo cilíndrico. Tombado abaixo, jazia Michael, uma mera sombra, mesmo na claridade relativa, coberto dos pés à cabeça por uma camada fina e escura de fuligem. Seus punhos estavam amarrados ao suporte vertical do cabideiro mais próximo.

Devo ter sido eu quem gritou. Erin não tinha como (estava cobrindo a mão com a boca) e Juliette apareceu justamente por causa do barulho, com uma expressão preocupada. Mas não lembro direito. Me lembro de cair de joelhos lentamente em frente a ele, arrancar a luva de cozinha (levando junto um monte de pele, mas nem senti) e me atracar com o lacre de plástico. Tarefa inglória para dedos dilacerados. Atrás de mim, lembro que Erin berrava com Juliette para trazer uma tesoura ou uma faca e Sofia, caso estivesse no bar.

Desisti do lacre e comecei a esfregar a mão boa no rosto de Michael, espalhando a fuligem enrijecida como se abrisse um casulo. Abaixo, a pele estava fria e o cabelo, acinzentado pelo acúmulo de pó de carvão. Era preciso endireitar o seu corpo para tentar fazê-lo respirar, mas Juliette ainda não havia voltado com algo para romper o lacre. Me ergui e chutei a armação do cabideiro, rompendo o suporte de madeira, que formou uma ponta irregular, além de fazer Michael cair de lado. Virei-o de barriga para cima, subi nele e comecei a pressionar o tórax com um braço só. Retirei mais gosma preta da sua boca e tentei fazer respiração boca a boca. Nenhum sinal de vida, só cheiro ruim e lábios viscosos, recobertos de alcatrão. Sentei. Ergui o punho de novo. A dor se irradiava pelo meu braço machucado a cada movimento. Pressionei de novo a boca contra a dele, mas me engasguei e vomitei no chão ao lado da sua cabeça. Não é agradável, mas foi como foi. Sabia que o meu irmão estava morto havia um bom tempo e, mesmo assim, limpei a boca e tentei outra vez. E mais outra. Até alguém me puxar para longe do corpo.

Na última olhada, pequenos pontos da sua bochecha onde a pele estava limpa se destacavam em meio à fuligem. Percebi ter sido onde as minhas lágrimas caíram.

A família se reuniu no bar, espalhada pelo cômodo em pequenos grupos. Marcelo se sentou com Audrey, apertando a sua mão com firmeza. Lucy se juntou a eles, encolhida sob a asa de Audrey. Como em toda relação entre parentes postiços, nunca haviam se entendido muito bem, mas, naquele momento, o luto era plenamente compartilhado. Ambas haviam amado Michael. Ambas jamais duvidaram dele. E, depois de tudo, sentiam-se roubadas da sua presença. Katherine andava de um lado para outro. Andy estava deitado de costas no chão.

Eu só estava presente porque ninguém me deixava voltar à Sala de Secagem. Pelo que me contaram depois, eu tinha ficado histérico. Erin permaneceu comigo, me vigiando, mas igualmente desnorteada. Também havia perdido Michael, mas não teria espaço para compartilhar o luto com Lucy e Audrey. Devia estar às voltas com qual seria o seu lugar na família depois da morte do meu irmão. Estava aguentando firme, lábio superior rígido não só por tentar aguentar o baque, mas porque não tinha conseguido segurar algumas lágrimas teimosas e melequentas, que haviam enrijecido ao caírem.

Juliette se mantinha ocupada atrás do bar. Acho que para se distrair. Um pouco antes, havia depositado uma manta sobre os meus ombros e me levado um chocolate quente, ambos tendo se provado surpreendentemente eficientes em me acalmar. Bem como a sua mão, calorosa e pousada de leve sobre a minha — a boa — ao me entregar a xícara. Alguém havia me entregado de volta a luva de cozinha. Eu tinha visto Katherine abordar a dona do resort e pedir uma bebida quente também, ao que Juliette respondeu "Pois não, qual é o número do seu quarto?", fazendo a minha tia sair batendo o pé, ofendida.

Os únicos ausentes eram Sofia e Crawford. Todo mundo estava aguardando os dois retornarem com um laudo póstumo. Adoraria poder mentir e alegar que eu mesmo tinha vasculhado a Sala de Secagem, chegando às deduções mais brilhantes, mas a verdade era que estava em choque profundo. Não tinha capacidade de analisar uma cena de crime.

Se já tivesse descoberto a solução do mistério, teria considerado este um local adequado para uma revelação solene, porque estávamos todos reunidos. Mas o clima do aposento era bastante diferente das típicas saletas ou bibliotecas por onde os detetives em geral desfilam com uma das mãos no bolso, exibindo a sua perspicácia. A primeira diferença era eu ainda estar de roupão, o que significava o risco de revelar mais do que a minha perspicácia. Mas a atmosfera do cômodo também não era a correta. Não era uma sala de suspeitos, e, sim, de sobreviventes.

Tudo havia mudado. Antes, tínhamos o corpo de um homem desconhecido, assassinado de forma brutal, mas também um pouco cômica. A morte havia sido tão estranha, em meio ao fogo e à neve intacta, que a gente conseguia abordá-la, por mais mórbido que isso pareça, com uma curiosidade intelectual — ou, no caso de quem discordasse da teoria do *serial killer* de Sofia, ignorá-la por completo. Botas Verdes era um enigma a ser decifrado: uma inconveniência, uma curiosidade. Mesmo que eu andasse por aí brincando de detetive literário, será que em algum momento tinha me importado *de verdade*? Só que dessa vez a vítima tinha nome. Infelizmente, a porra de um nome completo. Michael Ryan Cunningham.

E eu? Estava tentando decifrar o que havia acontecido com o Botas Verdes para poder libertar o meu irmão da prisão improvisada, me sentindo parcialmente responsável pela suspeita que recaía sobre ele e culpado por tê-lo levado a ser trancafiado ali. Pelo jeito, teria que viver com o peso de tê-lo encaminhado para o túmulo. Só conseguia pensar em Michael, acorrentado ao cabideiro, vendo as cinzas preencherem o ar; no Botas Verdes, fincando as unhas no pescoço até quebrá-las. Comecei a tremer — o efeito do Oxycontin estava passando — e tomei um gole ruidoso do chocolate quente.

Do lado de fora, havia filas de pessoas carregando malas e crianças. As luzes que eu tinha avistado ao descer as escadas eram os faróis de dois ônibus com enormes pneus para neve estacionados na entrada circular de carros, na base da escada. O vento congelante vinha do saguão, cujas portas estavam escancaradas para dar passagem às pessoas de saída. Cansada de lidar com reclamações, Juliette tinha aproveitado a trégua na tempestade e mandado virem os ônibus de Jindabyne para levar os hóspedes que quisessem descer a montanha e ir embora. A oferta era relâmpago; o mau tempo só tinha parado para fumar um cigarro e logo voltaria firme e forte. Mas o meu instinto dizia que esse não seria um motivo bom o suficiente para Juliette organizar tamanho êxodo, sem falar em toda a gente que teria que reembolsar. Durante a nossa conversa na sua sala, ela parecia hesitante em alarmar os hóspedes, mas em algum momento entre o meu *acidente* e a descoberta do corpo de Michael, tinha mudado de ideia e convocado os ônibus. Acabou sendo uma boa decisão.

A princípio, a procura por lugares nos ônibus havia sido tímida. O tempo era inclemente, com certeza, mas uma lareira, jogos de tabuleiro e um bar acabavam compensando e, verdade seja dita, tinham sido o que atraiu a maioria do pessoal, para início de conversa. Óbvio, era necessário considerar que um cadáver havia sido encontrado. Mas ninguém sabia quem era o sujeito e, lembre-se, nós, os Cunningham, éramos os únicos se metendo de fato no assunto. A versão oficial ainda era de que o Botas Verdes tinha morrido pela exposição ao frio. Uma tragédia, sem dúvida, mas nada que justificasse abortar as férias. Ter que explicar às crianças durante oito horas de estrada de volta a Sydney por que não poderiam andar de tobogã? Isso sim seria trágico de verdade. Mas, à luz de uma segunda morte, dessa vez mais obviamente violenta, a fofoca sussurrada ("Vocês souberam?") logo tinha dado lugar a rumores urgentes ("Não sabem ainda?"). Quem tinha carro com tração nas quatro rodas o havia desenterrado e picado a mula. Os demais se atropelavam em busca de lugares nos ônibus, muitos tendo que deixar os carros para trás por alguns dias até a tempestade passar.

Crawford entrou no bar, guiando Sofia, que contorcia as mãos — parecia que as havia esfregado em tinta, ou ao menos foi como preferi enxergar. Todo mundo se inclinou para a frente na cadeira. Até Andy se endireitou e prestou atenção, de pernas cruzadas, feito criança.

— Michael está morto — declarou Sofia, ainda que não fosse muito necessário.

O diagnóstico estava estampado na cara dela. Quando vomitou depois de carregar o Botas Verdes, tinha ficado pálida e parecido frágil pela manhã enquanto bebia o seu chá chacoalhante, mas, naquele momento, a sua aparência era definitivamente cadavérica. Talvez fosse devido ao frio, ao estresse e à tristeza, mas eu não tinha dúvidas de que a sua estrutura só aguentaria mais um corpo. Por outro lado, a verdade transparente na sua expressão de sofrimento era tal que nem Katherine ousou questionar a opinião médica de Sofia.

— Foi assassinado — continuou minha irmã —, não tenho dúvida. Amarrado e sufocado.

— Meu Deus do céu.

Era a voz de Marcelo. Depois que encontramos o corpo, Crawford tinha feito de tudo para impedir a entrada de qualquer um na sala, abrindo exceção apenas para Sofia. Embora os cochichos já dessem conta de um assassinato — e, portanto, a primeira declaração dela não tenha chocado ninguém —, só Erin e eu sabíamos como ele havia morrido até o momento. Dava para notar o terror no rosto de Marcelo, misturado à tristeza. Estava se relembrando da nossa última conversa, e eu também.

Alguém com certeza está fazendo uma faxina.

— Caralho, Sofia — disse Erin, ríspida, pulando de uma vez o estágio de negação do luto e indo direto para o da raiva. — Você tava certa, ok? Sem teatrinho.

Sofia passou os olhos pelo ambiente, talvez tentando avaliar se o que iria dizer era muito provocativo e se não era tarde demais para conseguir um lugar no segundo ônibus. Suspirou, sabendo que não poderia mentir. Não era justo que tivesse caído sobre ela a responsabilidade de explicar todo aquele horror, que não pudesse só desabar, como todo mundo. Apesar disso, ela respirou fundo e canalizou o quanto pôde da postura ponderada de beirada de leito hospitalar. Qualquer médico vai afirmar que o seu talento especial é dar más notícias.

— Sim, Erin. Eu acho que o Michael foi morto do mesmo jeito que o homem de hoje de manhã.

— Não dá pra ter certeza — retrucou Lucy com rapidez. Me lembrei que ela não havia se deparado com o corpo de Botas Verdes em momento algum e não tinha motivo para duvidar da versão oficial. — Isso é ridículo! Você só tá assustando as pessoas. Aquele primeiro cara deve ter morrido de exposição ao frio.

— Lucy, você precisa ser realista. Ele foi assassinado também. — Sofia desafiava a sala a questioná-la. Dava para perceber que Lucy se coçava de vontade de rebater, mas ainda não sabia o que dizer. — Alguém amarrou um saco na cabeça do Botas Verdes e o encheu de cinzas. Ele teria morrido com ou sem essa performance, afinal, seria sufocado pelo saco, mas ela é meio que o cartão de visitas do assassino. Fizeram a mesma coisa com o Michael, só que dessa vez *as cinzas* foram o ingrediente fatal. A gente achou — ela fez um gesto em direção a Crawford como se pedisse que o policial validasse sua descoberta, e ele se limitou a assentir — resíduos pegajosos de fita isolante na janela quebrada. Na neve atrás dela tem um túnel estreito. A Sala de Secagem é ultravedada, e a porta é revestida de borracha, o que também ajuda a abafar o som. Sem falar que estava todo mundo lá embaixo no lago. Se o assassino empurrou o sistema de circulação túnel de neve adentro e, depois de enfiar pela janela, fechou com plástico e fita isolante, e quem sabe um monte de neve também, a sala continuou a ser ultravedada. Fica fácil as cinzas se misturarem ao ar.

Katherine tentou perguntar algo, mas o choro a fez se engasgar. Ela secou os olhos com os punhos e continuou andando de um lado para outro.

— Desculpem. — Andy levantou a mão. Era o menos abalado de nós, mas o mais apreensivo; seus olhos se voltavam o tempo todo para a janela, para as filas de entrada nos ônibus. Fiquei aliviado ao perceber que havia mais alguém fazendo perguntas, nem que fosse puramente por instinto de preservação; eu não estava em condições. — Sistema de circulação?

— Para usar as cinzas assim, é preciso espalhá-las pelo ar. A neve estava escavada em formato cilíndrico, então eu diria que alguém enfiou um soprador de folhas através dela.

Eu me lembrava vagamente de achar que o vento cortante soava como uma serra elétrica conforme Sofia e eu subíamos aos trancos e barrancos até o paiol de manutenção. E se digo "vagamente", não é apenas por ser uma memória vaga, mas por me achar um tremendo idiota: deveria ter pensado que o som era anormal naquele momento. Mas o vento bate no ouvido da gente feito várias coisas — serra elétrica, trem, gritos. Não é como se eu tivesse ocultado essa informação de propósito, o que infringiria a Regra 8. Se o som era, na verdade, o ruído de um soprador de folhas, significava que Michael havia sido assassinado enquanto eu estava brincando de detetive. Significava ainda, para quem estiver prestando atenção, que Sofia, que estava comigo na ocasião, tinha álibis para ambos os assassinatos.

— Como você sabe que foi um soprador de folhas?

Lucy havia encontrado a objeção a fazer. Achei estranho ela ficar tentando achar furos na morte de Michael, mas imaginei que se recusar terminantemente a aceitar os fatos era um sinal de dificuldade de aceitar toda a situação.

— Bem, essa parte eu estou conjeturando a partir do noticiário sobre o Língua Negra. Mas, como eu falei, tem um túnel cilíndrico na neve — explicou Sofia.

— Não. Eu não acredito em você. Aquele idiota de merda se deixou matar pela nevasca e depois você... — apontou para Crawford — ... prendeu o *meu* Michael e alguém... — Sua voz começou a ratear, mas ela fez força para impostá-la. — ... alguém aproveitou esse pânico todo que você criou... achou uma oportunidade pra... — Ela se recompôs. — Não seria tão difícil encontrar essas mortes por incêndio ou sei lá o que no noticiário; sabe como é, pra copiar. Eu mesma pesquisei sobre o assunto. — Ela oscilava entre diferentes explicações. Sua cabeça se virava de um lado para outro do aposento. Era óbvio que procurava mais alguém em quem botar a culpa. Começou a descascar cada um de nós individualmente, cada acusação mais raivosa e frenética do que a anterior. Crawford: — Você deixou ele que nem um pato sentado. — Sofia: — Você começou esse pânico todo. — Katherine: — Você trouxe todo mundo pra cá.

Então chegou a vez de Erin. Seria hipérbole dizer que uma sombra atravessou o rosto de Lucy, mas, ainda assim, deu para notar algum tipo de mudança selvagem nos olhos dela. Tinha pensado em algo. Algo mais em que se agarrar.

— Como eu disse, alguém com os motivos certos poderia ter aproveitado a oportunidade. Ele só tinha se agarrado a *você* enquanto estava preso. Você era um passatempo. Um brinquedo. Porque ele sabia que *eu* estaria esperando aqui fora. Quando saiu, não precisou mais de você. Eu sabia que ele se desencantaria assim que me visse. Se não me amasse, por que consertaria... — Um sorriso cruel desabrochou. — Ele deve ter dito pra você. Né? Logo que chegaram. Que ele percebeu que tinha cometido um erro. Fico me perguntando como você reagiu.

Depois ela fincou os olhos penetrantes em mim.

— E *você*. — A palavra se inflamava na sua boca. Meu coração acelerou, porque, por um segundo, achei que ela revelaria que sabia sobre o dinheiro. O que me conferiria um motivo sólido para matar. Mas Lucy só fez respingar sarcasmo. — De repente vocês estavam mancomunados. Por que descer as escadas tão desesperado pra ver o Michael logo depois de acordar, hein, Ernest? — Sua voz apelava a todos os presentes. — Porque ele não tinha sido descoberto ainda, e você queria ser o primeiro. Só digo isso.

As pessoas têm o hábito de dizer "só digo isso" quando dizem coisa pra caramba. Dava para ouvir Erin trincando os dentes atrás de mim, a perna sacudindo debaixo da mesa.

Decidi me defender.

— Por que eu faria mal ao Michael?

— Pra começo de conversa, porque ele tava comendo a sua mulher.

— Lucy! — sibilou Audrey, se afastando. Não sei quem ficou mais chocado, Lucy ou eu, em ver a minha mãe se erguer em minha defesa. — Você pode culpar a quem quiser, mas só uma pessoa aqui insistiu pra que o Michael fosse colocado na única sala com tranca *do lado de fora*.

O silêncio se instalou no bar. Audrey estava certa. Embora até então estivesse quieta, espumava de raiva. Assim como todo mundo, tinha encontrado alguém para culpar. Não estava me defendendo, só queria enfiar a faca em Lucy. *De fato*, havia partido de Lucy a sugestão da Sala de Secagem. A única da qual ele não teria como escapar. Ainda que eu sentisse que Michael estava naquela sala por minha causa, tinha sido Lucy quem o havia colocado lá dentro. Por isso saía distribuindo acusações para todo lado. Porque ela também se sentia culpada.

Sofia sussurrou para Crawford, que destravou o celular e lhe passou. Ela caminhou em direção a Lucy e se ajoelhou à sua frente para mostrar a tela.

— Acho que você ainda não viu — disse Sofia, num tom suave e calmo. — Eu sei que tudo que estou falando parece loucura. Mas se você tivesse visto... — Deixou que a imagem na tela terminasse a explicação. — Tem um assassino aqui. Esse homem não morreu por causa do frio.

A cor sumiu do rosto de Lucy. O ódio foi recuando para os cantos, como uma infestação de baratas num armário exposto à luz. Ao erguer os olhos, ela parecia quase confusa, como se não se lembrasse nem de estar num aposento cheio de Cunninghams. "Ressaca de raiva", era assim que Erin e eu chamávamos esses momentos em que a gente discute sobre bobagens e, depois, à fria luz da manhã, percebe a própria idiotice. Pelo jeito, era o que estava acontecendo com Lucy. Estava se sentindo confusa e humilhada.

— Esse foi o homem que vocês encontraram lá fora? — sussurrou Lucy.

Ela viu o que todos tínhamos visto no rosto enegrecido do Botas Verdes: havia sido uma morte estranha e violenta. O que só servia para reforçar que, ao sugerir a Sala de Secagem, da qual era impossível sair, Lucy basicamente tinha enviado Michael para o abate.

Sofia assentiu. Sei que a ideia era consolar Lucy com os fatos, e não a atormentar. Mas não estava funcionando. Lucy só enxergava a culpa.

— Não posso mais ficar aqui. — Ela ficou de pé. — Me desculpem pelo que eu disse, Ernest, Erin. Todo mundo, por favor, me perdoem.

E foi embora.

Ninguém tentou de fato impedi-la. Crawford a seguiu sem muito empenho até o saguão, pedindo que voltasse, mas ela o dispensou com um comentário ácido que não ouvi bem, mas soou como "Você é o chefe", querendo dizer obviamente o contrário. E nós só ficamos espiando, para nos certificarmos de que ela não estivesse a caminho da Sala de Secagem, onde Michael ainda jazia. Ela se arrastou escada acima, talvez em direção à biblioteca. Ou ao telhado, para conseguir sinal de celular. E não para fumar. Você e eu sabemos que ela já fumou o último cigarro.

CAPÍTULO 29

— Sofia — disse Audrey, gentil, depois de Lucy sair. Eram a forma mais calma com que havia falado o fim de semana inteiro, então nos agarramos àquilo. — Meu filho está morto, e gostaria de saber por quê. Todo mundo está abalado e todo mundo tem alguém a quem gostaria de culpar — não sei bem se o seu olhar se voltou para mim por um segundo ou se só imaginei —, mas quanto mais informações tivermos, melhor. Porque quero encontrar quem fez isso. E, se ainda estiver aqui, fazer essa pessoa sofrer. — Ela respirou fundo e recuperou o controle. Eu tinha confundido o seu tom; achava que era calmo quando, na verdade, era gélido. — Você se importaria em explicar para alguns de nós como um soprador de folhas e um saco de carvão podem matar alguém?

— Cinzas, na verdade. Não o carvão. São as partículas — declarou Sofia, sem conseguir esconder um ligeiro entusiasmo na voz, satisfeita por finalmente ser convidada a expor as suas teorias. — Como há muitas partículas mínimas, aquilo forma uma espécie de cimento nos pulmões ao ser inalado. Você é sufocado por dentro.

Minha mãe refletiu por um instante, então contorceu uma das mãos como quem o faz com uma taça de vinho, imitando um ciclo imaginário de mistura do pó.

— Então a pessoa teria que respirar muito das cinzas, certo? Para que fizesse mal?

— Isso. Uma boa quantidade. Ou um pouco menos num ambiente com pouca circulação de ar.

— Ela quer saber quanto tempo levaria — expliquei, também interessado.

Foi quase imperceptível, mas notei um aceno discreto de concordância de Audrey.

— Ah, horas.

— Horas? — repetiu minha mãe, horrorizada, perdendo a compostura.

— Foi doloroso? — perguntou Katherine, fungando.

Sofia não respondeu, o que efetivamente respondia à pergunta. Deve ter sido pura agonia.

— Horas? — repetiu Audrey, e compreendi que, dessa vez, se dirigia a Crawford. Não em busca de esclarecimento, mas de uma explicação. — A médica aqui presente explicou gentilmente a ciência por trás do que aconteceu. Agora, policial, pode me dizer como o meu filho levou *horas* pra morrer numa sala que *você* estava vigiando?

Crawford pigarreou.

— Madame, com todo o respeito... — Começou mal; minha mãe nunca foi muito fã de formalidades nem desculpas. — ... o revestimento de borracha da porta torna o ambiente à prova de som.

Pensei em sugerir que a tempestade estava muito barulhenta, mas tinha aprendido a lição da última vez em que havia ficado do lado de um policial, então calei a boca.

— Mas, sinceramente, não ouvi nada porquê...

Crawford enrolava.

— Fala de uma vez.

— Eu não estava lá.

De repente, o aposento caiu em profundo silêncio, mas com uma carga intensa, quase a ponto de explodir. Daquele ponto, só se avançaria em duas direções: ou um silêncio duradouro, ou Audrey levantando da cadeira e arrancando a cabeça de Crawford. Acabou não sendo nem um, nem outro, mas Audrey foi a primeira a falar. Não conseguia extrair da garganta mais do que um sussurro profundo.

— Você trancou o meu filho numa sala e deixou ele lá, sozinho?

Marcelo afagou as costas dela de modo firme, mas carinhoso.

— Mada... — Crawford ia chamá-la de madame de novo, mas se segurou. Parecia agitado. Recomeçou a falar, contentando-se em chamá-la de "sra. Cunningham". — A sala não estava nem trancada.

Aqueles entre nós cuja atenção vinha se dispersando, mais exatamente Andy, ou que estavam a ponto de desmaiar, mais exatamente eu e Sofia, que chegava a bater cabeça e oscilar de exaustão, ergueram os olhos num estalo, encarando Crawford.

— Juliette tinha checado a previsão do tempo e comentado que estava pensando em tirar algumas pessoas da montanha quando a tempestade desse uma trégua, antes que piorasse. Como ele estava cooperando, a gente decidiu transferir Michael para um dos quartos. Quando fomos contar para ele, depois da conversa de vocês, Ernest, mas antes de eu ir ao paiol, Michael estava dormindo. Encolhido no banco, de costas para a porta. Cheio de travesseiros, essas coisas... Parecia confortável e não quisemos acordar. Juliette estava lá e pode confirmar, certo?

— É verdade. Eu estava.

— Aí tive que ir atrás desses dois — ele gesticulou para mim e Erin, deixando de incluir Sofia — e tirá-los do paiol de manutenção. A situação virou um *Titanic* pro nosso amigo aqui e, quando conseguimos trazê-lo de volta, os ônibus tinham chegado, e eu fui forçado a ajudar a conduzir as pessoas. O carro de todo mundo estava debaixo de neve. Um trabalho insano. Mas juro, não queria que Michael ficasse trancado na sala sem eu estar presente, pro caso de ele acordar e não conseguir sair. Pro caso de haver um... — Ele parou de falar antes de dizer "incêndio", talvez tendo se dado conta da ironia. — Eu destranquei a porta antes de sair. Certeza.

Eu tentava desesperadamente puxar da memória se havia deslizado o ferrolho antes de abrir a porta, mas não me lembrava de ter feito isso. Crawford estava certo: a porta tinha ficado destrancada.

— Quando você viu Michael pela última vez, a janela estava quebrada? — perguntei.

Crawford apelou a Juliette, que deu de ombros, então ele balançou a cabeça.

— Não sei.

— Tem certeza de que ele tava dormindo?

— Bom, eu não perguntei.

— Respirando?

Dessa vez, dirigi a pergunta a Juliette.

— Eu não... Olha, eu não chequei. Não tinha nada suspeito.

— O que você tá pensando, Ern? — perguntou Sofia.

— O Botas Verdes tinha um corte serrilhado no pescoço por causa do lacre de plástico. Se o Michael tivesse lutado para se livrar do lacre, os pulsos dele estariam mastigados. Não reparei em nenhum machucado nas mãos dele quando o encontrei. Você reparou, Sofia?

Ela refletiu por um instante.

— Não. Mas não havia sangue nem contusões no corpo, o que seria de se esperar caso tivesse tentado reagir. Por outro lado, tinha muita cinza e talvez eu só não tenha conseguido ver. — Dava para perceber que ela não acreditava de fato na possibilidade. — Talvez tenha levado uma pancada, mas isso significaria que o assassino era alguém em quem ele confiava o bastante para virar as costas.

Pensei alto.

— Então a janela podia estar quebrada ou não. Quando eu o encontrei, tava na cara; tinha vidro pelo chão, o ambiente estava mais iluminado e com certeza você teria reparado no vento porque a tempestade ainda estava muito forte. Vamos supor... — Erin me deu um cutucão forte nas costelas, mas a ignorei. Todo mundo me observava pondo os acontecimentos em ordem. Por mais analítica que fosse, a energia da descoberta me ajudava a sair do estado de choque. Os outros sem dúvida teriam preferido se recolher e desabar em privacidade, mas sabíamos que era importante. Poderia nos levar ao assassino. — Vamos partir do pressuposto de que a janela ainda não estava quebrada quando você o viu. Embora ele pudesse ou não estar dormindo. — Erin me cutucou de novo. — Que foi? — chiei.

— Tudo isso pode ser muito útil, mas só serve pra reforçar que você foi o último a estar na sala com ele acordado — sussurrou ela.

Todo mundo ouviu.

Me virei de novo para os outros. Ah. Por isso estavam prestando tanta atenção.

— Ele estava vivo quando saí de lá — falei. Mas os rostos sérios me faziam sentir como se estivesse perante um júri. Eu sabia que não deveria fazer isso... se você assistir a qualquer interrogatório, só os culpados se repetem espontaneamente... mas não pude evitar. Soou como uma súplica. — Ele estava vivo quando saí de lá.

Nenhum de nós entrou nos ônibus. Havia um acordo tácito que a pessoa que estivesse muito apressada para descer a montanha provavelmente seria o assassino em fuga, então, em silêncio, pagamos para ver e permanecemos todos no resort. Àquela altura, a maioria achava que o assassino devia ser um de nós. Alguns, inclusive eu e Sofia, queríamos ficar e descobrir quem tinha sido. Os demais se dividiam entre assustados e combativos. Audrey não sairia dali sem o corpo de Michael, algo que não se pode enfiar no bagageiro de um ônibus assim sem mais nem menos. Katherine ficou por estar preocupada com Lucy. Andy ficou porque Katherine ficou. Marcelo ficou, talvez, porque enfim lhe prometeram um quarto na construção principal do resort. Em nenhum momento Crawford disse que poderíamos ou que não poderíamos ir embora, mas sabia que não podia nos deixar sem vigilância sob o risco de ter um massacre a explicar quando os seus superiores finalmente aparecessem. Juliette brincou que não podia nos deixar sozinhos ou tocaríamos fogo em tudo, o que acabaria acontecendo mesmo, mas naquele momento ela não sabia.

Continuamos no bar, e, aos poucos, a tristeza, a raiva e as acusações foram dando lugar a lembranças compartilhadas num tom de voz embargado. Andy mencionou para mim o discurso de Michael quando havia sido padrinho do meu casamento. Ele havia achado uma boa sacada imitar um dos meus livros, então tinha feito as dez regras para um discurso perfeito de padrinho, mas exagerou na dose de coragem líquida e esqueceu sete. Levando em conta o grupo reunido após a sua morte, parecia idiota se lembrar logo daquele momento, mas o clima estranho se dissipou depressa entre risadas, soluços e fungadas. Não sou tão leviano a ponto de relevar os atos de Michael como equívocos puros e simples, mas o meu irmão não se resumia aos últimos três anos.

Uma vez que havíamos entendido que ninguém iria embora, alguém sugeriu que dormíssemos um pouco, ao que se seguiu um exausto murmúrio coletivo de aceitação. Crawford trancou a Sala de Secagem, sem querer retirar o corpo de Michael, e pediu para que mantivéssemos distância. Juliette nos entregou chaves novas para os quartos que haviam ficado vagos. Recusei, preferindo o chalé. Se alguém quisesse me matar, ao menos eu veria a pessoa subindo a escada do mezanino. Além disso, precisava voltar; não checava a bolsa com o dinheiro desde aquela manhã. Queria estar perto. Agora ciente de que Marcelo não sabia da sua existência, me sentia aliviado por apenas Sofia e Erin estarem a par, uma vez que me dava um motivo para matar o meu irmão. Não bastasse o fato de eu ter sido a última pessoa a falar com Michael, o grupo, que no geral havia deixado a informação passar com uma suspeita cautelosa, me comeria vivo se soubesse que um quarto de milhão de dólares que pertencia a ele estava comigo. Dinheiro *da família*.

As pessoas foram saindo a passos rápidos, bocejando. Quando Katherine passou por mim, cutuquei o seu ombro e perguntei se poderia me dar o frasco de analgésicos naquela noite.

— Sinto muito, Ern, o remédio é muito forte. Vai ficar comigo.

Ela contorceu o rosto de leve como pedido de desculpas e depositou um único comprimido na minha luva de cozinha.

Eu tinha estranhado o fato de ela ter sido a primeira a me dar o remédio lá em cima, mas protegê-lo assim, a sete chaves, me pareceu duplamente esquisito. Com certeza, Katherine sentia dores na perna, sim, e às vezes excruciantes, que no geral deviam ser tratadas com algum tipo de medicação. Mas, desde o acidente, ela tinha dado preferência a terapias naturais — nas suas palavras, "medicina alternativa"; no linguajar médico, "picaretagem". Mas para Katherine não importava; estava emendada e sóbria, e não abriria mão disso. Não tomaria um Panadol que fosse por causa de uma dor de cabeça, nem uma única taça de vinho por causa de um mau dia no trabalho. Quando pariu Amy, chegou até a recusar qualquer tipo de anestesia. Havia embarcado naquele trem e não saltaria por nada.

Conforme fui ficando mais velho, comecei a entender a importância daquilo para ela. Como estava bêbada na ocasião do acidente que havia estropiado a sua perna, sentia um desgosto enorme por qualquer coisa que se interpusesse entre ela e a plena consciência, ainda que fosse para o seu bem. Estar em posse das suas faculdades mentais era mais importante do que não sentir dor: nunca mais queria perder a cabeça. Por isso eu tinha recomendado a Sofia que perguntasse a ela sobre o grupo do AA caso necessário, porque Katherine era firme, impávida. Inspiradora — não que ela fosse ouvir isso de mim algum dia.

Acima de tudo, eu sempre havia sentido que a dor na sua perna, o mancar, era uma espécie de penitência. Uma lembrança da sua passageira naquela noite, sua melhor amiga. Algo que Katherine não queria amenizar. Algo que sentia que merecia. Quem estiver se perguntando se a passageira sobreviveu, dá uma olhada no número da página.

Talvez eu estivesse viajando. Talvez a lesão tivesse piorado com a idade, e Katherine finalmente tivesse acatado o conselho do médico. Talvez o frio tornasse a dor excruciante, ainda que ela mesma tivesse escolhido o resort; uma opção bizarra, caso a fizesse sofrer tanto. Talvez tivesse cedido à pressão, provavelmente de Andy (embora me viesse à mente Juliette pigarreando quando eu acordei, forçando-a a me dar mais um comprimido), de que o remédio era essencial para a minha lesão, mas mesmo assim não fosse capaz de abrir mão das doses assim. Se dependesse só de Katherine, era provável que tivesse me sugerido exercícios de respiração.

Lucy poderia até ter lhe vendido óleos essenciais, que acho que estão na lista de empreitadas independentes em que investir depois de tupperwares e cosméticos.

Então decidi ser grato pelo meu suprimento parco e engoli o comprimido com um gole de chocolate-que-um-dia-foi-quente, deixando a caneca no bar ao sair. Para a minha surpresa, Erin me esperava no saguão. A porta da frente tinha ficado aberta e cristais de gelo se espalhavam pelo piso.

— Não sei como te pedir isso... — disse ela, mas parou. Ela olhou para os próprios pés. O vento fazia o seu cabelo revoar. Então ela me olhou de novo. Os átomos no ar se transformaram. — Não quero ficar sozinha hoje à noite.

MINHA ESPOSA

CAPÍTULO 30

Erin sussurrou o meu nome suavemente, do alto. A tempestade tinha voltado a apertar, e aquela cápsula minúscula que era o meu chalé gemia ao ser espremida pelo vento por todos os lados: era como se a gente estivesse num submarino. Eu havia deixado o mezanino para ela e estava no sofá, finalmente livre do roupão, com uma samba-canção e uma camiseta de uma banda que não ouvia mais. O pedido de Erin para ficar comigo era fruto da solidão e do medo, e não de um flerte. A expectativa de que eu fosse subir a escada com ela nunca tinha existido. Não há cenas de sexo neste livro.

— Estou acordado — respondi.

Um farfalhar vindo do mezanino sugeria que ela se revirava na cama. Sua voz soou nitidamente mais próxima quando a ouvi.

— E aí, o que você acha?

— Não sei — respondi, sincero. — Não consigo tirar da cabeça essa coisa do Língua Negra. Esse tipo de tortura é tão específico. Cairia bem num romance de mistério.

— Chega quase a infringir a Regra 4 — devolveu ela, como quem não quer nada. — Exige uma explicação científica. Mas não sei bem se um túnel de neve conta como passagem secreta.

Já fazia muito tempo que eu escrevia tutoriais, então Erin conhecia tão bem quanto eu as regras de Ronald Knox. Pensei se não estaria citando aquilo para fazer com que a gente parecesse um time. Era estranhamente possessivo vindo de uma mulher que tinha mentido de modo tão desavergonhado para evitar ter filhos comigo. E que havia se apropriado do meu espaço de descanso.

— É exatamente esse o problema — respondi. — São o tipo de assassinato que dá manchete. Perfeitos para a primeira página; daqui a uns meses viram um desses documentários no streaming. São assertivos. E, por isso, fáceis de copiar.

— Você quer dizer que talvez alguém só queira que a gente *ache* que o Língua Negra tá por aqui?

— O que é mais plausível? Um *serial killer* infame ter seguido a gente até aqui ou alguém estar tentando fazer parecer que foi esse o caso?

— Sofia anda dando um duro danado pra convencer as pessoas das explicações dela — observou Erin. — É quase como se quisesse nos assustar.

— Ela *é* médica, afinal. Tratou uma das vítimas. Não é como se tivesse dito algo que não esteja no noticiário.

— Parece que você tá defendendo ela.

— A gente precisa confiar em alguém. — Um pouco cruel, pensei, então mudei de assunto. — Percebi uma coisa: como é que o Michael te convenceu a sair roubando túmulos com ele?

Peguei-a desprevenida.

— Bem, no começo eu não sabia que se tratava de roubo de túmulos. Ele meio que me apareceu do nada com a ideia.

— Como você se envolveu nisso, pra começo de conversa?

O duplo sentido do termo *se envolver* foi crescendo até preencher o ambiente.

— Michael e Lucy tinham lá os seus problemas financeiros. Você e eu vínhamos tendo dificuldades desde que… Bem, dizem que problema compartilhado é problema atenuado. Foi por consolo, Ern. Só por consolo. — Minha pergunta não tinha sido com aquela interpretação, mas não tive coragem de interromper. — É como a neve aqui na montanha, é a única comparação que consigo fazer. Um monte de floquinhos, e de repente você se afunda até os joelhos. Ou como cinzas num pulmão, sei lá. Peguei pesado demais? As coisas parecem só andar muito devagar, mas quando você olha pra trás, vê o caminho que percorreu. Foi só depois de a gente começar a dormir em quartos separados, mas a Lucy não sabia.

A revelação de que eles estavam juntos havia mais tempo do que eu imaginava, desde antes de Michael aparecer em frente à minha casa, deveria ter me arrasado. Mas tantas partes minhas já haviam sido arrasadas naquele dia que o fato acabou nem me atingindo tanto.

No entanto, lembrei de algo que Michael tinha falado naquela noite. *A Lucy vai ficar sabendo*. Porque, num julgamento por homicídio, quando cada movimento do réu é esquadrinhado, um caso extraconjugal com certeza viria à tona. Lucy não poderia saber, ou não teria reagido como reagiu à notícia de que passaram *uma noite* juntos. Imaginem se soubesse de toda a história. *A Lucy vai ficar sabendo*. Michael tinha dito aquilo mesmo com ele e Erin já se encontrando. Fico me perguntando se Erin sabia que ele ainda se prendia ao casamento àquela altura, que só havia tomado a sua decisão bem depois. Era sintomático Lucy ter ficado muito mais arrasada com a morte de Michael do que Erin. Eu me perguntava se ela saberia mais sobre a situação toda do que eu imaginava.

Resolvi dar um corte.

— Quis dizer como você se envolveu *na história*.

— Michael e eu, não que isso tenha qualquer importância, mas a gente nunca pretendeu...

— Essa parte eu não preciso ouvir. Me diz o que o Michael te contou. E, o mais importante, por que você acreditou.

— Da primeira vez, não acreditei. Ele precisou me convencer. Mas, bem, depois eu encontrei a bolsa com dinheiro que você estava escondendo. Michael me disse pra procurar. Não esperava encontrar nada, mas não conseguia entender o que ele ganharia ao mentir. Resolvi futucar. Você nem escondeu muito bem, Ern. — Do jeito que falou, parecia culpa minha. Como quando me dizia, na época em que a gente era um casal feliz, que não queria ter comido o chocolate e que só tinha comido porque eu o havia deixado à vista. — Então comecei a pensar em quais outras partes da história do Michael fariam sentido. E talvez eu quisesse que fosse verdade. Estava confusa com o jeito que a gente tinha terminado, e aquilo... Era insano, mas era redentor também.

Fui na onda porque achei que a gente poderia te compensar. Fiz o Michael prometer que você estaria na jogada. Era para ser o nosso dinheiro, Ern. De nós três.

O dinheiro é da família.

De novo aquela frase. Só que dessa vez eu finalmente a compreendia.

— Você não tá falando da bolsa. Achou que estava desenterrando um… — *Tudo isso por causa de um mapa de tesouro?* — Pera aí. O *que* exatamente vocês dois achavam que estavam desenterrando?

— Antes de sair da prisão, ele me fez informar todo mundo da data errada. Pediu para alugar um caminhão porque disse que tinha uma coisa que a gente precisava pegar e que teria que ser à noite. Falou que sabia aonde ir e só precisava de um dia depois de sair da cadeia pra encerrar o assunto. Então fui na onda e, de repente, estávamos os dois num cemitério. Expliquei que não queria saber de nada do tipo, e ele respondeu que era só terra e madeira, e que precisava da minha ajuda. A gente usou as correias, as polias e o motor do caminhão pra puxar o caixão de dentro da cova. Michael abriu, deu uma olhada e disse que a gente ia precisar trazê-lo para cá. Então pusemos no caminhão e viemos. Acho que ele estava bem orgulhoso. E não achava que corresse o risco de morrer. Como o pai de vocês cometeu roubos, somei dois mais dois e deduzi que o caixão fosse pra abrigar algo mais valioso. Sei lá… diamantes? Óbvio que não imaginei que a gente estava desenterrando um cadáver, caso não tenha ficado claro. Teria saído correndo.

— Antes você disse que o Michael não te contou o que Alan queria vender. Se você se deu ao trabalho de desenterrar um caixão, por que não perguntou o que tinha nele?

— Perguntei. Ele disse que seria mais seguro se eu não soubesse.

— Você também não *me* perguntou.

— Pelo jeito, todo mundo que sabe o que tem dentro daquele caixão tá aparecendo morto ou algo próximo a isso — argumentou ela, lançando um olhar fixo para a minha mão —, então acho que ele devia ter razão.

— E talvez isso também tenha a ver. Digamos que o Botas Verdes seja *mesmo* uma pessoa qualquer. E que tenha sido morto só para deixar óbvio que o Língua Negra ou alguém que finja ser ele tá por aqui. Ou foi morto porque se intrometeu. E se Michael fosse o verdadeiro alvo desde o início?

— Significa que qualquer um que saiba o que tem naquele caixão está em perigo — concluiu ela.

A mesma ideia à qual Marcelo tinha feito alusão. Ele não sabia que havia um caixão no caminhão, e Erin não sabia o que havia no caixão. Seguindo a lógica, eu, sendo quem mais sabia, seria o próximo da lista do Língua Negra.

— Se for o caso, você precisa me contar outra coisa. A gente já passou do ponto de mentir um pro outro. Fomos casados durante quatro anos e, mesmo assim, você se retraía toda só de pensar em beijar em público. Mas você e o Michael... Não faz sentido.

Fiquei calado por um instante, esperando que ela entendesse sem eu precisar dizer com todas as letras, o que significaria admitir que eu os havia observado com muita atenção.

— Não entendi direito aonde você quer chegar com isso. Sério que você acha que agora é um momento adequado pra explorar os nossos problemas de intimidade?

— Nos degraus da entrada, antes de o Crawford levar ele embora, o que foi que você tirou do bolso traseiro do Michael?

Achei estranho Erin ter abraçado Michael na frente de todo mundo, mas no começo deixei pra lá, atribuindo a sensação ao ciúme e à aparência exultante dela. Vi acontecer outra vez, a mão de Erin no bolso traseiro da calça jeans de Michael, revelada pela câmera de neve de Juliette, e de novo chamou a minha atenção, achei incongruente. Michael, na Sala de Secagem, havia tentado me mostrar algo antes de me dar as chaves do caminhão, mas não conseguiu encontrar. Só que a minha inveja tinha mascarado a razão pela qual aquilo me alarmou tanto. Conhecia a minha esposa. Exibir afeto daquele jeito não era estilo dela.

Erin fez barulhos na cama. Então algo leve pousou na almofada próxima à minha cabeça. Tateei no escuro até os meus dedos encontrarem um pequeno objeto de plástico. Pelo formato, lembrava uma tampa de garrafa, mas era um pouco maior e mais profundo. Estava mais para um copo de licor. Ergui-o sobre a cabeça; o luar que penetrava por entre as nuvens fez a forma se revelar gradualmente. Um dos lados piscou para mim. Refletia. Era plástico, talvez até vidro.

— Você é esperto, esperto mesmo — disse ela.

Eu me lembrava de um copo de licor ter rolado do painel quando Michael saiu de ré da entrada da minha casa. Na ocasião, eu estava meio absorto pelo que via no banco de trás, mas naquele momento percebi se tratar do mesmo objeto. Não era um copo de licor, e sim uma lente ocular de joalheiro. Do tipo que se coloca no olho pelo lado aberto do cone, enquanto do outro lado há uma lente de aumento para se observar os objetos (minha editora deixou uma nota prestativa me informando que o nome disso é lupa, portanto, de agora em diante, vou me fingir de culto e começar a usar a palavra correta).

Era óbvio que era um objeto inócuo a ponto de não ter sido confiscado como evidência, mas importante para Michael a ponto de ele revirar tudo para retirá-lo de baixo do assento antes de ser preso *e* guardá-lo como um dos itens do seu pequeno pacote de pertences devolvido na saída da prisão.

— Por que você pegou isso? — perguntei.

— Usa a cabeça, Ern. Achei que a gente tinha desenterrado algo valioso. Sei lá, diamantes? Lingotes de ouro? O que se rouba e se esconde dentro de um caixão? Por que outro motivo ele teria uma coisa dessas, se não fosse para checar algo do tipo? Alan vendia joias de segunda mão, não vendia? Achei que estava mais do que na cara *sobre o que* eles estavam falando. Eu peguei porque, bem… — Ela pigarreou, constrangida. — Porque o Michael não estava me contando nada sobre o caixão e talvez eu mesma quisesse tirar a prova. Só pro caso de este fim de semana ter tomado um rumo diferente daquele que eu pensava. Com relação à Lucy.

— Você sentia que não podia confiar totalmente no Michael, era isso? Tipo, quem engana uma pessoa, engana todo mundo?

Essa espezinhada foi só por autoafirmação; sabia muito bem que eu estava soando mesquinho. Os remédios da Katherine devem ter me desinibido. Jamais teria dito aquilo se estivesse sóbrio.

— Talvez tenha sido um pouco por isso também — disse ela no tom de voz baixo e envergonhado que as pessoas usam quando admitem algo. — Levou uma eternidade até ele contar pra Lucy sobre a gente, e o Michael sabia que eu não poderia te contar sem ele concordar em contar pra ela. Implorei pra ele pagar as dívidas dela, pra gente conseguir virar a página e recomeçar. Quando ele enfim mandou os papéis de divórcio, acho que foi só por ainda estar puto com você. Foi a primeira vez que achei que talvez só quisesse ficar com algo seu. Este fim de semana fez a sensação voltar. Senti como se eu estivesse sendo exibida por ele.

— E aí você pegou isso dele, sabendo que ele não poderia te eliminar da divisão do que houvesse no caixão se não tivesse como checar quanto valia enquanto não descesse a serra.

— Soa meio paranoico falando assim. Mas Michael deu as chaves pra você, e não pra mim. E eu sabia que, se você não entrasse sozinho na traseira do caminhão, Crawford e Sofia também veriam e aí todo mundo ia ficar sabendo. Pelo menos eu achava que você ia gostar de manter em segredo a existência da bolsa com o dinheiro; achei que talvez também quisesse manter o que estava no caminhão para si, fosse o que fosse. Por isso insisti pra você olhar sozinho. — Eu a ouvia sugar os dentes, uma mania que tinha quando estava preocupada e não conseguia dormir. Nessas horas, eu acariciava o ombro dela para que soubesse que eu estava ao seu lado e tudo ficaria bem. Fiquei surpreso ao me flagrar fazendo o mesmo movimento com o braço em direção ao espaço vazio no sofá. Memória muscular. — É óbvio que me enganei quanto ao que havia no caixão. — A frase veio acompanhada de uma pausa curiosa, mas não mordi a isca. — Mas tenho uma nova teoria. Acho que ele queria checar o seu dinheiro.

Refleti por um instante. Fazia sentido. Eu não tinha muito conhecimento sobre falsificação de dinheiro, mas supus que houvesse um sinal microscópico em algum ponto das cédulas, tipo um número de série, talvez. De lá pra cá, pesquisei e, sim, é exatamente isso.

— Isso aqui não é nada de mais. Nem é tão valioso assim — falei, ao girar o objeto entre a ponta dos dedos. Já o enxergava melhor, uma vez que os meus olhos haviam se ajustado à luminosidade. — Parece igual aos do laboratório de ciências do ensino médio. Dá pra achar um igual em qualquer canto. Mas você tem razão quanto ao trabalho do Alan. Devia ser dele, e o Michael pegou.

— Será que o Alan levou isso para checar o dinheiro do Michael e encontrou alguma coisa errada? E então os dois brigaram?

— Fico pensando como o Michael pôs as mãos em 267 mil dólares sem que a Lucy descobrisse — confessei. — É muito dinheiro. Nem o Marcelo sabia. Nem você, aliás. Eu não ficaria surpreso se o Michael tivesse te pedido para procurar a grana só para saber se ainda estava comigo.

— Mas se já soubesse que o dinheiro era falso, por que precisaria checar?

— Não sei.

— E se for o contrário? — sugeriu ela. — Alan levou o dinheiro, e Michael é que não ficou satisfeito.

Deixei a ideia decantar. Michael tinha falado com todas as letras que estava comprando alguma coisa de Alan. Será que era verdade? Mas o que Michael teria para vender?

— Se o dinheiro for falso, falso no nível valer a pena matar alguém por causa disso, por que ficar com ele?

— Você gastou uma parte — insinuou ela.

Não era uma pergunta.

— Um pouco. Não tive o menor problema.

— Só porque é falso não significa que não valha nada. Ou talvez esteja marcado... sabe? Quando a polícia tem registro das cédulas, esse tipo de coisa?

— Talvez.

Eu estava deixando passar alguma coisa, mas não tinha certeza do quê. A intuição me dizia que uma das teorias de Erin, algo que ela havia mencionado, se aproximava da verdade. Mas eu não sabia o bastante para desvendar. Michael tinha me dito que o problema havia sido não *levar o suficiente*. Eu achava pouco provável o dinheiro ser falso.

Zerado o nosso suprimento de teorias, voltamos a mergulhar no silêncio. O chalé, quase um submarino, pareceu ter afundado mais algumas centenas de metros, gemendo. Por algum tempo, achei que Erin havia caído no sono. Até o seu rosto, uma esfera, aparecer acima de mim, debruçada na beira do mezanino.

— Vale eu dizer que sinto muito? — perguntou ela.

— Por qual parte?

— Sei lá, por tudo.

Alguma metáfora escondida nas palavras flutua na minha direção enquanto sigo ali deitado, falando com as estrelas, mas não sei qual seria.

— Ok.

— Só ok?

— Hummm.

Me esforcei para imitar um resmungo sonolento e evasivo, mas ela com certeza conseguia ouvir o meu coração batendo. Pelo jeito, a pulsação fazia o travesseiro inteiro pulsar.

— Você não quer saber por quê?

— Você tá falando porque tem algo a dizer ou só porque não consegue dormir?

Não queria que soasse como um passa-fora. A partir de determinado ponto num casamento, a crueldade e a afeição se fundem. Mas a gente não estava mais junto, então até o comentário mais levemente cortante parecia uma navalha.

— Pode ser as duas coisas?

A súplica na sua voz era nítida.

— Pode — respondi, amaciando o tom. — Mas se amanhã eu precisar fugir de um *serial killer* e ele me alcançar porque eu dormi mal, a culpa é sua.

O branco dos seus dentes se fez notar no escuro. Um sorriso.

— Esse é o Ern que eu conheço.

— Não precisa se desculpar, Erin. Não devia ter posto tanta pressão em você. Achei que você estava feliz e que a decisão de ter filhos havia sido nossa, mas pelo visto não notei o quanto eu estava forçando a barra. Fiquei puto por muito tempo, mas que direito eu tenho sobre as suas escolhas? Você não devia ter mentido, e gostaria que tivesse sido qualquer outra pessoa que não o Michael, isso eu nunca vou superar, mas pedi muito de você. Não precisa me pedir desculpa.

Era uma meia verdade. A verdade verdadeira era que eu não queria ter que ficar deitado ouvindo enquanto ela despejava justificativas. Já as tinha ouvido antes — na terapia, em casa, sussurradas e berradas, por mensagem e por e-mail, umedecidas por lágrimas e carregadas de ódio. Pensava já ter ouvido todo tipo de desculpa em todo formato possível.

Então ela me surpreendeu quando disse:

— Eu matei a minha mãe.

CAPÍTULO 31

Aquelas palavras foram como uma bomba explodindo no pequeno cômodo. Eu não sabia o que dizer sobre a confissão. Sabia que ela havia sido criada pelo pai — um dos motivos que tinham nos aproximado quando começamos a namorar —, mas Erin havia me falado que a morte da mãe fora em decorrência de uma doença, quando ela era pequena.

— Ela morreu no meu parto. — Sua voz quase não passava de um sussurro. — Eu sei que você vai dizer que não foi culpa minha, mas não importa. Foi o que o meu pai me falou, e eu acreditei. Ainda acredito. Eu a matei. Eu sei, acontece. Sei que a culpa não é minha. Por isso comecei a falar pras pessoas que foi câncer. Pelo menos assim elas se limitam a um "Ai, sinto muito", em vez de todo o resto. Mas o meu pai repetia pra mim todo dia quando eu era mais nova, basicamente até ele morrer, que era, *sim*, minha culpa. Sempre soube que ele preferia que tivesse sido eu em vez dela.

Eu sabia que o pai de Erin era abusivo, mas nunca que tinha sido algo tão direcionado, tão repleto de culpa e ódio.

— Que coisa horrível de se dizer pra uma criança. Eu não sabia.

— Acredita em mim, por favor, quando digo que não queria te magoar. Foi só... depois que a gente falou sobre tentar ter um filho... — Ela começou a chorar e precisou de um tempo para se recompor. — Você tava tão animado, Ern. Tão feliz só de tocar no assunto, eu nem conseguia acreditar. Você tava apaixonado pela ideia antes mesmo de a gente começar a tentar. Eu quis ser quem você queria que eu fosse. E você ficou tão feliz quando eu concordei. Mas depois... não estou querendo dizer que foi culpa sua, só estou tentando explicar. Eu estava com medo. Precisava de um pouco mais de tempo. Eu pretendia continuar tomando pílula só por mais algumas semanas, até me acostumar com a ideia de ficar grávida. E fiquei surpresa com como amei as primeiras semanas! Acho que a gente nunca foi tão feliz. Eu via um brilho nos seus olhos que eu não tinha coragem de apagar. E aí algumas semanas viraram alguns meses, que viraram um ano, e de repente você queria descobrir qual era o problema. A gente começou a ir a clínicas, a médicos, você com aquele copinho de plástico, e eu percebi que não te contar tinha virado uma camisa de força pra mim, e o jeito era seguir em frente. Eu sabia que a única solução era parar de tomar a pílula e revelar uma gravidez milagrosa antes de você ficar sabendo por outros meios. Mas não tive coragem. Parecia uma viciada em jogo enfiando notas de cinco no caça-níqueis. Ficava adiando a ida à clínica. Pensava: "Só preciso me livrar de mais uma carta, me desvencilhar de mais um telefonema." Aí vou estar pronta. Cada receita seria a última, então eu me via na farmácia à espera de mais uma.

Eu tinha começado a chorar também.

— Eu só queria você, do jeito que você é. Não queria uma barriga de aluguel. Só estava animado porque achava que a gente estava alinhado na ideia. Eu teria te escutado.

— Mas se eu tivesse contado, você teria feito pressão. Sem saber contra o que estava fazendo pressão. Teria feito do seu jeito, divertido, carismático, talvez deixasse o assunto de lado por um ano, dois, mas voltaria a fazer pressão. Eu não podia contar pra você sobre a minha mãe. Não conto pra ninguém desde a adolescência, quando me dei conta de que era mais fácil dizer pros outros que ela tinha ficado doente. Ser julgada era demais pra mim. Achei que, com o passar do tempo, poderia te dar o que você queria. Eu tentei, de verdade. Não estou pedindo pra você ter pena de mim. Só estou tentando contar de onde vinha o meu medo. Medo de ser ferida fisicamente, sim... de morrer como ela. E, mais do que tudo, medo de que, se algo acontecesse *mesmo* comigo, você visse a criança, o bebê que você tanto queria, com os mesmos olhos com que o meu pai me via.

— Eu queria tanto uma família...

— Ai, Ernie... eu sei.

— ... que talvez tenha me esquecido de que já tinha uma. — Suspirei. — Desculpa.

— Quem tá pedindo desculpa aqui *sou eu*, babaca — disse ela, com uma risada abafada. — Desculpa ter mentido pra você. Eu não queria ser a pessoa incapaz de te dar o que você queria.

— Eu teria te amado da mesma forma.

Ainda amava, mas não queria admitir. Confessar doía demais, mesmo com o Oxycontin. Talvez eu devesse ter dito algo. Talvez essa seja parte da razão de estar escrevendo esta história. Um livro é um objeto físico, lembre-se. É escrito para ser lido.

Após uma pausa, sua voz desceu flutuando de novo.

— Quer subir aqui?

Eu sabia que ela só estava em busca de intimidade como uma reação à morte de Michael. Sabia que seria falso e vazio, e só faria tudo doer ainda mais no dia seguinte. Sabia, mas mesmo assim continuei deitado, sem saber direito como responder.

— Mais do que tudo — respondi, enfim. — Mas acho que não vou.

CAPÍTULO 32

Sonhei com o dia do meu casamento, embora fosse mais uma lembrança do que um sonho. Michael debruçado sobre o atril como se fosse a única coisa o mantendo de pé, enrolando a língua na tentativa de proferir a terceira regra para um discurso de padrinho e *se* enrolando todo enquanto os convidados riam. Até Audrey sorria. Ele tomava um gole de cerveja, erguia um dedo — *peraí, peraí, agora vai* —, soluçava, limpava a boca na manga da camisa e tentava mais uma vez fazer a língua formar as palavras "patroa satisfeita, vida perfeita". O local explodia em risadas, e ele sorria, pensando que havia conquistado as pessoas pelo talento, não pelas palhaçadas. Soluçava de novo. Dessa vez soava diferente, algo como... Outro soluço, este definitivamente um som de sufocamento, então Michael apertava a própria garganta, com os olhos esbugalhados, e os soluços se transformavam em asfixia pura e simples. Mas as pessoas continuavam rindo sem parar enquanto o negrume borbulhante do alcatrão escorria dos lábios dele.

A manhã era de céu cinzento, escuro, e a nevasca estava de volta com fúria renovada. A neve tinha se acumulado de tal maneira que foi preciso dar um empurrão com o ombro na porta para conseguir abri-la. Do lado de fora, ficamos molhados e tiritando de frio em questão de segundos. Cristais de gelo esvoaçantes beliscavam a minha pele como se fossem mosquitos de areia. Os carros que continuavam ali exibiam topetes brancos, e os montes de neve depositados contra as paredes da construção principal do resort mais pareciam ondas em suspenso.

Erin e eu havíamos nos vestido e saído do chalé sem muita conversa. Entre nós tinha se estabelecido um clima estranho típico de quando amigos de longa data transam. Após as confissões da noite anterior e o convite, não sabíamos direito o que dizer. Eu dormira com a luva de cozinha, que, àquela altura, já era material semibiológico. Não conseguiria tirá-la nem se quisesse. Precisei dar um jeito de fazê-la passar pela roupa térmica, forçando a costura. Observando as minhas dificuldades ao depender de uma mão só, Erin me ajudou a colocar um gorro. Na véspera, eu tinha ficado mais vezes no frio do que o meu figurino de beira de lareira crepitante aguentava, então queria estar preparado da próxima vez. Com a boca, fiz deslizar uma luva pelo meu punho funcional até cobrir os dedos.

Ao sairmos, peguei um ferro, que tinha catado num dos armários dos fundos do chalé. Erin havia erguido uma sobrancelha para aquilo, mas vi a pergunta chegar ao seu peito e recuar no meio do caminho para a garganta. Com certeza devia ter decidido que não estava a fim de saber a resposta.

A lupa estava no meu bolso. Eu tinha acordado antes de Erin e a examinado à luz da manhã. Na lateral, estava escrito *50x*, o que, suponho, fosse a magnitude do aumento. Então, havia pegado uma nota de cinquenta dólares do bolo e a erguido, examinando-a com a lente à procura de algo interessante.

Eu sabia uma coisinha sobre notas de cinquenta dólares australianos, e isso graças a uma velha piada que cai como uma luva para escritores. Em 2018, a cédula amarela de cinquenta dólares foi reformulada para incluir, abaixo da imagem de Edith Cowan, uma reimpressão em miniatura do seu primeiro discurso ao parlamento. Por azar, a palavra "responsabilidade" tinha saído com um erro de digitação que só foi notado seis meses depois, quando milhões de notas já estavam em circulação. Era a história perfeita para contar em jantares: eu perguntava se alguém tinha uma nota de cinquenta e, ao achar uma que contivesse o erro, narrava a situação. Para terminar com chave de ouro, quase em tom de brinde, dizia: "Essa é a prova de que não pagam o bastante a escritores; a gente teria encontrado o erro muito mais rápido se visse essas notas com mais frequência!" Pausa para longas risadas.

Mas o meu conhecimento sobre cédulas monetárias parava por aí. Ao examinar a nota, reparei na presença do erro de digitação, o que, no fim das contas, sugeria que seria muito mais provável o dinheiro ser verdadeiro do que falso.

De fato, havia um número de série, como eu havia pensado, bem como feixes de cor entrecruzados e um pequeno holograma no canto inferior esquerdo. Mas tudo, até mesmo o erro de digitação, era visível a olho nu. A lupa não era necessária. A magnitude de 50x era o bastante para revelar a linha de junção do plástico, os pontos em que as diferentes cores da tinta se misturavam. A lupa tinha outra serventia. Desisti. Não fazia sentido procurar sem saber o que estava procurando.

Ao passarmos pelos carros, afaguei de leve o ombro de Erin para ganhar a sua atenção. Em meio ao uivo da tempestade, não havia muito sentido em falar, então só ergui o ferro e apontei com a cabeça para o Mercedes de Marcelo. Fomos até lá, os pés chapinhando. Ao golpear o veículo com o ferro, o objeto removível mais pesado que tinha conseguido encontrar no chalé, o vidro trincou, mas não se espatifou, limitando-se a afundar, formando uma cratera bem no meio. A janela com insulfilm ficou marcada por listras longas e brancas.

Vinha amadurecendo a ideia desde a véspera, quando tinha percebido o vidro em torno do carro de Katherine. Na ocasião, fiquei ocupado demais com a história de estar semimorto para tirar a prova. Como o Volvo de Katherine havia sofrido um golpe semelhante em meio à tempestade, imaginei que outra janela quebrada não iria alvoroçar ninguém. Mas não tinha levado em consideração o alarme, que disparou assim que o ferro atingiu a janela. A tempestade era ruidosa, mas acho que não a ponto de abafar o uivo, e a direção do vento me prejudicava, conduzindo o som até a construção principal do resort. As luzes também piscavam como se fossem um farol. Erin estava de guarda, caso alguém aparecesse para investigar, mas não faria a menor diferença; sua visibilidade era apenas de alguns metros. O jeito era agir rápido.

Golpeei outra vez a janela, que afundou ainda mais, flexionando-se como uma casca de ovo e permitindo a entrada de ar no veículo, mas o vidro ainda aguentava. Só precisei de mais um golpe até a minha mão inteira invadi-lo. Com a luva de cozinha (uma mão na roda naquele momento), empurrei os restos de vidro e me inclinei para entrar. Erin se mexia um pouco, nervosa, pronta para sair dali, mas eu sabia o que queria. Dei um puxão, arrancando um monte de fios dos encaixes, e havia acabado de me reerguer e virar para avisar Erin que podíamos sair quando um soco me atingiu a lateral do maxilar.

A neve acumulada da manhã é muito boa para amortecer uma queda, mas não cheguei a cair no chão. Erin me segurou por trás dos braços como uma treinadora de boxe.

— Meu Deus do céu, Ernest.

Marcelo sacudia a mão, surpreso ao deparar comigo.

Me levantei com cuidado, apalpando a lateral do maxilar. Ele tinha me atingido com a mão direita, a do ombro reconstruído, o que acabou enfraquecendo o golpe. Muita sorte, porque era o pulso em que usava o Rolex. Era para ter sido o mesmo impacto de ser atingido por um haltere. Fiquei surpreso por ainda ter dentes.

— Mil desculpas — disse Marcelo. — Estava checando o carro da Lucy e ouvi o alarme. Com tudo que tá acontecendo, achei que alguém... mas pera aí... O que você tava fazendo?

Ele olhou para o seu carro, obviamente pensando na janela quebrada. Percebi que eu tinha deixado o ferro cair logo abaixo da porta. Já estava semiencoberto pela neve, mas ainda era visível. Empurrei-o com o pé para baixo do veículo. Marcelo deu um passo na direção da janela. Se pusesse a cabeça para dentro, veria os cabos espalhados por cima do painel e perceberia que tinha algo de errado.

— Eu vi que a tempestade tinha quebrado a janela — falei, alto demais, mas funcionou. Ele se virou de volta para mim. — Aqueles bancos de couro tão bonitos... Achei que seria uma pena se fossem destruídos. Queria encontrar algo aí dentro pra cobrir.

— Legal — respondeu, me envolvendo com o braço e me guiando para longe do carro. — Deixa o couro pra lá, vou te levar lá pra dentro. Só um instante... — Ele se calou e pôs um joelho na neve. Meu estômago, que já havia tido oportunidades demais para se revirar, encontrou mais uma. Marcelo grunhiu ao se levantar com a mão estendida, segurando algo para me mostrar. Mas não era o ferro. — Você deixou o celular cair. — E me deu o aparelho.

Veja bem, a situação quase infringe a Regra 6 — um feliz acaso do destino —, mas todo detetive precisa de um pouco de sorte. Uma narrativa de suspense se constrói dificultando a vida do investigador, mas, de vez em quando, assim como na vida real, os dominós se alinham ao seu favor. E, para ser sincero, não sei como Marcelo não notou. Talvez estivesse distraído, calculando quanto custaria o conserto da janela, ou quem sabe o frio embaçasse a sua visão. Talvez a mão estivesse dolorida por causa do soco no meu maxilar. O aparelho era semelhante a um celular, é óbvio — pequeno, retangular e eletrônico, com tela de cristal líquido —, mas ele deveria ter reparado. Não seria eu quem iria questionar. Pensei que, depois da véspera, eu estava merecendo um golpe de sorte.

Assim, peguei o aparelho portátil de GPS, recém-arrancado do suporte no para-brisa, e enfiei-o no bolso antes que Marcelo voltasse a enxergar direito.

Estacionado em frente à entrada da construção principal do resort, havia um veículo horrendo. Um cubo de um amarelo intenso com rodas espalhafatosas de armação mecânica, que mais parecia o filho de um tanque militar com um ônibus escolar. Exalava vapor por baixo, o motor ligado e quente.

Um grupo se reunia à sua volta: Sofia, Andy, Crawford, Juliette e um homem que eu não conhecia, em cujas costas depositei uma esperança momentânea — vai que era um detetive. Mas, ao me juntar ao grupo, percebi que usava um casaco de chuva de plástico lustroso com *SuperShred Resort* bordado na lapela. Tinha um logotipo em tudo que vestia, dos óculos holográficos Oakley azuis e dourados e a bandana Skullcandy atada em torno do queixo (caveira e ossos sobre a boca) às calças de plástico largas em que uma das pernas era recoberta de alto a baixo pela palavra Quiksilver. Parecia um cooler de cerveja cheio de adesivos. Pelo jeito era um snowboarder: a única parte do rosto que aparecia, o nariz, dava a impressão de viver sendo quebrado. Ao chegar mais perto, reparei que a insígnia *SuperShred* também adornava a lateral do ônibus-tanque. Devia ter vindo do outro lado da serra, do resort no vale adjacente.

Abri caminho com os braços e me postei entre Andy e Sofia. Ela tremia bastante, com uma palidez invernal. Dava para perceber que não estava focada no que acontecia, e, sim, contando os segundos para poder voltar para dentro. Imaginei que ao menos uma sobrancelha se ergueria à visão da gente — Erin e eu — chegando juntos, ela com as mesmas roupas da véspera, mas acho que ninguém tinha energia para fofocas de pátio de escola. Estava todo mundo cem por cento focado em Marcelo, que voltava com a gente, e não havia atenção para mais nada.

— Estamos indo embora? — perguntei.

O veículo só poderia ter sido pensado para viagens através de neve espessa, e não estava ali para diversão.

— E aí? — disse Juliette, dirigindo-se a Marcelo.

— O chalé tá vazio. O carro continua no mesmo lugar.

— Merda.

— Eu posso levar vocês até o outro lado da serra. — A voz do Outdoor Ambulante não deixava nada a dever ao figurino, com um sotaque patrocinado pelos energéticos Monster Energy. Se não estivesse falando de uma pessoa desaparecida, com certeza adicionaria algo do tipo "parça" ou "bróder" na frase. O sotaque soava um pouco canadense, o que me fez encará-lo como um daqueles caçadores de neve que passam seis meses no hemisfério Norte e seis no Sul. — Mas com esse veículo a gente não vai achar ninguém a não ser que passe por cima da pessoa.

— O que tá acontecendo? — perguntei.

— Lucy sumiu. — Marcelo finalmente se dirigiu a mim, ainda que no tom distraído de alguém a quem acabam de perguntar "o que eu perdi?" enquanto assiste a um filme. — Ninguém a vê desde ontem à noite.

Fazia sentido. Marcelo tinha me pegado saqueando o seu carro porque já estava por perto, checando se Lucy havia ido embora na calada da noite. Supus ser essa a razão para Katherine e Audrey não estarem com os demais: haviam ido procurá-la no hotel.

O Outdoor Ambulante girava a cabeça, observando o nosso grupo.

— Desculpem perguntar, mas que porra foi essa que aconteceu com vocês? Jules, eu tenho que levar todo mundo de volta pra Jindabyne agora mesmo.

— Esse é o Gavin. — Juliette pousou a mão sobre o braço do homem. Pareciam velhos conhecidos; imaginei que trabalhadores sazonais fizessem amizades depressa entre si, mas não a ponto de ela contar sobre o assassinato de Michael, pelo visto. — O tempo tá piorando, e o Oversnow... — ela deu um tapinha na lateral do ônibus-tanque, que reagiu com um ruído oco — ... é a nossa única opção pra descer a montanha. Gavin se ofereceu pra nos levar.

— Mas é pra ir agora — acrescentou ele, olhando para o céu, nervoso.

— Sem a Lucy? — perguntou Erin.

— É a nossa única oportunidade. — O homem deu de ombros. — Vocês têm os policiais todos. Eu estou sozinho. Quer dizer, tenho minha própria equipe pra tomar conta.

— A gente tem um único policial — disse Marcelo, corrigindo-o. — E olha lá. Mas escuta aqui: ou é todo mundo, ou não é ninguém. Nós somos uma família.

Achei estranho ele dizer aquilo, uma vez que Lucy era uma ex-nora por parte de enteado, mas sabia que a política dos Garcia para com hífens era diferente da minha. Fora que, se o lance dos Cunningham era bater de frente com a lei, Lucy tinha tomado uma multa por excesso de velocidade na subida, então era uma de nós, no fim das contas.

— Muito obrigada por ter vindo — disse Juliette. — Mas a gente não pode deixá-la aqui. Leva a gente pra dar uma geral. Eu fico te devendo.

— Shots?

— Shots. Que nem em Whistler.

A lembrança de uma noite aparentemente animada o alegrou tanto que os seus óculos de sol chegaram a mudar de cor.

— Tá bom. Quem vem comigo, então?

— Eu vou.

Suspeitei que Andy havia se oferecido como resultado da fusão dos feromônios represados de um jovem em ano sabático e os arrependimentos da meia-idade, fazendo-o associar movimento a prestatividade. Ou talvez ele só quisesse andar na geringonça barulhenta.

Senti o encontrão de Erin. *Um de nós devia ir.*

— Eu vou também — falei.

Gavin pareceu reparar em mim pela primeira vez e estendeu uma luva da North Face para me cumprimentar. Ergui a luva de cozinha como quem pede desculpas por não poder retribuir o cumprimento.

— Maneira a luva, cara — disse ele.

Crawford fez menção de acompanhar os voluntários, mas Juliette se colocou à sua frente.

— Você devia ficar e manter as coisas sob controle. Erin e Marcelo, ajudem a Katherine e a Audrey a vasculharem o restante do resort. Sofia — Juliette a mediu de alto a baixo —, sinceramente, você tá com cara de quem precisa se deitar. — Ela assentiu, grata. — Gav, eu vou também pra dar uma olhada naqueles papéis. Eu *sei*. — Deve ter reparado em como os olhos dele se iluminaram. — Não força. É só pra dar uma olhada. Ernest e Andrew, pulem pra dentro.

Fiquei impressionado por ela saber o nome de todo mundo, e fiz questão de falar isso. Juliette deu de ombros e respondeu que, se a lista de chamada continuasse diminuindo daquele jeito, não seria nada difícil. Por mais sombrio que tenha sido, o comentário me fez sorrir. Percebi ter gostado do fato de ela nos acompanhar.

Gavin deu a volta na máquina bestial em direção à traseira e puxou a porta para abri-la. Subimos uma escada de três degraus enquanto ele se encaminhava para o lugar do motorista. Aquilo mal era um veículo; na traseira, em vez de assentos, havia longos bancos de ferro ocupando toda a extensão de ambas as laterais. Era frio como uma geladeira dentro de um freezer. A temperatura me envolvia num abraço apertado de quebrar as costelas. Tudo cheirava a combustível. O piso ribombava com o rugido gutural do motor à medida que Gavin manejava uma alavanca de marchas do tamanho de um galho de árvore.

No começo, o veículo se movia devagar entre as construções, até Gavin passar a marcha na subida da colina e nós três começarmos a chacoalhar. Segurei numa barra de aço acima de uma das janelas e tentei espiar através do vidro encoberto pela geada. Gavin tinha razão — passaríamos por cima de Lucy antes de avistá-la. Com aquelas rodas gigantescas de tanque, provavelmente nem sentiríamos o impacto. A nevasca tinha sido muito forte para deixar rastros.

No caminho, tirei do bolso o GPS de Marcelo. Era movido a energia solar, mas ainda tinha um pouco de bateria e ligou sem problemas. Procurei a opção "viagens recentes" no menu. Surgiu um mapa rudimentar. O Sky Lodge nem estava apontado; limitava-se a um pequeno ícone de seta em meio a uma área desolada. Dei zoom até conseguir ver a estrada mais próxima. A linha verde começava próximo ao letreiro CERVEJA! que me parecia a milhares de anos-luz de distância, antes de descer em direção a Jindabyne até — confuso, cocei o maxilar — subir de novo o morro do outro lado do vale. O trajeto formava um U perfeito, estimado em cinquenta minutos numa única direção. Por causa da câmera de neve de Juliette, eu sabia que Marcelo havia passado seis horas fora, o que tornava imperativa a pergunta: o que ele ficou fazendo pelas outras quatro horas no SuperShred Resort?

— Isso não faz sentido — gritou Andy, passados quinze minutos. Àquela altura, a gente devia estar na metade da subida da encosta. Dava para ver um pequeno círculo de luz que eu sabia ser o holofote no alto do teleférico, mas nada além. Não se via sequer árvores ou rochas naquela altitude. Como ninguém respondeu, ele cutucou o ombro de Juliette e repetiu: — Eu disse "Isso não faz sentido". A neve tá tão espessa que não daria pra ver nem sinal da Lucy. Ela teria que ser louca pra sair nesse tempo.

— A gente precisa tentar — respondeu Juliette aos gritos. Era como conversar no compartimento de carga de um avião. — O teleférico parece mais próximo olhando do fundo do vale do que realmente está. A montanha também parece menos íngreme. Talvez ela não tenha conseguido tirar o carro do lugar e achou que pudesse ir andando. Só descobriria na metade do caminho que estava em maus lençóis.

— Ou foi pra estrada e tá tentando pedir carona — falei.

— Exato.

— Mas por que ela teria... — Um solavanco particularmente brutal desconjuntou as palavras de Andy, que as recolocou em ordem, atrapalhado. — ... se aventurado no meio da tempestade?

— Talvez estivesse com medo — sugeri.

Andy assentiu.

— Ela pareceu bastante transtornada quando a Sofia mostrou aquela foto.

Eu achava que tinha sido só a sensação do confronto com a morte, mas Andy estava certo. Ela havia ficado abalada e saído do recinto logo depois. E se a tal foto tivesse sido uma ameaça de Sofia? Teria sido uma jogada confiante para ser feita na frente de todo mundo, mas estava nítido que confiança não era problema para o Língua Negra. Mas que tipo de ameaça? Mais para *Eu sei o que você fez* ou para *A próxima é você*?

Andy estava pensando a mesma coisa.

— Mesmo que algo a tenha assustado, pra que vir até aqui?

— Ela achou que conseguiria.

A voz de Juliette tinha uma carga sombria; era óbvio que não acreditava nas próprias palavras. Mas, nesse caso, o que estávamos fazendo?

— Com esse tempo? — Andy balançou a cabeça. — Seria suicídio!

Então os olhos de Juliette se ergueram, encontraram os meus por uma fração de segundo e voltaram a fitar o chão. Entendi o que ela estava pensando, por que achava que Lucy teria se lançado em meio a uma tempestade letal. Me lembrei da forma como ela havia jogado a culpa para todo lado antes de ver a foto do Botas Verdes e sair às pressas. Talvez Sofia tivesse *mesmo* a assustado. Afinal, até aquele ponto, só o que conectava as mortes era o método, e Erin tinha ressaltado de forma correta que o *modus operandi* do Língua Negra era fácil de pesquisar. Eu sabia, sem a menor dúvida, que Lucy havia procurado as informações no Google; ela mesma havia me contado sobre as primeiras vítimas. E tinha mais mágoa de Michael do que muitos de nós. Talvez vê-lo chegar com Erin tenha sido a gota d'água.

Olhei de novo para Juliette. Seus olhos estavam fixos do lado de fora da janela coberta de gelo, e sua expressão era séria.

Não estávamos procurando Lucy. Estávamos no seu encalço.

MINHA (ex-) CUNHADA

CAPÍTULO 33

Gavin nos levou até a estação mais alta do teleférico, na crista da serra. De uma coluna gigante, projetavam-se grossos cabos pretos, dos quais pendiam bancos para três pessoas a intervalos regulares. Da minha janela, eu os via sumirem em meio às nuvens inquietas. Do lado onde Andy estava sentado, os cabos subiam a encosta e davam num galpão de metal ondulado. Gavin parou o veículo ali. Juliette saltou e checou o interior do local, imaginando que Lucy talvez tivesse se deparado com o lugar e se refugiado, mas logo retornou, balançando a cabeça.

Gavin deu a partida outra vez, seguindo a trilha dos cabos encosta abaixo. Achei a ideia boa; em meio ao redemoinho de vento e neve, os pilares do teleférico se destacavam, com suas sombras agigantadas e, se Lucy estivesse do lado de fora ao deus-dará, também os teria seguido. Isso, é óbvio, se estivesse tentando chegar a algum lugar. Acima de nós, as cadeiras sacudidas pelo vento faziam ângulos de quase noventa graus. Fiquei feliz por não estar numa delas. Gavin descia em zigue-zague entre os pilares. Ao se aproximar de um, puxava a alavanca de marchas com uma disposição que poderia provocar uma tendinite. Na traseira, nossas sobrancelhas tinham congelado coladas às janelas, e nossos corpos eram projetados para a frente pela inclinação da encosta, as vistas forçadas contra o branco ofuscante da neve. Mas nada de Lucy.

À medida que o terreno nivelava, passamos por outro galpão de metal alimentado pelo cabo. De novo, Juliette foi correndo checá-lo e, tão rápido quanto foi, voltou. Nosso suprimento parco de esperança estava nas últimas. Quanto mais avançávamos, menos provável era que Lucy houvesse chegado tão longe.

Mais alguns minutos, e um agrupamento de edificações surgiu diante dos nossos olhos; havíamos chegado ao resort.

— Merda — resmungou Andy, socando o telefone. — Essa porcaria.

— O sinal melhorou aqui? — perguntei.

— Nada, a bateria já foi pro saco. E o seu?

— Meu celular mergulhou no lago, lembra?

O SuperShred Resort estava mais para uma base militar do que para um retiro de férias, povoado por gigantescos barracões quadrados que, presumi, abrigavam acomodações a um décimo do preço dos chalés do Sky Lodge e, assim, com uma taxa de ocupação dez vezes maior. Estava deserto e tinha o clima sinistro de um parque de diversões abandonado — imaginei que as pessoas estivessem todas abrigadas do lado de dentro; o tempo estava péssimo, mas não apocalíptico e, contanto que não tivessem seus próprios cadáveres com que lidar, não haveria razão para ninguém ir embora. Dava quase para sentir os fantasmas da atividade no agitar das bandeiras triangulares fluorescentes instaladas para guiar multidões e nas trilhas abertas, mesmo recobertas pela neve recém-depositada pela última tempestade. As placas de CONTRATA-SE ou COMIDA soavam tristes no vazio, promessas de um lugar diferente. Nós deslizávamos terreno adentro no monstrengo estrondoso como quem mergulha num navio naufragado: tudo tomado por um silêncio espectral, um lugar ao mesmo tempo vivo e morto.

Era o oposto do Sky Lodge, pensado para animar em vez de rejuvenescer. Tratava-se do tipo de lugar em que o dinheiro economizado nas acomodações era despejado no aluguel de equipamentos e na tarifa do teleférico. Banheiros compartilhados e dermatites eram parte do pacote, e, sem dúvida, eles seriam capazes até de nem oferecer camas, se as pessoas não precisassem de algum lugar onde se enfiar entre três da madrugada, quando o bar fechava, e seis da manhã, quando os teleféricos abriam.

Gavin estacionou próximo a um mapa gigantesco em que, abaixo de uma camada de gelo, dava para ver linhas de várias cores traçando as rotas da montanha. O lado direito estava todo congelado, exceto por uma série de luzes vermelhas brilhando que eu sabia estarem ao lado dos nomes das paradas dos teleféricos. Significado: *todos os teleféricos estão fechados*.

— Sinto muito, galera. — Ele girou no assento feito um motorista de ônibus. — Eu levo vocês de volta, mas não querem beber algo quente antes? Jules e eu temos umas questões pra discutir.

Ele escancarou a porta.

— Sério, Gav? — replicou Juliette, ainda onde estava.

— Se ela estiver aqui, vai ser lá dentro — disse Gavin. — Seu amigo pode checar a lista dos quartos também. Se bem que todo mundo tá localizado.

— Pode ser útil — falei, pensando alto. — Talvez eu reconheça algum nome que tenha passado batido pra você.

— Eu aceito um café. Irlandês, se tiver. E um carregador de celular. — Andy se levantou do banco de metal, curvado e esfregando as mãos no traseiro. — Se eu não der um tempo, com certeza vou ficar com hemorroidas. — Ele percebeu a careta de impaciência de Juliette. — O que foi? Talvez ela tenha chegado mesmo aqui.

Ele abriu a porta e saltou com ruído na neve. Fui atrás, pois achei que Andy não estava errado: por mais improvável que fosse Lucy estar presente, a gente poderia pelo menos fazer algumas perguntas. Talvez alguém soubesse quem era o Botas Verdes. Sem falar no fato de Marcelo ter estado ali na noite anterior ao início de todo o drama. Juliette, resignada com a visita, saltou e foi atrás de Gavin para o barracão maior, que estava mais para um hangar de aeroporto.

A tempestade estava tão forte quanto do outro lado da montanha. Dava para ouvir o rangido dos cabos dos teleféricos sob o vento inclemente. Os carros haviam se transformado em enormes cupinzeiros brancos enfileirados ao lado da estrada. Esquis e pranchas, que em algum momento deviam ter sido espetados meticulosamente na neve, estavam espalhados e derrubados feito dentes tortos. Luvas — já congeladas — haviam sido encaixadas no alto de bastões de esquis, prova de que muitas pessoas que haviam se abrigado do lado de dentro tinham a esperança de retornar logo às encostas. Era como se Chernobyl tivesse sido atingida por uma avalanche.

— Isso aqui é medonho — comentou Andy em voz baixa, ao meu lado, enquanto nos aproximávamos do prédio onde o único sinal de vida era um brilho alaranjado pulsando de uma das janelas. Minhas bochechas estavam tão geladas que a respiração quente de Andy me causava um formigamento. — Parece um navio fantasma. Tem alguém nesse resort?

À medida que Gavin nos levava para mais perto, pensei ter ouvido, vindo lá de dentro, uma sirene de ataque aéreo ou um alarme de incêndio, assim como uma série de baques distantes, altos o bastante para fazerem o solo vibrar sob os meus pés. Senti um desconforto no estômago. Comecei a pôr as coisas em perspectiva. Era óbvio que Gavin estava mais preocupado em nos levar até ali, ou ao menos levar Juliette, do que em encontrar Lucy. E, embora Lucy estivesse desaparecida e nós, preocupados, *morta* ela não estava. Em livros como este, enquanto o corpo não aparece, não se deve acreditar que uma pessoa esteja morta, porque essa pessoa tende a aparecer. Todo mundo já leu *E não sobrou nenhum*, né?

Por outro lado, e por mas desconfiado que estivesse de Gavin, introduzir o assassino tão depois da metade do livro é simplesmente injusto. Knox acabaria com a minha raça e me esquartejaria — essa é sua Regra 1. Além disso, meu caro leitor, o lado direito deste livro deve ser indicação suficiente de que ainda há muita água para rolar.

Independentemente de qualquer coisa, o resort deveria estar lotado de pessoas: era alta temporada e se tratava de um lugar para gente que procura emoções radicais, do tipo que não se deixa assustar por um pouco de vento e gelo. Onde estava aquele pessoal?

Minha pergunta foi respondida quando Gavin abriu a porta.

* * *

O rugido da tempestade não era nada comparado ao que nos recebeu assim que entramos. A música eletrônica tocava no último volume, luzes piscantes atacando os nossos olhos e graves ritmados ribombando nas paredes. Corpos se contorciam, iluminados por holofotes rotativos, com varetas luminosas penduradas no pescoço e nos punhos. Um homem numa plataforma, cercado por lasers verdes, balançava um braço no ar. Cadeiras e mesas haviam sido empurradas contra as paredes, liberando o salão de jantar para dar lugar à pista de dança. Tínhamos ido parar no meio de uma rave.

Gavin abria caminho em meio à multidão, e a gente tentava se manter o mais perto possível. Estava quente, mais calor do que eu tinha sentido em dias, o ar carregado de suor. A multidão se atracava. Andy estava maravilhado, petrificado pelo desfile de pele e fantasias. Havia pessoas usando apenas óculos de esqui e calcinha, outras com vestimentas de surfe e casacos de neve, toalhas como capas, capacetes, luvas e camisetas amarradas na cabeça. Uma mulher usava um colar havaiano, balaclava, biquíni e um enorme *sombrero* multicolorido. Eu, com a minha luva de cozinha, estava completamente integrado.

Quase fui decapitado por uma fileira de homens sem camisa que bebiam direto de um esqui na horizontal com seis copos de shots pregados na madeira. Perto do bar era onde havia mais gente. No menu, os preços tinham sido riscados e reajustados muito para cima, reescritos em letras pretas e grossas ao lado de uma grande placa onde se lia SÓ DINHEIRO. Gavin alcançou outra porta e abriu para nós, que escapamos para um corredor. Tive que puxar Andy para dentro.

— Meu Deus do céu, Gav — reclamou Juliette, em choque, recostando-se aliviada na parede. O chão ainda tremia com os graves, mas pelo menos dava para respirar. — Esse lugar tá um caos absoluto.

— Que doideira! — O brilho da juventude reprimida faiscava nos olhos de Andy. — Escolhemos o resort errado!

Que pena Katherine não estar presente para reagir ao comentário, pensei.

— Começou devagar. Um cara disse que tinha trazido o kit de DJ e perguntou se podia montar. Como aqui a gente já teve bandas, essas coisas, falei que tudo bem. Achei que podia ser divertido até a tempestade passar. Mas o negócio foi ficando cada vez mais agitado lá fora, e aqui dentro também, aí acabou virando esse furdunço. — Ele deu de ombros. — Todo mundo se divertindo, tá de boa...

— A gente não conseguiu ajuda nem no Sky Lodge — alertou Juliette. — Se alguma coisa ruim acontecer aqui, quem vem ajudar vocês?

— Vocês não deram festa nenhuma e já têm dois mortos e uma desaparecida — retrucou Gavin enquanto nos guiava corredor abaixo. — Agora não dá mais pra fazer nada. Já foi. Se eu desligo a luz, sai todo mundo cantando. Se fechar o bar, vão assaltar e destruir as minhas geladeiras. Assim que a tempestade passar e der pra ir lá pra fora de novo, eles vão começar a sair aos poucos. Eu só tenho que deixar eles se cansarem sozinhos. — Ele riu de leve. — Nossa, fiquei com pena foi do casal de idosos. Aposto que prefeririam ter feito reserva do lado de lá da serra.

— Aposto que o faturamento do bar não vai te cair nada mal.

— Você preferiria que eu morresse de fome?

Ele sorriu para ela.

Seguimos pelo interior do hotel. Como previsto, era o oposto do Sky Lodge. Parecia mais uma república do que um hotel. Em vez de bibliotecas, os espaços de lazer eram cozinhas comunitárias. No lugar de lareiras, tinham TVs de tela plana. Aço inoxidável em profusão. E a sala de Gavin não era muito mais sofisticada: havia uma mesa de sinuca com um rasgão no feltro, garrafas por todo o perímetro das extremidades de carvalho, uma mesa adornada com um computador bem mais caro do que o de Juliette e dois monitores e um painel de cortiça com um pôster A3 de toda a montanha, incluindo o Sky Lodge, e diversas imagens meteorológicas e de satélite. Gavin deu a volta na mesa em direção a algo que, no começo, achei ser um pequeno cofre preto, mas, na verdade, era uma geladeira. Tirou algumas cervejas Corona, segurando-as entre os dedos, e ofereceu como se fosse Edward Mãos de Tesoura. Andy pegou uma na hora, mas eu balancei a cabeça.

— Gavin, a gente tá com pressa — disse Juliette, também recusando a bebida.

Ao perceber que nenhum de nós iria beber, Andy ficou segurando sem jeito a garrafa, como se achasse que dar um gole seria traição.

Gavin ergueu as mãos como quem se rende.

— Eu sei, eu sei. — Quando bateu numas poucas teclas do computador, o monitor se acendeu. A tela estava recoberta por uma grossa camada de poeira. Ele clicou em alguns ícones e fez um gesto para Andy e eu nos aproximarmos. Era uma planilha de Excel. Por um segundo, imaginei que tia Katherine o havia chamado para a reunião, mas atribuí o pensamento ao efeito do distúrbio pós-traumático por planilhas. — É a lista dos quartos — explicou para mim. — E tem internet também. Cinco minutos? — Essa última parte era dirigida a Juliette; ele queria a atenção dela. Ofereceu o computador para mim e Andy para nos ocuparmos, da mesma forma que se dá um videogame a uma criança. — Vai valer o seu tempo.

— Eu já disse. Não tem a ver com dinheiro. — Juliette foi até a porta, resoluta, e a escancarou. — Vamos conversar aqui fora.

Gavin abriu um sorrisinho. Andy se rendeu e bebeu um gole culpado da cerveja.

Voltei os olhos para a tela do computador. Em contraste com o restante do SuperShred, a planilha era bem-organizada. Havia uma aba com o título *Lista de Quartos* e outra com o título *Verificação de Quartos*. Estava disposto a vasculhá-las, mas a oportunidade única de usar a internet em espaço fechado era tentadora demais, então abri o navegador.

Se Ronald Knox tivesse nascido cem anos depois, com certeza seu décimo primeiro mandamento seria a proibição de qualquer busca no Google. Mas fazer o quê? Knox está morto faz tempo, e eu estava tentando não me juntar a ele. Quanto mais informação tivesse, melhor.

Entendo que dar busca em reportagens não é bem o tipo de coisa eletrizante que se espera de um livro. Vou poupar você da cena em que clico e navego através dos resultados para "Língua Negra" e "vítimas do Língua Negra", até porque odeio quando reportagens são reproduzidas na íntegra em livros. E, na boa, estamos no século XXI, e eu havia passado dois dias sem internet, portanto me perdoe se me permiti navegar um pouquinho mais. Eis o que descobri:

- Confirmei a informação que tinha de segunda mão, passada por Lucy e por Sofia. Cinzas, sufocamento e tortura persa ancestral. Como Lucy tinha dito, estava ali, disponível para quem a quisesse. Qualquer um poderia ter copiado.
- Na verdade, quando estava digitando "Líng...", o Google autocompletou com "Língua Negra" a partir do próprio histórico. Gavin também havia feito a busca; a informação havia se espalhado um pouco mais do que eu tinha imaginado.
- Os assassinatos relatados eram bem espaçados entre si, o primeiro tendo ocorrido três anos antes (após a morte de Alan) e o segundo, dezoito meses depois.
- Andy me pediu para dar uma olhada rápida na cotação de criptomoedas.
- As primeiras vítimas, Mark e Janine Williams, eram de Brisbane. Mark tinha 67 anos de idade, e Janine, 71. Haviam se aposentado depois de trinta anos à frente de um restaurante de peixe com batata frita. A reportagem tinha uma pegada no estilo "A vida é tão injusta", descrevendo-os como pilares da comunidade — voluntários e membros de conselhos, um casal que tinha dado lar temporário a incontáveis crianças, uma vez que não havia conseguido ter filhos —, o que tornava as mortes ainda mais deprimentes. Um artigo incluía uma foto do funeral; a fila se estendia para fora do recinto. Pessoas muito amadas. Não eram exatamente do tipo "suspeitos número um" de serem membros

de uma gangue, é onde eu queria chegar. Sofia tinha descrito com exatidão a forma como morreram: haviam sido presos ao volante do carro com fechos de plástico na própria garagem, e o assassino tinha feito as cinzas circularem após subir no teto solar com um soprador de folhas.

- A segunda vítima, Alison Humphreys, havia sido encontrada ainda com vida no seu apartamento em Sydney, dentro de um banheiro com a janela lacrada por fita adesiva. As cinzas haviam sido espalhadas pelo ventilador de teto. Acabou morrendo após cinco dias de internação no hospital onde Sofia trabalhava (reparei que batia com a informação dada por ela no paiol de manutenção), quando foi tomada a decisão de desligar os aparelhos que a mantinham viva. Alguns conectaram a morte às de Mark e Janine, e a tarefa de batizar um *serial killer* havia recaído nos ombros de um subeditor qualquer, o que deu origem ao Língua Negra.
- Chequei rapidinho o meu Facebook.
- De acordo com o LinkedIn de Alison (nada mais triste do que uma conta póstuma no LinkedIn: *cargo: 2010-presente*), ela era uma ex-detetive que havia se reinventado como "consultora". Do quê, não ficava claro.
- Os preços do Sky Lodge (eu me lembrava do nome da imobiliária que tinha visto nos contratos) só eram enviados mediante pedido. No TripAdvisor davam ao resort 3,4 de avaliação. Cadáveres à parte, me pareceu meio severo.
- Acessei o perfil de Lucy no Instagram, imaginando que, se tivesse subido ao telhado na noite anterior, a tentação de sinal de celular e redes sociais teria sido forte demais para resistir. De fato, havia um novo post: a captura de tela de um depósito na sua conta bancária, uns tantos mil, com o resto dos detalhes borrado, impossibilitando a identificação. A legenda dizia: *A gente trabalha duro, mas no fim vale a pena — entrem em contato se quiserem saber mais sobre independência financeira. Deslizem a tela para ver tudo*

o que esta empresa incrível me proporciona. #rotinadiária #ganhandoeaprendendo #retirocorporativo #empreendedora. Ao deslizar, via-se uma segunda foto — uma linda vista das montanhas, registrada do terraço — e uma terceira — de todos (exceto eu, atrasado) ao redor da mesa do almoço no primeiro dia. Não tive nem forças para tirar sarro de como ela fingia que a nossa reunião era um retiro corporativo (uma hashtag melhor teria sido *#enganaratécolar*) — aquele céu claro e ensolarado acima dos picos rochosos acabou me decepcionado demais: as fotos tinham sido postadas na tarde anterior à tempestade. Não havia nenhuma informação nova.

Abri a home page do Sky Lodge no segundo monitor e cliquei na câmera de neve. O branco era quase total, mas Juliette e Gavin voltaram e retornei a atenção para as planilhas de quartos. Vasculhar os nomes dos hóspedes foi tão infrutífero quanto eu imaginava. Um monte de nomes genéricos que se confundiam uns com os outros e, mesmo que houvesse algo diferente, a chance de eu simplesmente passar batido era enorme. Pelo sim, pelo não, procurei por Williams e Humphreys, Holton e Clarke. Nada. O único pensamento que tive foi ter um excesso de Dylans. Snowboarders. Finalmente passei para a aba *Verificação de Quartos*. Havia uma coluna com o número dos quartos, outra com o número de leitos reservados e uma terceira com o título “Localizados” a ser preenchida com o sinal correspondente S/N, pelo jeito na tentativa de verificar quem estava presente e identificar qualquer possível desaparecimento. Examinei as colunas. Só S de alto a baixo, todos checados.

Juliette se ocupava observando o mapa da montanha no painel de cortiça, mas dava para perceber que estava impaciente, ansiosa para ir embora. No fim das contas, Lucy ainda estava desaparecida.

— Achou alguma coisa? — perguntou, por fim, resolvendo que eu já havia tido tempo suficiente. Ela se curvou, aproximando-se do meu ombro. — Uma amiga minha já fez parte de um desses esquemas. — Notei que ela estava olhando para a conta de Instagram de Lucy no outro monitor; eu tinha deixado aberta, com a captura de tela da conta bancária. — Tudo fake. Eles incentivam as pessoas a editar as imagens no photoshop e postar pra fazer parecer que estão ganhando dinheiro. Mesmo que entre dinheiro de verdade, o quanto elas gastam pra conseguir nunca fica evidente. A própria pessoa é quem acaba financiando quase tudo, e a grana só volta como prejuízo.

Erin tinha dito que Michael compartilhara com ela os problemas financeiros de Lucy, que havia sido em parte o que tinha aproximado os dois. Ao mesmo tempo, ele havia arranjado 267 mil dólares de algum lugar. Talvez estivessem escondendo dívidas um do outro.

Dei uma última olhada na lista de quartos na esperança de me deparar com algo que desse uma luz. Mas só um Dylan atrás do outro. Lembrei outra vez a mim mesmo que aquele era o resort festeiro, o oposto do Sky Lodge. Seria besteira procurar qualquer pessoa associada a um crime histórico, de trinta e cinco anos antes: ninguém com mais de quarenta anos de idade colocaria os pés ali. Seria como fazer um cruzeiro de aposentados a Cancún.

Só que...

— Gavin. — Comecei a descer às pressas a planilha dos quartos. — Você disse que tinha um casal mais velho aqui?

— É. Se enfurnaram no quarto. Acho que reservaram o resort errado, porque, sinceramente, a gente recebe todo tipo de pessoa, mas eles com certeza não são o tipo de clientela habitual. A gente tá até entregando serviço de quarto pros dois, o que não é do nosso feitio, porque fico me sentindo mal, sabe?

— E aposto que dão gorjeta — disse Juliette.

— Como eu disse, não são *mesmo* nosso tipo de clientela habitual.

— É o quarto 1214? — perguntei, já saindo às pressas do escritório. — Pode me levar lá?

— É, isso aí mesmo — respondeu Gavin, arfando e tentando me acompanhar tanto física quanto mentalmente. Juliette e Andy vieram atrás. — Você conhece o casal?

Achava que o nome na planilha não significasse nada para qualquer um deles. Doze horas antes, também não teria significado nada para mim. Mas não existem coincidências, e estava ali na planilha, claro como a luz do dia.

Chegamos à porta. E pensar que o caso que havia começado por causa de uma planilha estava prestes a ser desvendado por causa de outra.

Quarto 1214, McAuley.

— Ainda não — respondi, batendo na porta.

CAPÍTULO 34

Assim que me apresentei como um Cunningham, Edgar e Siobhan McAuley me convidaram para entrar. Embora fossem mais velhos do que a minha mãe, pareciam mais joviais. Edgar tinha um nariz inchado de quem bebe uísque e usava uma camisa polo verde-limão por dentro da calça social marrom com cinto. Siobhan era baixa, com um radiante cabelo curtinho grisalho e braços finos que me lembravam os galhos das árvores despojadas pela geada que tinha visto na subida da encosta. Usava um cachecol Burberry. Não era mesmo o tipo de clientela habitual de Gavin.

O quarto era estreito: um beliche à esquerda e uma arara à direita — não cabia um armário —, além de uma única cadeira, sem mesa. Em cima de uma pilha de livros entre a cadeira e a cama de baixo do beliche, uma mala servia como mesa, com um baralho ali espalhado. Perto da entrada, havia um banheiro do tamanho de um armário pequeno. A planta do resort seguia os ditames de uma nave espacial: máximo de ocupação no mínimo de espaço. O cheiro do cômodo era igual ao de tudo na região: umidade. Nada de cinzas no ar, até onde eu notava.

Enquanto nos sentávamos, os dois se torturavam, Edgar tagarelando sobre a tempestade e Siobhan circulando com uma chaleira elétrica, se desculpando porque só tinham duas canecas e um de nós teria que ficar sem. Andy, cuja garrafa de cerveja continuava pendendo das pontas dos seus dedos, a erguera discretamente para recusar a oferta. Juliette, Andy e eu nos sentamos na cama vergada de baixo, desconfortáveis, com os joelhos próximos do torso. Gavin ficou de pé na entrada.

Edgar pegou a única cadeira e se inclinou para a frente, os cotovelos nos joelhos.

— Não tínhamos certeza se veríamos alguém com essa tempestade e tudo o mais. Vocês nem imaginam quão gratos ficamos por terem vindo até aqui. — O sotaque parecia britânico tentando não soar australiano. De classe alta, mas por aprendizado, não de nascença. — Não tivemos notícias do Michael. Pensamos que vocês deviam estar tão ilhados quanto nós, então ficamos esperando. É óbvio que esse não é o nosso estilo de acomodação, mas até que tem sido divertido. Não é, querida?

— Verdade, amor. — Siobhan espichou a cabeça para fora do banheiro, os óculos embaçados pelo vapor da chaleira. — Não havia mais quartos disponíveis no prédio principal do Sky Lodge, e eu já estou meio velha pra me arrastar pela neve a caminho daqueles adoráveis chalés. De qualquer forma, o Michael achou melhor a gente ficar aqui, embora já fizesse muito tempo que eu não dormia num beliche. Mas por que não? Acho que, com o que viemos fazer e coisa e tal, o clima de aventura fica ainda mais acentuado.

Fiquei surpreso por estarem esperando Michael, e ainda mais pela atitude. Eu esperava hostilidade e até medo, mas... *entusiasmo*? Mais ninguém no recinto sabia quem eram os McAuley e, portanto, a tarefa de manter a conversa em andamento estava por minha conta, embora eu não soubesse como. Não sabia nem como dizer que o corpo da sua filha, morta havia tanto tempo, estava logo ali depois da serra.

— Mas me diga — Edgar resolveu a questão por mim. — Vocês a encontraram?

Foi o suficiente para que eu tivesse uma boa noção do que estava acontecendo. Resolvi tentar ir na onda até onde conseguisse para provar se a minha teoria estava correta.

— Encontramos — respondi, ignorando os olhos esbugalhados de Andy ao meu lado. Eu sabia o que ele estava pensando: *Encontramos quem?* — Mas houve complicações.

— Ele quer mais dinheiro outra vez — exclamou Siobhan, saindo do banheiro com duas canecas escaldantes de chá. Mas não parecia decepcionada ou frustrada, nem um pouco. Entregou as canecas com toda a calma. — Sem problemas, meu bem, achamos que Michael poderia querer. Trouxemos mais — disse, indicando com a cabeça a mala que servia de mesa.

— Será que... — Hesitei, sem saber direito o que contar. Pelo jeito, não tinham ideia de que Michael estava morto. Achavam, aliás, que eu estava ali representando-o. Ao mesmo tempo, poderia ser uma fachada e, nesse caso, seria melhor me resguardar e tentar pegá-los na mentira. — Vocês se importariam em, antes de tudo, me ajudar com alguns detalhes? — A pergunta pareceu confundi-los, então me apressei em dar uma explicação, abrindo o sorriso mais relaxado e hospitaleiro que consegui e rindo despreocupadamente. — É... coisa de família, sabe? Meu irmão me envolve nas coisas. Me manda pra cá sem me dizer muito. Só quero entender se o preço é justo. Não... — gesticulei para a mala, na esperança de tranquilizá-los quanto a não querer lhes extorquir — ... da parte de vocês. Coisa de família, entendem? — Ainda não pareciam convencidos. Trocaram olhares de soslaio. Acrescentei: — Como eu disse, a gente a encontrou.

Pelo jeito, a isca foi bem plantada, pois Edgar disse:

— O que você quer saber?

Lancei a aposta.

— Quanto vocês deram até agora?

— Metade — disse Edgar.

Quis começar com perguntas para as quais achava já ter as respostas. Michael nitidamente havia sido o intermediário entre os McAuley e Alan Holton — era o que eu havia entendido até o momento. O dinheiro na bolsa era dos McAuley, e essa era a razão pela qual ninguém — nem Lucy, nem Marcelo, nem a polícia — tinha dado falta dele nas contas bancárias de Michael. Eu também suspeitava que Michael estava vendendo aos McAuley algo que não tinha: iria usar a primeira parcela para pagar Alan, pegar o objeto da venda e receber a segunda como lucro. Mas havia sido preso após a compra e, até então, não tinha conseguido completar a transação. Por esse motivo, havia subido a montanha com os corpos. Era uma troca.

Ainda restavam perguntas. Eu tinha presumido que Alan estava negociando a última mensagem do meu pai, algum tipo de prova incriminadora do sequestro e assassinato de Rebecca que papai havia morrido tentando repassar à negociadora, Alison Humphreys. Faria sentido os McAuley estarem atrás de algo assim e dispostos a pagar uma soma generosa. Mas a mensagem de meu pai não poderia ser o local onde estava o corpo de Rebecca, porque ele tinha morrido antes de a garota ser enterrada.

— Bem, ali tem quatrocentos — disse Siobhan espontaneamente, apontando para a mala e eliminando a necessidade de eu fazer uma pergunta específica. Ela lançou um olhar de desculpa a Edgar. Era óbvio que negociar não era o seu forte e que estava impaciente por notícias da filha. — Acrescentamos mais cem. Pelas fotos.

A conta batia. Se os trezentos da mala eram a segunda metade do pagamento, se encaixavam com o preço que eu imaginava que Alan teria pedido: os trezentos mil do valor do resgate original. Mas os meus pensamentos continuavam fervilhando, levantando mais questões: se Michael havia recebido o dinheiro dos McAuley, por que não tinha a quantia que Alan queria naquela noite? Se haviam até acrescentado mais cem pelas fotos, não teriam qualquer incentivo para tentar passar a per... espera aí... que fotos?

— Espera aí. Que fotos?

— Michael disse... — falou Siobhan.

— Desculpa. — Edgar se inclinou para a frente e arrastou a mala para perto de si, espalhando as cartas do baralho pelo chão. Manteve sobre ela uma das mãos, protegendo-a, mas eu via nos seus olhos uma pontada de medo. Sabia que se quiséssemos pegá-la, poderíamos. E a esposa dele tinha acabado de nos informar quanto havia ali dentro. Não estavam habituados a lidar com criminosos. Nem com Cunninghams. — Quem foi mesmo que você disse que era?

Siobhan se empertigou para provar que não se sentia intimidada.

— Quem são essas pessoas com você? E cadê o Michael?

— O Michael tá morto.

A resposta os calou. Estavam chocados.

— Mas ele encontrou o corpo da filha de vocês. Vou falar onde está.

— Ah, graças a Deus. — O alívio de Siobhan era tão palpável que ela chegou a se apoiar na arara para aprumar o corpo. — Desculpa. Não era a minha intenção...

— Sem problemas. Podem até ficar com o dinheiro — senti Andy me cutucar ao ouvir a frase (*Tem certeza, cara?*) —, mas Michael morreu por causa do que achou. Seja lá o que tenha desenterrado... tem alguém tentando enterrar de volta. O que vocês podem fazer por mim é me ajudar a preencher as lacunas. Porque todo mundo que sabe demais sobre a filha de vocês parece estar em perigo, e isso inclui a mim e à minha família. E agora vocês também, imagino.

— Me fala como podemos ajudar — disse Edgar.

Siobhan assentiu às suas costas. Dava para perceber que o risco não a preocupava, só queria saber da filha.

Eu estava com uma vontade enorme de perguntar sobre as fotografias, mas sabia que deveria começar pelo ponto mais lógico.

— Como vocês conheceram o Michael?

— Foi ele quem nos procurou, na verdade — informou Edgar. — Ele veio propagando uma história bombástica que, francamente, não era nada que já não tivéssemos ouvido. A gente tinha passado anos tentando com investigadores particulares, mais de um, com graus variados de legalidade, mas os resultados eram sempre os mesmos: inúteis. Tentamos até oferecer recompensas, e pode acreditar que o telefone começou a tocar, então sabemos reconhecer uma tramoia de longe.

— Mas tudo isso já faz vinte e oito anos — acrescentou Siobhan. O número me soou muito específico. — Agora só aparece gente que quer fazer filme, podcast e livro sobre o caso.

Edgar deu sequência à fala da esposa.

— Mas o Michael era diferente. A gente soube logo de cara. Ele nos contou algumas coisas sobre um policial que participou da entrega do dinheiro de resgate na ocasião, a que deu errado. Um sujeito chamado Alan Holton. Seu irmão disse que sabia onde a

Rebecca estava enterrada e, não só, tinha provas de quem a havia matado.

— Fotos — murmurei, meio que para mim mesmo.

Marcelo achava que o meu pai havia testemunhado um assassinato, mas descobri que ele também o havia registrado. Não é de se espantar que alguém quisesse sumir com as fotos.

— Do assassinato. Foi o que ele nos falou, pelo menos. Era pra ele ter trazido. Você viu?

— Vamos voltar um pouco. Alan Holton trabalhou no sequestro da sua filha?

Siobhan assentiu.

— Eram uns cinquenta policiais. Mais a detetive. Não quero me fazer de superior, mas esse não foi um sequestro qualquer.

Eu sabia o que ela queria dizer. Crianças ricas vão parar no noticiário.

— Michael mostrou as fotos pra você? — insistiu Edgar, incomodado por eu ter ignorado a pergunta da primeira vez.

— Não. Não vi. Mas acho que o Michael está com elas. Ou estava. Meu irmão era um sujeito cuidadoso. Deve ter colocado num local seguro. Só não sei ainda onde. — Me virei de novo para Siobhan. — Por que agora? Vocês estão dispostos a pagar setecentos mil por isso, por que não pagaram trezentos na época? Ela poderia estar viva.

— Ele não quis ser impertinente… É só que o nosso tempo é curto — explicou Juliette, em tom de desculpa.

— Tudo bem — retrucou Edgar de cara feia, no lugar da esposa. — O tempo ajuda a gente a dar outro valor às coisas. Agora é fácil perceber que cometemos um erro. Na época, confiamos na detetive que disse que o correto a se fazer seria segurar o pagamento. E também… parecia uma quantia absurda. Mas a questão é que conseguiríamos ter pagado. *Deveríamos* ter pagado. Pagaríamos o quanto fosse necessário agora.

— Essa detetive era Alison Humphreys?

Tanto Edgar quanto Siobhan assentiram. Andy tentou tomar um gole discreto de cerveja, mas errou a mira e ela escorreu pelo queixo. Ele ficou roxo de vergonha.

— Por que o Alan simplesmente não vendeu a informação direto pra vocês?

— A gente não sabia que o Michael tinha relação com o Alan. Ele só nos disse que o Alan tinha comprometido a operação por dentro. Estávamos comprando o que o *Michael* sabia.

— Não o pagamos para matar o Alan, se é o que você quer saber — disse Siobhan. — Ficamos sabendo pelo noticiário. Isso não é do nosso feitio.

— Chegamos à conclusão de que eles eram parceiros ou algo assim — explicou Edgar. — Alan sabia que estávamos vulneráveis e deu ao Michael informação suficiente sobre a nossa filha para mexer com os nossos sentimentos. Funcionou. Mas eles se desentenderam por causa do dinheiro, como costuma acontecer com as pessoas. Imaginamos que todo o nosso investimento tivesse ido pelo ralo.

"Investimento" era uma escolha de palavra muito estranha, mas, até aí, uma camisa polo verde na neve também, e achei que condizia bastante com a pessoa de Edgar.

— Até o Michael nos escrever da prisão — disse Siobhan. — Ele falou que tinha as fotografias e que, quando chegasse no resort, estaria com o corpo também. E aqui estamos.

— Cumprindo a nossa palavra — concluiu Edgar, o peso em sua voz deixava evidente que esperava respeito da minha parte pela sua atitude.

Preciso reconhecer que Michael, pelo jeito, tinha arrumado um dinheiro fácil. O único problema havia sido ir ao encontro de Alan com 33 mil dólares a menos do que o esperado. Segundo o que ele tinha me contado, essa havia sido a razão de Alan ter pegado a arma. Essa parte eu tinha a sensação de compreender, e ela não envolvia os McAuley. Deixei o pensamento de lado para voltar a examiná-lo depois e foquei nos demais participantes da história.

A detetive Humphreys, por sua vez, tinha comandado uma operação que acabou resultando na morte de Rebecca, um caso de destaque. Seu emprego deve ter ficado por um triz, e por isso ela havia forçado tanto a barra com Robert Cunningham, descumprindo o trato original e, nas palavras de Marcelo, reagindo a cada resposta com mais duas perguntas. Alison estava desesperada para saber que policial estava fazendo jogo duplo com a sua equipe. A resposta era Alan Holton e seu parceiro, Brian Clarke. Meu pai havia descoberto aquilo da pior forma. Será que Alison tinha reaberto o caso nunca solucionado dezoito meses atrás? Talvez por isso tivesse sido atacada.

Ainda havia lacunas na minha narrativa — Alan e Brian estavam mortos, não poderiam estar matando ninguém para reaver as fotografias —, mas uma ideia começava a emergir como um pilar de teleférico em meio à neblina.

— Michael foi a segunda morte no Sky Lodge — declarei, saindo da minha cabeça e me deparando com os olhares ansiosos que Edgar e Siobhan me dirigiam. — Talvez, se elas estiverem conectadas, vocês reconheçam também a primeira vítima. Talvez seja mais alguém que tenha ajudado com as negociações do sequestro. Juliette, você se importaria em mostrar a foto?

— Não tá comigo — respondeu ela, pedindo desculpas. — Eu nem vi. Depois que confirmei que todo mundo estava presente, não havia necessidade. Ninguém estava faltando, nem funcionários, nem clientes. Crawford só mostrava a foto pra hóspedes selecionados pra causar o mínimo de pânico possível. Eu não estava na lista, pelo jeito.

Voltei a encarar os McAuley.

— Mais alguém veio pra cá com vocês? Amigos? Algum segurança?

— Só a gente — disse Edgar.

— Chega. *Cadê a nossa filha?* — Siobhan finalmente pôs toda a tensão para fora num gemido, incapaz de esperar mais por uma resposta. — Fica com tudo. Fica com tudo! — Ela empurrou a mala para cima de mim, mas eu a empurrei de volta e com um certo excesso de força que a fez cambalear para trás. Siobhan não caiu (o quarto era pequeno demais), mas deu um leve tranco contra a parede e, esgotada, abraçou a mala junto ao peito. — Isso é tudo que a gente sabe, juro. Nós só queremos enterrar a nossa filha dignamente. Mesmo que nunca encontremos o autor do crime, só queremos enterrá-la. Por favor.

— Ela foi enterrada no caixão de um policial. Foi o jeito que deram para esconder o corpo. Devem ter subornado o legista. — Eu sabia que era difícil de ouvir, então esperei um momento enquanto digeriam e eu juntava a coragem para dar a má notícia. — Infelizmente, o caixão está no fundo do lago do Sky Lodge agora.

Siobhan arfou, lágrimas transbordando dos seus olhos.

— Podemos contratar mergulhadores, querida — disse Edgar, consolando-a.

— Bem mórbido isso de comprar o cadáver da filha de vocês — comentou Juliette, de repente.

— Bem mórbido isso de vendê-lo — rebateu Edgar.

Gesticulei para que ela e Andy se levantassem. Ficamos de pé. Edgar e Siobhan haviam desabado nos braços um do outro. Eu odiava ter que interrompê-los e, depois do comentário de Juliette, os dois com certeza queriam que a gente sumisse do quarto. Mas ainda havia algo que eu precisava saber.

— Desculpe submeter vocês a isso tudo, mas tenho só mais uma pergunta. Meu padrasto visitou vocês duas noites atrás? Um homem sul-americano grandalhão? O nome dele é Marcelo.

— Não — respondeu Edgar, balançando a cabeça. — Mas uma mulher chamada Audrey, sim.

CAPÍTULO 35

Durante a nossa volta sacolejante para o outro lado da serra, Andy foi no banco da frente. Juliette e eu ficamos de cara um para o outro na traseira, como se estivéssemos indo para a prisão. Dessa vez, Gavin queria ser rápido, e o trajeto foi de trincar os dentes. Ninguém se deu ao trabalho de olhar para fora.

— Então a sua mãe sabe mais do que admite — falou Juliette.

Antes de sairmos, pedi a Gavin para checar as câmeras de segurança para o caso de aparecer algo nas imagens. Ele respondeu "Meu camarada, meu bar só aceita dinheiro", como se aquilo explicasse a falta de tecnologia geral, e acabou ficando por isso mesmo.

— Eu não entendo — respondi.

— Mais uma coisa pra lista. — Ela bateu de leve nos lábios com um dos dedos. — Baixei o seu livro ontem à noite. Sua mãe tem irmã gêmea?

Será que ela estava tentando me impressionar? Era a Regra 10: gêmeos idênticos, só com aviso prévio.

— Knox me mataria.

Juliette riu e encostou a testa na janela, os olhos se movendo pela neve ofuscante. Sua respiração se condensava à sua frente.

— A gente devia ir embora.

Eu sabia o que ela queria dizer. Se Lucy estava lá fora, em meio à tempestade, já devia estar morta. Em filmes de terror, as pessoas morrem quando se separam, mas nas montanhas é diferente: morrem quando voltam para buscar outras. Havíamos chegado a um ponto em que nos restava salvar a nós mesmos.

Me inclinei para perto dela. Não havia a necessidade de baixar tanto o tom de voz — o rugido do Oversnow encobriria, a não ser que eu gritasse de propósito em direção ao motorista —, mas queria passar fisicamente a ideia de segredo.

— Gavin tá querendo comprar o Sky Lodge?

Juliette fechou a cara.

— Como você sabe?

— Eu vi um contrato de patrimônio na sua mesa, mas não tava assinado. O Gavin tem um mapa do seu resort no painel de cortiça. Ninguém tá escondendo nada. Mas, se me perdoa a teoria, acho que vocês dois têm, digamos, modelos de negócios *bem diferentes*, a julgar pela poeira no computador caro dele e pela cara que você fez ao passar pela festa. Tenho a sensação de que ele trabalha menos e ganha mais. O que te irrita, por isso você tá segurando a venda.

Eu havia exagerado no comentário para exibir minha capacidade de dedução. Talvez também estivesse tentando impressioná-la.

— Ele não quer o Sky Lodge. Só quer o terreno. Vai demolir pra construir outro SuperShred do lado de cá da serra. Assim, fica com ambos os vales. Parece meio idiota dizer isso quando estamos falando de milh... de muito dinheiro, mas acho que não teria nenhum charme.

Ela voltou a contemplar a janela.

As luzes da sede do resort já surgiam ao longe. Tentei comparar a sensação de estar de volta àquela casa de folhinha de calendário e a de passar pela coleção de hangares de aeroporto que compunham o SuperShred. Não, não parecia idiota.

Era óbvio que ela pensava o mesmo.

— Eu te contei que voltei pra cá depois que a minha família morreu e acabei ficando por aqui. Essas coisas acontecem, sabe? A montanha meio que te aprisiona. E os negócios estavam bombando, mas aí veio uma sequência de uns dois invernos quentes. Todo mundo diz que vêm mais por aí. — Ela fez uma pausa. — Eu não tenho como custear essas máquinas enormes de quebrar gelo que o Gav tem. Quando ele fez uma oferta, uma boa oferta, fiquei feliz. Gav e eu nos conhecemos faz tempo. Nós dois somos filhos de famílias donas de resorts.

— Whistler?

— Whistler. — Juliette sorriu com a lembrança. — Ele é um cara legal, sabe? E me ofereceu uma saída. — Ela leu os meus pensamentos e ergueu uma sobrancelha. — Ele quer as minhas terras, mas não é como se fosse fazer qualquer coisa pra conseguir.

Dinheiro, claro, é uma das motivações mais comuns. Eu não havia dedicado muita atenção a Sofia porque cinquenta mil não me parecia ser uma quantia que justificasse matar alguém, mas se o terreno valia milhões…

— Aí eu concordei — continuou ela. — Na época, achei que ele simplesmente assumiria o hotel. Fiquei animada, me livrava daquele… legado, digamos. Mas na hora de assinar fiquei sabendo que ele pretendia demolir tudo, e, no fim das contas, "legado" é a palavra certa, né? — Ela suspirou. — Esse resort tem muita história pra ser deixado pra trás. Minha família habita aquelas paredes.

Pensei no motivo para Gavin querer tanto levar Juliette ao seu escritório. O fato de ter dito que *iria valer o seu tempo*.

— Ele aumentou a oferta? Agora há pouco?

Ela assentiu.

— Arranjou um novo investidor.

— Aposto que sim. Você tá pensando no assunto?

— Depois desse fim de semana…

Ela desviou mais uma vez o olhar para a janela, e o silêncio deu conta de terminar a frase.

— Puta merda. — Era a voz de Andy do assento da frente. Ele esfregava o antebraço no para-brisa para desembaçar o vidro. Em meio à espiral de vento e neve, dava para ver uma mancha que, pelo tamanho, só podia ser Marcelo, agitando os braços como se estivesse orientando o pouso de um avião. Às suas costas, um clarão vermelho berrante vinha de dentro da neve na lateral do prédio. Havia mais sombras reunidas ao redor. Uma estava agachada. — Acho que encontraram a Lucy.

***

Considerando os vários metros de neve que a cobriam, Lucy devia ter passado a noite ali. Só se via a sua mão, pálida e congelada, se projetando para fora do monte.

Ninguém tinha tentado desenterrá-la. Uma pequena escavação havia sido feita acima do torso, abrindo um buraquinho para espiar, alcançar o seu pulso e checá-lo. Só isso já deixava claro que não demoraram para desistir de cavar. Se tivesse havido qualquer esperança, o buraco seria maior.

O piscar do clarão vermelho ensanguentava a neve ao redor. Me inclinei, olhei rapidamente para Lucy e me afastei. O batom vibrante brilhava ainda mais no rosto drenado de sangue. Ainda estava com a blusa amarela de gola alta da véspera. Nada que fosse capaz de esquentá-la do lado de fora. Atrás e acima da sua cabeça se notava uma coroa de gelo avermelhado. E o mais importante: nada de cinzas no rosto. Senti o estômago revirar. Será que ninguém havia contado para ela que a Sala de Secagem não estava trancada?

— Só a encontrei porque pisei na mão dela… — disse Katherine.

Eram ela, Sofia e Crawford de pé ao redor do corpo. Audrey estava no resort, se aquecendo, e Marcelo tinha ido se juntar à esposa depois de fazer sinal para nós. Eu não sabia direito o paradeiro de Erin.

— Cubram o buraco — mandou Juliette.

Todo mundo lançou um olhar de estranheza para ela; a ordem soava muito insensível.

— A gente precisa sair daqui. Não podemos levar os corpos; voltamos quando a neve tiver se dissipado. Vamos cobrir o corpo totalmente pra protegê-la dos animais. — Ela se abaixou e lançou um monte de neve na cova improvisada de Lucy com o antebraço. Eu a ajudei a despejar mais. — Gavin, em quanto tempo a gente pode ir embora?

Era injusto da sua parte pedir para que ele levasse todo mundo, mas eu sabia que Gavin precisava fazer uns favores a Juliette se quisesse que a dona do Sky Lodge considerasse a sua oferta pelo hotel.

— Vou precisar reabastecer. Vai levar um tempinho — respondeu ele.

— Você quer dizer... — falou Andy.

— Pessoal, comecem a fazer as malas. Estamos indo embora.

Fiquei grato pela firmeza de Juliette. A busca por Lucy era a única tarefa que vinha nos impedindo de deixar o local. Não era como se estivéssemos de fato ilhados pela tempestade, como vive acontecendo neste tipo de romance. Aliás, a gente não estava *ilhado* de nenhum jeito. Estávamos acorrentados apenas pelos nossos próprios egos, pelos nossos arrependimentos, pela nossa vergonha e pela nossa teimosia. Havia chegado a hora de engolir tudo. Fora que, faltando seis capítulos para o final, está mesmo na hora certa para um êxodo.

Joguei mais um punhado de neve. Era o suficiente para proteger Lucy dos elementos da natureza. Ela não tinha merecido aquele fim. Só havia participado da viagem na tentativa de recuperar Michael. *Queria* ser uma Cunningham. Era o motivo de estar presente. Era família, com ou sem divórcio, mas não a havíamos tratado como tal. Tinha sido ignorada na primeira metade do fim de semana. Depois Audrey a havia deixado levar a culpa pela morte de Michael, despejado tudo em cima dela. E nenhum de nós a seguira até o terraço. Havia morrido sozinha. Que ótima família. É difícil chorar quando as lágrimas se congelam no seu rosto.

A mão de Lucy, estendida para fora da camada de neve, com a palma voltada para o céu, me fez perceber que ela ainda usava a aliança. Não conseguia decidir se o mais respeitoso seria retirá-la do seu dedo e guardá-la ou mantê-la onde estava. Resolvi não tentar remexer seus dedos congelados e juntei um montinho de neve em cima da sua mão. Depois tirei o meu gorro, sentindo o frio golpear a minha cabeça, e roubei um bastão de esqui abandonado, encostado na parede do prédio. Espetei-o no alto do monte de neve com o gorro em cima, para que pudéssemos encontrá-la de novo quando a tempestade passasse.

— A gente vai voltar pra te buscar — falei para o montinho.

Alguém me envolveu com o braço, mas, em meio ao vento, nem vi quem era.

Foi todo mundo para dentro. Eu sabia que precisaria ir ao chalé para pegar a bolsa com o dinheiro antes de sairmos, e deveria estar pensando num jeito de ficar sozinho com a minha mãe para começar o inquérito a respeito dos McAuley, mas naquele momento nada me importava: só queria ir embora. Precisava me aquecer, encontrar outro analgésico em algum lugar. Finalmente compreendia a sensação de um viciado; teria dado todo o dinheiro da bolsa em troca de algo que anestesiasse os meus pensamentos e a minha mão. Cambaleei atrás dos outros para o restaurante.

No fim das contas, Erin tinha estado lá dentro o tempo todo, substituindo a equipe de funcionários que Juliette havia mandado para casa. Tinha preparado almoço para a gente. Peguei uma tigela de sopa de frango e milho com uma gratidão desesperada e me sentei ao lado de Sofia numa mesa vazia. Alguém tinha ido procurar a minha mãe para convencê-la de que iríamos embora. Antes de comer, aproximei o rosto da sopa para o vapor me descongelar até sentir a ponta do nariz coçar.

— Não tem cinzas — falei para Sofia depois de algumas colheradas, balançando a cabeça. — Não foi igual aos outros.

Sofia fez uma careta, entendendo a pergunta apesar de eu nem ter verbalizado.

— Deve ter quebrado muitos ossos — comentou simplesmente.

Ela voltou o olhar para além das portas do restaurante, contemplando o saguão e depois a escadaria, até o topo. Eu havia me enganado quanto à suspeita sombria de Juliette no interior do Oversnow. Andy havia falado "Com esse tempo? Seria suicídio!". A foto do Botas Verdes que Sofia tinha mostrado a Lucy era uma representação detalhada do que havia acontecido com Michael, e já estava bastante difícil para Lucy lidar com a ideia de que tinha sido a responsável por colocarem-no numa sala da qual não teria como sair. E o ponto crucial era que ela havia saído às pressas do bar *antes* de Audrey interrogar Crawford quanto às minúcias. Da última vez que alguém tinha visto, estava subindo as escadas, consumida pela culpa. A caminho do terraço. O que Juliette havia tentado dizer era que a gente precisava pegá-la antes que Lucy fizesse mal a si própria em meio à tempestade. Mas Lucy não precisava de uma tempestade. O terraço do hotel era alto o bastante.

Sofia e eu deixamos que aquela triste compreensão se instalasse entre nós: ninguém havia contado a Lucy que a sala onde Michael se encontrava não estava trancada. Que não tinha sido culpa dela.

O título deste livro é sincero: todo mundo da minha família *de fato* já matou alguém.

É só que nem sempre a vítima foi outra pessoa.

CAPÍTULO 36

Considerando a determinação com que se acorrentou à cabeceira da cama, imagino que a minha mãe tenha sido uma pedra no sapato de vários demolidores durante os anos 1970. Marcelo tinha voltado para o restaurante — onde todo mundo havia passado a última hora empilhando as malas no centro do recinto (eu havia enfrentado a tempestade mais uma vez e acomodado a bolsa do dinheiro dentro da minha mala de rodinhas) — balançando a cabeça, desolado. Katherine e eu nos voluntariamos para a tarefa por sermos os parentes mais próximos restantes e subimos ofegando até o terceiro andar, onde encontramos Audrey acomodada sobre travesseiros com um braço acorrentado à cabeceira. É, eu disse "acorrentado" mesmo. Ela tinha se apossado das algemas que o idiota do Crawford levava na cintura. Achei um protesto bastante confortável.

Depois de um acordo tácito entre nós, coube a Katherine, a menos odiada, se pronunciar primeiro. Ela estendeu uma das mãos.

— Não seja ridícula, Audrey. Cadê a chave?

Minha mãe deu de ombros.

— O sujeito com o caminhão de neve consegue levar todo mundo se a gente for agora. Senão não vai dar. Você tá colocando todos em perigo.

— Vão, então.

— Você sabe que não é justo. A gente não pode te deixar aqui. E se a tempestade piorar? Sua família tá em perigo. *Tem gente morrendo*.

— Na minha opinião, vocês vão descer a montanha levando o assassino junto. Não vou deixar o Michael apodrecendo aqui.

— A gente vem buscar ele quando for seguro, quando o tempo estiver estável.

Marcelo pairava atrás de nós — acho que já havia tentado a maioria dos argumentos de Katherine. Ela, por sua vez, ficava cada vez mais frustrada. Começou a aumentar o tom da voz, deixar de lado os argumentos racionais e começar a desfiar palavras como *egoísta*, *difícil* e *mulher idiota* enquanto balançava a cabeceira para ver se os pontos de encaixe cediam. Em circunstâncias normais, chamar a minha mãe de "sua escrota" era pedir para ver o tempo fechar ainda mais, mas Audrey se limitou a virar a cara. Pela expressão de Marcelo, ele também tinha recorrido àquela abordagem.

— Preciso de uma chave de parafuso. Não, espera aí. — Katherine franziu a testa, observando a armação. — Preciso de uma chave sextavada — falou para Marcelo, dando as costas à cabeceira da cama, desgostosa. — Quatrocentos dólares por noite e os móveis são da IKEA. — Depois se virou para Audrey, em tom de ameaça. — A gente vai te arrastar pra fora daqui.

Marcelo saiu para tentar achar a ferramenta, feliz com aquela desculpa para deixar o recinto.

— Meu filho está morto — disse Audrey mais uma vez. — Não vou deixá-lo aqui.

A frase ter sido a mesma que ela havia falado no bar, enquanto Sofia e Crawford explicavam o assassinato, me fez perder as estribeiras. Desde a nossa chegada, eu vinha implorando para ser considerado um verdadeiro Cunningham. Me importava mais com isso do que com o Botas Verdes, mais até do que com Michael. Não queria encontrar o assassino em nome da justiça: era uma chance de me provar, um apelo à minha mãe para me considerar digno do meu próprio nome. Mas ela, no seu luto repisado pela morte de Michael, nem sequer pensava que havia uma mulher do lado de fora, na neve, que também era parte da família. Independentemente de nomes ou divórcios, Marcelo havia reconhecido: *ou é todo mundo, ou não é ninguém*. Minha mãe, com toda a sua insistência, não sabia o significado da palavra "família".

— Seu filho?! — Meu berro chocou Audrey e Katherine. Mais tarde, Marcelo confessou que deu para ouvir do final do corredor. Minha raiva acumulada era maior do que eu imaginava. — Seu filho?! E a Lucy? "Nora" é só uma palavra? Você sabia que a Lucy tá lá fora caída na neve? Que morreu por causa de como *você* fez ela se sentir? Porque você a encheu de culpa pela morte do Michael? Ela tá morta igual a ele, e você só sabe dizer *meu filho*.

— Ern.

Katherine tentou se colocar diante de mim, mas eu partia furioso para cima da minha mãe, que, no entanto, não titubeava.

— Não, Katherine. A gente já aguentou isso por tempo demais — respondi, virando para minha mãe. — Você coloca a sua dor acima da de todo mundo. Você nos criou sob o peso dessa dor porque o *seu* marido morreu. Você me deixou de lado por causa do que eu fiz para a *sua* família. Acontece que é a minha família também. — Abaixei o tom porque, apesar da raiva, eu tinha passado a entendê-la melhor. Sentei na cama. — Eu sei que foi difícil. Depois de perder o papai, você teve que dar conta de tudo sozinha. E sei que passou a se definir pelo seu nome, pelo que as pessoas achavam do papai, e sei que o único jeito de lidar com a situação foi se voltando pra dentro, fazendo do nome dele o seu. Só que, com isso, você passou a confirmar o rótulo que outras pessoas te davam. "Cunningham" não significa o que você acha que significa. Eu sei — para a minha própria surpresa, peguei a mão de Audrey; ela deixou, com a mão mole — o que o papai estava tentando fazer quando morreu.

Os olhos de minha mãe estavam vidrados, mas o maxilar se mantinha firme. Era difícil dizer se ela se sentia ameaçada ou compreendida. Sustentei o seu olhar, me recusando a desviar a atenção.

— Sabe? — perguntou ela.

— Eu sei sobre Rebecca McAuley. Sei que o papai tinha fotografias que incriminavam alguém envolvido no sequestro e provavelmente no assassinato dela. Sei que Alan Holton era corrupto. Sei por que você ficou ressentida por eu ficar do lado da lei, e não do Michael. Levei muito tempo pra conseguir enxergar tudo do seu ponto de vista, mas hoje eu consigo. Sei que você foi visitar os pais da Rebecca, duas noites atrás, quando mandou cancelar o jantar fingindo estar doente. Você disse pra eles irem pra casa. — Recitei tudo o que os McAuley haviam me contado sobre a minha mãe ter aparecido duas noites antes na porta do seu quarto. — Você ameaçou os dois, Audrey. Perguntou se tinham mais filhos, se tinham netos. Aquele casal *perdeu uma filha*. Como teve coragem de usar o que aconteceu com a Rebecca como uma ameaça? *Como?*

— Eu não ameacei os dois — retrucou Audrey, calma. — Eu *expliquei* quais eram os riscos.

— Eles conhecem os riscos. Perderam uma filha. — Respirei fundo e dei o salto no escuro, levando algo que imaginava já ter desvendado. — Assim como você perdeu o Jeremy.

— Você não sabe do que está falando — disse ela com os dentes trincados.

— Foi uma coisa que a Siobhan McAuley disse. Que eles não contratavam mais investigadores particulares havia vinte e oito anos. O número me pareceu muito específico. Rebecca foi sequestrada trinta e cinco anos atrás. O que significa sete anos de diferença. É o mesmo intervalo que você esperou pra enterrar o Jeremy. Sete anos. Coincidências não existem... há uma razão para esses números baterem. É o tempo que leva para uma pessoa ser declarada legalmente morta, não é?

— O que você está querendo dizer, Ern? — perguntou Katherine atrás de mim.

Audrey me encarou com o maxilar tremendo, mas se manteve em silêncio.

— Você ainda deixou escapar outra coisa quando a gente conversou na biblioteca. — Ignorei Katherine e continuei encarando a minha mãe. — Você falou que a nossa família tinha que pagar o preço pelos atos do papai. Mas disse também que ele tinha deixado a gente sem nenhuma arma com a qual lutar. Suas palavras exatas foram "sem nada no banco". Achei que estava falando de dinheiro, mas era outra coisa, não era? Você sabe sobre as fotografias... essa era a tal arma. Se os Sabres, ou a pessoa que eles estavam protegendo, não conseguiram essas fotos com o papai na noite em que ele morreu, faria sentido presumirem que estavam com você. E que talvez pudessem assaltar, digamos, o banco no qual você trabalhava, onde papai provavelmente tinha um cofre.

— Você não está entendendo. Eles vão fazer *qualquer coisa* pra impedir tudo isso de vir à tona. As fotos do Robert... *ninguém* nunca encontrou. Quisera eu que tivessem achado o que queriam, algum envelope amarelo com um carimbo de "Se eu morrer, favor enviar à mídia", qualquer pista. Qualquer coisa. Eu queria que achassem. Queria mesmo. Procurei essas fotos *por tudo quanto é canto*, cacete.

— Mas os Sabres não saíram de mãos vazias do banco, saíram? As fotos, pode ser que não tenham encontrado. Mas, quando escaparam do estacionamento no telhado, acho que estavam levando a segunda melhor opção. Sentada num carro. Resolveram que só havia um jeito de se certificarem de que você não tinha mesmo as fotografias. Algo para negociar. Uma garantia de que, se você ainda estivesse guardando as fotos, as entregaria num piscar de olhos. E todo mundo sabe que eles não tinham nenhum problema em sequestrar crianças... Rebecca é a prova. Sete anos, Audrey.

Minha mãe deixou a cabeça cair. Tinha desistido.

— Eles pegaram o Jeremy no carro — sussurrou ela. Pude ouvir Katherine engolir em seco atrás de mim. Permiti que o silêncio se prolongasse até a minha mãe ter condições de continuar. Ela falou olhando para o próprio colo. — Alan era o mensageiro deles. Só queriam as fotografias, ele dizia, não dinheiro. E eu não tinha como contar à polícia porque aquela mulher, a Humphreys, já tinha conseguido que matassem o Robert *e* a Rebecca, certo? E era óbvio que o Alan estava fazendo jogo duplo. Como eu iria saber quem mais estava? Tinha que proteger você e o Michael.

— Mas deve ter acontecido alguma investigação — perguntei, gentil.

Minha preocupação era de que qualquer subida de tom de voz, por mínima que fosse, desse fim ao transe confessional de minha mãe. Ninguém se movia. Katherine havia parado de procurar a chave das algemas.

— Claro. Trataram como se fosse uma pessoa desaparecida. Se estavam mancomunados ou não, eu não sei. Mas ficou parecendo que Jeremy havia saído do carro pra buscar ajuda pra você e pro Michael. Eu tinha que seguir o script. Cortei a minha testa no vidro, mas a janela já estava quebrada. Uma criança de cinco anos não poderia chegar tão longe, era o que eles me diziam. E aí, à medida que os dias passavam, eu percebia que a linha de pensamento deles havia mudado de *não chegar tão longe* para *não durar tanto* e que a busca daria num beco sem saída. Nesse meio-tempo, Alan ficava me pedindo as fotografias, e eu dizendo que não tinha, que não achava. Ele falava que acreditava... — Ela me encarou; seus olhos estavam vermelhos. — Falava que *ele* acreditava, mas só tinha uma forma de saber com certeza que eu não estava guardando as fotos comigo. Tinham que se certificar...

Ela se calou, mas deu para entender. A única forma de terem certeza se Audrey não estava escondendo as fotos era manter a ameaça de pé, pendendo sobre os dois filhos restantes. Fiquei enojado ao imaginar Jeremy enterrado no caixão de mais um policial. E me toquei de que não tinha certeza se o corpo que havia encontrado era o de Rebecca.

— Minha intenção nunca foi escolher um lado, mãe. — Eu refletia sobre a sua fala de que eu cometia os mesmos erros do meu pai, e a compreendia um pouco mais. Sua mão, que até o momento apenas repousava sobre a minha, me deu um aperto firme. — Eu estava tentando fazer o certo. Mas existe o certo *certo*, e o que é certo pra gente. Eu não sabia que você tinha tido que pagar um preço tão alto.

Nos romances e na televisão, é ótimo os heróis brincarem de polícia e ladrão, mas, na vida real, são os personagens coadjuvantes, os Cunningham, que levam os socos e suportam a dor para outra pessoa poder erguer os braços, vitoriosa. Meu pai tinha tentado fazer "o certo". E pagou o preço. Não o casal rico que chorava pela filha perdida; nem a detetive, que pressionava o seu informante com uma promoção em mente. Assim, para Audrey, não havia mais certo ou errado. Havia família e o resto. Talvez soubesse, sim, o significado da palavra. Apertei a sua mão de volta.

— Marcelo sabe? — perguntei.

— Só ficou sabendo depois.

— Você nunca contou pra mim — interrompeu Katherine.

Era difícil entender se estava ofendida por ter sido preterida ou se tentava evitar um interrogatório.

— Não me lembro muito daquele dia — confessei, ainda atento a Audrey.

— Você era muito novo. Deve ter registrado alguma coisa, de um jeito meio confuso, mas acreditava em mim. E eu falei pra todo mundo que Jeremy tinha morrido no carro, incluindo pra você e Katherine, porque era mais fácil. E por me preocupar com a possibilidade de o Alan vir atrás de você ou do Michael se começassem a fazer perguntas demais. Sendo muito sincera, eu não ligava para a culpa. Ironicamente, se os Sabres não tivessem quebrado a janela pra levar o Jeremy, talvez vocês três tivessem morrido. Eu tinha a sensação de merecer a culpa.

— E o Marcelo, sete anos depois, te ajudou a dar conta do aspecto legal da situação de um jeito discreto. Quando o funeral aconteceu. Foi aí que você contou o segredo pra ele. Certo?

— Isso. Ele cuidou dessa parte, ajudou a completar o testamento do Robert, tudo isso. Acho que tem mais coisas que preciso te contar. Mas não aqui. Não consigo pensar direito. Vamos sair dessa montanha. A chave está dentro da Bíblia.

Katherine vasculhou a Bíblia ao lado da cama em busca da chave, virando as páginas até um pequeno objeto de prata cair. Soltou a minha mãe da cabeceira e estava ajudando-a a se erguer quando Audrey fez sinal para ela se afastar e pediu a minha ajuda, em vez da de Katherine. Me aproximei, oferecendo o ombro, enquanto ela se punha de pé, apoiando o peso em mim.

— Eu só quis alertar os McAuley. Essa gente não tem problema em matar crianças. Não importa se o que querem é um resgate ou uma moeda de troca. Sinto muito eles terem interpretado como ameaça — falou.

Não respondi, me limitando a um abraço, na esperança de que fosse um sinal da minha compreensão. Estava feliz por podermos finalmente ir embora e, assim que tivéssemos saído da montanha, começar o nosso processo de cura. Assassinatos à parte, a reunião tinha sido bem-sucedida, no fim das contas.

Por mais elucidativo que tenha sido ouvir o lado de Audrey, eu continuava com a pulga atrás da orelha quanto a alguns detalhes da história.

Se Rebecca McAuley não havia sido a única vítima dos Sabres, como eu poderia ter certeza de que o corpo no caixão era dela?

E como Alan Holton havia se apossado de algo que a minha mãe não conseguia encontrar trinta e cinco anos antes?

Falei para Katherine que encontraria todo mundo na entrada depois que ela ajudasse Audrey a fazer as malas e fui atrás de Marcelo, com a mente fervilhando de perguntas. Me distraí ao passar pela biblioteca no primeiro andar. O fogo ainda crepitava na lareira nos fundos, e o calor aquecia as minhas bochechas e fazia o suor escorrer pela minha testa. Ou talvez o calor viesse do meu estômago, subindo pelo pescoço. Porque a intuição me dizia que pequenas peças do mistério começavam a se encaixar, mas o todo ainda não estava formado. Examinei as prateleiras de livros de mistério da Era de Ouro. Audrey havia colocado Mary Westmacott no lugar errado, escondendo-o sob um nome diferente na prateleira W, mas eu a recoloquei na C. Passei o polegar na lombada, talvez em busca de inspiração para um desfecho. Knox nunca havia especificado uma regra contra isso, mas em todos os livros à minha frente sempre ficava implícito que o detetive não desistia sem mais nem menos no final e descia a montanha.

Mas aqueles detetives eram mais sagazes do que eu, que não tinha nenhum autor para puxar as minhas cordinhas, nenhum presente entregue de bandeja. O Clube da Detecção não era para mim. Me lembro de pensar que só tinha uma certeza: estava deixando passar alguma coisa. Algum detalhe. Porque, neste tipo de livro, algo sempre é a chave para todo o resto, e normalmente é um negócio ínfimo. Havia algo que eu não conseguia enxergar. Ao menos não sem uma boa e velha lente de aumento à moda antiga, como as de Sherlock Holmes. Ou uma lupa.

Foi aí que matei a charada.

Neste tipo de livro, costuma haver alguma ilustração metafórica inteligente do momento da dedução. O detetive está sentado, pensando, e aos poucos o quebra-cabeça na sua mente toma forma, ou quem sabe são fogos de artifício ou dominó; ele pode estar atravessando um corredor escuro aos tropeços e, de repente, encontra o interruptor. De um jeito ou de outro, as informações colidem numa cascata fascinante de descobertas que leva os leitores ao momento Eureca. Garanto que, na vida real, a coisa não é assim tão dramática. Eu não sabia as respostas e, um segundo depois, sabia. Fiquei pensando sobre a minha suspeita enquanto caminhava até a lareira, então tive certeza.

Para agradar a Ronald Knox, cujas determinações são de que toda e qualquer pista descoberta deve ser apresentada ao leitor, eis aquelas que usei para desvendar o mistério: Mary Westmacott; cinquenta mil dólares; meu maxilar; minha mão; as câmeras de neve do Sky Lodge; o processo por negligência de Sofia; uma caixa postal em Brisbane; Lucy engatilhando um revólver imaginário contra a própria cabeça; um caixão com dois cadáveres; vômito; uma multa de trânsito; um freio de mão; uma lupa; fisioterapia; um ataque não solucionado; um marido cavalheiresco e tremendo de frio; "você é o chefe"; um casaco; pegadas; a espera nervosa de Lucy; um esquema de pirâmide; dedos do pé doloridos; o telefone do meu chalé; meus sonhos nos quais morro sufocado; o pacifismo recém-descoberto de Michael; e F-287, um pombo morto que recebeu uma medalha por bravura.

Katherine anunciou sua chegada com os trancos de uma mala sendo arrastada escada abaixo. Notou minha presença e parou, com a bagagem e minha mãe logo atrás, para me pedir uma ajuda ou me dizer para deixar de enrolar. Nunca vou saber o motivo, pois a cortei no ato.

— Você pode reunir a família? — pedi. — Tenho uma coisa a dizer pra todo mundo. Tem que ser *todo mundo*, porque ainda preciso fazer umas perguntas. E assim ninguém foge.

Katherine assentiu, pescando o meu tom.

— Onde?

Olhei ao redor, para as prateleiras, para o fogo crepitante e para as cadeiras vistosas de couro avermelhado.

— Se a gente sair daqui vivo o bastante pra contar a nossa história, eu diria que Hollywood ficaria bem puta se não usássemos a biblioteca, né?

CAPÍTULO 37

Marcelo e Audrey ficaram com as cadeiras de couro, como a realeza em seus tronos. Crawford e Juliette, de pé ao fundo, um de cada lado da lareira, depois de terem passado um fim de semana embrenhados nas mutretas da família Cunningham e aprendido o significado da frase "mantenha a distância". Katherine ficou de pé, o braço apoiado nas costas da cadeira de Audrey. Andy se sentou numa mesa lateral, ainda que não parecesse confiar muito na solidez da estrutura, mantendo os joelhos erguidos e concentrando o peso na planta dos pés. Sofia se sentou no chão. Era como se fôssemos tirar outra foto de casamento, parecida com a da manhã da véspera, nos degraus da entrada, mas tirada mais tarde na mesma noite, quando alguns convidados já foram embora, e os que sobraram estão de nariz vermelho de tanto beber, com as roupas meio desajustadas e as mãos esmigalhadas e enfiadas em luvas de cozinha. Gavin tinha sido liberado, inocente em virtude da Regra 1, e estava acomodando nossas malas no Oversnow. Me certifiquei de bloquear a passagem, pois o assassino sempre tenta sair correndo ao ser descoberto.

A excitação da descoberta havia arrefecido um pouco, e eu precisava determinar o melhor jeito de apresentar minhas acusações para que fizessem sentido lógico. Era difícil saber por onde começar: havia um monte de matadores na sala, mas apenas um assassino.

— E aí? — Marcelo foi o primeiro a falar.

Sua impaciência traía sua curiosidade. Perdeu, portanto: eu começaria com ele.

— Está na hora de abrirmos o jogo sobre o motivo de estarmos aqui — declarei.

Tirei o GPS do bolso e o joguei para Marcelo.

Ele demorou um pouco para se tocar do que era. Percebi que iria perguntar como eu o havia conseguido quando se lembrou de ter me encontrado na neve e me entregado o aparelho em frente à janela quebrada do carro.

— Você é o novo investidor do Gavin na compra dessa propriedade. Óbvio. É o único aqui que tem dinheiro para isso, e de que outra forma Katherine teria conseguido te convencer a vir passar um fim de semana nesse lugar? Você odeia frio mais do que a Sofia e passou o tempo todo resmungando por causa disso. Essa é uma das razões pelas quais ficou tão contrariado quando Katherine reservou os chalés. Você sabia que o Gavin queria demolir a construção principal do resort, por isso tinha vontade de ver como eram os quartos pra decidir se valia a pena mantê-los.

— Estou trabalhando numa negociação enquanto estamos aqui, sim, ok. Notei que o lugar estava à venda quando a Katherine fez as reservas. Isso importa? — rugiu Marcelo em defesa própria.

Estava mais acostumado a acusar do que a ser acusado. Demonstrava convicção, o peito estufado pelo ultraje.

— Não, não importa. Mas a sua primeira mentira foi dizer que a Audrey estava passando mal e não ia jantar, duas noites atrás. Não pareceu estranho ela pedir pra você mentir e depois te acompanhar no encontro com o Gavin?

Eu já sabia que Audrey tinha agido assim porque queria ter um álibi para apresentar a Michael depois de convencer os McAuley a irem embora, caso conseguisse. Marcelo corroboraria a sua versão de que estava se sentindo mal, e ela conseguiria dar aquela fugidinha. Deu para perceber a dúvida na expressão de Marcelo ao olhar para a esposa.

Por fim, ele pigarreou e disse:

— Eu não matei ninguém.

— Bem, essa é outra mentira, não é?

— Nunca encostei um dedo no Michael. Nem na Lucy. Nem naquele sujeito lá na neve.

— Não foi isso que eu disse.

— Então me explica. Quem foi que eu supostamente matei, fala?

— Eu.

MEU PADRASTO
(de novo)

CAPÍTULO 38

A água estava gelada a ponto de causar uma parada cardíaca quando caí no lago, você se lembra? Juliette teve que me ressuscitar com respiração boca a boca. É uma tecnicalidade, sem dúvida, mas é honesta.

— Vamos pensar no que a gente sabe — falei. — Todo mundo aqui sabe que o Michael matou um homem chamado Alan Holton. *Alguns* sabem que Alan Holton é o homem que atirou no meu pai, Robert. *Muito poucos* sabem que a razão pela qual meu pai foi morto foi estar trabalhando em segredo pra polícia. A última informação que ele entregou, sua mensagem final à detetive Humphreys...

— Você disse Humph...? — interrompeu Erin, rápida em encaixar as peças que eu distribuía, o nome vindo-lhe à mente como uma das vítimas do Língua Negra.

— Disse. Mas não coloca o carro na frente dos meus bois, por favor. — Sorri. — A última mensagem do Robert era sobre fotografias incriminadoras relacionadas a um assassinato. A gente já chega lá. Nunca foram encontradas, apesar de tanto Alan quanto Audrey terem se esforçado para achá-las. E aí, de repente, três anos atrás, essas mesmas fotografias surgem nas mãos do Alan e estão à venda. Marcelo, foi você que tentou me impedir de descobrir tudo isso.

Os dedos de Marcelo faziam o braço de couro da cadeira guinchar. Ele não dizia uma palavra. Estava me deixando botar tudo para fora, querendo ver o quanto eu sabia. Não queria se antecipar e preencher lacunas para mim, no caso de precisar refutar minhas teorias. Mas não importava, eu sabia que estava certo.

— Marcelo, foi você que armou o acordo do Robert com a detetive Humphreys e viu em primeira mão como deu errado. Audrey também já tinha te contado sobre o que os Sabres fizeram com o Jeremy quando você ajudou a encerrar o aspecto legal da morte dele. O que significa que sabia que a pessoa que tivesse em mãos o que Michael tinha estaria correndo perigo. — A maioria dos presentes não sabia a que eu me referia, mas naquele instante eu me dirigia apenas a Marcelo. — Quando você viu as mãos imundas do Michael, a escolha ridícula de veículo, suspeitou que ele tivesse desenterrado algo. Além disso, você sempre suspeitou que tivesse algo a ver com Rebecca McAuley. Não sabia o que o Michael tinha, mas estava preocupado de as pessoas começarem a morrer pela mesma razão que Robert morreu tantos anos atrás. Você queria se livrar do que Michael tinha. — Deixei a frase pairar. — Mas... não fez isso pra apagar a sua própria trilha. Foi pra proteger o Michael, não foi?

Marcelo afundou ainda mais na cadeira.

— Eu não queria machucar você. Só pretendia que o caminhão rolasse morro abaixo. Achei que pareceria um acidente. Era um modelo antigo, dava pra usar um cabide, entrar pela janela e levantar o freio de mão, mas eu não tinha a chave pra dar a partida no motor, então joguei café quente debaixo das rodas pra derreter a neve. Fui interrompido quando o Crawford passou correndo pra tirar vocês do paiol de manutenção. Tive que ir embora antes de empurrar o caminhão pro lago.

Ouvi a voz de Erin na minha mente — *Tem uma coisa marrom no chão, talvez seja fluido do freio* — e me lembrei do copo vazio de café largado na beirada da porta traseira.

— Não imaginei que alguém entraria na traseira e ficaria rondando por lá. Desculpa pela sua mão. Eu juro, só estava tentando te impedir de saber o que tinha lá dentro. Cacete, nem eu sabia o que era! Fiquei assustado de manhã com o corpo na encosta e, quando você me perguntou sobre a Humphreys, sabia que vinha coisa por aí. Quis poder lavar as mãos de todos nós nessa história, pra que essa pessoa, seja quem for, soubesse que o seu segredo estava oculto e em segurança. Era só pra dar um fim a tudo isso. Juro pela minha vida.

— Ou pela minha, que é como teria sido.

— Fiquei sentado do seu lado até você acordar — disse Marcelo, parecendo mais constrangido pela revelação da sua amabilidade do que pela minha acusação de que ele havia ajudado a encobrir um assassinato. — Não sei o que eu teria feito se você não tivesse acordado. Sinto muito.

— Quem é mesmo Rebecca McAuley? — perguntou Andy, chegando até a erguer a mão. — Isso tem algo a ver com aquele casal idoso com o dinheiro? — Ele olhou ao redor, acanhado. — O que foi? Tô confuso!

— É, estou me adiantando. — Decidi deixar Marcelo em paz. — De novo, vamos nos perguntar por que estamos aqui. Sim, lógico, a reunião de família. Família grande, feliz. — O sarcasmo escorria pelo meu queixo. — Mas estamos *aqui* porque uma pessoa escolheu o lugar. Não foi, Katherine? — Me voltei para ela. — Você escolheu o resort mais isolado possível de propósito. Não seria fácil ir embora. E você falou com todas as letras que a gente tinha que ficar. Sim, todo mundo sabe como você é em relação a depósitos não reembolsáveis, mas não foi só por isso, foi?

— Não na frente de todo mundo, Ern — disse Katherine, mas num tom que não era de culpa nem de ameaça; estava mais para pura compaixão, ou até constrangimento, por outra pessoa. — Dá um tempo.

— Katherine, se isso não faz sentido, nada faz. Tá na hora de colocar tudo na mesa. O que inclui os seus motivos. Porque foi *você* quem invadiu o chalé da Sofia na noite em que o Botas Verdes morreu. Você ou o Andy. Quem, não interessa, mas só pra efeito de discussão digamos que foi você. No começo, achei uma tremenda sorte a câmera de neve não ter capturado a pessoa que tinha entrado no chalé da Sofia. A câmera tira uma foto a cada três minutos. Teria sido necessário um esforço consciente e um cálculo exato para evitá-la. Mas a gente sabe que você é o tipo de pessoa que checa o clima para o próximo fim de semana. É a pessoa mais organizada da família, teria olhado o site umas cinquenta vezes antes de sair de casa. O que significa que sabia que havia uma câmera de neve e sabia como calcular seus movimentos pra não aparecer nela.

Katherine trocou um olhar culpado com Andy.

— Pra que invadir, então? Você estava procurando alguma coisa no chalé da Sofia. E, quando encontrou, ligou pro Andy pra dizer que tinha pegado, ou talvez pra ele te avisar que horas eram, e aí você conseguir calcular o momento exato em que a câmera de neve seria acionada de novo pra correr dali. Mas esqueceu que a gente tinha trocado de chalé e ligou pro quarto errado. A questão é *o que* você estava procurando. — Ergui a luva de cozinha. — Esses comprimidos são um estouro, aliás. Oxycontin, né?

Katherine lançou um olhar arrependido para Sofia.

— Você não toma analgésicos, Katherine. Nunca tomou, desde o acidente de carro. A dor que você sente é uma penitência pela dor que causou, e você não perderia as estribeiras fácil assim. Então por que tem um frasco de analgésicos tão fortes? Fico grato por isso, por sinal, mas não são seus. Oxycontin é a droga em que a maioria dos médicos fica viciada, não é? É poderosa e não muito difícil de arrumar num hospital.

Sacudi o frasco, e os comprimidos emitiram um ruído acusador.

— Eu peguei do chalé da Sofia — confessou Katherine. — Eu cago pro reembolso. A gente não podia ir embora mais cedo porque a Sofia *precisa* ficar aqui. E precisa dos quatro dias inteiros. Ela tá em desintoxicação.

Todos os olhos se voltaram para Sofia, pálida e cansada, que se limitou a deixar a cabeça pender, tomada pela vergonha.

— Quanto mais tempo fica sem os comprimidos, mais a saúde dela se deteriora. Pra começo de conversa, as mãos dela estão tremendo — comentei, me lembrando da sua xícara de café tremelicante no bar. — Ela tá vomitando, tá pálida e não para de suar desde ontem de manhã.

Vou interromper a narrativa para dar conta de uma possível queixa. Quero salientar que não disse em momento algum para você *não* prestar atenção ao vômito de Sofia no Capítulo 7. Só disse que significava que ela não estava grávida. Não venha me acusar de ludibriar ninguém.

— Imagino, Sofia, que você seja uma viciada altamente funcional. Tanto que continua trabalhando, e até operando. Você mesma me disse que médicos não são submetidos a testes, como é o caso com atletas, que não é obrigatório nem depois de uma morte. Mas se assustou depois que a cirurgia deu errado. Você foi estigmatizada, ainda que pelo motivo errado, uma taça de vinho num bar, mas estigmatizada ainda assim. Um legista só quer saber de padrões. Talvez haja outros incidentes, menores, ao seu redor, coisa rotineira que não dá pra evitar. Talvez seja como os flocos de neve isolados desta montanha: em si, não significam muita coisa, mas você junta tudo e aí vira uma bola de neve. Então, Katherine, Sofia te procurou porque o vício estava saindo do controle, ela sabia que estavam de olho nela. E, se o legista pedisse um teste de uso de drogas, ela não passaria. Se Sofia aparecer no tribunal semana que vem com Oxycontin no organismo, não vai ter nenhuma chance.

Quando a gente conversou sobre os meus planos com relação ao papel de advogado de araque de Michael, Sofia havia me perguntado em tom de brincadeira se eu estaria livre na semana seguinte, inadvertidamente revelando a data do julgamento.

— Esse fim de semana, portanto, é a última chance de desintoxicação. Por isso você está tão irritada com ela. Naquele primeiro café da manhã, fez questão de reforçar que Sofia não era médica porque, àquela altura, você já havia revirado o quarto dela e achado os comprimidos. Estava chateada pela omissão, mas também disposta a dar um susto pra ela entender o que está em risco: a carreira e toda a identidade de Sofia. Você também pediu ao Marcelo para dar um corte na própria filha. Por isso ele está se recusando a ajudar. Se precisar, ele vai. Todo mundo sabe. Mas nesse fim de semana você quis que Sofia acordasse pra vida. E tentou me fazer duvidar dela também. Ela precisava se sentir como se estivesse à mercê da própria sorte.

Marcelo deu um aceno leve e sentido em direção à filha. Essa eu tinha adivinhado por conta do comentário dele quando eu o havia acusado de favorecer Michael em detrimento de Sofia. Meu padrasto havia gaguejado: *Isso não é totalmente verdade*. Michael tinha me dito que Robert e Audrey haviam usado a mesma tática com Katherine muitos anos antes: dar um corte. O mesmo conselho que Katherine deu a Michael sobre as questões financeiras de Lucy. Era um último recurso.

— Voltando aos comprimidos, Katherine. Você os trancou no carro porque era um local seguro. Mas a Sofia... — seu olhar continuava voltado para baixo, e os ombros, tremendo por causa das lágrimas — ... não se deu por vencida. Tentou pegar de volta. Sofia, você me disse que tinha visto alguém no paiol de manutenção, mas era *impossível* ter visto do bar. A nevasca estava fortíssima. Eu mesmo, sentado à janela, não conseguia enxergar nem o estacionamento. Ou seja, você só poderia ter visto a Erin entrar no paiol se estivesse *no estacionamento*. Não foi a nevasca que quebrou a janela do carro da Katherine, foi você, desesperada pra pegar o frasco que achava estar escondido lá. Mas, antes, Katherine já havia mandado o Andy ir pegar a bolsa. Ela suspeitou que você tentaria algo assim, então mudou de ideia e achou melhor o frasco ficar com ela o tempo todo. Também foi por esse motivo que ela não queria que eu ficasse com ele durante a noite.

Me ajoelhei na frente de Sofia e pus a mão no seu ombro, apertando-o com gentileza.

— Sofia, eu não estou falando tudo isso sem motivo. A gente vai ajudar você nesse processo. Mas preciso que seja honesta comigo quando responder à minha próxima pergunta.

Ela ergueu os olhos vermelhos e me encarou, esfregando o nariz com o antebraço.

— Eu juro. Fiz aquela cirurgia da mesma forma que faria qualquer outra. Que nem aquela história do piloto bêbado que consegue pousar o avião, sabe? Eu não... — ela soluçou — ... eu não sei o que aconteceu. Deu errado, só isso. A Katherine tem me ajudado desde então. Eu quero ficar melhor.

— Eu sei. — Dei um abraço nela e sussurrei no seu ouvido: — Você é uma boa cirurgiã. Deixou o vício sair do controle, mas a gente dá um jeito. Só preciso que você seja sincera comigo e me ajude a achar o verdadeiro assassino. Pelo Michael e pela Lucy. Você é forte o suficiente pra se livrar desses comprimidos e também pra me ajudar, mesmo se ficar constrangida no começo.

Senti seu nariz esbarrar no meu pescoço, subindo e descendo. Um sinal discreto de que ela assentia. Me levantei. Não seria justo expor a roupa suja de todo mundo e não a minha. Tinha chegado a minha vez.

— Duas noites atrás, Sofia me pediu cinquenta mil dólares. Chegou a hora da minha própria confissão: tenho bem mais em dinheiro vivo aqui comigo. Uns duzentos e cinquenta... tá, quarenta e cinco. É o dinheiro que o Michael deveria ter entregado ao Alan Holton. Ele me pediu pra tomar conta depois que tudo descarrilhou, e eu não contei pra polícia. Em parte, porque a oportunidade nunca surgiu, e em parte porque... bem... eu não quis. Admito. — Ergui as mãos, na esperança de que o gesto me fizesse parecer tão cheio de defeitos quanto os demais, uma vez que estava circulando pelo ambiente apontando o dedo para a cara de todo mundo. — Eu trouxe o dinheiro pro caso de Michael querer de volta. Contei pra Sofia, e ela me pediu um pouco, dizendo que a ajudaria. — Mudei de tom ao me dirigir a ela em um sinal de empatia. — E agora que sei que você está aqui pra tentar superar o vício, entendo um pouco melhor. Porque é comum viciados terem problemas financeiros, mas quando você me pediu o dinheiro, não parecia desesperada, sua vida não dependia dele. Você me pediu porque era fácil, porque era um dinheiro indetectável que tava ali dando sopa. Uma dívida de cinquenta mil não arruinaria a sua vida... Você tem uma casa, se a coisa chegasse a esse ponto. Mas a verdade é que você estava gastando demais em Oxycontin e que, se tratando de algo que poderia acabar com a sua carreira muito mais fácil do que se você fosse, digamos, contadora, um dinheiro indetectável era importante. É comum viciados terem problemas financeiros e também é comum roubarem. Você roubou algo de um de nós em troca de dinheiro rápido, não roubou?

Sofia assentiu, fungando.

— Alguns de vocês sabem que sou fã de regras, e o Passo 9 do AA é reparar erros. — Dei uma olhada em Katherine, que assentiu, então voltei a encarar Sofia. — Você trouxe os comprimidos, sim, mas só como precaução. Você tinha total intenção de seguir o programa neste fim de semana. Foi por isso que pediu o dinheiro. Não se tratava de uma dívida, mas era algo que você sentia que precisaria devolver, mesmo que ninguém mais soubesse.

— Acho que alguém teria notado se a Sofia tivesse roubado cinquenta mil — interferiu Marcelo, erguendo o tom de voz. — Ela admitiu. Você precisa pegar leve.

— Sofia pode me interromper se eu estiver errado.

— Se for importante pro Michael e pra Lucy... — Sofia respirou fundo. — Eu precisava do dinheiro pra repor o que eu tinha roubado: um relógio Rolex Presidente de platina que custava cinquenta mil dólares.

Marcelo deixou o queixo cair, horrorizado, então checou o relógio, cutucou-o algumas vezes e só aí conseguiu fechar a boca.

Sofia parecia exausta pela confissão, e aproveitei para retomar o fio da meada.

— Marcelo nunca tira o relógio, todo mundo sabe. *Exceto* quando passou por uma cirurgia de reconstrução do ombro. Cirurgia esta conduzida pela Sofia. Ela usou o momento como desculpa pra substituir o relógio por um falso. Só reparei porque, mais cedo, o Marcelo me deu um soco no maxilar e os meus dentes ainda estão todos aqui. Aquele modelo de Rolex, com a corrente de platina, deveria pesar só um pouquinho menos de meio quilo. Um murro, mesmo de um velho, sem ofensa, deveria ter estraçalhado o meu rosto como se ele estivesse usando um soco inglês.

— Ele teria notado a diferença — argumentou Juliette. — Com certeza. Se o falso fosse tão leve.

— Você tem razão. Mas o Marcelo estava se recuperando de uma cirurgia. Num primeiro momento, qualquer peso teria parecido um tijolo no seu punho, e aí ele se acostumou ao Rolex falsificado achando que era efeito do fortalecimento do braço após a recuperação. — Reparei que Marcelo começou a erguer pesos invisíveis com o braço direito, testando o esforço; uma expressão de confusão estampava o seu rosto. — Mas o problema era não se tratar de um relógio de pulso qualquer. Admito que sempre tive uma certa inveja desse troço. Cheguei a dar um Google pra saber quanto custava. Imaginem a minha surpresa quando Marcelo me disse que o relógio tinha sido do meu pai. Ele era um criminoso, é verdade, mas não um homem que saía se mostrando. Nunca comprou joias de brilhantes nem carros envenenados. Aquilo me soou estranho. Suponho que fosse desde sempre um objeto roubado, mas, mesmo assim, papai não era do tipo mão-leve. Foi aí que descobri sobre as fotografias. Que todo mundo queria e ninguém nunca encontrou, ainda que os caras barra-pesada da gangue tivessem assaltado o banco em que a esposa dele trabalhava pra terem acesso ao cofre.

— Robert deixou o relógio pro Jeremy — murmurou minha mãe.

— Os Rolex são feitos pra durar. Toda a campanha de marketing da marca é baseada no fato de passarem de geração em geração. Um Rolex de platina, especificamente, pesa bastante por ser robusto. Até o vidro é à prova de balas. — *SEGURO COMO UMA CAIXA FORTE*, segundo um dos anúncios que começaram a surgir no *feed* do meu perfil. — Vai durar muito *e* ser protegido. Não tem lugar melhor pra esconder algo vital. Basta ser pequeno o bastante pra caber sob o vidro, não é? — Tirei do bolso a lupa e a ergui. — Juliette, você joga pra mim a medalha do Frank, por favor?

Ela fez uma careta de confusão, mas acatou o pedido e lançou a caixa de vidro com cuidado, com o braço abaixo da cintura.

Peguei. Já a havia checado. Era a única coisa que havia feito para confirmar minhas suspeitas; sabia que era importante. Como disse na página 128, não teria levado oitenta palavras descrevendo aquela porcaria a troco de nada.

— Juliette me disse que o F-287, ou Frank, o pássaro morto em cima da lareira, passou pelas linhas inimigas levando um mapa, a localização da infantaria, coordenadas e outras informações vitais. Mas, mesmo codificado, só o mapa já seria pesado demais pro pássaro. Eu não tinha percebido que o seu pai também havia emoldurado a mensagem salvadora de vidas em si, Juliette.

Posicionei a lupa sob a medalha, onde havia sido montada a tirinha de papel com os pontos sem significado. Era óbvio, mesmo sem aproximar o olho da lente, que dava para ampliar o ponto minúsculo até se conseguir um mapa detalhado. Aqui, saímos de Agatha Christie e entramos em John le Carré: "Coisa de espião", como meu pai dizia... mas siga comigo. Embora o meu livro sobre o assunto não tivesse vendido lá muito bem, estava a ponto de me gerar dividendos.

— Chamam isso de "micropontos". É uma técnica usada pra encolher informações. Uma folha de papel A4 inteira ou uma imagem, como um mapa, pode caber num pingo do tamanho de um ponto-final. Os espiões adoravam essa técnica na Segunda Guerra Mundial. Punham atrás de selos postais. Isso aqui — mais uma vez, ergui a lupa — estava rolando pelo carro do Michael quando ele enterrou o Alan. Ele também trouxe pra cá. A Erin pegou quando o Crawford o prendeu. É um desses troços de joalheiro pra aumentar as coisas. — Lembre que só aprendi a palavra "lupa" ao escrever este livro, e teria sido dissimulado falsificar a minha fala. — Marcelo, o seu relógio, o *verdadeiro*, tinha um microponto sob o vidro. Robert nunca usou drogas. A agulha que encontraram junto ao corpo, a que levou à conclusão de que ele estava doidão e tentando roubar um posto de gasolina, não era pra injetar nada. Micropontos são tão pequenos que imagino ser preciso algo delicado, tipo uma seringa ou a ponta de uma caneta, pra gravá-los numa superfície.

Ergui a lupa.

— Mas toda casa de penhores tem algo assim, ou até melhor. Qualquer um teria enxergado o ponto na hora ao inspecionar a qualidade. Sofia achou que estava vendendo só um relógio, mas na verdade vendeu muito mais. Duvido que tenha dado o azar de vender direto pra ele, mas Michael me disse que, em Sydney, objetos roubados quase sempre iam parar na loja do Alan. Sofia teria precisado ir a algum lugar suspeito. Talvez o seu traficante tenha indicado o local, ou você o trocou por drogas, e eles revenderam. Não estou ignorando a possibilidade de Alan talvez ser uma das pessoas que aparecem nas fotos e de alguém o ter avisado. Não faço ideia. De um jeito ou de outro, é aquele caso da borboleta que bate as asas na Turquia e causa um tornado no Brasil. A versão resumida é que o relógio errado foi parar nas mãos da pessoa errada. Alan sabia o valor do que tinha em mãos e, o mais importante, sabia quem ia querer. Por isso o Michael marcou de encontrá-lo naquela noite, levando uma bolsa de dinheiro. Estava tentando comprar o microponto. — Eu tinha capturado a atenção de todo mundo. — Alguém gostaria de completar algumas lacunas aqui ou posso continuar?

Em livros deste gênero, chamamos algo como um microponto de "MacGuffin". Não importa exatamente o que seja, apenas que haja gente disposta a matar por aquilo. O tipo de coisa da qual James Bond vive atrás, sabe como é: um USB com um vírus capaz de destruir o mundo; senhas de contas bancárias; códigos de lançamento de mísseis nucleares. Ou, no caso, fotografias.

— Eu tenho uma pergunta — disse Audrey, com os braços erguidos num gesto de *não atire*. — Ernest, tudo o que você está nos contando indica o quão *pequeno* é o que estamos procurando. Michael trouxe um caminhão de mudanças. Foi por causa de uma fotografia minúscula?

Percebi que todo mundo no recinto, exceto Audrey e Katherine, sabia da existência de um caixão no caminhão — Erin, porque tinha escavado o negócio; Sofia e Crawford, porque haviam corrido atrás dele; Andy e Juliette, por conta da conversa com os McAuley; e Marcelo, porque acabei contando.

— Michael precisava do caminhão pra trazer o caixão de Brian Clarke, que ele e Erin haviam desenterrado na noite anterior. Brian é o policial em quem o meu pai atirou na noite em que morreu, o parceiro de Alan Holton. Marcelo não sabia do que estava se livrando com o caminhão, mas eu vi o que o Michael queria que eu visse. Havia dois corpos no caixão do Brian: um deles era o de uma criança. — Com essa frase, anuncio com prazer que obtive a primeira exclamação unânime de espanto. — Andy, caso sirva de ajuda, trata-se de *Rebecca McAuley*. Ela foi sequestrada trinta e cinco anos atrás. Os pais tentaram enganar os sequestradores pra economizar uns trocados e deu muito errado: nunca mais viram a filha.

— E Robert tinha fotos disso — falou Erin. — É o que você acha que está no microponto? Provas do assassinato da garota?

— Exatamente. Quando o relógio caiu nas mãos dele, Alan ficou encantado, porque sabia que os McAuley pagariam uma boa quantia pelas provas. A próxima parte é conjetura, mas excluo a possibilidade de o Alan ser o assassino da Rebecca porque Marcelo me disse que ele não era assim tão implacável e porque, se fosse mesmo o assassino, teria destruído as fotos, e não vendido. Então, como estava vendendo, imagino que trinta e cinco anos tenham sido tempo o suficiente, e que Alan já tivesse queimado pontes o bastante pra considerar que não valia mais a pena proteger a pessoa que estivesse protegendo na época.

Esperei um instante para ver se a maioria dos presentes concordava ser uma teoria razoável. Alguns assentiam. Sofia parecia que iria vomitar a qualquer momento e Andy, totalmente confuso, como se eu estivesse dando uma aula de física quântica. Para mim, estava bom.

— Mas o Alan tinha um problema. Pode até ser que não tenha matado a Rebecca, mas não é inocente: ele trabalhava para os Sabres. No mínimo, foi quem atirou em Robert e ajudou a esconder o corpo da menina, e é provável que tenha interferido na entrega do resgate também. Não daria para ele simplesmente aparecer na porta da casa dos McAuley. Seria detido como responsável. Precisava de um intermediário.

— Por que o Michael? — perguntou Katherine.

— Levei um tempo pra chegar a uma conclusão sobre isso. Acho que Alan queria alguém que também tivesse algo a ganhar, pra garantir que poderia confiar à pessoa uma quantia tão grande de dinheiro. Um Cunningham teria muito a ganhar com as fotos e tudo que Alan sabia por ter se envolvido. O ganho mais óbvio seria descobrir a verdade sobre Robert. Mas suspeito que isso seja só metade. A gente tá chegando lá. Alan achou que Michael seria a escolha certa. Marcelo havia sido o advogado do Robert, Katherine é toda certinha, e Audrey, sem querer ofender, era velha demais. Mas esse foi o erro de Alan. A conexão pessoal, que ele achou que garantiria o acordo, acabou sendo o motivo por que Michael o matou. O acordo em si foi a parte simples. Alan estava cobrando o valor do resgate original: trezentos mil dólares. Forneceu ao Michael informações suficientes pra que ele e os McAuley embarcassem. Michael pegaria o dinheiro com os McAuley e usaria pra comprar o microponto do Alan, que daria uma parte pro Michael, e Michael devolveria as fotografias no final. Tudo muito simples. A não ser, é claro, pelo fato de o Michael acabar matando o Alan e ficando com o dinheiro.

— Porque o Michael não tinha trezentos mil dólares — concluiu Sofia, com a voz arrastada. Sua atenção me surpreendeu. — Você me disse que ele te entregou 267.

— Bingo. Michael pegou uma parte do dinheiro antes de entregar pro Alan. Por quê? — Sendo muito sincero, não tinha nada em que me basear para a parte seguinte, exceto o instinto, mas estava muito confiante. Aproveitei o embalo, sem a menor vontade de pisar no freio. — Lucy estava encrencada nos negócios. Com prejuízo e presa à concessão de um carro que não podia custear sob as condições brutais. Marcelo, no café da manhã, quando ela te disse que já tinha pagado a maior parte, quase todo mundo achou que Lucy estava na defensiva, indignada, como sempre. Só que ela não estava mentindo. Michael usou o dinheiro pra pagar as dívidas dela, inclusive o carro, antes de se encontrar com o Alan. Provavelmente pra garantir que ela ficaria bem se algo desse errado. — E porque precisava deixar tudo em pratos limpos para largá-la e ficar com Erin. Ainda bem que Lucy não estava presente para ouvir essa parte. — Mas ele não pensou no efeito rebote que abater uma pequena parte teria. Alan não era burro, contou o dinheiro, descobriu que estava faltando um tanto e puxou uma arma. Eles brigaram... e o resto vocês sabem.

— Tudo isso é muito intrigante — disse Andy, incapaz de se conter. — Mas e o Língua Negra?

— Ainda não terminei com todo mundo. Erin, Sofia e Marcelo, vocês não sabem que os pais da Rebecca McAuley estão aqui. Estão hospedados no resort do outro lado da serra. Michael, tendo o microponto e sabendo onde enterraram o corpo, fez contato com os McAuley da prisão, pedindo pra eles dobrarem a quantia. — Siobhan McAuley acabou revelando aquela informação no SuperShred, ao dizer "Ele quer mais dinheiro *outra vez*". Na Sala de Secagem, Michael havia me contado que tinha em mãos algo que "valia muito mais" do que os trezentos mil originalmente pedidos por Alan. — Michael planejava atravessar a serra para encontrar os McAuley e vender as fotos e o corpo da filha. Por isso ele o trouxe até aqui. Ele contou o plano pra você, não contou, Audrey?

— Eu disse pro Michael não fazer isso — falou Audrey. — Mas ele insistiu, então fui lá eu mesma para avisá-los.

— Só uma coisinha... — interferiu Andy outra vez, mostrando não ter respeito algum pela construção do suspense. — Ernest, toda essa história de sequestro e de gangues é de trinta e cinco anos atrás. O que isso tem a ver com a merda das cinzas?

— Tá bem. — Ergui uma mão. — Entendi o recado. Vamos voltar ao Botas Verdes. Nossa vítima não identificada, ou ao menos não identificada pela maioria de nós. Lucy foi a primeira a matar a charada, na verdade.

— Se você tá sugerindo que ela foi morta porque descobriu tudo... — Sofia usou a palma da mão para erguer a cabeça e balançou-a de leve. — A gente sabe que ela caiu. Não havia cinzas ao redor, e ela quebrou vários ossos. Não havia sinal de combate.

— Não. Ela pulou, de fato — concordei, me lembrando do dedo de Lucy junto à têmpora imitando uma arma enquanto a gente conversava no terraço: *Eu preferiria...* — Mas ontem ela me disse que preferiria se matar do que sufocar até a morte sob a tortura do Língua Negra. É, ela se jogou do telhado, mas foi só uma fuga do que estaria pra ocorrer. Acho que ela subiu pra olhar alguma coisa no Google, pra confirmar uma suspeita. Nosso assassino se assustou e a confrontou lá mesmo, depois de todo mundo sair do bar. Vocês se lembram do medo no rosto dela quando viu a foto do Botas Verdes? Achei que tinha ficado horrorizada por ver com os próprios olhos o que tinha acontecido com o Michael, especialmente por achar que havia sido, em parte, culpa dela. Mas eu estava errado. Ela estava assustada porque reconheceu o sujeito.

— Ninguém aqui nunca viu o cara. Como é possível que Lucy tenha conhecido a pessoa?

Andy, novamente. Continuava sendo o participante mais confuso. Os demais pareciam entender partes da história, mas a testa deles estava franzida, ainda botando a cabeça para funcionar no intuito de compreender o todo. Só uma pessoa tinha o maxilar travado, com cara de jogador de pôquer. A cada afirmação, era como se eu estivesse apertando uma manivela, tensionando os músculos no seu pescoço.

— Eu não disse que ela o conhecia. Disse que ela o *reconheceu*. Só o tinha visto uma vez. Foi o cara que a multou no caminho pra cá.

Deixei a informação assentar. As pessoas se viraram para trás, todos os olhares fixados em alguém de pé nos fundos do recinto.

— Crawford, o sangue nos punhos do seu uniforme não é por você ter carregado o corpo montanha abaixo. Está do lado de dentro. As manchas foram causadas por alguém com as mãos apertadas ao redor da própria garganta. — Imitei alguém tentando forçar um lacre de plástico imaginário em torno do pescoço. — Você tá usando o casaco de um morto.

— Que merda você tá querendo dizer? — perguntou Crawford.

Lancei a Juliette um sorriso cúmplice para antecipar o que diria e me orgulho de não ter floreado nada, voltando a atenção para Crawford.

— Estou querendo dizer que até Arthur Conan Doyle acreditava em fantasmas. Não é verdade, Jeremy?

MEU IRMÃO

CAPÍTULO 39

Jeremy Cunningham, que naquele momento me parecia tão bobo (fantasiado, até) vestindo um casaco da polícia manchado com o sangue de outra pessoa, abriu um sorriso débil e balançou de leve a cabeça. Tentou dizer alguma coisa — *isso é ridículo*, talvez —, mas sua voz saiu... bom, sufocada.

Audrey parecia tão surpresa quanto todo mundo: era óbvio que pensava que os Sabres haviam feito jus às ameaças de matarem seu filho. Jeremy, como Agatha Christie na prateleira, vinha respondendo a um nome diferente: Darius Crawford, o nome que havia adotado ao encarar aquele papel de policial local atrapalhado. Seu outro pseudônimo, aquele que a mídia lhe conferiu, de atrapalhado não tinha nada: o Língua Negra. Ele havia cometido cinco assassinatos e um suicídio por coação. Como eu disse, alguns de nós têm grandes conquistas.

Não é uma das regras de Knox, mas nunca acreditem que alguém morreu até o corpo aparecer de fato.

Comecei a falar diretamente com Jeremy. O espetáculo havia acabado.

— O Botas Verdes *tinha* que ser um local. Foi por isso que você mostrou a foto só para os membros da nossa família e escondeu de todos os demais, até da Juliette, sob a desculpa de não causar pânico. Porque qualquer pessoa das redondezas o teria reconhecido. A equipe subiu a montanha pra passar a temporada; estão aqui há meses. Talvez não parecesse suspeito conhecer um policial novo vindo da cidade, mas teriam reconhecido o sargento na hora. Por isso você quis tirar o corpo do campo de visão tão rápido e trancar no paiol. Também pegou o casaco do cadáver, mas não os sapatos: botas com bicos de aço costumam fazer parte do uniforme de policiais, e o corpo estava com um par delas, mas Erin pisou no seu dedão enquanto corriam atrás do caminhão e doeu, ou seja, você não estava usando uma. Você, na verdade, poderia ter fingido ser qualquer pessoa, mas acho que queria ser alguém com o poder de nos separar. O que foi outro motivo pra você ter trazido a morte do sargento a público daquele jeito; queria separar o Michael da gente. Mas você estava nervoso, nervoso demais, e a cada passo que parecia trabalho policial legítimo, ou seja, a identificação do corpo, o controle do pânico, essas coisas, na verdade, era só para garantir que o disfarce colasse. Aí, quando um Cunningham te pedia pra ver a foto, você mostrava. Parecia estar fazendo a coisa certa. Mas só estava se certificando de que a gente não descobrisse a verdadeira identidade do cadáver. Por isso ficava nervoso quando a gente chegava perto do corpo. E eu achando que você só estava de frescura.

Continuei a minha narrativa:

— Mas você não esperava a reação da Lucy, não esperava que ela fosse reconhecer a vítima como o policial que a havia multado no caminho até aqui. Quando ela saiu de repente, achei que havia falado "*Você* é o chefe", mas na verdade disse: "É o *seu* chefe." Ainda não estava pensando em te acusar, só pensando alto, mas ela sabia que tinha algo esquisito. Só foi entender quando chegou ao terraço e deu busca no departamento de polícia de Jindabyne. Mas àquela altura todo mundo já tinha ido dormir, e você a seguiu. E ela, não querendo morrer como o Michael, pulou. Você também mentiu sobre como chegou tão rápido aqui. Disse que havia passado a noite toda no radar de velocidade tentando pegar turistas, mas não poderia ser verdade porque a Lucy teria te entregado em algum momento por causa da multa que levou. Nunca iriam chegar mais policiais... Você nos disse que estavam ocupados lidando com as estradas, mas como é que dois ônibus de passageiros chegam, e um carro de polícia não, mesmo depois de dois assassinatos? Beleza, no começo não prestei atenção em nada disso. Você parecia confiável. Havia três trilhas de pegadas levando ao corpo e só uma voltando: o bastante pra uma vítima, um policial chegando e um assassino indo embora. Achei que isso significava que o próprio assassino havia alertado sobre a presença do corpo antes de — fiz o gesto de aspas com as mãos — *o agente Crawford* chegar, sendo dele a terceira trilha. Eu tinha razão quanto ao assassino ter dado o telefonema ou pelo menos fingido. Porque não foi nenhuma outra pessoa quem descobriu o corpo, foi você! Era parte do seu número de teatro. Você foi lá duas vezes. A primeira, com o sargento, quando pôs a sacola na cabeça dele, o levou até lá em cima para morrer e pegou o seu casaco, e a segunda na manhã seguinte.

— Ele aparece na câmera chegando bem depois. — Juliette não parecia muito segura das minhas conclusões. — Nós dois vimos.

— Acho que você já andava checando o resort quando planejou nos seguir até aqui. A câmera de neve fica ao vivo no site, então você sabia que a entrada de carros era meio que monitorada. Presumo que atacou o sargento na estrada, onde ele teria estacionado o carro de patrulha pra acionar o radar. No alto da colina, haveria sinal de celular pra você checar o site. Eu mesmo já havia pensado que, se o motorista meter o pé no acelerador, um carro poderia fazer o trajeto na janela de três minutos antes de a câmera disparar. Depois seria só voltar mais tarde e se certificar de ser fotografado chegando na hora certa. Sim, na foto parece que você tá indo em direção ao estacionamento, mas o seu braço tá atrás do encosto de cabeça. Você estava dando ré.

— Jeremy? Não pode ser. — Katherine o observava com atenção, como se tivesse acabado de chegar de uma ilha deserta. Então se voltou para Audrey. — Como é possível você não ter reconhecido ele?

— Os Sabres levaram ele, Katherine. Mas não pediram resgate. Só queriam as fotografias. Essas de que o Ernest tá falando. Eu não sabia do relógio nem do resto... e Jeremy, se for você mesmo, eu *tentei*... tentei encontrar as fotos. Eles diziam que precisavam ter certeza de que eu não estava escondendo nada. E me disseram que tinham que... — ela engasgou — ... que ter certeza de que eu estava falando a verdade. — Marcelo se moveu na direção de Crawford/Cunningham (que diferença um nome faz?), mas Audrey segurou a sua mão. Reparei que a apertou, e ele deixou o braço pender, como um pitbull preso na coleira. — Eu não podia contar à polícia, não só porque *o Alan* era policial na época, mas porque tinha medo de que se voltassem contra o Michael e o Ernest. Nossa família já havia perdido tanto por causa dessas fotos idiotas... Eu só queria pôr um ponto-final na história. Então fingi. Se for mesmo você, Jeremy, sinto muito. Você tem certeza, Ernest? Certeza mesmo?

— Michael me disse que o Alan tinha tentado me contatar antes de falar com ele — respondi. — Falei que não era verdade, achando que era mentira do Alan só pra ganhar a confiança do Michael. Mas depois pensei melhor. Alan alegou ter entrado em contato com o *irmão do Michael.* Você não sabia que era adotado até ser abordado por ele, sabia, Jeremy?

Jeremy engoliu em seco. Mordeu o lábio. Permaneceu em silêncio.

— Mas é claro, o Alan sabia que você estava vivo. Marcelo me contou que ele não tinha estômago pra matar... Quem sabe não foi ele quem te deixou fugir? Só que você não se lembra de nada, aí aparece um homem que você não conhece e fala de uma família a qual você não sabia que pertencia. Mark e Janine Williams, eles eram conhecidos por cuidar de crianças sem lar, e imagino que tenham te adotado, mas talvez você nunca tenha sabido que não era filho deles. Também estou imaginando que você não foi lá muito compreensivo ao descobrir que não haviam te contado tudo. Escreveu uma carta ao Michael na prisão, tentando explicar o que tinha acontecido e quem você achava que era, enquanto montava o quebra-cabeças. Mas Michael encarou o nome Jeremy Cunningham na carta como uma espécie de ameaça.

Eu tinha perguntado a Michael se havia algum nome na carta e ele respondeu, quase rindo: *Assinaram com um nome obviamente falso... só estavam tentando achar os meus pontos fracos.*

— Faria sentido da parte dele, em especial se Alan tivesse contado alguma coisa sobre o que os Sabres haviam feito com a nossa mãe. Ele não acreditou, e eu estava nos jornais como o "traidor da família", então a quem mais você poderia recorrer? A alguém próximo a ele. Lucy. Lucy estava te esperando chegar, mas quando você começou a demorar, ficou preocupada com a possibilidade de você ser o Botas Verdes. De ter sido pego do lado de fora em um incidente terrível. Achei que ela estava preocupada com a presença da polícia de modo geral, a atenção que um assassinato não resolvido poderia atrair, o que seria difícil pro Michael. Mas o medo era, na verdade, de que se você morresse congelado durante a noite o plano dela de não só reunir você e Michael, mas também levar o crédito pelo feito, fosse arruinado. Ela havia tentado identificar o corpo; havia checado a lista de hóspedes antes de mim. Me perguntou se o corpo *parecia* o de Michael, e não se *era* o Michael. O que ela queria saber era se havia alguma semelhança que sugerisse parentesco. Tinha subido até o terraço pra tentar te mandar uma mensagem e verificar onde você estava. — Lucy tinha me falado que aquele fim de semana era a sua chance de devolver para Michael a própria família. Não estava falando de si própria. — Outro motivo pra ela ter ficado arrasada quando entendeu quem você talvez fosse e o que devia ter feito era que havia sido ela quem tinha te convidado para o fim de semana.

— Exatamente como você planejou, Katherine. — Vou sempre poder contar com Andy para roubar minha cena. — Uma reunião de família pra valer.

O único som era o uivo do vento enquanto todo mundo digeria as informações. Por fim, Jeremy falou.

— Não era o que eu estava esperando, estar no mesmo ambiente com todos vocês.

Com a mão cravada no lintel, ele tirava nacos de tinta da superfície enquanto seus olhos iam de um para outro. Éramos muitos entre ele e a porta, o que impossibilitava qualquer fuga, e a janela de trás estava coberta de gelo. Talvez fosse possível pular dali, dependendo do quão fofa estivesse a neve do lado de fora, mas eu tinha certeza de que um de nós conseguiria pegá-lo se tentasse.

— Eu... — Ele hesitou. — Eu esperei muito tempo pra conhecer vocês. Achei que seria diferente. — O tom melancólico era o mesmo que tinha adotado ao abrir a porta da Sala de Secagem para eu falar com Michael. *Você se importa mesmo com ele, né?... Não tive irmãos quando era novo.* — Quando era criança, eu era sempre o diferente. Nunca me enturmava. Me metia em brigas.

E aí minha mã... — Ele se segurou, e a raiva se tornou perceptível nas narinas dilatadas. — No começo, achei que o Alan estava mentindo. Sempre chamei os dois de pais. Mas aí perguntei pra eles, e... — Dava para notar que era difícil relembrar. — Eles simplesmente *admitiram*. Aquela gente, que passei a vida inteira achando ser a minha família, parecia *feliz* com aquilo tudo. Não me diziam quem eu era. Eu havia tido irmãos e irmãs adotivos, mas os Williams sempre me falaram que eu era deles. Falaram que não sabiam de mais nada, que haviam me acolhido sem um nome, quando eu tinha sete anos.

— *Sete?* — exclamou Audrey, chocada. — Não é de se admirar que ninguém soubesse quem você era. O que aconteceu com você nos dois anos anteriores?

— Eu... não lembro.

Jeremy parecia à procura de algo que não estava ali. Muito novo, muito maltratado, muito violentado, talvez; todas as memórias foram reprimidas. Os Sabres ficaram tão assustados com a possibilidade de Audrey vazar os seus segredos que ameaçaram matar o seu filho para garantir que ela não os trairia, só que não haviam se dado ao trabalho de fazer aquilo eles mesmos; simplesmente o largaram na rua. Nunca vou saber quanto tempo o mantiveram em cativeiro e por quanto tempo ele teve que viver sozinho. Mas não é preciso se esforçar para entender o efeito que uma experiência assim pode surtir numa mente jovem. Há trinta e tantos anos, testes de DNA não eram comuns, e anúncios de pessoas desaparecidas disseminados pela internet incipiente também não. Era possível determinar a ascendência familiar através de análises capilares, mas os tribunais não as aceitavam como prova — é só perguntar ao detetive de Queensland, que havia cruzado a fronteira do estado para acusar um Cunningham. *Me metia em brigas*. Além da fronteira do estado, Jeremy era uma criança sem nome numa cidade que não conhecia.

— Mas Alan disse que sabia quem eu era — continuou Jeremy. — Disse que tinha ficado de olho em mim, que havia tomado conta de mim quando eu era mais novo. Falou que era pra ter me matado, mas que tinha me deixado escapar, e eu devia ser grato por isso. Ele sabia que os Williams tinham dinheiro e queria botar a mão na grana em troca das fotos, que, segundo ele, me ajudariam a ter paz. Mas eu o mandei se foder e, depois de um tempo, o nome apareceu no noticiário. Assassinado.

— Aí você confrontou os Williams? — perguntei.

— Essa gente que *ousou* dizer que era a minha família continuava mentindo. Só mentiam, continuavam alegando que não sabiam quem eu era! Fiquei com raiva e... a minha intenção não era... eu dei um jeito de fazer eles sentirem o que eu sentia. — Jeremy puxava a gola da própria camisa. — Não consigo respirar quando estou chateado.

— E a Alison? Você a encontrou por causa do envolvimento dela no caso dos McAuley. Como ficou sabendo disso?

— Não. Eu a encontrei porque queria fazer umas perguntas, saber mais sobre o Alan. Pelo que eu tinha entendido, ela era a superior dele. — A gola da camisa ficava cada vez mais repuxada. — Não havia me dado conta de que isso tudo era culpa dela. *Ela* obrigou o meu pai, o meu pai *verdadeiro*, a continuar fazendo algo que iria resultar na morte dele só pra livrar a própria cara. Eu só queria fazer umas perguntas pra ela. Juro.

Ele esfregava a testa e passava a língua nos dentes.

Dava para ver que ele estava tentando conscientemente se dissociar dos seus atos, mas acreditava ter sido forçado a cometê-los. Não poderia ter sido *tão* forçado assim, considerando todo o equipamento que havia trazido para reconstruir uma antiga técnica de tortura, mas não seria eu a corrigi-lo.

— Vocês entendem, né?

Algo sinistro ficava implícito nas suas palavras, como se todos nós estivéssemos no mesmo barco.

— Se você está desesperado pela sensação de pertencimento, a gente tá aqui. — Abri os braços. — Por que matar o Michael?

— Era pro Michael ser igual a mim — disse ele num tom de lamento. — Quer dizer, um dia chega um homem que eu não conheço e diz que eu sou um Cunningham, depois aparece no jornal que um Cunningham matou alguém. Aí começo a investigar sobre o Robert e descubro que ele matou um tal de Brian Clarke.

Comecei a achar que talvez não estivesse tão sozinho assim, não fosse o único a me sentir... *diferente*.

— Foi aí que você procurou o Michael?

— Ele não respondeu à minha carta. Eu entendia o motivo de não acreditar em mim. Por isso precisava de outra forma de chegar nele. A esposa dele foi muito mais receptiva. Me contou quando ele sairia da prisão. Falou desse fim de semana que iriam passar aqui. Mal podia esperar: não só conheceria o Michael, mas todos vocês. — Era estranho, mas ele sorria, revivendo a expectativa da primeira vez em que nos encontraria: sua família de verdade. — Mas eu queria que fosse tudo do jeito certo. Queria ficar sozinho com o Michael na primeira vez que a gente se encontrasse, e queria me provar digno dessa família. Quando apareci na prisão um dia antes, ele não tava lá. Corri pra cá. O policial... só aconteceu de ele estar no lugar errado na hora errada. O sacrifício dele me deu a oportunidade de mostrar a vocês quem eu era.

Juliette e eu trocamos um olhar apreensivo ao ouvir a palavra *sacrifício*. Jeremy tinha começado a falar de forma exuberante, acometido pela criação de uma mitologia pessoal.

— Por causa disso, eu também consegui uma oportunidade de ficar a sós com o Michael. Eu poderia fazer com que ele entendesse o meu raciocínio porque sabia que ele tinha mentido pra vocês sobre a data da liberação. Quis contar tudo pra ele na hora, mas estava todo mundo o paparicando, e eu sabia que aquele era o único jeito de a gente ficar a sós o fim de semana inteiro. Aí todo mundo começou a gritar, e talvez a minha escolha de figurino não tenha sido tão bem pensada, porque, de repente, queriam que eu ajudasse em tudo, a Juliette ficava em cima de mim, ou então vinha gente fazer perguntas. Eu não tinha tempo pra estar com o Michael. Foi só depois de você conversar com ele, Ernest, que pude mostrar pra ele... mostrar que eu pertencia. Mostrar que era igual a ele.

A teoria de Sofia se sustentava: *O Língua Negra está se mostrando. Quer que a gente saiba da sua presença.*

Jeremy achava que tinha encontrado o seu lugar numa família de assassinos. O sargento não passava de um pássaro morto trazido à porta de casa por um gato selvagem. Uma oferenda.

— Mas o Michael não te acolheu, certo? — retruquei. — Ele ficou horrorizado. Na nossa conversa, tinha ficado bem claro que ele havia passado os últimos três anos aprendendo a aceitar o fato de que havia tirado a vida de alguém, e tinha saído da cadeia disposto a se comportar melhor. A *ser* melhor. Mas não era isso o que você esperava. Ele fez você se sentir um intruso de novo, não foi?

— Era pro Michael ser igual a mim. Era pra *vocês* serem iguais a mim! Tentei falar com ele. Eu sabia que ele te contaria na primeira oportunidade que tivesse. E ele sabia... ele estava com aquelas fotos que o Alan tinha tentado me vender antes e sabia quem tinha me feito mal, quem tinha feito mal pra *gente* quando eu era criança, mas se recusou a me dizer. Falou que, se contasse, eu iria matar a pessoa, que ele havia aprendido que isso não resolvia nada, então percebi que o Michael não era nem um pouco igual a mim. Ele fez com que eu me sentisse *sozinho*, que nem os meus falsos pais fizeram. Às vezes... *eu não consigo respirar* quando alguém... — Estava de novo com as mãos na gola. — As coisas que ele dizia. Eu não conseguia respirar... Aí a mulher...

— Lucy.

Fiquei surpreso e meio orgulhoso ao ouvir Audrey corrigi-lo.

— Tentei pensar num jeito de sair daqui, mas como eu ia fazer isso se vocês todos estavam se recusando a ir embora e eu bancando o policial? Aí ela descobriu. Ficou me esperando, e eu não apareci. Quando descobriu que o primeiro corpo era de um policial, meu disfarce foi revelado. Implorei pra ela ficar quieta. Dei uma escolha, vocês entendem? Ela escolheu pular.

Sua voz tinha assumido um tom patético, de quem implora. Ele acreditava de verdade que seríamos todos iguais a ele e havia ficado chocado ao perceber que não éramos.

— Por quê? — O desgosto na voz de Katherine resumia o clima. — Por que alguém acharia que a *nossa* família é um lugar ao qual pertencer?

— Michael não tinha esse direito! — gritou Jeremy. — Não tinha direito de me dizer qual era o meu lugar. De me dizer que eu tinha feito algo errado. Hipócrita! Olhem só pra vocês. Cunningham. São todos uns assassinos, é ou não é?

Olhamos uns para os outros. Andy fez menção de erguer a mão, acho que para sugerir que não havia matado ninguém, mas pensou melhor.

Imaginei Jeremy, sentado contra a parede do apartamento abafado de Alison Humphreys, com a porta do banheiro fechada, olhando para as próprias mãos, trêmulas e sujas de cinzas, depois de acabar de descobrir a verdade sobre a sua família. Era fácil encontrar o nosso histórico na internet. Todo mundo sabia que tipo de família a gente era. Michael, Robert, Katherine, e depois Sofia... todos os seus incidentes vieram a público, todos estavam com as mãos sujas de sangue. Éramos malvistos na mídia e no meio policial. Jeremy tinha nos encontrado, se acalmado e concluído: *Não sou tão diferente assim.*

Ouvimos passos firmes às nossas costas. Quando viramos, nos deparamos com Gavin, surpreso ao dar com todo mundo tão abalado.

— As malas já tão prontas — disse, e depois de uma pausa continuou: — Caramba, quem morreu?

Jeremy aproveitou o instante de distração. Quando nos viramos, ele havia derrubado a grade da lareira e empunhado o atiçador como arma. Juliette se moveu na sua direção, mas ele sacudiu o bastão num movimento circular e ela recuou. Continuava sem ter para onde ir, mas açoitava o ar, furioso, com o espeto de ferro fundido.

— Eu podia simplesmente ter deixado vocês aqui — grunhiu. — Podia, até agora. Depois da Lucy, achei que seria melhor desaparecer. Mas agora sei que fui *largado* pra me virar sozinho. Fui abandonado, descartado. Por *vocês*. — Ele se dirigia a todos, mas seus olhos estavam fixos em Audrey. — Pelo menos, vai todo mundo queimar junto.

Ele deu uma estocada com o atiçador, e titubeamos, mas o seu alvo era o fogo. Usando o bastão como alavanca, jogou uma gigantesca tora flamejante em cima do carpete. Ela caiu no chão com um estrondo, e fagulhas se ergueram como vagalumes. Prendemos a respiração. Juliette havia me contado que o seu pai tinha construído o hotel no fim dos anos 1940, o que significava que a estrutura era composta de madeira, remendos e amianto: a mesma coisa com as paredes, provavelmente. Parte do carpete crepitou e escureceu, mas a umidade era muita para que pegasse fogo; a tora caiu e continuou fumegando. Todos ficaram em silêncio. Jeremy parecia em estado de profundo desamparo. Ficamos espantados com a mediocridade do seu plano de fuga.

Então, aparentemente do nada, um dos livros das estantes explodiu. Uma única fagulha o havia alcançado, incendiando as páginas imaculadas e secas.

Não era admirar. Aqueles livros talvez fossem as únicas coisas em todo o resort, incluindo eu, que não estavam ensopadas. Gostaria de poder dizer que o livro que explodiu tinha sido *Jane Eyre* — cairia como uma luva, considerando o que estava para acontecer —, mas simplesmente não seria verdade.

Assim que o primeiro livro pegou fogo, o restante se seguiu, um a um, como pipoca no micro-ondas, irrompendo em chamas à medida que as fagulhas saltavam. Alguns, suspeitei, visto que a coisa tinha sido quase espontânea, meramente cediam à pressão coletiva dos exemplares ao redor. Então o fogo atingiu as paredes. O piso fervia e pontos brilhantes surgiam nos trechos secos.

Todo mundo correu para a porta. Erin foi a primeira a sair. Puxei Sofia, ajudando-a a se erguer e sustentando-a sobre o ombro com o braço bom. Marcelo arrastava Audrey, chocada e aos prantos; acabaram derrubando um dos tronos vermelhos, e uma pequena fogueira se formou no meio do recinto. Juliette berrava, agitando os braços. Então as chamas começaram a se espalhar de fato. Jeremy deixou o atiçador cair e forçou a janela atrás de si com o cotovelo, estilhaçando-a. O ar entrou, alimentando as labaredas, e o fogo triplicou de tamanho com uma lufada. O F-287 tinha virado uma casca enegrecida. Sofia e eu não queríamos sair antes de Marcelo e Audrey passarem, para ter certeza de que estariam a salvo, mas eu havia perdido de vista minha tia e meu tio, até que vi Katherine de relance, indo na direção errada.

— Katherine, sai daí! — berrei, mas chamas *rugem* de uma forma que eu jamais poderia ter imaginado.

Tudo era abafado pelo som destruidor. Eu me retraía por causa do calor, ciente de que o tempo estava se esgotando. Atrás de mim, a soleira da porta literalmente sibilava com a fervura e pegaria fogo assim que secasse. O mesmo valia para o carpete no corredor, para o corrimão, para as escadas e logo para a construção inteira.

Marcelo passou por mim, Audrey dando um jeito sozinha. Entreguei Sofia aos cuidados dele e corri para a janela, me esquivando da fogueira da cadeira vermelha. Ao passar, vi o objeto se desfazer por completo. O fogo havia consumido o piso e se precipitado buraco abaixo para o andar inferior. Se não nos apressássemos, aquele ali também irromperia em chamas, que tomariam o saguão e nos impediriam de alcançar a entrada principal.

Katherine havia alcançado Jeremy, que já estava com um pé para fora da janela. Ele tinha derrubado os cacos mais afiados do peitoril e se preparava para o salto. Minha tia deu o bote e o agarrou pelo ombro, mas Jeremy, que havia sentido o movimento, se virou e a pegou pela garganta. Enquanto ela arfava, jogou-a sobre o lintel. A cabeça dela se chocou contra a extremidade pontuda com um *crack*. Ele apertou com mais força. Os olhos de Katherine se esbugalharam. Gritei de novo, mas uma labareda repentina, alimentada pelo vento, dissolveu minha voz em um clarão e queimou minhas bochechas. Senti o cheiro de cabelo queimado. Estava longe demais. Jeremy olhou para mim, depois de volta para Katherine. Havia sangue na extremidade do lintel. Os olhos de Jeremy refletiam o fogo, mas também estavam marcados por uma chama própria. Ele puxou a cabeça de Katherine para trás e a forçou outra vez contra o...

O grito de guerra de Andy foi tão alto que se fez ouvir mesmo em meio aos uivos do fogo. Ele havia pegado o atiçador, e os olhos de Jeremy se arregalaram. Andy estendeu o braço para trás, dando impulso — num arco longo e aberto, com o quadril solto, como quem se prepara para a tacada em uma daquelas bolas de golfe que nunca teve a chance de lançar do terraço —, e mandou ver. O atiçador acertou

MEU TIO

a lateral do rosto de Jeremy com um *crack*. O golpe pegou a sua bochecha inteira, abaixo da orelha. O maxilar pareceu se deslocar, conferindo a ele uma expressão de surpresa. O sangue começou a jorrar da boca. Ele soltou Katherine, que cambaleou para o braço estendido de Andy, e deu dois passos — o maxilar como um pêndulo — na minha direção.

Não chegou a me alcançar. Talvez tenha ficado surpreso quando o piso cedeu sob os seus pés, mas seu queixo não tinha como cair mais. Ele desapareceu em meio às chamas ferozes do primeiro andar.

Andy, Katherine e eu saímos do recinto com o fogo nas canelas, literalmente. Ela no meio, com as pernas roçando contra o piso enquanto a gente a carregava escada abaixo. Na entrada, Erin fazia sinal com os braços para nos apressarmos. Os focos de incêndio se espalhavam pelo saguão, ainda sem representarem um obstáculo, mas a tinta do teto borbulhava e o fogo se espraiava pelas vigas. O candelabro desabou com um estrondo assim que chegamos à porta.

Desabei ao pé dos degraus da entrada. Engatinhar na neve sem luvas é como correr pela areia pelando: queima e aferroa a pele. Então fui erguido, e percebi que era Erin quem me ajudava, me arrastando pela neve até finalmente cairmos no gramado encharcado do campo de golfe e assistirmos ao inferno, com os olhos vidrados, tossindo e em choque por estarmos vivos.

Pronto, enfim tínhamos nos deparado com o fogo crepitante anunciado no folheto.

A tempestade não havia diminuído. O vento era inclemente, flocos de neve ainda se grudavam às nossas pálpebras e bochechas e, dessa vez, eu não me importava nem um pouco.

CAPÍTULO 40

Não levou muito tempo para o telhado ceder. Na sequência, as paredes implodiram e catapultaram uma torrente de fagulhas noite adentro com um silvo que, se estivéssemos falando de outro hotel e este livro fosse de outro gênero, poderia significar uma libertação de espíritos.

Juliette se virou para Gavin.

— Acho que estou pronta pra vender. Afinal, já fiz até a demolição pra você.

Quem ainda tinha alguma energia riu. Algumas pessoas se abraçavam. Andy, com todos os comentários meio enérgicos que lhe dediquei até aqui, segurava Katherine como se ela fosse a única pessoa no mundo. Marcelo e Audrey acalentavam Sofia. Juliette dava um tapinha nas costas de Gavin em clima de camaradagem. Erin e eu não fazíamos nada tão clichê, mas estávamos próximos. Eu sabia que o fogo estava distante demais para substituir a pedra do nosso isqueiro, para reacender a nossa chama, e tudo bem.

— O que é aquilo? — perguntou Katherine, apontando para os destroços.

Uma sombra escura se movia pela neve branca, iluminada por trás pelo brilho das brasas. Conseguiu se afastar uns cinquenta metros das labaredas, então caiu na neve.

— Vamos embora daqui — disse Andy.

— Ele tá se mexendo?

Não consigo lembrar quem fez a última pergunta.

— Se estiver machucado, não importa quem seja ou o que tenha feito — argumentou Juliette. — A gente não pode deixar a pessoa aqui sem mais nem menos.

— Eu vou ver como ele tá.

Fiquei surpreso comigo mesmo ao ter me oferecido como voluntário. Ouvia-se um burburinho de discordância hesitante, mas nada que superasse o alívio de todos por não precisarem tomar uma atitude. Me levantei e cambaleei em direção ao vulto. Tinha uma lembrança vívida de outra sombra escura em um campo todo branco, mas bloqueei-a.

Alcancei o corpo. Era Jeremy. Estava caído de costas, os olhos fechados. Seu cabelo estava queimado, e as bochechas em parte assadas, em parte cobertas de cinzas. Seu tórax subia e descia, muito devagar. Me sentei ao seu lado — afinal, não havia mais nada a ser feito.

— Quem é? — perguntou Jeremy, devagar, com a língua presa devido ao maxilar deslocado e escurecida pelo sangue.

— Ernest... seu irmão.

Por algum tempo, ficamos em silêncio.

— Você sonha que tá sufocando? — indagou ele.

— Às vezes — admiti.

Agora eu entendia as cinzas, o sufocamento, a tortura. Era o trauma reprimido de ficar preso no carro. As coisas de que ele não conseguia se lembrar, mas que fervilhavam no seu interior, atormentando-o. *Não consigo respirar quando estou chateado*.

— Ok.

Ele parecia satisfeito. Talvez por eu ser como ele. Era só o que queria saber.

Jeremy soltou um chiado demorado. Seu tórax parou de se mover.

Então, quando eu estava a ponto de ir embora, recomeçou.

Olhei do meu irmão para o grande tanque amarelo de Gavin. Perto do veículo, um agrupamento de gente — dos quais poucos tinham o meu sangue e menos ainda o mesmo sobrenome — estava à minha espera. Era uma coleção de hífens, prefixos, nomes de casamento, ex-isso e aquilo-postiço. E, deitado ao meu lado, com dificuldade para respirar, havia mais um Cunningham.

Eu tinha ficado tão desesperado para constituir uma família, para forçar Erin a gerar uma para mim, que havia me esquecido daquela que já tinha a meu redor. Família é coisa séria. Ali, entendi o que Sofia havia falado no comecinho de toda esta história. Família não tem a ver com o sangue que corre nas suas veias, mas por quem você derramaria sangue.

EU

CAPÍTULO 41

— Podemos ir embora — falei enquanto pegava impulso para entrar no Oversnow.

Quando voltei, já estava todo mundo amontoado dentro da geringonça. Gavin deu a partida no motor, que soltou um despertar tossido no ar noturno.

— O que aconteceu? — perguntou Katherine enquanto eu me sentava ao seu lado.

— Cheguei lá e ele parou de respirar.

— Parou de respirar?

— É, parou.

— Morreu? — perguntou Audrey.

Havia esperança na sua voz, mas não entendi se era de que tivesse morrido ou de que estivesse vivo.

— Morreu.

— Tem certeza?

— Tenho.

— Como?

— Ele parou de respirar, só isso. Vamos pra casa.

EPÍLOGO

A placa de venda foi fincada no terreno sem nenhum cuidado, com a preguiça advinda de uma oferta garantida. Juliette foi me ajudar a buscar as últimas coisas. Erin e eu havíamos decidido que a melhor forma de seguir em frente, se era para ser com tudo em pratos limpos, era vender a casa e deixar para trás todas as memórias e atos. Eu tinha encontrado Juliette já no terreno, recém-chegado do café da manhã, que não havia sido nem minimamente especial.

Juliette destrancou a porta. A casa estava vazia, o piso marcado por sombras escuras, feito espectros da mobília. As últimas caixas com as minhas coisas estavam no sótão. Ela puxou a escada para baixo e subiu; meu cargo, logo abaixo, era o de coletor de lixo. Juliette me passou algumas caixas e uma pequena mala de rodinhas, adequada para aeroportos, mas não para resorts na neve. Quando eu finalmente tinha chegado em casa — depois das delegacias, dos hospitais e do carnaval da imprensa —, não havia tido coragem de desfazê-la.

Óbvio que já tinha tirado a bolsa esportiva de dentro. Os McAuley não quiseram o dinheiro de volta. Aceitaram que as fotos estavam perdidas para sempre, mas mesmo assim enviaram mergulhadores ao lago para reaver o caixão. Espero que tenham preparado o funeral que sempre desejaram para a filha. Contei para todo mundo sobre o dinheiro e, juntos, tomamos a decisão sobre o que fazer com ele. Demos metade aos pais, irmãos e irmãs de Lucy e pagamos pelo seu funeral. O resto, concordamos em dividir. Abri mão da minha parte, por considerar que já a havia gastado.

O funeral de Michael foi rápido, frio e deprimente. Não por culpa dele; o clima não havia ajudado. Verifiquei o caixão antes de descer à sepultura. O funeral de Lucy foi organizado pela família dela. Foi trágico, triste e lindo. A igreja estava lotada, e levei um tempo para entender o motivo, mas o mistério se desvendou sozinho: jamais haviam me oferecido tantas oportunidades de negócios num velório. Ainda que Lucy não esteja mais com a gente, tenho certeza de que devem tê-la promovido a Vice-Presidente Sênior para a Oceania na semana passada.

Andy e Katherine nunca foram tão afetuosos, e ela nunca esteve tão relaxada. É até um pouco demais. Andy ainda é o tipo de cara com quem você vai ao bar e fica olhando por cima do ombro dele em busca de alguém mais interessante, mas depois de vê-lo deslocar o maxilar de alguém, estou aberto à possibilidade de aturar ao menos quinze minutos de conversa fiada.

No fim das contas, Sofia foi uma das pessoas que se queimaram mais feio durante o incêndio, o que acabou sendo uma bênção porque adivinhe só o que os médicos prescreveram para a dor? Oxycontin. Assegurado o álibi para a sua corrente sanguínea, o perito nada tinha a ganhar ao testá-la porque não havia como estabelecer nenhum padrão. Acabaram determinando que ela tinha agido do modo esperado. Katherine está de olho, mas ela está melhorando. As duas são quase amigas.

Marcelo, Audrey e eu jantamos juntos uma vez por semana. Audrey se levanta da mesa bem menos, o que é agradável. Em breve vou convidar Erin; com ou sem pedra, ela sempre vai ser parte da família. "Divórcio" é uma palavra assustadora e formal, mas, ironicamente, a gente está conduzindo o processo em parceria. Juliette e eu nos conhecemos melhor em viagens promocionais, uma vez que ela também assinou contrato para um livro contando esta história. O dela tem um nome do tipo *Hotel do Horror*. Meus editores estão tentando apressar o meu para sair um mês antes.

O que mais?

Acho que temos algumas tecnicalidades para abordar.

Talvez você esteja pensando que a minha mãe não matou ninguém. Não lhe tiro a razão. Mas devo lembrar que eu falei que contaria o que considerava a verdade na época em que achava que a sabia. Também disse que não usaria a gramática de modo desonesto de propósito. Talvez possa argumentar que um carro trancado num dia escaldante de verão foi o fim de Jeremy Cunningham. Que a minha mãe teria sido responsável pelo fim daquela vida e o nascimento de outra: a de uma pessoa que sonhava com sufocamentos. O ponto exato em que Jeremy deixa de existir e surge o Língua Negra, isso eu deixo a seu cargo. Ou ao menos essa é a minha desculpa. Podemos debater em outro momento os méritos literários dessa tese. Mande um e-mail para a minha agente.

Sobre Andy e eu termos ambos nossas próprias partes neste livro, não sei o que dizer. Andy golpeou o Jeremy. Eu diria que foi um golpe mortal. Quando me aproximei dele, Jeremy estava queimado, ensanguentado e com certeza morrendo na neve por causa dos ferimentos. E eu? Meu advogado me aconselha a ir com cuidado quanto a isso. Tudo que contei é verdade: quando meu irmão morreu, eu estava sentado ao lado dele. O resto você decide.

Katherine Millot, aliás, é um anagrama de *I Am Not the Killer* (*Não Sou a Assassina*). Darius é derivado de Dario, um rei da Pérsia, lugar onde foi desenvolvida a tortura por sufocamento com cinzas. Essa, porém, não foi uma mudança feita por mim para o livro; Jeremy de fato havia atribuído a si mesmo esse codinome. Que pena não ter eleito como seus alvos um grupo de professores de história; eles teriam matado a charada no ato.

O celular de Juliette tocou alto o bastante para ecoar no sótão, e a sua risada chegou ao buraco abaixo do qual eu me encontrava. Seu rosto surgiu ali em cima.

— Katherine tá planejando a próxima reunião — disse ela, que foi incluída no grupo de WhatsApp da família. Eu sei, um grande passo. — Quer sugestões.

— Algum lugar quente.

Ela riu de novo e foi lidar com as outras caixas. Eu me voltei para minha mala, da qual tirei um casaco amarrotado e mofado. Na hora em que o havia enfiado ali dentro, na pressa para ir embora, ainda estava úmido. O cheiro era horrível. Foi o que bastou para eu querer jogar fora a mala toda. Não precisava de nada que estava ali e não tinha energia para analisar item por item. Chequei os bolsos do casaco só por precaução. Caiu um papel dobrado. A cartela de bingo de Sofia.

Observei a alteração feita por Michael: *Ernest ~~estraga~~ **conserta** alguma coisa.*

Eu tinha consertado mesmo. Apesar de tudo o que aquilo representava, ainda me senti acalentado ao pegar uma caneta e fazer um x no quadrado. Podia não ser o bastante para ganhar o bingo, mas era mais do que satisfatório.

Foi quando me dei conta de não estar seguindo o meu próprio conselho.

Tirei do bolso meu celular novo (bateria: 4%; que vergonha estar mais fraca em casa do que durante uma tempestade de neve nas montanhas). Baixei um aplicativo de lente de aumento — não tão bom quanto uma lupa, mas imaginei que serviria.

Lembrei que, antes de escrever na cartela, Michael havia se permitido pensar por um momento. Ou talvez tivesse passado aqueles poucos segundos com seu estojo de lentes de contato ao lado (eu sabia que ele não usava isso!), futucando alguma outra coisa. Algo tão pequeno que o meu pai havia precisado de uma agulha para manipular... mas a ponta de uma caneta serviria, pensei. *Não perde isso*, tinha dito ele, pressionando com força o polegar ao me devolver a cartela de bingo, como se fosse para firmar a tinta. *Confio em você.* Ele havia escrito algumas palavras, mas também adicionado o ponto-final. Eu já disse: em narrativas de mistério, há pistas em cada palavra — porra, em cada escolha de pontuação...

Sentia o coração na garganta por causa da sensação de descoberta. Posicionei a câmera do celular (bateria: 2%) e cliquei no aplicativo de ampliação de imagens sobre o ponto final que Michael tinha adicionado. Fotos. Dezesseis, num grid em 4x4.

Quem havia tirado as fotos estava na saída de uma longa entrada de carros, de frente para uma mansão palaciana. As linhas duras de uma cerca de proteção se impunham sobre as imagens. Em frente aos pilares da entrada, havia um sedã com o porta-malas aberto. O ponto de vista permanece estático em todas as dezesseis fotos, mas há duas pessoas enquadradas, com os rostos encobertos, que se movimentam de uma foto para a outra. Na quinta, as figuras desaparecem, mas dá para ver um buraco escuro na porta da frente: está aberta. As pessoas reaparecem na oitava foto, dessa vez carregando algo — parece um saco de dormir. Cada uma segura uma ponta. Na nona, estão a meio caminho do carro, e é possível ver algo que se assemelha a longas mechas de cabelo pendendo de uma das pontas do saco. Na décima, não há mais saco de dormir e o porta-malas já está fechado. Na décima sexta, a posição do carro mudou. Uma das pessoas ainda aparece no pórtico, observando-o sair. Finalmente, um rosto.

Talvez seja decepcionante eu não poder oferecer a típica catarse em que os vilões são punidos como merecem, mas minha editora quer mandar o livro para a gráfica e o caso ainda não foi julgado, portanto ficaram faltando os detalhes. Por enquanto, basta saber que dei o máximo de zoom possível no rosto de Edgar McAuley, revelado à luz da varanda de sua mansão, e que, se seu nome não tiver sido suprimido neste livro, ele com certeza foi para a cadeia, onde vai passar um bom tempo.

Michael mostrou as fotos pra você?

Edgar McAuley tinha perguntado aquilo duas vezes. Lembro que, na segunda, havia sido bastante incisivo. Achei que estava irritado, mas agora percebo que seu tom não era de impaciência, mas de desespero. Queria saber se eu tinha visto as fotos, se o tinha reconhecido. Me lembro do desalento de Siobhan quando recebeu a informação de que o corpo havia sido perdido, e a resposta calma do seu marido: *Podemos contratar mergulhadores, querida.*

Os McAuley não tinham aceitado pagar pelo retorno seguro da sua filha metade do que pagariam pelo cadáver e pelas fotografias do assassino. Alan não estava vendendo um ponto-final para a dor, era pura e simples chantagem. Havia procurado Jeremy primeiro, na esperança de que conseguisse extorquir dinheiro dos Williams, sem ter que correr o risco de lidar com os McAuley. Quando a opção foi eliminada, teve que se aventurar pelo caminho mais perigoso. Precisava de alguém para atuar como um escudo entre ele e Edgar, e a sua ameaça ganhava legitimidade por se tratar de um Cunningham. Por isso tinha abordado Michael. Meu irmão, por sua vez, ao ser liberado da prisão e ver quem aparecia nas fotos, havia decidido que os McAuley também lhe deviam algo. O que ele havia falado na Sala de Secagem? *É justo que paguem.* No plural.

Um falso sequestro para encobrir um assassinato. Engenhoso. Contratar uma gangue conhecida para servir de fachada, fabricar um motivo por meio de uma entrega de resgate comprometida e sair de tudo como vítima, e não suspeito. Como Marcelo tinha falado: era uma história manjada. Fácil de entender e ainda mais fácil de aceitar. Como todo mundo fez na época. Rebecca havia morrido antes mesmo de a primeira exigência ter sido feita.

Telefonei para a polícia. Um detetive disse que passariam à tarde para colher as provas, depois a bateria do meu celular acabou.

— Ei, Ern. — O rosto de Juliette apareceu de novo. Nas suas mãos, havia uma garrafa de vinho empoeirada. — Isso aqui ou envelheceu muito bem, ou muito mal. Quer subir pra descobrir?

Prometi que não haveria certas cenas neste livro. Melhor encerrar por aqui ou este capítulo vai me transformar num mentiroso.

Subi a escada.

Dez passos para escrever um romance policial como os autores dos anos 1930 e *Da Era de Ouro às Páginas de Ouro: Como escrever livros de mistério*, de Ernest Cunningham, estão à venda por $1,99 na Amazon.

AGRADECIMENTOS

O tom de toda boa seção de agradecimentos deveria ser: *obrigado por me aturarem*. Um *monte* de gente me aturou enquanto eu estava escrevendo este romance, e sou grato pela paixão, paciência e ajuda de todos em cada estágio.

Beverley Cousins, minha publisher. Obrigado por me deixar voar e, ao mesmo tempo, pacientemente me trazer de volta ao chão quando a minha ambição ultrapassava o bom senso. Obrigado por jamais ter medo de uma ideia, por ler incontáveis versões que simplesmente não funcionavam e por acreditar na minha capacidade de encontrar uma voz e a história que queria contar. Tenho muito orgulho e sorte de ser um dos seus autores. Obrigado.

Amanda Martin, minha editora. Obrigado pelo olhar aguçado, pelas alterações compreensivas e pela astúcia para resolver os problemas que surgiam. Editar livros de mistério é como construir um castelo de cartas: se uma peça vacilar, tudo desaba. Editores são a argamassa que mantém a torre de pé. Perdão pela piada sobre editores no Capítulo 27. Preferi citar o número do capítulo, e não o da página, para o caso de você estar sofrendo de transtorno de estresse pós-traumático por causa disso. E, já que estamos falando do assunto, perdão também pela questão dos números das páginas.

Nerrilee Weir e Alice Richardson fizeram um trabalho incrível na busca de oportunidades para este livro atingir leitores do mundo todo. Fico embasbacado só de pensar que vou conseguir contar a minha história para tanta gente, e sou grato pelo trabalho duro e pelas reuniões por Zoom tarde da noite ou de manhã bem cedo. Kelly Jenkins e Hannah Ludbrook, do marketing e do comercial, respectivamente, obrigado por divulgarem com tanto entusiasmo esta história — qualquer autor teria muita sorte de poder contar com gente tão maravilhosa como vocês.

Estou obcecado pela arte de capa de James Rendall (vivo mostrando para todo mundo nas festas igual as pessoas mostram fotos dos cachorros — e, assim como essas pessoas, todo mundo já começou a me evitar). Obrigado por ser tão fabulosamente inventivo. Obrigado a Sonja Heijn por seu olhar cuidadoso e à Midland Typesetters pelo trabalho brilhante de tipografia e projeto gráfico — e mais uma vez, perdão pela questão dos números de páginas.

Pippa Masson, minha agente, com o apoio habilidoso de Caitlan Cooper-Trent — obrigado pelo encorajamento, pela orientação e por sempre acreditar, em cada etapa, que este livro tinha um futuro. Não teria sido possível trazê-lo à vida sem vocês ao meu lado. Dizer que a ajuda de vocês no desenvolvimento da minha carreira foi crucial é pouco. Jerry Kalajian, obrigado pelo entusiasmo na negociação dos direitos audiovisuais. Aliás, gostaria de dizer que agentes são tanto conselheiros quanto terapeutas, e, assim, deveriam ter abatimento no valor do plano de saúde.

Rebecca McAuley fez uma doação generosa à RFS para ajudar na recuperação de danos provocados por incêndios florestais na Austrália em troca do batismo de uma das personagens com o seu nome. Obrigado.

Obrigado a meus pais, Peter e Judy, aos meus irmãos, James e Emily, e à família Paz — Gabriel, Elizabeth e Adrian — pelo apoio em todas as minhas empreitadas criativas. James, desculpe por eu sempre matar irmãos. Juro que não há nada por trás disso. Aliás, ninguém da minha família matou ninguém. Não que eu saiba.

E a Aleesha Paz. Há muito tempo, prometi que o meu terceiro livro seria dedicado a você. Ironicamente, sem você acho que nem o teria terminado. Este aqui, portanto, é seu. Ah, vou parar de graça — todos sempre foram seus.

Obrigado a todos os autores generosos que me forneceram *blurbs* para a capa original ou me apoiaram nas redes sociais. Não vou citar nomes, mas quero deixar um recado para os leitores:

corram atrás do máximo de livros australianos de ficção criminal que puderem. É a melhor do mundo. Acredito que, daqui a cem anos, vamos rememorar este período e julgá-lo a nossa Era de Ouro, e aí provavelmente algum autor engraçadinho vai escrever alguma coisa nos sacaneando. É melhor embarcarem desde já, só digo isso.

E, por fim, obrigado a *você* por ter lido. O mundo está cheio de histórias por aí, mas você escolheu a minha, e isso é realmente muito especial. Espero que tenha se divertido.

1ª edição	JUNHO DE 2023
impressão	IMPRENSA DA FÉ
papel de miolo	PÓLEN NATURAL 70G/M²
papel de capa	CARTÃO SUPREMO ALTA ALVURA 250G/M²
tipografia	SABON